DINESH BAUER

Bayerische Hinterhand

GRENZGÄNGER STREIFENPOLIZIST Sepp Sonnleitner wird Zeuge eines kaltblütigen Mordanschlags. Im Biergarten, beim Schafkopfen. Das schockt selbst einen abgebrühten Bauern-Bullen. Das Opfer war alles andere als ein Unschuldslamm: Erwin Ehgartner – Weiberheld, Patriot, Geschäftemacher. Mordmotive und Verdächtige gäbe es zur Genüge. Nachdem jedoch Ehgartners Tiroler »Geschäftsfreund« gleichfalls eine Kugel abbekommt, ist er überzeugt, dass sie einer groß angelegten Verschwörung auf der Spur sind. Sonnleitners Ex-Partner Rabensteiner greift zu unorthodoxen Methoden. Bei einer nächtlichen Geisterbeschwörung weist ihnen sein Urahn, ein Kampfgefährte Andreas Hofers, den Weg – nach Tirol. Doch nicht nur das bayerische Dream-Team sucht nach Ehgartners Mörder. Kripo-Kommissar Reimers zieht alle Register der kriminalistischen Kunst, um die Hintergründe der Tat aufzuklären. Auch er landet in Tirol – und versucht unter der Regie einer österreichischen Staatsschützerin das fein gesponnene Tarnnetz der Verschwörer zu zerreißen.

Servus beinand! Das Bayerische liegt mir im Blut – meine Vorfahren stammen samt und sonders aus dem weiß-blauen Land zwischen Mangfall, Isar und Loisach. Warum ich Heimat-Krimis schreibe? Weil mich die Wilderer-Dramen, die alten Mythen und Sagen der bayerischen Berge schon als kleiner Bua fasziniert haben. Meine kriminellen »Fallstudien« verstehe ich als Hommage an Land und Leute. Die raue und doch auch wieder sanfte Landschaft, das ureigene Savoir-vivre, das ist für mich Heimat. Wer seine Wurzeln und seine Geschichte kennt, erkennt sich selbst. Dahoam is eben Dahoam.

DINESH BAUER

Bayerische Hinterhand

Kriminalroman

GMEINER

Immer informiert

Spannung pur – mit unserem Newsletter informieren wir Sie regelmäßig über Wissenswertes aus unserer Bücherwelt.

Gefällt mir!

Facebook: @Gmeiner.Verlag
Instagram: @gmeinerverlag
Twitter: @GmeinerVerlag

MIX
Papier aus verantwortungsvollen Quellen
FSC® C083411

Besuchen Sie uns im Internet:
www.gmeiner-verlag.de

Im Ehnried 5, 88605 Meßkirch
Telefon 07575/2095-0
info@gmeiner-verlag.de

1. Auflage 2021

Lektorat: Teresa Storkenmaier
Herstellung: Mirjam Hecht
Umschlaggestaltung: U.O.R.G. Lutz Eberle, Stuttgart
unter Verwendung eines Fotos von: © SKatzenberger / shutterstock.com
Druck: CPI books GmbH, Leck
Printed in Germany
ISBN 978-3-8392-2853-1

»A Pfoad ohne Knopf, a Hois ohne Kropf,
a Kuah ohne Hei, a Hirsch ohne Gweih,
a Wurst ohne Haut, a Geselchts ohne Kraut,
a Brot ohne Speck, a Sau ohne Dreck,
grod des soi kummt ma fia, is a Boar ohne Bier.«

»Der Marschall Le Feber ließ unser Bataillon aufstellen und ein Karee vormieren und schimpft die ganze Deutsche Nation auf das Schmählichste. Als wenn wir es mit den Insurgenten hielten, kommt es heraus. Es ward den Infanteristen befohlen, einen Ring um den Bergisel zu bilden und als lebendige Zillscheibe auszuharren, wenn allenfalls die Bauern einen Sturm auf uns anlegen sollten, daß wir gleich voran stehen und die Kavalleri und die Artilleri und die übrigen schußfrei halten. Es wird eim ganz anders, wenn man hinsizen mus wie ein armer Sünder auf das Schaffot, der jeden Augenblik den Todesstreich erwartet.«

(Tagebuch des Josef Deifl,
Infanterist im bayerischen Heer anno 1809)

HANDELNDE PERSONEN

JOSEF »SEPP« SONNLEITNER, urbayerischer »Schlawiner-Sheriff«
VERONIKA »VRONI« SONNLEITNER, seine Gattin, ist Kummer gewohnt
VITUS »VEITL« RABENSTEINER, Sonnleitners Spezl mit Tiroler Wurzeln
IRINA RABENSTEINER, seine Frau, engagiert sich in Schönhubers Patrioten-Bewegung
SILVESTER »FESL« GIETL, Sonnleitners Junior-Partner, macht auf ultracoole Trachten-Joppe

ARMIN REIMERS, Hauptkommissar bei der Kripo Rosenheim
MARIE-ROSE DUROC, Kommissarin, bayerische Bretonin mit Charme und Charakter
BARTHOLOMÄUS »BARTHL« PFÖDERL, Kommissar und Ur-Bayer, detektivische Spürnase mit laxer Dienstauffassung
MAGDALENA »LENI« HABERL, graue Eminenz der Kriminalinspektion
ROSWITHA STEINER, Oberleutnant im Landesamt für Verfassungsschutz in Innsbruck, fesche Anti-Terror-Maid
FRITZ ORTERER, Chef der kriminaltechnischen Abteilung

ERWIN EHGARTNER, Brauer, Weiberheld und bajuwarischer Patriot mit rechter Gesinnung
LYDIA SCHÖNHUBER, Chefin der Patrioten-Bewegung, Ehgartners Kampfgefährtin
ANDRÄ HINTEREGGER, Tiroler Bergbauer
GENOVEVA »VEVI« HINTEREGGER, geborene Rabensteiner, Lahner-Bäuerin, Großcousine von Vitus
ALFONS »FONSÄ« BICHLER, Geschäftsführer des Stern-Bräus und Ehgartners Erz-Feind
MARLENE BICHLER, seine »getreue« Gattin

SIEGFRIED »SIGGI« DÜRR, einstiger Kumpan und Mitstreiter Ehgartners, Ränkeschmied mit krimineller Energie
FICHTNER alias LUIS, Kampfgenosse Ehgartners, arbeitet insgeheim für die Ösi-Stasi

KASPAR BRANDNER, ein Mann für alle Fälle
HANS-CHRISTOPH VON WOLKENSTEIN, Chef eines Geheimbunds mit großen Plänen
GÖSSL, Geheimbündler mit schwarzem Humor

OSWALD RABENSTEINER, Ahnherr einer Tiroler-Bergbauernsippe, Adjutant Hofers
ANDREAS HOFER, Bauernführer und Tiroler Landeskommandant, wurde auf Napoleons Befehl exekutiert
KAJETAN SWETH, Hofers Hof-Schreiber

SCHELLEN SIEBEN

Der krausbärtige Mann hockte im Herrgottswinkel der Gaststube. Um seinen fülligen, untersetzten Leib spannte sich die Montur der Tiroler Schützen. Ein Schlapphut saß schief auf seinem massigen Bauernschädel. Wie Schraubstöcke umklammerten seine klobigen Pranken ein sorgfältig gefälteltes Briefchen – langsam wie in Zeitlupe sanken seine Arme kraftlos herab. Das wettergegerbte Gesicht des Mannes war von Furchen und Spalten zerkerbt. So als ob er unter Kurzsichtigkeit litt, kniff der Bärtige die rotgeäderten Augen zusammen und musterte die Runde schweigsamer Männer, die sich um den Tisch geschart hatten. Tonlos murmelte er: »Der Herrgott hat uns verlassen! Ich aber lass enk ned im Stich, Mahnder!« Wie ein Mantra wiederholte er gebetsmühlenhaft diesen einen Satz: »Ich lass enk ned im Stich.« Mit den hingehauchten Worten bildeten sich kleine Kondenswölkchen in der Luft. In der holzvertäfelten Wirtsstube war es eisig. Der Kachelofen war erkaltet, die Glut unter der Asche lang schon erloschen. Es war eine klamme, beklemmende Kälte, die alles erstarren und das Gebein gefrieren ließ. Hofer saß da wie ein zu Tal gestürzter Fels, starr und reglos seine Miene. Sein Schreiber und Sekretär aber fror erbärmlich. Kajetan Sweth knetete fortwährend die steifen, wund geschriebenen Finger – er hätte daran denken sollen, ein paar Fäustlinge einzustecken. Hofer schien unfähig zu sein, einen klaren Gedanken zu fassen, geschweige denn den Befehl zum Aufbruch zu erteilen. Jemand aus Hofers Stab, der Stimme nach handelte es sich um Hofers Flügeladjutanten Oswald Rabensteiner, fuhr den Herbergsvater ruppig an: »Schupfen-Wirt, warum hast den Kachelofen nit anschüren lassen? Seint wir dir als Gäste nit mehr genehm? Hier herinnen isch es so saukalt, dass das Wasser in der Schüssel gefriert!« Der als Schupfen-Wirt titulierte Bauernschrank von einem Mann wurde bleich und blass um die Nasenspitze. Hofer wiegte bekümmert sein Haupt: »Lass gut sein, Oswald! Es gibt Gäste, die kommen zur Unzeit. Bin selber lang genug Wirt drüben im Passeier gewest …« Seine Worte stockten wie geronnene Milch. Endlich besann sich Hofer und ließ den Wirt wissen: »Gastgeb' habt Dank und seid versichert, dass unser Bleiben hier ein baldiges End find't!«

An der mit Zirbelholz vertäfelten Wand über den »gewesten« Landeskommandanten von Tirol hing ein im Reich des Kaisers von Österreich beliebtes Sujet: eine in Kupfer gestochene Allegorie auf das hochedle, allzeit siegreiche Haus Habsburg. Um das erlauchte Haupt des glatzköpfigen Kaisers waberte ein Glorienschein. Das Wappentier der Habsburger, der schwarze Adler, breitete seine Schwingen, begierig, seine Beute mit Haut und Haar zu verschlingen. Kaiser Franz der Erste dieses Namens war indes weit weg. Seine Majestät saß an seinem Schreibtisch im Schönbrunner Schloss und verschwendete kein Briefpapier mehr auf die Rebellen im fernen Tirol. Hofers wackere Streitschar war für ihn nur eine Handvoll Bauern auf dem Schachbrett der großen Politik. Bauern, die man zur Not opferte. Der Kaiser Österreichs war gezwungen, einen Pakt mit dem Kaiser der Franzosen zu schließen, dem Gebot der Stunde gehorchend. Ein Bündnis mit dem übermächtigen Großmogul der Grande Nation würde das Haus Habsburg aus seiner misslichen militärischen Lage befreien und neuen Spielraum für einige gekonnte diplomatische Winkelzüge verschaffen. Was zählten da die Treueschwüre einiger ungehobelter Hinterwäldler? Der Herr zu Schönbrunn war Realist, die Bergbauern und Bettelmänner hatten mit hohem Einsatz gespielt – und verloren. Rien ne va plus.

Hofer blickte von seinem leeren Schnapsglas auf: »Der große Schnitter hat reiche Ernte eingefahren. Der bayerische Kronprinz Ludwig paradiert in Innsbruck. Der große Wolf, er hat obsiegt!« Der Mann mit dem Prophetenbart starrte trübsinnig vor sich hin. Hofer schien um Jahre gealtert, ein gedemütigter und gebrochener Mann. Sein Kaiser, wenn nicht Gott im Himmel selbst, hatte ihn verlassen. Einer der Hauptleute rief mit vor Bitternis bebender Stimme: »Wir haben eine Schlacht, aber nicht unsere Courage, unseren Glauben verloren! Wir gehen in die Berge und führen den Kampf im Untergrund fort!«

In defätistischer, schwermütiger Niedergeschlagenheit schüttelte Hofer sein Haupt. Seine sehnigen, schwieligen Hände lagen vor ihm, so als ob er nichts mehr mit ihnen anzufangen wüsste. »Dreimal ist unser Herr Jesus unterm Kreuz gefallen, dreimal haben wir den Feind aus unserem Landl verjagt. Ein viertes Mal mag's ned gehen, doch ich werd' enk ned verlassen!«, begehrte Hofer gegen die Macht des Schicksals auf.

Ein Raunen ging durch Hofers Hofstaat: »Recht so, Vater Hofer!«, »Dreinschlagen sag ich, Andrä!«, »Setzt ein Sendschreiben auf!«

Sweth blickte sich mit erstaunten Augen um, die gespitzte Feder in der Linken griffbereit. »Wir alle, die wir hier stehen, halten dem Heiligen Land Tirol die Treue, aber selbst der Kaiser hat unsere Sache verraten und verkauft«, gab der Anführer der Pustertaler Schützen zu bedenken: »Es isch verspielt, Kommandant. Unsere Männer sind auf der Flucht, es ischt kein Halten mehr!«

»Die bayerischen Truppen stehen schon in Igls und Patsch. Wir müssen fort von hier«, merkte ein anderer, ein hünenhafter Hufschmied, besorgt an.

Hofer stemmte sich von der Sitzbank hoch und setzte sich kerzengerade hin, dann erst orderte er bei der Schankmaid eine Runde Schnaps: »Sei so guad, Madl, und bring uns noch einen Kerschgeist. Am besten lascht die Flasche gleich bei uns am Tisch, gell!« Das Gesicht der hübschen Maid glühte vor Aufregung, ihre Bäckchen leuchteten so feuerrot wie eine frisch erblühte Pfingstrose. Sie versuchte sich an einem höfischen Knicks, was der Bauerndirn indes gründlich misslang: »Sehr wohl, stets zu Euren Diensten, Herr Hofer, ich mein, Herr Kommandant.« Eiligst huschte das fesche Weibsstück davon, um eine neue Bouteille des von einem Nachbarn des Schupfenwirts selbst gebrannten Kirschgeists aus der Speisekammer zu holen. Hofer hielt den Blick gesenkt, fuhr sich durch den dichten, krausen Bart: »Früher bin i der David, der Makkabäer gewest, und jetzt? Ach Himmel, was soll nun aus unserem armen, gebeutelten Landl werden?« Wie um einen feierlichen Schwur vor Gott und der Welt abzulegen, hob Hofer seine Rechte zur Brust. »Kajetan, Feder, Tinte und Papier. Es isch Zeit!« Der Schreiber Kajetan Sweth beeilte sich, der Order seines Chefs nachzukommen. »An eure Durchlaucht den Kronprinzen von Bayern. Es hat der Allmächtige so eingerichtet, dass uns heutigen Tages das Kriegsglück hat verlassen müssen.« Die frisch gespitzte Feder kratzte fahrig über das feine Kanzleipapier. Die umstehenden Männer tuschelten untereinander, klobige Lederstiefel scharrten auf den Dielenbrettern. »Ich bitt' daher recht schön, dass eure Exzellenz in Erwägung ziehen mögen, die Feindseligkeiten von Stund' an einzustellen. André Hofer, Feldkommandant et cetera. Du weißt schon, Sweth.« Die Feder des Schreibers flog über das Papier, um der blanken Botschaft ein paar gefällige Wendungen und Schnörkel abzuringen. Eine schwere, brütende Stille senkte sich über Hofer und seine Männer. Was würde aus Tirol, was würde aus ihnen und den Ihrigen werden. Ihrer aller Zukunft lag in Gottes Hand. Der himmlische Vater jedoch hüllte sich in Schweigen.

Hofer setzte seine krakelige Unterschrift unter das Gesuch, die Waffen fortan schweigen zu lassen. »Oswald, sei so gut«, er winkte seinen Adjutanten Rabensteiner heran und händigte ihm das Papier aus. »Schau zu, Oswald, dass du beim Kronprinzen in der Hofburg vorstellig wirst. Der König von Bayern soll doch so gnädig sein, uns die alten Freiheiten zu belassen. Und die Patres – ohne Glauben da geht's ned! Einen Glauben braucht der Mensch …« Hofers Stimme erstarb.

Der Mann mit einer blutigen Schramme im Gesicht senkte seine Stimme zu einem verschwörerischen Flüstern. »Wo werdet Ihr zu finden sein, Gevatter Hofer?«

»Geh nach Matrei, hinauf nach Maria Waldrast. Pater Maurus wird wissen, wo ich mich aufhalt', Oswald!« Hofers Getreuer ließ das gefältelte Briefchen in die weiten Taschen seines fleckigen Mantels gleiten, salutierte kurz und eilte zur Remise, zu den Pferden. Der Schreiber Sweth wagte kaum zu atmen. In der Gaststube war es so still, dass man nur das Ticken der Wanduhr hörte: »Tick-tack, Tick-tack!« Sweth beschlich das beklemmende Gefühl, dass ihre Zeit abgelaufen war. Die bayerischen Truppen waren ihnen dicht auf den Fersen. Jeden Moment konnte der Wachtposten draußen Alarm schlagen. Doch statt eines grimmig dreinblickenden Landsturmmanns trat die Schankmaid in die Stube. Die Steingutflasche kam vor Hofer zum Stehen: »Vergelt's Gott!« Ein schüchternes Lächeln ließ ihre Wangen aufs Neue aufflammen: »Zum Wohlsein, Vater Hofer! Wirst sehen, Tirol geht nit unter. Vor den batzlaugerten Boarenfacken und den froschmaulerten Katzelmachern fürcht sich ein Tiroler Madl ned.« Diesmal gelang ihr der Knicks bedeutend besser und im Gehen ließ sie eine Reihe schneeweißer Zähne aufblitzen. Hofer sah ihr mit wehmütigem Blick hinterher, füllte sein Glas und stürzte es wie ein Verdurstender hinunter. Bedächtig wischte er sich mit dem haarigen Handrücken über den Mund, dann sah er eindringlich von einem zum anderen. Sein vom Kerschgeist getrübter Blick schärfte sich, so als ob er im Stande wäre, in den Gesichtern zu lesen, ob sich ein Verräter, ein zweiter Judas unter ihnen befand: »Unser Brüder Herz, es blutet. Seid indes getrost – ich lass enk ned im Stich!« Der Anführer der aufständischen Tiroler erhob sich mit einer solch ruckartigen Bewegung, dass er heftig gegen den Tisch stieß. Eines der Schnapsgläser fiel herab und zerbarst klirrend. Das Geräusch riss Sweth aus seinen Gedanken. War dies ein böses Omen? In seinem Schädel dröhnten das Klirren der Klingen, das Singen der Schwerter, der Knall der Stutzen und Musketen. Hörte das jemals auf? Hatten sie den bitteren Kelch nicht schon bis zur Neige geleert? Tief im Inneren wusste der Schreiber, dass er, Hofer und all die anderen hier einer verlorenen Sache dienten.

HERZ SIEBEN

Die »Linde« zu Grainbach war einer jener magischen Orte, um rituelle Schlachtfeste zu zelebrieren und den Ahnen zu opfern. Was für einen Japaner der Shinto-Schrein und der Sake, waren für einen Bayern das Fass und die Maß. In den Wirtsgärten beschworen die Adepten der überkommenen Bräuche und Traditionen nicht nur die Geister der guten, alten Zeit, sondern frönten auch rein weltlichen Vergnügungen. Diesseits und Jenseits gehörten hierzulande zusammen wie die Sau und der Speck, wie der Mensch und der Dreck. Das war so sicher wie das Amen in der Kirche. Beim Wetter allerdings musste man im Oberland mit allem rechnen. Mit Schnee im August wie mit Föhnstürmen im Februar. Vorige Woche hatte ein heftiger Flockenwirbel das frische Grün glasiert. Raureif hatte Feld und Flur überzuckert. Endlich war die Eiszeit passé, der Frühling eingekehrt. Ein laues Lüftchen ließ die ersten Blätter in Bäumen und Büschen rascheln. Die Luft war von samtener Konsistenz, das Licht flauschig und flaumig. Kreidegriffel kratzten Zaubersprüche auf die Schiefertafeln: »Biergarten geöffnet«. Auf den Balkonen stapelten sich die Blumenkästen, bald würde darin das Scharlachrot der Geranien erblühen. Lichtgirlanden schlängelten sich wie Riesenschlangen von Ast zu Ast. Aus den Lautsprecherboxen jodelte alpenländische Folklore, Boarische oder Zwiefacher. Die ersten Starkbier-

Striezi suchten sich ein Sonnenplätzchen. Die Haut fahl und fleckig, die Speckschicht stattlich. Der Winter hatte deutliche Schmauchspuren hinterlassen. Die kraftstrotzenden Naturburschen in den alten Heimatfilmen à la »Jäger von Fall« sahen anders aus. Da entsprach der Lindenwirt schon eher dem Archetyp des strammen Mannsbilds: breitschultrige, kräftige Statur, muskelbepackte Oberarme, dazu ein fein gezwirbelter Schnurrbart, der die kantigen Züge perfekt zur Geltung brachte. Wie es sich für einen urtümlichen Gamsbart-Gastronomen geziemte, war er in Loden und Leder gewandet. Mit Adleraugen kontrollierte er, ob vor Ort alles picobello war. Die Inspektion fiel zu seiner vollsten Zufriedenheit aus, sodass er am Rückweg seiner Stamm-Kellnerin Irmi gravitätisch zunickte: »Fesch bist beinand, zum Anbeißen!« Irmi hatte sich auch alle Mühe gegeben: die weiße Bluse, das grüne Dirndl, den rosafarbenen Rock mit Blümchenmuster aus dem hintersten Winkel des Bauernschranks gezerrt. Sogar ein gelbes Bändchen hatte sich Irmi in das zum Zopf gebundene Haar geflochten. Das Bier würde nur so aus den Zapfhähnen schießen, der Appetit auf Schweinshaxen und Zigeuner-Spießchen riesig, das Trinkgeld dementsprechend üppig sein. Noch hatte Irmi Zeit, um die Boazn-Bagage, die sich in ihren speckigen Garnituren um den Stammtisch geschart hatte, auf Touren zu bringen. Das mit animalischen Grunzlauten unterlegte Geknurre mochte bei einem des bayerischen Idioms unkundigen Beobachter den Eindruck erwecken, dass eine Horde Neandertaler die letzte Eiszeit unbeschadet überstanden hatte. Aus heiserer Kehle krächzte der Buchwieser Wigg: »I sog oiwei gegga an Misthaufen kannst ned ostinga!« Der zweite im Bier-Bunde, der Unterleitner Rudl, nuckelte an seinem

Glas: »Es ist doch so: Gschlampert macht wampert, das ist ein Gesetz der Natur!« Angesichts dieser tiefgründigen Stammtisch-Weisheiten mochte Trachtenträger Nummer Drei, der Glaserer Gustl, nicht zurückstehen: »Wie beim berühmten Satz des Pythagoras, von nix kummt nix.« Der Vierte in der Zecher-Runde, ein vierschrötiges Mannsbild vom Format des Riesen Goliath, meckerte wie ein Ziegenbock: »Das ist eine Sentenz von Sokrates. Dich haben s' auch mit Semmelbröseln aus'm Woid rausgelockt.« Unterleitner hatte unterdessen sein Glas geleert und kniff die Kellnerin ungeniert ins gut gepolsterte Hinterteil: »Ah, du Hirnbeiß! Das ist das Paradoxon des Diogenes! Sei so guad und bring mir noch ein Helles!« Irmi rüffelte den ungehobelten Lackel: »Nimm deine dreckerten Pratzen weg, alter Saubär!« Irmi schlug einen geschäftsmäßigen Ton an: »Noch was? Dann muas i ned zwoamoi roaffen!« Die Antwort kam wie aus einer Kehle: »Zwei Halbe Dunkle und ein Weißbier!« Der Riese mit dem Körperbau eines Gorillas, der Wachtveitl Hias, feixte vergnügt: »Dei Vater war a Bräuross ha, i moan bei dem broaden Oarsch?« Die Malz-Matz war nicht auf den Mund gefallen. Mit gekonntem Hüftschwung zeigte sie den Boaznbrüdern ihre rückwärtigen Reize: »Red du nur, du aufgestellter Mausdreck! Erbsen, Bohnen, Linsen – lassen des Oaschal grinsen!« Drei der Stammtischbrüder gluckten, als ob jemand einen zotigen Witz gerissen hätte. Der Wachtveitl Hias murrte griesgrämig in seinen Prinzregenten-Gedächtnisbart: »Weiber sterben is koa Verderben, Vieh verrecka, des ko schrecka!« Es war wie mit Yin und Yang, Tag und Nacht. Eine ewige Polarität, die die Funken fliegen ließ. Ein Scheitl allein im Kamin aber brannte schlecht.

An Tisch Nummer fünf ging es beileibe nicht so zünftig und fidel zu wie bei den Boaznbrüdern nebenan. Vier Männer saßen schweigend da, ihre Mienen so unergründlich wie die bayerische Seele. Verstohlene Blicke suchten in den Gesichtern ihrer Mitspieler zu lesen. Kryptische, wie von einer Codiermaschine verschlüsselte Sätze waren zu vernehmen: »Auf die Bumms!«, »Den pack i dant!«, »Mit der Oidn, bist gut ghoitn!«, »Hau a Pfund nei!« Das Schafkopf-Vokabular war nur jenen vertraut, die in die Mysterien von Ober und Unter eingeweiht waren. Schafkopf war kein Kinderspiel, nein! Hier wurde die hohe Kunst des Kartelns zelebriert. Jeder der vier suchte zu ergründen, wie es um das gegnerische Blatt bestellt war, welche Trümpfe der Vordermann in der Hinterhand hatte. Den Blauen, den »Alten« gar? War er farbfrei, in Schellen, in Eichel? Dem Habichtsblick eines erfahrenen Zockers entging nichts, kein Zucken im Mundwinkel, kein Zeichen des Zögerns und Zauderns. Es galt die Absichten des Gegners zu erahnen, im richtigen Moment einzustechen, um mit einem Stich möglichst viele »Augen« einzustreichen. Eine Sau zählte 11, der Zehner 10, der König 4, ein Ober 3, ein Unter 2 Augen. Die »Luschen«, also Neuner, Achter und Siebener waren »Nullen«. 120 Augen respektive Punkte waren im Spiel, mit 61 war der Sack zu. Und allein darum ging es.

Fair Play war am Kartentisch verpönt, da ging es derb und deftig zu. »So eine Sudsau, so eine verreckte!«, »Abgestochen hätte die Sau gehört!«, »Die Farbe musst du nachspielen, du Trottel!« Das Meckern, Schimpfen und Granteln gehörte einfach zum bayerischen Naturell. Sepp Sonnleitner war ein Parade-Bayer und ein ausgebuffter Kartenfuchser dazu. Schafkopf und Tarock waren für

Sonnleitner das, was für Okkultisten und Nekromanten das Tarot war. Mit Argusaugen verfolgte er das Spielgeschehen. Sein Bordcomputer lief auf Hochtouren. Ein eingefleischter Kartler wusste stets, wie viele Punkte bereits vergeben waren. Sein Nebenmann stupste ihn unter dem Tisch an. Ein sicheres Zeichen, dass sein alter Spezl Vitus »Veitl« Rabensteiner ein mieses Blatt hatte. Bei ihm sah es indes nicht besser aus. Fortuna war ihm nicht gewogen. Er lugte zu Rabensteiner hinüber, der wie aus dem Landei gepellt war: kuhbraune Lederhose, blau-weiß kariertes Hemd, samtschwarzes Gilet mit rot paspelierten Taschen, fichtengrüner Trachtenhut mit Band und Kordel. Von der Statur her glich Rabensteiner einem Sumo-Schwergewichtler. Mit seinen Bären-Pranken, den muskulösen Oberarmen und dem Brustkorb eines Zugochsen flößte er jedem potenziellen Gegner Respekt ein. Zweifelsohne war Veitl ein beeindruckendes Exemplar der Gattung Homo Alpiniensis. Doch da war mehr Schein als Sein. Rabensteiner mochte den Macho-Macker geben, doch daheim hatte er nichts zu melden. Da hatte seine Gemahlin Irina, eine ebenso rassige wie streitlustige Wolgagermanin, die Hosen an. Zu allem Überfluss hatte Madame Rabensteiner beschlossen, ihren Gatten vorerst von Tisch und Bett zu verbannen. Veitl war »auf Bewährung« und logierte draußen im Gartenhäuschen. Die häusliche Situation war also suboptimal und der Druckkessel drohte zu platzen: »Was ist jetzt, Erwin? Wird das heut' noch was oder scheißt dir in die Hosen?«

Ehgartner ließ solche Verbalinjurien nicht unkommentiert. »Geduld ist die Mutter vom Gulasch. Wir sind hier nicht beim Watten oder Grasobern. Das richtige Anspiel will wohlüberlegt sein.« Das hämische Grinsen schürte in Sonnleitner die Befürchtung, dass der niederträchtige Loden-Loder ein Bombenblatt hatte. Ehgartner war listig wie ein Fuchs, gerissen wie ein Waschbär und nachtragend wie ein Elefantenbulle. Mit seinem Stiernacken, den walzenförmigen Wadeln und dem grellrot glasierten Sauschädel sah er aus wie der Zwillingsbruder der bayerischen Polit-Ikone FJS. Sein vulkanisches Temperament und sein Jähzorn waren gefürchtet. Zumal er ohne Umschweife mit der Zielstrebigkeit eines Presslufthammers in den »Infight« ging.

Kartler Nummer vier riskierte eine dicke Lippe: »Ist dir der Erzengel erschienen oder hast grad dein Damaskuserlebnis? Ich hätt' ein Spiel!«

Ehgartner mimte den jovialen, vor Selbstgefälligkeit strotzenden Großbauern. »Schaut schlecht für dich aus, mein Freund. Ich sitz vorn!« Sepp Sonnleitner scannte zum wiederholten Mal seine Karten, doch sie wurden nicht besser. Zwei Säue, der Herz Zehner, zwei Könige, drei windige Luschen. Trümpfe – Fehlanzeige. Obendrein war die Gras Sau blank, das sah nicht gut aus, gar nicht gut. Ohne das nötige Kartenglück war beim Schafkopf kein Sauschwänzchen zu gewinnen. Sonnleitner schickte ein Stoßgebet gen Himmel, dass sich der Herrgott seiner erbarmen möge und den Kelch an ihm vorübergehen ließ. »Wenn nix weiter geht, werfen wir zusammen.«

Doch die Rollen waren wie die Trümpfe klar verteilt. »Ich spiel – oder hast was dagegen, Erwin?« Der vierte Mann wurde langsam ärgerlich. Sepp ahnte Schlimmes. Wie es aussah, hatte der Bursche einen astreinen Wenz – bei dem nur die Unter Trumpf waren – auf der Hand.

Der Neue in der Runde war der hagere, habgierige Typ. Sein Raubvogelgesicht, der lauernde, tückische Blick verhieß Ärger. Das kehlige K, das rollende R deuteten darauf hin, dass der beutegierige Berg-Bajuware aus dem südlichen Nachbarland stammte. Sepp hielt nicht sonderlich viel von ihren »Stammesverwandten«. Hinterfotzige Hinterwäldler, deppengesichtiges Diebsgesindel. Und heute plusterten sich die Speckknödelfresser wie die Gockel am Misthaufen auf, nur weil sie dank Pickerl und Pulverpisten zu Geld gekommen waren. Wie ein typischer Vertreter der alpinen Zipfelklatscher-Zunft sah der Großkotz allerdings nicht aus. Handgenähte Lederlatschen, haselnussbraune Flieger-Jacke mit Pelzkragen, moosgrüne Cargohose im Casual-Look. Fehlte nur noch die verspiegelte Ray Ban. Sonnleitner suchte sein Heil im Small Talk: »Wo bist denn her, aus Innsbruck oder von Kitz drüben?«

Die coole Cargohose grinste nur herablassend: »Willst mir eine Ansichtskarte schicken, oder was?«

Ehgartner kicherte wie ein Ziegenbock: »Hofergasse 1 A, haha!«

»Nix für ungut, Salute!« Der unverschämte Kerl, den Ehgartner als »guten Geschäftsfreund und aufrechten Patrioten« gebauchpinselt hatte, erhob das Glas zu einem Toast: »Auf uns, ein einig Volk und Vaterland!«

Ehgartner strahlte über beide Schlitzohren: »So ist es recht, Fichtner! Wir halten zusammen wie Pech und Schwefel! Wir sind von einem Schlag, schlagen mit geballter Kraft zu. Wir jagen dieses ganze Gesindel zum Teufel und holen uns unser Land zurück.« Wie die bilaterale »Kooperation« zwischen Bayern und Tirolern im Detail aussehen würde, darüber schwieg sich Ehgartner geflissentlich aus. Rabensteiner war wie erwartet – schließlich stammte die Sippschaft seines Vaters aus einem dieser finsteren Bergtäler – sofort Feuer und Flamme: »Bayern und

Tirol, dass isch lei oans! Das ist unsere Heimat, die gehört uns allein. Ned den Negerwaschln.« Veitl spuckte gerne große Töne, zumal er zu Hause nichts zu gacksen hatte. Sonnleitner war kein Freund solch zweifelhafter Stammtischparolen. Er war bekennender Bayer und stolz darauf. Deswegen musste er mit seiner Weltanschauung nicht hausieren gehen. Extremismus, in jeglicher Form, war der falsche Weg. Und führte nur zu Hass und Unfrieden. Dass er sich mit ketzerischen oder gar rassistischen Äußerungen zurückhielt, hatte rein pragmatische Gründe: Er war Polizeibeamter, da war es allemal gescheiter, unter dem Radarschirm zu bleiben. Auch wenn er nicht im Dienst, sondern auf der Verliererstraße war.

Ehgartner gab sich einen Ruck. »Herz sticht! Heute ist Zahltag.«

Sonnleitner zischte: »Geh verreck, so ein Dreck.« Hilfeheischend schielte er zu Rabensteiner hinüber. Ihre Blicke kreuzten sich – ein Solo würde ins Geld gehen. Sepp Sonnleitner und Vitus Rabensteiner waren ein eingespieltes Tandem. Seit den Tagen, als sie auf getunten MZ Mopeds zum Grand-Prix-Rennen in Imola gedüst waren – in Nietenjacken, mit zwei Biertrageln und wenig mehr im Gepäck. Sepp und Vitus waren aus demselben Holz gedrechselt. Bayerische Eiche. Sture Dickschädel, die sich in die Haare kriegten und wieder aussöhnten. Aus ähnlich robustem Erbmaterial, doch nach Charakter und Physiognomie durchaus verschieden. Rabensteiner war etwas kräftiger, grobknochiger. In seiner Sturm-und-Drang-Zeit hatte er sich zum Kraftpaket hochgehantelt. Anfang 30 war er jedoch vom Barras-Beau zum Bundesgrenzschutz-Beamten mutiert und hatte gehörig Hüftspeck angesetzt. Bei Sepp hatte es nie zum Muskelmonster gereicht. Er taugte weder zum Athleten noch zum Asketen. Schon als Säugling hatte er mit wahrer Wonne an der Mutterbrust genuckelt. Später dann, im zarten Alter von fünf oder sechs Jahren, hatte der »Sepperl« die kulinarischen Schätze der heimischen Schmankerlküche entdeckt. Die Oma hatte ihren »Enkerl« mit Rindsrouladen, Kalbsnierenbraten, Rahmgeschnetzeltem, Strudel und Striezel verwöhnt. Von da an war es um ihn geschehen. Kalorienarme Grünkost seitdem vom Speiseplan gestrichen: Kaiserschmarren mit Weinbeerl, Krautnocken, marinierte Schweinshaxenscheibchen, Schmorbraten in Dunkelbiersoße. Die »kalorienarme« Kochkunst war ein Garant dafür, dass man nicht zum Knochengerüst abmagerte. In jungen Jahren war er durchaus ein fescher, wenn auch etwas untersetzter Bursch gewesen, vor dem kein Gipfel, keine Gämse sicher war. Erst nach der Heirat mit Vroni war er wie ein Germknödel auseinandergegangen. Liebe ging bekanntlich durch Magen und Gedärm. Ein Prozess, der langsam, quasi organisch vonstattengegangen war. Wie die Eichen im Wald hatte er Jahr um Jahr an Masse und Volumen zugelegt. Vor allem um die Leibesmitte. Bis sämtliche Hosennähte zu platzen drohten. Dieser Umstand hatte Veronika Sonnleitner dazu bewogen, den »gwamperten Uhu« rigoros auf Diät zu setzen. Wellfleisch, Wammerl & Co. wurden ersatzlos gestrichen. Die Fastenzeit hatte den gewünschten Effekt erbracht. Die Waage zeigte zehn Kilo weniger an als noch vor einem Jahr. Er war ganz »spitzig« im Gesicht, wie er fand, aber seine altgediente Lederhose passte wieder wie angegossen.

Erwin Ehgartner rieb seinen himbeerroten, von einem feinen Geäst kapillarer Blutgefäße durchflochtenen Zinken und strahlte über beide Schweinebacken. »Packt's den Geldbeutel aus!« Seine Wieselaugen glänzten wie bei der Hennen-Hatz im Hühnerstall. Sonnleitner strich sich eine widerborstige Strähne aus der Stirn. Die dichten Brauen des Tirolers zogen sich erstaunt zusammen. Er bleckte eine Reihe perlmuttweißer Zähne und leckte sich die Oberlippe: »Herz Solo? Bist du dir da sicher? Da drauf spritz ich!« Sein Lächeln war so tückisch wie das eines Beutelschneiders, der einen Sack voller Dukaten in Griffweite wähnte. Eine schier unerträgliche Spannung lag in der Luft. Ehgartner reckte sein Doppelkinn kämpferisch vor: »Einen Stoß gibst! Sapperlot, du traust dich was, Bürscherl.« Jeder am Tisch wusste, was die Stunde geschlagen hatte. High Noon – Showdown! Erwin Ehgartner saß vorn. Er war also am Zug. Er hatte eine lauernde Haltung eingenommen und bellte wie ein speckschwartiger, übellauniger Seelöwen-Bulle: »Gras hat ein jeder, sogar der Allerbleder.« Dann drosch er den Gras Zehner auf den Tisch. Nun war es an ihm. Sepps graue Zellen fuhren Sonderschichten, exerzierten verschiedene Szenarien durch. Er äugte zum »Feind« hinüber und kratzte sich hinterm Ohr. Wo war die Lücke in seinem Blatt? Bei einem Solo gab es nur eines – Mut zum Risiko. Er zückte die Gras Sau – und kommentierte lapidar: »Willst du Haue, spiel die Blaue!«

Ehgartner lief puterrot an und brüllte wie ein Mastochse am Spieß: »So ein Mordsmassel! Zieht mir der Sauhund den Spatzen!« Wütend schlenzte er den blauen Achter quer über den Tisch. Der Tiroler orakelte so dunkel und doppeldeutig wie die Pythia von Delphi: »Das Glück vom Goaßpeterl ist das Pech der Marie!« Fichtner war Gras frei – und schmierte den Schellen Zehner. Die Sau brachte 11, die beiden Zehner jeweils 10 Augen, machte summa summarum 31. Die halbe Miete. Mit einem diabolischen Lächeln zückte Sepp eine weitere Lusche, die Schellen Sieben.

Rabensteiner jauchzte schadenfroh: »Feine Farbe. Schon blöd ha? Dein Freunderl aus Tirol ist frei – und ich hau ein Pfund nei!«

Ehgartners Gesicht war eine Grimasse wilder Entschlossenheit. »Ich ziehe euch Schafbeidlwaschern die Lederhosen stramm!« Beim Schafkopf ging es ums Ganze, um Gedeih oder Verderb, um Leben oder Tod.

Der Kampf der Titanen ging in die entscheidende Phase. Sie hatten 56 Augen am Konto. Fünf Augen noch – und der Sieg wäre ihrer! Ein Solo mit vier Laufenden plus Stoß – beim bloßen Gedanken daran wurde ihm schummerig. Der Parade-Patriot hatte sich verbissen gegen das drohende Debakel gestemmt und seine Trumpf-Flöte ausgespielt. Fünf Stiche in Folge gemacht, doch noch war er gerade mal Schneider frei. Ehgartner war ein Alpha-Tier, das gern groß auftrumpfte. Andererseits war er ein schlauer Fuchs, der wusste, wie man ein Hühnchen rupfte. Der letzte Stich würde der alles entscheidende sein. Hatte der Tiroler noch ein As im Ärmel? Im Eifer des Gefechts hatte Sonnleitner den Überblick komplett verloren. An sich unverzeihlich – doch in dieser Ausnahmesituation verständlich. Am Tisch war es totenstill wie im Leichenschauhaus bei der Autopsie. Es war so still, dass man eine Sektionsnadel hätte fallen hören. Sepp suchte in den Mienen seiner Mitspieler zu lesen wie eine Hellseherin im Kristallglas. Rabensteiner kaute unschlüssig auf seiner Unterlippe herum. Fichtners Gesichtsmuskeln zuckten unkontrolliert. Ehgartners Batzelaugen glänzten gierig. »Rück den Herz Zehner raus! Euch Bratwürste röste ich auf dem Kugelgrill.« Fichtners Finger krampften sich um die letzte Karte. »Kreuz Kruzifix, dieser oreidige Unterweltler sticht mir den Zehner ab!«

Um Ehgartners Froschmaul spielte ein schurkisches Lächeln, als er die Spielkarte mit den vier roten Herzen aufdeckte. »Die Herzsau, die Herren, und die sticht …«

Ein dumpfer, eigentümlich verzerrt klingender Knall. Ein Sirren, als ob Pfeile von einer Sehne schwirrten. Dann ein Ploppen, als ob man einen Korken aus dem Hals einer Bardolino-Buddel zog. Er war Jäger, er wusste, was die Stunde geschlagen hatte. Harter Stahl traf auf weiches Fleisch, ließ Knorpel und Knochen splittern. War dies das Ende, würde er gleich in den Hades hatschen? Müsste er nicht einen brennenden Schmerz verspüren? Müsste er nicht wie ein Ochs am Spieß brüllen, wenn sich die Kugel in ihn bohrte? Noch etwas machte ihn stutzig: Ein aus einem Gewehrlauf abgefeuertes Projektil legte 800 bis 1.000 Meter pro Sekunde zurück. Folglich musste das Geschoss ein anderes Ziel gefunden haben. Diesen vermaledeiten Tiroler Kaspressknödelfresser etwa? Ein unterdrücktes Stöhnen ließ ihn herumfahren. Ehgartner! Sein massiger Körper drehte sich wie ein Kreisel um die eigene Achse. Sein Gesicht war wie aus Wachs gegossen, die Lippen blutleer und bleich, die Augäpfel seltsam verdreht. Aus dem schwarzen Loch in seiner Brust quoll Blut. In einem verzweifelten Versuch, das Unvermeidliche hinauszuzögern, presste er beide Hände auf die Wunde: »Was passiert da mit mir? Um mich dreht sich alles …« Sonnleitner war wie paralysiert, unfähig, dem Sterbenden Trost zuzusprechen. Ehgartner hauchte: »Ganz entrisch ist's mir zu Mut …« Ein konvulsivisches Zucken lief durch den schweren Leib, das Herz, die Atmung setzten aus. Der seidene Faden zerriss, das Röcheln erstarb. Sonnleitner war zur Salzsäule erstarrt. Um ihn herum lief alles wie in Zeitlupe ab. Stühle fielen um, geisterhafte Schatten huschten davon. Es war wie im Film, wie in einem Western, in irgendeinem Saloon. Das Klaviergeklimper erstarb, ein Stetson flog in den Staub, der Falschspieler kippte kopfüber auf den Poker-Tisch. Eine gezinkte Karte rutschte aus dem Ärmel seines grau melierten Jacketts. Ein Pik As. Ehgartner hatte verspielt. Der Boandlkramer die besseren Karten.

GRAS SIEBEN

Die Gerstensaft-Genossen am Stammtisch spitzten die Luchsöhrchen. Vier Augenpaare spähten suchend umher. Rudl, Wigg, Gustl und Hias wechselten hastige Blicke. Auf ihren Gesichtern lag ein verwirrter, konsternierter Ausdruck. Die Gefahrenlage war offensichtlich. Rudl reagierte als Erster: »Sakrament, die schießen scharf. Obacht, obi!« Gustl schrie aus Leibeskräften: »Runter, macht's die Schildkröte!« Die »Jägermeister« reagierten prompt. Mit einer Behändigkeit, die man den Zechköpfen so kaum zugetraut hätte, gingen sie im Schutz des Stammtisches in Deckung.

»Was hat der vor?«, zischelte Wigg.

»Dabei san ma grod so gemütlich z'sammghockt«, entrüstete sich Hias.

»Unsere Scheißpolitiker müssen ja auch das ganze Muslim-Gschmeiß reinlassen«, suchte Gustl die Schuld in Berlin zu orten.

Rudl hatte eine andere Tätergruppe im Auge: »Das ist gewiss so ein Bio-Puritaner, der uns die Schweinshaxen ned vergönnt!«

»Das Bier wollen s' uns verbieten, diese Bionade-Zuzler«, stimmte Wigg in das Lamento ein. Um nicht unter die Rubrik »Kollateralschäden« zu fallen, verfolgte das Quartett die Geschehnisse aus der Krötenperspektive.

Die schmucke Kellnerin war von anderem Kaliber als die hasenherzigen Hopfenheroen. Ihr erster Gedanke galt dem zerbrechlichen Gefahrgut in ihren Händen, erst der zweite der persönlichen Unversehrtheit. Das mit Gläsern beladene Tablett kam leise klirrend auf der Anrichte zum Stehen, dann huschte Irmi hinter die nächstbeste Kastanie. Im Biergarten regte sich nichts. Kein Psycho lief mit abgesägter Schrotflinte Amok. Keine Schmerzensschreie gellten durchs Grün. Irmi dachte nach – es waren einige Schüsse gefallen. Drei oder vier. Danach war unter den Kastanien die Stille des Todes eingekehrt. Hatte der Attentäter den Rückzug angetreten? War die Gefahr gebannt? Eine unbändige Wut kroch in Irmi hoch. Diese schießwütige Schlammsau hatte ihr das Feierabendgeschäft vermasselt – und zwar gründlich.

Sepp Sonnleitner quälten ähnliche Fragen wie Irmi und die Zecher-Crew: Was führte dieser bleiwütige Irre im Schilde? Spielte er Katz und Maus mit ihnen? Sepp kauerte in seltsam verkrümmter Körperhaltung unterm Tisch. Lauerte dort draußen der Tod? Keine zwei Armlängen entfernt hielt Ehgartner Zwiesprache mit Petrus an der Himmelspforte. Sein Körper war in sich zusammengesackt, die Gliedmaßen unnatürlich verrenkt. Noch immer tröpfelte Blut von der Tischkante und formte einen kupferfarbenen Klecks im Kies. Kein erbaulicher Anblick. Er musste hier weg, musste die Initiative zurückgewinnen. Der Lindenwirt hatte hoffentlich die 110 gewählt und die Einsatzzentrale verständigt. Sein Handy lag dummerweise dort, wo es immer lag, wenn er es brauchte: im Handschuhfach seines Ladas. Wie er es in der Grundausbildung gelernt hatte, robbte er bäuchlings über den Boden.

Rabensteiner deutete wild gestikulierend zum Kirchberg hinauf: »Der Schütze hockt dort droben, am Friedhof! Da verwette ich meine geblümten Unterhosen drauf!«

»Da sitzt er doch wie auf dem Präsentierteller. An seiner Stelle hätte ich mich jedenfalls längst verzupft.«

Rabensteiners Kantkopf bewegte sich ruckartig hin und her: »Andererseits wartet er vielleicht nur darauf, dass wir unvorsichtig werden.« Sonnleitner dachte angestrengt nach, eine tiefe Furche teilte seine Stirn. Der Eintrittswinkel des Geschosses ließ nur einen Schluss zu: Der Schütze hatte sich oberhalb von ihnen befunden, hatte sich auf einem Dach oder einem Hügel postiert. »Was meinst«, raunte Veitl, »Entfernung 250 Meter?« Luftlinie wohlgemerkt.

»An die 300«, korrigierte er. Es war klar, was zu tun war. Schließlich waren sie erfahrene Waidmänner und keine heurigen Hasen. Sie würden einen Haken schlagen und von der ungeschützten Flanke her angreifen. Hätte es sich bei dem Opfer um einen Urlaubsgast oder gar einen Isar-Preißen gehandelt, hätte Sonnleitner dem Attentäter höchstens ein Glückwunschtelegramm geschickt. In diesem Fall aber hatte der Dreckrammel eine rote Linie überschritten. Erwin Ehgartner war von »ihrem Stamm«, ein Inn-Indianer – und seine Stammesbrüder würden ihn rächen.

Sepp sondierte die Umgebung – doch es war niemand zu sehen. »Hat sich der broadgfotzerte Tiroler dünn gemacht?«

Rabensteiners Zeigefinger wies auf ein schmales Holztürl: »Da ist er raus. Entweder hat er sich verdrückt oder holt Verstärkung.«

»Meinst etwa, dass da droben eine Schützenkompanie der Schluchtenscheißer im Hinterhalt liegt?«

Sepp legte nach: »Na, sag ich dir, die haben irgendein krummes Ding am Laufen. Und unser Sniper hat ihnen die Tour vermasselt.«

Rabensteiner strich sich um die Bartstoppeln: »Dein Sniper hat mehrmals gefeuert! Könnt' also leicht sein, dass er zwei auf einen Streich erledigen wollt'.« Die Doppelmord-Hypothese klang durchaus einleuchtend, musste Sepp zugeben. Es war höchste Zeit, ihre Hypothese zu überprüfen. Sie spähten über die halbhohe Hecke, die den Biergarten zur Straße hin abschirmte. Sepp gab das Kommando: »Eins, zwei ...« Auf Drei setzten sich die schwergewichtigen Racheengel in Bewegung. In geduckter Haltung folgten sie der wie mit dem Lineal gezogenen Buchsbaumreihe. Veitl klang besorgt: »Blattschuss. Du weißt, was das bedeutet?« Rabensteiner lieferte die Antwort gleich mit. »Präzisionsgewehr, Zielfernrohr mit integriertem Laser-Entfernungsmesser. Wenn wir da ins Fadenkreuz geraten ...«

»Könnt' aber auch sein, dass von drei Kugeln nur eine ins Schwarze getroffen hat. Dann hat er wohl in der Hektik den Zielpunkt im Visier nicht nachkorrigiert.«

»Möglich wär's«, pflichtete ihm Rabensteiner grummelnd bei. Sie hechelten wie zwei asthmatische Bernhardiner, aber erreichten mit einem fulminanten Schlussspurt Rabensteiners Allrad-Wagen. Veitl überzeugte sich, dass die Karre fahrtüchtig war, nicht etwa ein Querschläger die Pneus geplättet hatte. »Sepp, sag ehrlich. Könnten wir nicht, ich mein ...« Rabensteiner war kein Freund der leisen Töne, doch auf einmal klang seine Stimme seltsam zögerlich, ja ängstlich. »Hat es der Schafszipfel auf uns abgesehen?«

Sonnleitner lehnte an der vor Schmutz starrenden Geländekarre. Theoretisch war das durchaus möglich. Allerdings glaubte Sonnleitner nicht an Zufälle: »Die Frage ist doch die: wieso gerade heute, wieso gerade hier?

Die Variable in der Gleichung ist dieser Fichtner!« Sepp beugte sich vor, wobei sein Kopf in eine leichte Pendelbewegung geriet: »Er ist der große Unbekannte! Niemand kennt ihn, außer dem Ehgartner – und der brummt im Fegefeuer drunt die Internationale.«

Vitus zwirbelte seine Nasenspitze: »Meinst du, dass unser Freunderl mit dem Attentäter unter einer Decke steckt? Und Ehgartner lässt sich von ihm in die Falle locken? Der Erwin, dieser durchtriebene Loder?«

Sepp grunzte unwillig: »Wir müssen irgendwas übersehen haben!« Er war doch Polizist und kein unbedarfter Schaukelbursch – doch ihm war nichts Ungewöhnliches, nichts Verdächtiges aufgefallen. Der Schafkopfabend in der »Linde« war »heilig«. Einmal im Monat ging es ausschließlich um Ober, Unter und Säue. Ihr »vierter Mann«, der Grasmaier Luggi, war gestern vom Radl und somit kurzfristig ausgefallen. Ehgartner hatte als Ersatzmann Fichtner angeschleppt und vorgeschlagen, bei dem schönen Wetter im Biergarten zu bleiben. Wie also hätte jemand die Tat planen und vorbereiten sollen? Was lief zwischen Ehgartner und Fichtner? Kannte der Tiroler den Täter? Und von welcher Art war diese »Bekanntschaft«? Sonnleitner wusste es nicht, er wusste nur, dass bei solch unübersichtlichen Gemengelagen höchste Vorsicht geboten war.

Fichtner war offenbar noch in der Nähe. Unter dem Japsen-Jeep mit dem Kennzeichen IL-TF 2 hatte sich ein Ölfleck gebildet. Diese Umweltsau, dachte Sepp unwillkürlich. Vom Parkplatz aus war der Hügel samt Kirche und Friedhof außer Sichtweite. Der Hang stieg auf der Nordseite steil an, von dichtem Gestrüpp bedeckt. Nach oben hin wurde das Terrain flacher, das Buschwerk wuchs sich zu einem Wäldchen aus. Die jungen Bäume standen dicht an dicht. Sepps Talente als Fährtenleser waren eher rudimentär ausgeprägt. Es konnte indes auch ein Laie erkennen, dass sich unlängst jemand durchs Gebüsch geschlagen hatte, um den Abhang zu erklimmen. Für einen Moment blitzte es am Rand des Dickichts auf. Die schräg einfallenden Strahlen mochten eine Glasscherbe oder ein Stück Metall gestreift haben. Sonnleitner vermutete allerdings, dass es sich um das Ziffernblatt eines Tag-Heuer-Chronometers handelte, der sich um Fichtners Handgelenk spannte. Was hatte der Tiroler vor? Wollte er in Wildwest-Manier die Sache selbst in die Hand nehmen? Oder bewegten ihn andere, finstere Motive? Sepp deutete auf eine Gruppe dicht stehender Fichten: »Das wird nix, da kommt er nicht weit, wenn er den Mörder aufhalten will.«

Vitus riss die Heckklappe auf. »Durch die Brennnesseln und Brombeerbüsche, mia gangst. Wir nehmen den Jägersteig, hinten rum.«

Sonnleitner fiel ihm in den Arm. »Moment. Was machen wir, wenn uns der Kerl auflauert? Oder wir ins Kreuzfeuer geraten.«

Rabensteiner wischte seine Bedenken beiseite: »Ah was, ich war zehn Jahr' bei einer Spezialeinheit. Wir checken erst die Lage, dann schlagen wir gezielt zu. Wo hast deine Walther?«

»Wie jetzt, bin ich im Dienst?«

Rabensteiner winkte verächtlich ab. »Mei o mei, die Polizei! Stets für den Ernstfall gerüstet.« Wie ein Zauberer in der Manege schlug er eine graue Plastikplane zurück.

Sonnleitner staunte: »Saxendi, da schau hi!« Ein nagelneues Gewehr, Vollautomatik. So etwas bekam man nicht im Shotgun-Shop, noch nicht einmal im hintersten Redneck-Revier Texas.

»Gell, so etwas habt ihr Grünspargel ned. Da kommst du nur über Beziehungen ran.« Als SEKler a.D. wusste Rabensteiner, wo der Hammer hing.

Rabensteiners Waffenarsenal war beeindruckend: die Vollautomatik, ein Karabiner mit noblem Nussbaumschaft, eine doppelläufige Jagdflinte, stapelweise Notfallrationen, ein »Survival-Kit« zum Überleben in der arktischen Wildnis, inklusive Kampfmesser, Axt und Hackebeil. Veitl vollführte eine einladende Geste: »Keine falsche Bescheidenheit, bedien dich. Weißt, wir leben heute in unsicheren Zeiten. Wenn mir so ein Messerstecher an die Gurgel geht, dann putz ich den weg – und aus die Laus!« Genüsslich ließ Vitus die Verschlüsse eines Stahlkoffers aufschnappen – randvoll mit Patronen verschiedenen Kalibers. Genügend Munition, um gegen eine ganze Armee ins Feld zu ziehen. Fröhlich pfeifend stopfte sich Veitl die Taschen voll. »Stahlmantel, Bleispitze, Full Metal Jacket, wie die Amis sagen. Damit wuchtest du jeden Angreifer aus den Galoschen.«

»Sag mal, was machst du eigentlich abends in deiner Gartenlaube – lustige, lehrreiche Tierfilmchen anschauen, ha?«

»Ah, na! Ride or Die, Medal of Honor, Battle Heroes, dazu ein paar Halbe. Kulturprogramm für harte Hund'«, bekannte Rambo Rabensteiner freimütig.

Mit andächtiger Ehrfurcht strich Sepp über den kalt gewalzten Lauf der Präzisionswaffe, einer SIG 550: »Sauber, Schweizer Qualitätsarbeit.« Ein mokanter Unterton war nicht zu überhören: »Wozu brauchst du ein Infrarot-Nachtsichtgerät? Geht's nachts auf Hasen-Hatz?«

Rabensteiner gluckste: »Bist neuerdings bei Pax Christi? Frieden schaffen ohne Waffen!« Bester Laune feixte er: »Alter Greenpeace-Groupie! Den Granatwerfer lassen wir da. Gegen weiche Ziele braucht's des ned – aber mit so einer Sprenggranate knackst du jede Panzerlimousine.«

Sonnleitner wog das Gewehr in der Hand: »Ganz schön schwer. Eine handliche Glock hast ned«, motzte er.

Rabensteiner ließ nicht mit sich handeln. »Glock gibt's ned. Da, nimm – Mauser 98. Oldie but Goldie. Damit hat schon mein Großvater die Gämsen aus der Wand gesäbelt.« Wie ein Lagerist bei der Inventur warf er ihm den dazugehörigen Ladestreifen zu: »Da, fang. Fünf Schuss Munition. Das muss fürs Erste langen!« Mit missmutigem Gesichtsausdruck schob Sepp die zylindrischen, flaschenförmigen Patronen ins Magazin des Karabiners. »Auf geht's, Zugriff!« Veitl schulterte das Schweizer Schießeisen, die Jagd hatte begonnen.

Der Pfad mäanderte um das Dornengebüsch herum auf den Hügel. »Wir müssen weiter am Waldrand lang«, gab Vitus die Marschrichtung vor. »Der Tiroler is' nirgends zu sehen.« Dieser Umstand bereitete Sepp allerdings Kopfzerbrechen. Dem hinterlistigen Zirben-Zipfel traute er alles zu. Und wenn sich der Mörder im Gebüsch herumdrückte? Vollgepumpt mit Adrenalin und zu allem entschlossen. Wie ein Trapper auf Puma-Pirsch schnaufte Rabensteiner vornweg, er hinterdrein. »Siehst schon was?«, japste Sonnleitner.

»Na. Da ist niemand, die hocken bei dem Wetter alle im Biergarten!« Wie im Lehrfilm für angehende Guerilla-Kämpfer hoppelten sie in geduckter Haltung durch den dunklen Tann. Die kurzläufige Waffe baumelte wie ein überdimensioniertes Amulett vor seiner Brust. Sepp war schweißgebadet, die schüttere Haarpracht klatschnass.

»Wieso ziehst du eigentlich das kracherte Trikot vom SV Tacherting nicht aus? Der Fetzen leuchtet doch wie eine Signalrakete«, stichelte Sonnleitner.

»Rot wirkt auf Frauen anziehend, du Bauernrammel. Eine männliche Farbe, die Mut, Opferwille und Macht ausstrahlt.« Mut und Macht – Sepp hätte am liebsten losgelacht. Wieso machte er nicht einfach kehrt – und überließ dem »Full Metal Man« das Feld? Rabensteiner war reif für Gabersee. Für die Diagnose brauchte man kein Psycho-Diplom.

Zugegeben: Rabensteiners Schlachtplan war simpel, aber hatte Hand und Fuß: von der Flanke her attackieren, den Gegner einkesseln und eliminieren. »Wir machen das wie der Napoleon bei Austerlitz«, hatte er vollmundig posaunt. Sepp hegte indes Zweifel bezüglich der taktischen Umsetzung. Ein Hohlweg trennte das bewaldete Gelände hinter, von der Viehweide vor ihnen. Die üppig wuchernden Büsche am Feldrain gewährten ihnen vorerst Sichtschutz. Rabensteiners Blick war nach vorne, auf ihr Angriffsziel gerichtet: »Da hockt der Feind. Zumindest ist er da gesessen.« Die Greinbacher Kirche machte sich auf einem lang gezogenen Wiesenbuckel breit. Bis zur Umfassungsmauer des Friedhofs, die, einer keltischen Wallanlage gleich, das Hügelplateau umgab, waren es 150 Meter. Durch offenes Gelände wohlgemerkt. Die Sonne verabschiedete sich langsam in den Feierabend, die Holzpflöcke des Weidezauns warfen lange Schatten. Ein friedliches Idyll: dottergelbe Frühlingsblumen, eine weichselbraungescheckte Rinder-Rotte, die sich durchs grüne Gras mümmelte. Die Glöckchen unter den faltigen Hälsen der Muh-Madonnen bimmelten vergnügt. Sepps Mund verzog sich zu einem schmalen Strich: »Du kennst doch den Film ›Gettysburg. 1863 – Pickett's Charge‹. So kommt mir das hier vor. Jeder Blinde mit Ladestock nietet uns da draußen um.«

Rabensteiner entblößte eine Reihe fleckiger Zähne, die in maroden Molaren endete. In puncto Dentalhygiene lag da einiges im Argen. Kein Wunder, dass die Mädels nicht so recht anbissen. »Wir sind in Grainbach, nicht in Gettysburg. Wirst sehen, das klappt.« Rabensteiner strich sein rotes Laiberl glatt. Zur Not würde er selbst einem wütenden Stier die Stirn bieten.

Sonnleitner war ein gewiefter Hund, ein körndlgefütterter Isar-Irokese. Um ihr Ziel ungesehen zu erreichen, bediente er sich einer alpenindianischen Kriegslist. Auf leisen Sohlen schlichen sie durch die friedlich grasenden Bayern-Bisons. Die rindsrouladenförmigen Wänste boten den beiden »Kriegern« Deckung. Unaufhaltsam näherten sie sich dem Findlingsfelsen, der die keilförmig vorspringende Südecke des Friedhofs markierte. Doch auf den letzten Metern gab es keinerlei Deckung, keinen Baum, keinen Strauch, keine Kuh. »Und was machen wir jetzt, du Schlauberger?«, knurrte Rabensteiner.

Sepp suchte sein Heil als »Büffel«-Beschwörer: »Da vorn, schau, das grüne Graserl. Mmmh, fein, gutti, da gehst hin, gell!« Ein bayerisches Rindvieh ließ sich jedoch kein X für ein U vormachen. Das kurze, kümmerliche Gras, von Unkräutern und Disteln durchsetzt, lockte keine Kuh hinterm Heuballen hervor.

Rabensteiner knuffte den glücklosen Fleckviehflüsterer in die Weichteile: »Lass gut sein. Die Rindviecher sind so blöd ned, wie du Hornochs meinst. Ich sag: Riskieren wir's!«

»Da rüber, ohne die geringste Deckung? Na, ohne mich. Taktischer Rückzug, sag ich.«

Rabensteiner bedachte ihn mit einem vernichtenden Seitenblick: »Von mir aus, checken wir erst die Lage.« Er warf sich der Länge nach ins Gras und lugte unter den prall gefüllten Eutern durch: »Da drüben rührt sich nix, schau selber.«

»Das ist ja gerade verdächtig! Eine unachtsame Bewegung – und piffalapuff. Abflug, sag ich«, raunzte Sepp.

Rabensteiner war nicht gewillt, klein beizugeben: »Wie denn? Keiner rechnet mit uns, das Überraschungsmoment ist auf unserer Seite. Du sprintest zu den Mäuerchen, ich geb dir Feuerschutz!« Ehe Sepp weitere Einwände geltend machen konnte, beendete Rabensteiner kurzerhand die Diskussion: »Jetzt hab dich nicht so, du Memme. Dir passiert schon nix.« Rabensteiner nahm die Mauer ins Visier und entriegelte den Sicherungshebel. »Los!«

Er riss die Waffe hoch und stanzte ein unregelmäßiges Lochmuster in den Abendhimmel. Sepp nahm seine kurzen Beine in die Hand und rannte um sein Leben. Jeden Moment vermeinte er, von einer Feuergarbe in Stücke gerissen zu werden. Doch niemand nahm ihn aufs Korn. Urplötzlich ließ der dumpfe Schlag einer Detonation den Boden unter seinen Füßen erbeben. Sonnleitner tauchte nach unten weg und legte eine bildsaubere Bauchlandung in einem frisch verlegten Kuhfladen hin. »So eine Scheiße, so eine verdammte«, fluchte er wie ein Fichtenfiaker. Das würde Ärger zu Hause geben, war sein erster Gedanke. Sein zweiter war, dass jemand eine Sprengladung zur Explosion gebracht hatte, um alle verräterischen

Spuren des Anschlags zu beseitigen. Er hatte es geahnt, hatte die Gefahr gerochen! Rabensteiner, dieser trottelige Trotzkopf! Die Angst verlieh ihm Flügel.

Mit zwei, drei katzengleichen Sprüngen erreichte er seinen Mitstreiter, der mit dem Gewehr im Anschlag wie angewurzelt dastand. »Da droben ist alles ruhig, ha? Was ist denn dann bittschön grad' in die Luft geflogen?«

Rabensteiner sah ihn mit dem wilden, wirren Blick eines Paranoikers an. »Es geht um uns, um unsere Heimat, verstehst? Das ist was Politisches! Der Ehgartner, ein eingefleischter Patriot, ein Wortführer der nationalen Bewegung, und jetzt – schau hin!« Sein Waffengefährte bewegte sich ruckartig wie eine mechanische Puppe. »Ein Fanal! Diese Volksverräter sprengen unser Oberländler-Denkmal.« Instinktiv fuhr Sonnleitner herum. Tatsächlich – eine dunkle Rauchsäule stieg zum weiß-blauen Himmel empor. Hatte ein Terrorkommando den bayerischen Löwen in die Luft gejagt? Vor gut hundert Jahren, noch zu Lebzeiten des Prinzregenten, hatte man zum Gedenken an die Gefallenen des Bauernaufstands anno 1705 ein Ehrenmal errichtet – dort, wo einer der Anführer des Aufstands, der legendäre Schmied von Grainbach, begraben lag. Seitdem thronte ein überlebensgroßer, in Kupfer getriebener Löwe auf einem Sockel aus Steinquadern. Den schwermütigen Blick in die Ferne, gen München gerichtet. Bei der Sendlinger Pfarrkirche waren die Oberländler Bauern in jener Blutweihnacht vor über 300 Jahren regelrecht abgeschlachtet worden. Von säbelschwingenden Mordbuben, in Österreichs Sold. Rabensteiner murmelte wie in Trance: »Dreinschlagen sag ich, die gehören plattgemacht, allesamt …!«

Sonnleitner brüllte ihn Löwen-like an: »Bist jetzt komplett plemplem? Steht die Rauchsäule etwa über dem

Friedhof? Nein, sondern über Schönrain. Reiß dich gefälligst am Riemen! Wenn wir nicht sofort von hier verschwinden, machen die Achter klick und wir hocken als Tatverdächtige in U-Haft!«

Die braven Muh-Maiden deckten – ohne auch nur einmal Muh oder Mäh zu machen – ihren Rückzug. Kaum war der erste Schreck verflogen, widmete sich die Damenwelt wieder ihrer Lieblingsbeschäftigung, dem Fettwerden. Sonnleitner entstammte einer weit verzweigten Bauernsippe, daher war er mit den Gewohnheiten der Wiederkäuer bestens vertraut. Mit gutturaler Stimme gurrte er: »Ruhig, Liesl, brav, Rosl, fein, Fleckerl.« Endlich hatten sie das schützende Wäldchen erreicht. Wie eine Kuppel spannte sich ein dichtes Nadelnetz über ihnen. Über denselben Weg, den sie gekommen waren, ging es im Ferkelgalopp bergab. Von fern heulten schon die Martinshörner. Mit Tatütata kam die Blaulicht-Kolonne angerauscht. »Wir müssen uns genau überlegen, was wir aussagen.« Rabensteiner klang kleinlaut: »Da darf es keine Ungereimtheiten und Unstimmigkeiten geben.« Bei einem Mord dieses Kalibers würde die Kripo schweres Geschütz auffahren. Sie würden ein wasserdichtes Alibi brauchen – und zwar für die Zeit nach der Mordtat. »Unterm Rücksitz hab ich einen Fünfliterkanister gebunkert. Kerschgeist, selbst gebrannt, nur für Notfälle, weißt, zwecks dem posttraumatischen Stress und so.« In Sonnleitners Hirn formte sich ein Plan. Ein Plan von A wie Alibi bis O wie Obstler.

EICHEL SIEBEN

Ewig grüßt das Murmeltier. Hauptkommissar Armin Reimers erlebte das, was man gemeinhin gern als ein Déjà-vu bezeichnete. Im Kopfkino flimmerte ein Streifen mit sich ähnelnden Szenen in Endlosschleife über die Großhirnrinde. Irritiert schloss er für einen Moment die Augen. Das sich munter drehende Bilderkarussell verlangsamte sich und die blitzlichtartig aufleuchtenden Momentaufnahmen verblassten. Das Gefühl, alles schon einmal durchlebt zu haben, war hochgradig verstörend. Ja, es war beängstigend. Es war, als ob er auf dünnem Seil über einen bodenlosen Abgrund balancierte – und jeden Moment abzustürzen drohte. »Es ist wie verhext, immer wieder das Gleiche in Grün. Wieso passiert das ausgerechnet mir!« Vielleicht war es an der Zeit, professionelle Hilfe in Anspruch zu nehmen und sich in psychiatrische Behandlung zu begeben. Reimers hieb in einem Anflug von Jähzorn auf das Lenkrad ein. »Verdammter Mist, da wirst du ja jeck in der Birne!« Wie es ihm seine Yoga-Lehrerin eingetrichtert hatte, formte er eine Raute vor der Brust und atmete dreimal tief durch. »Ommmmm! Ene Mene muh!« Dann war er bereit. Er tastete nach dem Türgriff und wuchtete sich aus seinem Dienstwagen. Ein optisch unauffälliger Audi A 4 samt Turbo-Triebwerk und Tarnkennzeichen. Kein BMW, es musste schließlich nicht jeder gleich wissen, dass es sich um ein Kripo-Fahrzeug handelte. Der Kommissar blickte sich suchend um. Außer den zwischen den Einsatz- und Löschfahrzeugen herumwuselnden Feuerwehrleuten und den im Föhnwind schaukelnden Absperrbändchen gab es nicht wirklich viel zu sehen. So, das hier war also Grainbach. Die Luft war noch mild und der Abendhimmel von einem fast schon künstlich wirkenden ultramarinen Blau. Die Vorstellung, dass an diesem idyllischen Örtchen ein kaltblütiger Mord geschehen war, erschien ihm surreal. Und das am helllichten Tag. Zwei Kriminaltechniker in weißen Overalls und Plastiküberschuhen waren auf der gegenüberliegenden Straßenseite mit der Sicherung von Tatortspuren beschäftigt. Mit der akribischen Sorgfalt eines Paläontologen klaubten sie mit Greifzangen Papierschnipsel, Kronkorken und Zigarettenstummel vom Wegrand – und verstauten alle möglichen und unmöglichen Beweisstücke in beschrifteten Folienbeuteln aus Polypropylen. Die mit ihrer Sisyphusarbeit beschäftigten Kriminaltechniker beachteten ihn nicht weiter. Reimers legte den Kopf schief. Der schöne Schein, die glatte Fassade wiegte einen leicht in Sicherheit. Professionalität, Erfahrung waren das eine, ein feines Gespür, ein ausgeprägter Jagdinstinkt das andere, was einen guten Ermittler ausmachte. Jeder Fall war anders gelagert, doch immer ging es im Prinzip darum, das feine Gestrüpp menschlicher Beziehungen und Verflechtungen zu entwirren. Sein Job erinnerte ihn manchmal an den eines Parapsychologen, der mit seinem Echolot geduldig die Untiefen der menschlichen Abgründe vermaß. »Als denn, werfen wir das Senkblei aus« – Reimers gab sich einen Ruck.

Die Sonne hatte ihm den Nachmittag über durchs Bürofenster zugelächelt – und um Punkt halb sechs hatte er den Schlussbericht zur Strafsache mit dem Aktenzeichen 605/Js 4711/16 eingetütet und an den zuständigen Staatsanwalt geschickt. Ein unbequemer, heikler Fall, bei dem im Hinblick auf Flüchtlingsdebatte und Terror-Hysterie ein Höchstmaß an Fingerspitzengefühl gefragt war. In der Flüchtlingsunterkunft Raubling war es zu einem gewalttätigen Übergriff gekommen. Die Täter hatten sie anhand der am Tatort gefundenen Spuren rasch überführt. Zwei irakische Asylbewerber hatten eine aus Eritrea stammende Frau in der Gemeinschaftsküche überfallen, zu sexuellen Handlungen genötigt und ihr schwere, wenn auch gottlob nicht lebensgefährliche Schnittverletzungen zugefügt. Akte zu, Klappe dicht. Ein Verfahren, mit dem sich keine Lorbeeren ernten ließen. Die Sackgesichter würden zu zwei, drei Jahren Haft verurteilt werden – und ihr Anwalt Berufung einlegen. Wenn alles so lief wie üblich, wären die beiden in gut einem Jahr wieder frei. Rechtsstaat nannte sich das – Reimers hatte den Gedanken verdrängt und sein Büro im dritten Stock des Polizeipräsidiums Oberbayern-Süd hinter sich verriegelt. Reimers war eben auf sein Rennrad gestiegen, als sein Handy läutete. Er hatte sich mit einem alten Freund von der Uni in einem Café in der Innenstadt verabredet – und sein erster Gedanke war, dass ihn Dirk um Absolution bitten würde, weil es »mal wieder etwas später« werden würde. Die im Fünfvierteltakt groovenden Triolen brachten ihn auf die richtige Spur. Das Dave-Brubeck-Quartett swingte in der Gesäßtasche seiner Cordhose. Da gehörte es definitiv nicht hin – und es bedurfte einiger spastischer Verrenkungen, bis er das Klingelteil am Ohr hatte. Ein schneller Blick aufs Display hatte ihn vorgewarnt – es war nicht Dirk, es war schlimmer: »Haberl ruft an!« Seine Miene hatte sich schlagartig verdüstert. Er mochte Magdalena Haberl, er schätzte sie als Mensch und als zuverlässige, wenn auch manchmal etwas hyperaktive Mitarbeiterin. Nur hier und jetzt war er nicht sonderlich erfreut, ihre immer etwas überdreht klingende Stimme zu hören. Er musste sich mächtig zusammennehmen, um nicht loszupoltern. »Ach nee, ein Mord, ein Attentat? Nach Feierabend, wie schön«, hatte er ins Telefon geknurrt, als er erfahren hatte, dass es »Arbeit« für ihn gab. Dabei hatte sich Reimers auf einen entspannten Abend gefreut – Dirk war ein echter Kumpel, mit dem man ein paar Bierchen zischen, sich genüsslich das Maul über den Werdegang früherer »Freunde« zerreißen und über die Absurditäten einer immer kränker werdenden Gesellschaft philosophieren konnte. Doch aus dem sozialphilosophischen »Kolloquium« würde zumindest heute nichts werden.

Sechs steinerne Stufen führten zur schmiedeeisernen Eingangstür hinauf. Er drückte dagegen und ein Flügel des Türchens schwang mit gequältem Quietschen auf. Der Friedhof von Grainbach war – wenn man das so sagen durfte – ein nettes, sonniges Plätzchen. Die Bewohner waren jenseits von Gut und Böse und schienen keinerlei Anstoß daran genommen zu haben, dass der Mordschütze ausgerechnet hier, an einem Ort des Todes, zur Tat geschritten war. Das Opfer, die persönlichen Daten hatte er gerade nicht parat, war nicht hier, sondern unten im Biergarten des Gasthofs »Zur Linde« gestorben. Die Befragung der Zeugen hatte er seinem Stellvertreter, Kriminaloberkommissar Pföderl, überlassen. Pföderl, den seine Freunde »Barthl« nannten, sprach dieselbe, ihm zum Teil unverständliche, Sprache der Einheimischen. Barthl war ein durchaus fähiger Kriminalbeamter, etwas störrisch, stur und eigensinnig, das ja, aber seinem Vorgesetzten gegenüber verhielt er sich loyal. Da hatte Reimers in seiner Zeit beim LKA in München ganz andere Fälle von Intrigantentum, Mobbing und Heuchelei erlebt. Mit seinen dunkelbraunen Locken, dem markanten Quadratschädel und einem fast südländischen Teint zählte Pföderl zu einem bestimmten Typus Mann, mit dem man verwegenes Draufgängertum und kaltblütige, kühne Entschlusskraft assoziierte. Wäre da nicht die sich unter der Trachtenjoppe abzeichnende Weißbier- und Schweinsbraten-Wampe gewesen, hätte man Pföderl durchaus die Rolle des unerschrockenen Wildschützen und Weiberhelden abgenommen. Reimers musste einräumen, dass der Mundart-Ausdruck »wuider Hund« respektive »Hundling« die Persönlichkeit seines zu unkonventionellen Ansichten neigenden Kollegen treffend charakterisierte. Sein Stellvertreter war in irgendeinem Kuh-Kaff aufgewachsen und wusste, wie die alteingesessenen Bewohner dieses Landstrichs tickten. Ein harter, rauer und verschlossener, wie es hier hieß »hinterfotziger« Menschenschlag, der sich nicht in die Karten schauen ließ. Bartholomäus Pföderl wusste diese dickköpfigen Kerle zu nehmen, er würde erfahren, was zu erfahren war.

Der Kommissar ließ sich Zeit. Um die besondere Atmosphäre des Orts, den Genius loci, einzufangen, schlenderte er mit der ruhigen Gelassenheit eines Friedhof-Flaneurs durch die sich vor ihm ausbreitenden Gräberreihen. Mit einem stummen Nicken grüßte er einen der Beamten des Erkennungsdiensts, der sich anschickte, im Umfeld eines frischen, mit Kränzen, Gebinden und Gestecken überhäuften Grabes nach einem Hinweis auf den Täter zu suchen. Sein Kollege stocherte derweil mit der Penetranz eines Penners in den Müllbehältern herum. Ihm fiel auf, dass der Kies bei jedem Schritt unter seinen Ledersohlen knirschte. Heimlich, still und leise konnte hier niemand herumschleichen. Reimers versuchte zu rekonstruieren, welchen Weg der Schütze genommen hatte, um möglichst unbemerkt zur Nordwestecke des Friedhofs zu gelangen. Dort war er hinter der halbhohen Einfriedungsmauer in Stellung gegangen, um den Biergarten der »Linde« ins Visier zu nehmen. Nummerntafeln kennzeichneten die wichtigsten Fundstellen. Die Spurensicherer hatten bereits jeden Quadratzentimeter abgegrast – nun war ein Fotograf dabei, jedes noch so winzige Detail auf den Speicherchip seiner teuer aussehenden Digitalkamera zu bannen. Nachdenklich strich er sich mit dem Zeigefinger über den dünnen Bartflaum auf seiner Oberlippe. Hatte der Täter das Gewehr dabeigehabt oder hatte er es bereits in der Nacht zuvor hier irgendwo deponiert? Keine 30 Meter entfernt erhob sich die Aussegnungshalle, ein schmuckloser Klinkerbau – und das ideale »Zwischenlager« für die Tatwaffe. Er rief einen der ED-Beamten zu sich: »Moser, sei so gut und schau dir das Gebäude genau an. Meine Vermutung geht dahin, dass der Täter die Waffe in Einzelteile zerlegt und da drin versteckt hat. In einer Abstellkammer, hinter einem Gemälde, unter einer Leichenbahre, was weiß ich. Schau dir auch die Holzverkleidungen und Paneele an.«

»Herr Kommissar, wenn es da drin etwas zu finden gibt, finde ich es.« Moser, ein Mann von mittlerer Größe und rundlicher, untersetzter Statur, watschelte von dannen. In seinem unförmigen Schutzanzug sah er aus wie ein Michelin-Männchen.

Bei einem Schwerverbrechen ging man nach dem erprobten Muster vor – einem hundertmal durchexerzierten Ablaufplan. Das Prozedere war immer das gleiche. Die Aufgaben waren klar verteilt, die Zuständigkeitsbereiche fest umrissen, die Arbeit weitgehend Routine. Ein Schauspiel, das stets in derselben Besetzung über die Bühne ging: Da war der Gerichtsmediziner, der mit kühler Distanziertheit die Leiche auf Spuren von Gewaltanwendung hin untersuchte, der Staatsanwalt, der mit genervter Miene auf und ab stolzierte und per Handy Rücksprache mit dem ermittelnden Richter hielt, die Mitarbeiter der Kriminaltechnik, die Sessellehnen, Bierkrüge und zur Not auch Grabsteine mit Rußpulver bepinselten, um anschließend die Fingerabdrücke per Klebefolie abzunehmen. In gebührendem Abstand zu den Hauptdarstellern war die Komparserie im Einsatz: Sanitäter, Feuerwehrler oder die Jungs vom THW vermittelten stets den Eindruck geschäftiger Betriebsamkeit. Einzig und allein die vom Büro der Kripo verständigten Bahrenschubser hatten es nie sonderlich eilig. Ihr Fahrgast lief ihnen nicht davon. Als leitender Ermittler erteilte Reimers die Regieanweisungen, um die ganze Szene so realistisch und überzeugend zu inszenieren, als ob ein Filmteam mit von der Partie wäre. Unvermittelt musste er grinsen. Jeder »Tatort«-Kommissar hatte sein Script, seine Dialogzeilen, nur er musste sein Drehbuch erst noch schreiben.

»Ah, da sind Sie ja, Monsieur Le Commissaire!« Eine schlanke, schlaksige Gestalt hechelte im Triathleten-Tempo den Steilhang an der Nordseite des Hügels herauf und hüpfte mit der etwas hüftsteifen Eleganz einer aus der Übung geratenen Hürdensprinterin über das Friedhofsmäuerchen. Trotz der modischen, mit einigen Abstrichen in der B-Note nahezu perfekt sitzenden Wanderkluft wirkte ihre Junior-Kommissarin stets so, als ob sie nur notgedrungen »Räuberzivil« trug und einer schick geschnittenen Ausgehuniform eindeutig den Vorzug gegeben hätte. Ihr Blondschopf war kurz geschnitten, die kurzärmelige Outdoor-Bluse und die eng anliegende Stretchhose betonten ihre sportliche, aber durchaus weibliche Figur. Marie-Rose Duroc umgab eine burschikose und doch feminine Aura, die sie auch heute mit einer feinen Parfumnote betonte. Mit ihren weich modellierten Gesichtszügen und dem kleinen neckischen Grübchen am Kinn sah »Rosi« aus wie das flotte, vielleicht noch etwas naive Mädel vom Land. Doch der erste Eindruck täuschte gewaltig. Die Co-Produktion eines auf Eichenholz-Restaurierungen spezialisierten bretonischen Schreiners und einer aus dem Inntal stammenden Vergolderin und Fassmalerin hatte es faustdick hinter den Ohren. In einer lässigen Geste erhob sie ihren Arm zum Gruß. Kriminalkommissarin Duroc war seit knapp zwei Jahren Teil der Abteilung K 1 der Kriminalpolizeiinspektion Rosenheim. Reimers hatte keinen Grund zur Klage, seine »Neue« war weder launenhaft noch kapriziös. »Rosi« war die Gewissenhaftigkeit und Beharrlichkeit in Person, diszipliniert, zielstrebig und umsichtig. An ihrer fachlichen Kompetenz war nichts auszusetzen. Mit ihr hatte er eine akribisch arbeitende Ermittlerin an seiner Seite, die mit unermüdlichem Bienenfleiß Unterlagen und Datenbanken durchforstete, Zeugen befragte und sämtliche relevanten Fakten wie die Teile eines Puzzles zusammentrug. Das Einzige, was ihr noch abging, war die berühmte »Spürnase«, der siebte Sinn, die kriminalistische Intuition, die vielleicht so weiblich nicht war. Sie sprühte förmlich vor Tatendrang: »Guten Abend, Chef. Tatort Friedhof – mal was Neues. Ich möchte nicht pietätlos erscheinen, aber eigentlich könnten Sie den Toten gleich da drüben aufbahren.« Kommissarin Duroc neigte ihr blondgelocktes Haupt in Richtung Leichenschauhaus.

»Nun, erst mal muss unser Kunde noch unters Messer. Auch wenn Todesursache und Todeszeitpunkt ja festzustehen scheinen.« Es sollte jovial und zupackend klingen – kam aber eher abschätzig und von oben herab daher – so schob er hastig nach: »Den Meldedaten nach kommt das Opfer aus einem Nachbarort, Rauholzen. Er wird also kaum hier beerdigt werden, das wäre dann doch ein wenig, hm, makaber.« Die Kriminalkommissarin nickte mechanisch – schien ihm aber nur mit einem Ohr zugehört zu haben. »Der diensthabende Gerichtsmediziner Doktor Bruckmann hat die Leiche untersucht. Tödliche Schussverletzung, unzweideutig. Das Projektil hat, wie sagt man, ins Schwarze getroffen und das Herz perforiert, ja zerfetzt.«

Zwei dunkelblaue Augen mit einer Schattierung ins Grünliche blickten ihn fragend an. »Und die Spurensicherung, haben die schon was für uns?«

Seine Untergebene musste ein hämisches Grinsen unterdrücken. »Ein Biergarten als Tatort, das ist für unseren Ober-SpuSi doch ein gefundenes Fressen. Optimale Arbeitsbedingungen, massig Spuren, noch frisch und bestens konserviert. Ein wahres Schlaraffenland, wenn ich ihn zitieren darf.« Orterer, den Leiter der KTU, würde er sich später noch vorknöpfen.

Reimers blickte sich misstrauisch um, so als ob er jeden Moment einen Angriff aus dem Rückraum befürchtete. Nun, es half alles nichts, er musste das leidige Thema anschneiden: »Was ist mit dem Staatsanwalt, hat er schon das Go gegeben? An einem Tod durch Fremdeinwirkung kann wohl kein berechtigter Zweifel bestehen.« Über Durocs weichgezeichnete Wangen huschte ein Schatten. Wie jeder aufrechte Kripo-Beamte stand sie auf Kriegsfuß mit den Herren und Damen in ihren mit Samt besetzten, schwarzen Roben. »Ehe ich's vergesse, Doktor Knittelbeck wünscht Sie umgehend zu sehen – offenbar besteht Gesprächsbedarf.« Seine Gesichtszüge verhärteten, seine Haltung versteifte sich. Ausgerechnet Knittelbeck – dieser überkorrekte, pedantische Korinthenkacker. Das bedeutete zweierlei: Ärger und Überstunden. »Und die Fahndung ist raus, nehme ich an? Haben wir schon eine konkrete Spur?«

Duroc hatte ihre Hausaufgaben gemacht und schnarrte wie ein bretonischer Polizeioffizier: »Fahndung läuft, mon Commissaire. Wir suchen nach drei verdächtigen Personen – mögliche Tatzeugen! Und nach einem Wagen – wahrscheinlich mit Tiroler Kennzeichen! Überdies haben wir einen anonymen Hinweis aus der Bevölkerung erhalten.«

Reimers blickte überrascht auf – das war weit mehr als erwartet. Wieso hatte Duroc nicht gleich erwähnt, dass es eine heiße Fährte gab? »Wissen wir, nach was wir suchen, Marke, Modell?«

»Die Ringfahndung steht – aber wir haben verdammt wenig. Nur den vagen Hinweis, dass es sich bei dem gesuchten Fahrzeug um einen Geländewagen handeln … könnte.«

Sein Jagdinstinkt war nun vollends erwacht. Reimers schielte aufs goldumrandete Ziffernblatt seiner Armbanduhr. »Wann kam der Notruf rein? Vor einer Stunde?«

Durocs Blick war hellwach – sie hatte verstanden. »Moment, Chef.« Sie wischte auf dem Display ihres Tablet-PCs herum. »Hmm, per Teamwire kam nichts rein, komisch.«

In Momenten wie diesen nervte Reimers die stets um penible Korrektheit bemühte Art seiner Kollegin. Ungeduldig knurrte er: »Vergiss die exakte Uhrzeit! Seit wann wissen wir von der Karre – und von wem kommt die Info?« Duroc blätterte hektisch in ihrem Notizblock, schlagartig entspannte sich der Ausdruck auf ihrem Gesicht: »Da, ich hab's. Um 17 Uhr 52 kam der erste Notruf rein. Es hat immerhin 15 Minuten gedauert, ehe die erste Streife vor Ort war.«

»Scheißfeierabendverkehr«, warf Reimers ein.

»Einer der Zeugen will einen Offroader gesehen haben, der mit quietschenden Reifen davonfuhr. Da könnte durchaus eine Koinzidenz bestehen.«

Und ob es da einen Zusammenhang gab – Reimers war sich sicher. »Woher wissen wir das mit dem Tiroler Nummernschild?«

Eine tiefe Querfalte furchte Durocs Alabasterstirn – ihre Miene glich der eines asiatischen Denkers, der nach einer Antwort auf die Frage nach dem finalen Sinn des Lebens suchte. »Das ist merkwürdig, Chef.« Die junge Kommissarin blätterte eifrig in ihrem Stenoblock: »Das ist hier nirgends vermerkt. Die Kellnerin, Irmi irgendwie, hat die Leitstelle kontaktiert und einen Schusswechsel gemeldet. Dass es einen Toten gegeben hat, haben erst die Kollegen von der Streife bemerkt.« Langsam langte es ihm.

»Gut, das können wir alles später klären. Pföderl wird die Tatzeugen eingehend befragen! Kommen wir zum

Punkt, bitte!« Duroc hob den Blick – und er meinte darin so etwas wie Unverständnis und Missfallen zu lesen. Doch sein rüder Befehlston zeigte Wirkung, seine Assistentin fasste sich kurz: »Sorry, Chef, aber die Geschichte ist reichlich verwirrend und kompliziert. Die beiden Polizisten haben als Erstes die Kellnerin und die vier anwesenden Stammgäste zum Tathergang befragt. Offenbar hat das Opfer mit drei anderen Männern Karten gespielt. Schafskopf, sagt man so?« Reimers seufzte – Poker, Blackjack oder Schafskopf, das war für die Ermittlungen wohl ohne Belang. »Zwei der Mitspieler waren so etwas wie Stammgäste und mit dem Opfer befreundet, ein Polizeihauptmeister aus Oberaudorf und sein Spezl, bis vor einigen Jahren bei einer Spezialeinheit, SEK oder so. Namen und Adressen haben wir. Der dritte Mann ist dagegen namentlich nicht bekannt – das ist der mit dem Tiroler Kennzeichen.« Reimers rang die Hände, doch die Kommissarin räusperte sich ausgiebig, ehe sie in verschwörerischem Ton fortfuhr: »Jetzt wird es dubios, ja mysteriös, Chef. Wieder fünf Minuten später, um …« Duroc holte sich in ihrem Notizblock die letzte Gewissheit: »… um 18 Uhr 13 erhielt die Leitstelle einen anonymen Anruf. Mit verstellter Stimme und in abgehackten Sätzen hat der Anrufer etwas von einem Amokschützen am Greinbacher Friedhof gefaselt. Der Täter sei mit einem SUV in silberner Metalliclackierung – einem Audi Q3 oder einem BMW X3 – unterwegs. Ohne Angaben zur Person zu machen, hat unser Informant, oder soll ich sagen Denunziant, das Gespräch beendet.«

Reimers blickte erneut auf die Uhr, das war vor einer Dreiviertelstunde gewesen. »Woher kam der Anruf, wissen wir das wenigstens?«

»Aus einer Telefonzelle am Bahnhof in Raubling.« Raubling? Das war mindestens 10 Kilometer von Grainbach entfernt. Der Kommissar fuhr sich mit einer fahrigen Handbewegung durch sein noch dichtes, mahagonibraunes Haupthaar. Langsam wurde es kompliziert: ein Geländewagen unten am Gasthaus, ein SUV oben bei der Kirche. Wie passte das zusammen? Es war unwahrscheinlich, dass ihnen der Nobelhobel oder der Furchenflitzer ins Netz ging – dafür war die Beschreibung zu unpräzise. Nur um auf Nummer sicher zu gehen, brummte er: »Und – haben wir eine Meldung hereinbekommen?«

Duroc hob ihre schön geschwungenen, rostbraun gefärbten Brauen: »Rien, Chef, malheureusement. Sämtliche Streifenwagen wurden umgehend alarmiert, Kontrollstellen an den Ausfallstraßen eingerichtet, die Verkehrsüberwachungscams im fraglichen Bereich haben alles aufgezeichnet. Nur ist nirgends ein SUV, auf den die Beschreibung passt, aufgetaucht. Und Tiroler Kennzeichen, nun ja, die sind bei uns zu Hunderten unterwegs.«

Reimers zuckte mit den Achseln: »Merci, Duroc, gut gemacht. Am Ende rast unser Freund in eine Radarfalle.«

Ein spöttisches Lächeln lag auf den nur leicht geschminkten Lippen seiner Junior-Partnerin. »Schön wär's! Laisser pisser le mérinos.« Er würde Knittelbeck vorschlagen, die Errichtung einer Soko »Friedhof« oder »Kastanien-Killer« in Betracht zu ziehen. Sollte sich der Staatsanwalt darum kümmern, die notwendigen richterlichen Beschlüsse einzuholen und einige Leute zusätzlich auf den Fall anzusetzen. Arbeit würde es genug geben, sie würden das Zentrale Fahrzeugregister, das ZFZR des Kraftfahrt-Bundesamts, nach einem metallic-silbernen SUV der Marken BMW und Audi durchkämmen müssen.

Knittelbeck würde auf der Suche nach einem in Tirol zugelassenen Allrad-Kübel bei den österreichischen Kollegen um Amtshilfe nachsuchen müssen – die würden sich bei den Piefkes bedanken. Doch der Staatsanwalt konnte warten. Ganz oben auf der Prio-Liste stand jemand anders: Fritz Orterer, der Herr der Unterwelt.

Die Ortsnetzstation mit der TH-Nummer 408158 hatte den Netzbetrieb eingestellt. Der Strom war weg – und mit ihm das Summen und Brummen. Eine verirrte Kugel hatte das elektronische Herz der Schaltanlage getroffen. Es hatte einen Kurzschluss gegeben und die Fertigbetonplatten des Häuschens hatten sich mit lautem Getöse in ihre Bestandteile zerlegt. Kiloschwere Betonbrocken lagen verstreut auf Feld und Flur. Zu Schaden gekommen war – der Jungfrau Maria sei Dank – niemand. Nur auf der angrenzenden Weide war eine werdende Muh-Mutter von einem Splitter am Gesäß getroffen worden. Heute würde wohl nur gestöckelte Milch aus ihrem Euter tröpfeln. »Klassischer Kollateralschaden, Herr Hauptkommissar«, konstatierte der zur Bewachung des Unglücksorts abgestellte Beamte. Den Schulterklappen nach war der rotwangige Gebirgs-Gendarm Polizeiobermeister. Dienstbeflissen lüpfte er das rot-weiß-rot gestreifte Flatterband – und Reimers schlüpfte unten durch. »Wissen Sie, wo der Leiter der Spurensicherung steckt, taucht er noch irgendwo hier herum?«

Der Mann in Grün zog vielsagend die Augenbrauen hoch: »Volles Programm. Das wird heut' spät! Meinen Stammtischabend kann ich vergessen.«

Reimers blinzelte dem mindestens 1 Meter 95 messenden Hünen zu. »Mir geht heute ein Chablis Premier Cru mit blumigem Bouquet durch die Lappen. Und mit dem Sundowner an der Alm-Bar wird es erst recht nichts.«

»C'est la vie. Bis ich heimkomme, liegt meine Freundin auf der Couch und schnarcht gemütlich vor sich hin. Und nix wird es mit der wilden, zügellosen Sexorgie.« Der Polizist lachte glucksend – irgendwie war ihm der Bursche, der in seiner schlecht sitzenden Uniformjacke und den zu kurz geratenen Hosenbeinen nicht gerade eine »bella figura« machte, sympathisch. Um sich einen ersten Überblick zu verschaffen, umkreiste Reimers das bis auf die Grundmauern zerstörte Gebäude im weiten Bogen. Die Entfernung zwischen dem Friedhof und der Trafo-Station, die jenseits der schmalen Straße lag, betrug Pi mal Daumen 70, höchstens 80 Meter. Der Schuss könnte also von dort drüben gekommen sein und einem fliehenden Fahrzeug gegolten haben. Doch die Kugel hatte ein anderes, unbewegliches Ziel gefunden. Reimers zwängte sich durch eine buschige Hecke und besah sich das Trümmerfeld aus der Nähe. Einer der beiden Schutzanzugträger wühlte geschäftig in dem wirren Durcheinander aus Schalttafeln, Verteilerkästen und bunten Kabelsträngen herum. Alles, was nur entfernt nach einem Beweisstück aussah, wanderte in einen Plastikbeutel mit Zip-Verschluss. Jedes Tütchen bekam einen Aufkleber, der steckbriefartige Informationen zu Fundort und Art des Beweisstücks enthielt. Die andere Gestalt von eher kleinem, um nicht zu sagen zwergenhaftem Wuchs kratzte mit einem spitzen Gegenstand, einem Schraubenzieher oder Stechbeitel, an einem verbogenen Kunststoffblech herum. Unter dem maßgefertigten Schutzanzug zeichnete sich die Wölbung eines stattlichen Ranzens ab, der darauf hindeutete, dass der Spurensucher kein Kostverächter war. Das Zwetschgenmandl, wie man kleinwüchsige Männer hierzulande abklassifizierte, war niemand anders als der Leiter der Kriminaltechnik, Fritz Orterer. Dieser wandte sich an seinen ihn um zwei Köpfe überragenden Kollegen und deutete mit kurzen Stummelärmchen aufgeregt auf einen unförmigen Mauerbrocken, unter dem irgendein Plastikteil begraben lag. Hatte sein Luchsauge etwas erspäht?

Es war Zeit, an die Pforten der Unterwelt zu pochen. Er kletterte über einen Schuttberg und stützte sich am Skelett der Außenmauer ab. »Schönen Abend, na, pickt ihr euch die Rosinen aus dem Gugelhupf? Was gefunden?«

Orterer blickte überrascht vom Objekt seiner Begierde auf – ein Lächeln huschte über seine Wulstlippen. »Nur ein paar zerdepperte Überreste der Belüftungsklappen.« Wie ein Reck-Turner schwang er seine Bonsai-Beinchen über den Betonklumpen und hob die behandschuhte Rechte. Die Haube des Schutzanzugs klappte nach hinten und darunter kam ein, vom Haarkranz am Hinterkopf abgesehen, kahler Schädel zum Vorschein. Der Zwillingsbruder von Danny de Vito war sichtlich erfreut, ihn zu sehen. »Ah, Herr Kommissar. Welch Glanz in meiner bescheidenen Hütte. Was führt Sie zu mir?«

Reimers machte ein überraschtes Gesicht: »Die Pflicht, was sonst! Die Wahrheit ist's, die ich zu ergründen suche!«

Orterers Adamsapfel hüpfte vergnügt auf und ab. »Un peu de patience, die Nornen spinnen noch an des Schicksals Fäden.« Ehe Reimers reagieren konnte, schob der Gnom sein Kinn vor. »Sie wollen wissen, wie ich die Sache sehe, deswegen kriechen Sie hier im Dreck herum, erraten?«

Wie ein überführter Missetäter kratzte sich der Kommissar an einer schorfigen Stelle am Hinterkopf. »Eine Rekonstruktion des Tathergangs wäre schon hilfreich.«

»Nun denn.« Der Bericht des Spuren-Spezis war eine Aneinanderreihung kurzer, stakkatoartiger Sätze. »Der Schütze schraubt seine Waffe zusammen, kauert hinter der Friedhofsmauer. Er steckt sich eine Kippe an, Asche rieselt herab. Er legt das Gewehr neben sich in den Kies, späht über den Rand des Mäuerchens. Das Zielobjekt sitzt nichts ahnend im Biergarten – wie festgenagelt, praktisch! Er klappt das Visier hoch, stützt sein Gewehr ab, kneift die Augen zusammen und – kawumm. Meine Leute haben drei Patronenhülsen, Jagdmunition, Standard-Kaliber, eingetütet – was folgt daraus?«

Reimers hüstelte in seinen schütteren Spitzbart. »Der Täter hat dreimal gefeuert – aber nur einmal getroffen.«

Orterer schnaufte kurzatmig. »So ist es. Ein Projektil steckt im rechten Hinterreifen eines vor dem Gasthof parkenden Fiat Punto. Der Rostkübel gehört einem Matthias Wachtveitl, vierschrötiger Typ, Marke Räuber Hotzenplotz. Eine Kugel geht ins Blaue. Aber aller guten Dinge sind drei – die Dritte sitzt, die Pumpe platzt. Was folgern wir daraus?« In Orterers Augen blitzte der Schalk.

Reimers strich sich ums spärlich behaarte Kinn. »Da sehe ich zwei Alternativen. Entweder wir haben es mit einem Sonntagsschützen zu tun, der einen Zufallstreffer landet. Oder einem Profi, der uns nach Strich und Faden verarscht.« Die Äugelein des KTU-Leiters verengten sich zu zwei schmalen Schlitzen. »Ein Täuschungsmanöver? Scusi, das halte ich für abwegig. Unser Attentäter war hochgradig nervös. Er hat die Tat zwar von langer Hand geplant, aber stümperhaft ausgeführt.« Der Kommissar schniefte, es war merklich kühler geworden. Er fror in der leichten, luftigen Freizeitkluft – er hätte sich eine Strickjacke um den Hals schlingen sollen. »Sie hören sich ja schon an wie der Großneffe von Hercule Poirot.«

Orterer verzog keine Miene, der spöttische Unterton in seiner Replik war allerdings unüberhörbar: »Wir liefern die Fakten, die Kripo den Täter ans Messer! Es ist Ihr Job, die richtigen Schlüsse aus der vorliegenden Kausalkette zu ziehen.« Orterer hatte seine Fäuste kampflustig in die Hüfte gestemmt.

»Und wie sieht die Ihrer Meinung nach aus?«

Der Chef-Spurenleser wies mit der ausgestreckten Hand zum Hügel hinüber. »Den Fluchtweg kann ich anhand der Spurenlage mit dem Lineal nachzeichnen: Unser Mordschütze gibt den letzten Schuss ab, steckt sich eine zweite Zigarette an.«

Reimers überlegte laut: »Er zögert, will sich überzeugen, ob er sein Ziel nicht doch verfehlt hat.«

Orterer schnippte ein paar Staubpartikel vom Ärmel seines Schutzanzugs. »Nun, vielleicht hat er aber auch auf die Nachricht eines Komplizen gewartet. Mission completed.«

Die Stirn des Kommissars wellte sich. »Durchaus möglich. Er verstaut sein Gewehr in einer Sporttasche und verschwindet unauffällig vom Tatort.«

»Falsch«, korrigierte ihn Orterer. »Er hat es plötzlich eilig, er springt auf und rennt los. Bei seiner Flucht hinterlässt er deutliche Vertiefungen im sauber geharkten Kiesweg. Er schlittert die Böschung hinab und steigt in einen frisch aufgeworfenen Maulwurfshaufen.«

»Ihr habt einen Schuhabdruck?« Reimers war beeindruckt. Die Jungs waren fix. »Gummisohle. Fünf Millimeter Profiltiefe. Ein robuster Bergstiefel, relativ neu oder zumindest selten getragen. Marke und Modell liefern wir nach.«

Reimers war, was nicht allzu oft vorkam, perplex. Um nicht wie ein Dilettant dazustehen, kam er auf das Fluchtfahrzeug zu sprechen. »Unten an der Straße wartet ein Mittelklasse-SUV, BMW oder Audi auf ihn.«

Jetzt war es Orterer, der ihn erstaunt musterte: »Parbleu, Kompliment, exakt! In den weichen, noch feuchten Untergrund hat sich das Profil der Pneus gestochen scharf eingestanzt. Selbst für einen Laien nicht zu übersehen. Pfeilmuster mit schmalen Rillen.« Der Meister war sichtlich stolz auf die professionelle Arbeit seiner Techniker-Truppe: »Wir haben Gipsabdrücke genommen. Ich bin zwar kein Spezialist, aber die Reifen waren ziemlich breit – Größe 235/55 R 17, grob geschätzt. Nächste Abteilung Bulldog oder Bagger.«

Reimers nahm sich vor, Orterer demnächst auf einen Mojito und eine Cohiba in die »Bar Cubano« einzuladen. »Hersteller, Serien- und Chargennummer?«

»Liegt spätestens Dienstag auf Ihrem Tisch. Sie können die Infanterie schon mal instruieren. Mit der Reifenbeschau sollten sie in den Doppel- und Dreifachgaragen anfangen.«

Reimers kam sich wie ein biederer und begriffsstutziger Provinz-Profiler vor, der nichts wirklich Wesentliches zur Aufklärung des Falls beisteuerte. »Hut ab, das ging ja flott!« Mit einem Auge linste er auf die Zeiger der Armbanduhr. »Die Mord-Meldung kam erst vor knapp zweieinhalb Stunden rein.«

Der Chef-SpuSi wiegelte ab: »Ich war grad zufällig ums Eck – und fürs Herumsitzen werde ich schließlich nicht bezahlt. Ah, da wäre noch etwas, kommen Sie.« Mit einer energischen Handbewegung bedeutete er dem Kommissar, ihm zu folgen.

Im Trippelschritt steuerte Orterer auf die mannshohe Mauer zu, die den Friedhof auf der Südseite umschloss: »Hier hat noch jemand herumgeballert, und zwar mit einer Schrotflinte. Magnum-Patronen Kaliber 12, Hülsenlänge 76 Millimeter.«

Reimers dackelte wie ein getreuer Jagdhund hinterher – langsam wurde ihm dieser Wunderknabe unheimlich. »Weshalb das? Das ergibt doch nur einen Sinn, wenn es jemand auf den Täter abgesehen hat. Aber wenn ich einen Mitwisser beseitigen will, dann doch nicht hier, sondern an einem stillen Örtchen.«

»Na ja, es könnte sich auch um jemanden handeln, der den Mord verhindern wollte«, mutmaßte Orterer. »Wir haben drei Hülsen respektive die Geschossböden der Schrotpatronen eingetütet. Das Zeug ist aus Messing und glänzt, dass jede Elster neidisch wird.« Behände erklomm Orterer die Böschung und tastete sich am Mauerwerk entlang. An mehreren Stellen war der Putz abgebröckelt. »Sehen Sie, überall feiner roter Ziegelstaub.« Der Kommissar fuhr mit den Fingerspitzen über die betreffende Stelle. Orterers Diagnose war auf den Punkt: Eine Schrotladung – kleine Eisenkügelchen aus Hartblei – hatte die Wand durchsiebt, Schrammen und Furchen hinterlassen.

Reimers arbeitete ungern mit ungesicherten Hypothesen, doch die Spuren legten die Vermutung nahe, dass ein Unbekannter auf den Attentäter gefeuert hatte – in klarer Tötungsabsicht: »Deswegen hat der Mordschütze so überstürzt reagiert. Er hat bemerkt, dass ihm jemand auf den Fersen ist. Auf dem Weg zum Wagen wurde er beschossen – aus einer Jagdflinte.«

»Plausibles Szenario.« Orterer nickte zustimmend. Dunkelheit kroch aus den Ritzen des Gemäuers.

Die rußgeschwärzte Ruine der Trafostation erinnerte ihn an ein Spukschloss. »Noch ein Sonntagsschuss – der einen Kurzschluss und eine Detonation verursacht.«

»Licht aus, Spot an«, kommentierte Orterer lakonisch. Er wiegte den Kopf – und schien Reimers Hypothese in Zweifel ziehen zu wollen: »Nun, es ist Ihre Aufgabe, den Tathergang zu klären. Ich würde aber annehmen, dass der Mann mit der Flinte von hier drüben den Hang hochkam.« Orterer deutete auf ein weites, freies Feld. Das Gelände stieg nur sanft an – und war frei einsehbar. Es erschien Reimers unwahrscheinlich, dass jemand das Risiko einging, einfach so querfeldein über die Wiese zu hoppeln. »Gleich nach Sonnenaufgang lass ich das Terrain abgrasen, vielleicht findet sich was. Ein Stofffetzen an einer Brombeerranke, ein Faserrest, ein Papierfitzelchen, irgendetwas.«

Reimers blieb skeptisch: »Wenn unser Mister X von dort kam, hätte er doch mitbekommen, dass hier oben scharf geschossen wird. Wer begibt sich freiwillig auf ein solches Himmelfahrtskommando?« Reimers strich über den völlig zerknitterten Kragen eines teuren, taubenblauen Leinenhemds. Er hatte am Morgen sein Outfit mit ungewöhnlicher Sorgfalt zusammengestellt, um sich bei der Kneiptour mit dem stets modisch akkurat gekleideten »Dressman« Dirk keine Blöße zu geben. Nach der Landpartie sah er jedoch wie eine zerzauste Vogelscheuche aus.

Orterer ließ nicht locker, der Gedankengang des Kommissars leuchtete ihm nicht recht ein: »D'accord! Was wissen wir? Sämtliche Indizien legen die Vermutung nahe, dass der Attentäter ein Amateur ist. Welcher Profi-Killer würde achtlos seine Kippen – übrigens der Billigmarke ›Giants‹ – wegschnippen?« Das Argument war durchaus stichhaltig – im menschlichen Speichel fand man eine Vielzahl von Stoffen, Proteine, Aminosäuren, Enzyme sowie eine bunte orale Mikroflora. Der Speichel enthielt aber auch – und das war entscheidend – Zellmaterial. Aus den Zellen der Mundschleimhaut ließ sich DNA isolieren. Somit hatte ihnen der Täter einen lupenreinen genetischen Fingerabdruck hinterlassen.

Kommissar Reimers versuchte sich in einer diabolischen Taktik, der Dialektik. Er schlug den Spagat zwischen These und Antithese, um seine eigene Hypothese infrage zu stellen. »Nehmen wir mal an, jemand ist so tollkühn und stürmt den Hügel hoch. Wo ist er dann hin?«

Orterer überlegte. »Gehen wir davon aus, dass unser Attentäter in Panik gerät. Was macht er?« Reimers nahm die Flanke volley: »Er türmt – und sein Verfolger setzt ihm nach.« Falls ihre Schlussfolgerung zutraf, dann war der Jäger zum Gejagten geworden. Er war auf der Flucht. Und würde Fehler machen.

SCHELLEN ACHT

Das war ein Fall ganz nach seinem Geschmack. Ein laues Lüftchen wehte und es war auch am Abend noch angenehm warm. Falls es den Himmel auf Erden gab, dann lag er im Schatten eines Kastanienbaums. Ein Baum wie Bayern. Unter einer stacheligen Schale verbarg sich eine harte Nuss. Pföderl hockte breitbeinig an einem der Wirtshaustische und sah sich in aller Gemütsruhe um. Es gab schlimmere Orte, um den Löffel respektive den Maßkrug abzugeben, fand er. Bartholomäus Pföderl war Bayer – und erst in zweiter Linie Kriminalbeamter. Jemand, der das bayerische Erbgut mit der mit Spuren alkoholhaltiger Essenzen angereicherten Muttermilch eingesogen hatte, wusste, dass Himmel und Hölle, Gut und Böse wie Yin und Yang, wie Brathendl und Bier waren. Symbiotisch eben. Der Tod gehörte zum Leben, da führte kein Weg dran vorbei. Die Spatzen tschilpten, die Meisen zwitscherten und Barthl ließ sich ein dunkles Weißbier schmecken. Dienst hin, Dienst her. Ein Mord im Biergarten, was konnte es in seinem Beruf Schöneres geben? Nur die Kriminaltechniker, die mit Pinzette und Klebeband bewaffnet den Boden mit der Gründlichkeit eines unter zwanghaftem Putzfimmel leidenden Saubermanns absuchten, störten ein wenig den Frieden. Unter normalen Umständen hätte Kriminaloberkommissar Bartholomäus Pföderl im »Schützenstüberl« in der »Alpenrose« oder beim »Maurer« gesessen, um die blaue Stunde mit einem Bräuberger-Hell vom Fass einzuläuten. Bei einem Gewaltverbrechen dieses Kalibers galt allerdings Präsenzpflicht – da konnte Barthl schlecht eine Auszeit nehmen. Doch das »Savoir vivre« bestand ja gerade darin, aus der Not eine Tugend zu machen. Mit wahrem Genuss leerte er das kelchförmige Glas. »Mei, des schmeckt heut' schon wieder!« Eine klobige, schwarz bepelzte Pranke wischte die Schaumspritzer von der Oberlippe. »Ah, oane geht scho' no', ha?« Es war eine rhetorische Frage. »Wie wär's mit einem Wurstsalat oder einem kalten Braten mit Kren und Gürkerl?« Der Einwurf seines Kollegen von der Streifenpolizei erinnerte den Kriminaloberkommissar daran, dass ihn eine dienstliche Obliegenheit hierher, in die Greinbacher »Linde«, geführt hatte. »Mir knurrt der Magen, fix! Die ewige Fragerei macht hungrig und durstig!« Ein hochgewachsener, dabei kräftig gebauter Mittdreißiger in moosgrüner Montur plumpste auf die Bierbank neben ihm. Seine Mütze saß schief, das Hemd hing ihm halb aus der sandfarbenen Hose. Die Schulterstücke der zerknitterten Uniformjacke zierten drei Sternchen – was den nicht ganz vorschriftsmäßig gekleideten Mann als Polizeiobermeister auswies.

»Jetzad reiß dich a bisserl zusammen, Fesl, du läufst ja umanand wie der letzte Grattler. Stopf dir zumindest dein Hemad in die Hosen.« Bartholomäus Pföderl war Kommissar bei der Kriminalpolizeiinspektion Rosenheim. Der »gschlamperte Uhu« war ihm nur für die Dauer der Ermittlungen vor Ort als Hiwi zugeteilt worden. Barthl selbst trug – wie fast immer – Inntaler Tracht und legte einen gewissen Wert auf ein gepflegtes Äußeres. Sein Vorgesetzter, Hauptkommissar Reimers, war anderweitig beschäftigt, also war er der Chef im Ring. Armin Reimers war eigentlich ganz in Ordnung, ein eher zurückhaltender Typ, der fachlich kompetent, umgänglich und ohne Allüren war, manchmal sogar witzig und schlagfertig sein konnte. Aber er war halt ein Münchner und ein Preiß obendrein. Pföderl hatte prinzipiell nichts gegen Preißen und hegte keinerlei Vorurteile gegenüber Menschen anderer Provenienz. Wenn ein Poncho-Indio in der Rosenheimer Fußgängerzone auf seiner Panflöte herumsuckelte – warum nicht? Da war er durchaus tolerant. Barthl war jedoch aus langjähriger Erfahrung heraus zu der Überzeugung gelangt, dass ein Bayer einer anderen, besonderen »Spezies« angehörte. Ohne dass dies irgendwie abwertend gemeint war, galt eben der eherne Grundsatz: It's nice to be a Preiß, but it's higher to be a Bayer! Er würde jedenfalls gewiss nicht den preußischen Vorzeige-Beamten herauskehren – und schon gar nicht bei einem, der weitschichtig mit ihm verwandt war – und aus demselben Dorf stammte wie er. Schließlich kannte er Silvester »Fesl« Gietl viel zu gut. Zumal bei Gietl in Sachen Pflichtbewusstsein, Disziplin und Haute Couture eh Hopfen und Malz verloren waren.

Barthl kannte den Fesl seit Sandkastenzeiten. Sie waren zwar nie wirklich dicke Freunde gewesen, aber aus demselben knorrigen Holz geschnitzt. So hatten die beiden Hundskrüppel den protzigen Schaufelradbagger des tumben Sprösslings des Auer-Bauern mit einem Chinaböller hochgehen lassen, solch »geheime Kommandoaktionen« schweißten zusammen – ein Lebtag lang. Barthl und Fesl waren bald getrennte Wege gegangen, aber sie respektierten sich und halfen einander, wenn es hart auf hart kam. Silvester »Fesl« Gietl war durch reinen Zufall Bulle geworden. In der Schule hatte Fesl nie mit übermäßigen Geistesgaben geglänzt oder sich durch besonderen Fleiß und Ehrgeiz hervorgetan. Eigentlich hätte er den väterlichen Spenglereibetrieb übernehmen sollen, doch nach der mit »Bestnote« bestandenen Gesellenprüfung hatte Gietl junior umdisponiert. Das freie Unternehmertum war seine Sache nicht. Als kleiner Handwerker war man der Depp – Dauerstress mit Bauherrn und Architekten, Ärger mit den Barabern vom Balkan. Da war ihm der Staatsdienst mit geregelten Arbeitszeiten und festem Gehalt weit verlockender erschienen. Fesl hatte eine Ausbildung zum Polizeimeister der zweiten Qualifikationsebene begonnen – und tatsächlich sämtliche Tests und Laufbahnprüfungen bestanden. Was Pföderl, ehrlich gesagt, wunderte. Inzwischen war er in der Besoldungsgruppe A 8 angelangt und schob, wenn irgend möglich, Dienst nach Vorschrift. Mit seinen Kollegen, ja selbst dem Dienststellenleiter der Polizeiinspektion Brannenburg, kam er gut aus. Gietl war zwar ein fauler, gstinkerter Hund, andererseits aber auch ein Pfundskerl, der einen im Ernstfall nicht hängen ließ. »Weshalb haben s' eigentlich dich hierhergeschickt? Ein solches Engagement sieht dir gar nicht ähnlich«, frotzelte Pföderl.

»Mei, die Leitstelle hat uns kurz vor sechs angefunkt: Schießerei in der ›Linde‹. Wir waren grad zufällig in der Nähe von Grainbach – was willst du machen. Blaulicht und Sirenen und Vollstoff die Serpentinen nauf«, zuckte Gietl mit den Achseln. »Zugang zum Biergarten sichern, den Tatort mit Flatterbandl absperren – Schaulustige vom Ort des Verbrechens fernhalten, Ersteinvernahme der Zeugen. Genau wie es in unserer Dienstanweisung steht.« Dass er über die Extraschicht nicht sonderlich erbaut war, ließ sich an Fesls sauertöpfischer Miene ablesen. »Zwei

Paar Debrecziner, wie wär' das? Mit Sauerkraut und scharfem Senf. Mittags eine mickrige Fleischpflanzlsemmel, seitdem nix mehr! Unregelmäßiges Essen macht dick – und führt im Extremfall zu Herzrhythmusstörungen. So ein Mord ist gar ned gesund.«

Pföderl nickte ihm verständnisinnig zu. »Wie schaut's aus, sind sämtliche Spuren am Parkplatz hinterm Haus gesichert?«, schlug Bartholomäus Pföderl einen dienstlichen Ton an: »Ich würde gern wissen, wer sich da zum Tatzeitpunkt herumgetrieben hat. Ehgartners Diesel-Benz lass ich nachher in die Werkstatt abschleppen. Da sollen ihn die SpuSis auseinandernehmen.«

Gietl schielte sehnsüchtig nach der Bedienung, die mit voll beladenem Tablett Richtung Stammtisch strebte. Der »Zwischenfall« am Nachbartisch hatte bei den vier Boaznbrüdern offenbar zu keinen posttraumatischen Stress- und Essstörungen geführt. Gietls Lächeln glich dem eines ausgekochten Gauners. »Hund' san s' scho', Buchwieser, Unterleitner und Co.!« Das Kriseninterventionsteam, kurz KIT, des BRK war hier nicht gefragt. Sein Schul-Spezl setzte sein Käppi ab und strich sich einige schweißnasse Strähnen aus der Stirn. »Gfrei ich mich auf eine Dusche – mei Hemad pappt auf der Haut. Was meinst, Barthl, wann sind wir hier fertig?«

»Das wird noch a bisserl dauern. Wenn die Kriminaltechniker ihre Alu-Köfferchen packen, rücken wir auch ab.« Pföderl reckte den Hals, um der Bedienung ein Zeichen zu geben.

»Bestellst du mir oans mit, hab ich einen Durst«, ließ Gietl verlauten. Um ein paar Pluspunkte zu sammeln, kam er auf die Spurenlage zu sprechen. »Die Ausbeute ist bislang reichlich mager, eine Bierdose Marke Pilsner Urquell, eine 0,7-Liter-Flasche Puschkin Pink Grapefruit, gibt's bei Edeka, eine völlig zermanschte Zigarilloschachtel und ein noch halbvolles Packerl Pariser, Hausmarke eines Drogerie-Markts, Preventivo Sensitive. Mehr war da ned.«

Pföderl seufzte. »Was diese Dreckspatzen ned alles wegschmeißen. Und am Parkplatz selber?«

»Auf dem asphaltierten Teil wimmelt es von Ölflecken, Reifenabrieb et cetera, aber ich bezweifle, dass man die vorhandenen Spuren bestimmten Fahrzeugtypen zuordnen kann. Weiter hinten hat die Straße einen festen Kiesbelag, auch nicht grad ideal.«

Pföderl winkte ab. »Eh ned, kannst vergessen! Aber du kennst doch den Orterer, diesen Gschaftlhuber.« Eigentlich mochte er »Gollum«, wie er den Chef der Kriminaltechnik hinter vorgehaltener Hand nannte, ganz gut leiden. Fritz Orterer war ein Unikum, der mit einem gepflegten schwarzen Humor gesegnet und stets zu deftigen, nicht ganz jugendfreien Späßen aufgelegt war. Mit »Gollum« konnte man prima um die Häuser ziehen und die Korken knallen lassen. Einem erlesenen Whiskey oder Sherry war Orterer nie abgeneigt. Im Grunde war er ein cooler Typ, der sich auf seine fachlichen Fähigkeiten und seinen ausgeprägten detektivischen Spürsinn nichts einbildete, was Barthl allerdings auf den Senkel ging, war sein Hang zu Pedanterie und Besserwisserei. »Mich interessiert viel mehr, wo der Rest von der Schafkopf-Runde abgeblieben ist. Die waren doch alle mit dem Auto da, oder irre ich mich?«

Gietl lachte trocken: »Der Rest, ha, das hast schön gesagt, Barthl! Der Sepp und der Vitus werden so weit nicht sein – auf den Schreck nauf nageln sie sich garantiert die Birne zu.«

Pföderl zog die Brauen hoch. »Nicht dein Ernst, oder! Und diese Gmoadeppen sollen Staatsdiener respektive im Vorruhestand sein? Hauptsache sie kassieren ab, oder?«

In einer entschuldigenden Geste zuckte der Polizeiobermeister mit den Achseln. »Ja mei, vielleicht verfolgt der Sepp ja auch eine heiße Spur. Der meldet sich schon noch! Aber wo ist dieser Jeep-Fahrer aus Tirol hin, hm?«

Der Kommissar zwirbelte sein kümmerliches Kinnbärtchen – und nahm sich vor, sich morgen vor Dienstantritt gründlich zu rasieren. »Seit einer knappen Stunde läuft doch die Fahndung nach einem SUV, einem X3 oder so, der angeblich oben beim Friedhof gesehen worden ist. Und auf Teamwire heißt es, dass wir nach einem Mann mit doppelläufiger Flinte suchen, der dort oben herumgeballert und ein Trafohäuserl zerlegt hat. Da kenn sich noch einer aus …«

Gietl nickte gedankenschwer. »Wir verschwenden hier bloß unsere Zeit, sag ich dir.«

Der Kriminaloberkommissar musste dem Streifenbullen insgeheim recht geben, auch er zweifelte an der Sinnhaftigkeit ihres Tuns. Wenn die »Bluthunde« die Fährte des Täters aufgenommen hatten, gab es Wichtigeres, als den Tatablauf minutiös zu rekonstruieren und dazu Zeugen zu befragen, die wenig gehört und noch weniger gesehen hatten. Pföderl war ein ruhiger, besonnener Mensch, den so leicht nichts aus der Fassung brachte. Doch er hatte eine cholerische, aufbrausende Ader. »Fix noch einmal, wo bleibt denn unser Bier. Rollen die das Banzl vom Kirchenwirt hoch?«

Oben Schaum, unten Traum. Zwei Weißbier-Humpen standen perlend und schäumend vor ihnen auf dem Tisch. Das herbe, dennoch leicht süßlich schmeckende Manna rieselte ihre Kehlen hinab. »Ahh, irgendwie scho' schad um den Ehgartner. Ein gutes Bier hat er gemacht!« Pföderl war wieder eins mit sich und der Welt. »Was meinst, Fesl? So ein Weißbier ist ein wahres Lebenselixier, ha? Geht aufs Haus, sprich auf Spesen.«

Gietls Grinsen war so breit wie die Koteletten von Elvis. »Die Kellnerin hat ausgesagt, dass der Biergarten zum Tatzeitpunkt noch so gut wie leer war. Bis auf die Stammtischbrüder und die vier Kartler am Tisch fünf. Sie hat alle Gäste einwandfrei identifiziert. Allein der vierte Mann war vorher noch nie hier gewesen, ein eingebildeter, eitler Gigerl mit Fieslings-Visage.«

Der Kommissar spöttelte launig. »Mit unserem Face Design System FACETTE müsste sich doch ein Phantombild erstellen lassen. Heut' gibt's doch für jeden Scheiß eine App oder ein Tool. Sollen die Computer-Heinis einen Steckbrief des Gesuchten basteln – und rein damit in die webbasierten Fahndungssysteme. INPOL, POLAS, SIS und wie das ganze Graffe heißt. Sobald wir wissen, wer der Goaßenficker ist, kriegen wir ihn auf den Schirm: Alter, Gewichtsklasse, Schuh- wie Schwanzgröße.«

Gietl mochte kein Muster an Zuverlässigkeit und Pflichteifer sein, aber auf den Kopf gefallen war er nicht, selbst wenn er sich gern in Schwejkscher Manier die Maske des einfältigen, minderbemittelten Provinzbullen aufsetzte. »Wenn wir das Kennzeichen der Karre hätten, könnten wir uns die Arbeit sparen.« Einen Versuch war es wert. INPOL, POLAS & Co. konnten warten.

»Schick mir den Wirt und die Kellnerin rüber. Du verhörst die vier Saufbeidl – und krall dir die zwei Lederjacken aus Kolbermoor, die Schafszipfel sollen die Einvernahme protokollieren.«

Gietl zog einen Flunsch. »Die versoffenen Loder leiden doch an chronischem Gedächtnisschwund. Die waren vorher schon ganz bremsig, weil sie angeblich noch einen wichtigen Termin im Sternbräu haben.« Zeugenaussagen von Personen, die unter Alkoholeinfluss standen, galten als wenig verlässlich – ihre Validität war fraglich. Ob eine solche Aussage in einem späteren Verfahren verwertbar war, war Ansichts- und Auslegungssache.

Pföderl bestand jedoch darauf, dass sich Gietl die Fettleber-Fraktion vorknöpfte. »Ihre Zeugenaussage brauche ich so oder so – schon für den Schlussbericht. Vielleicht ist den Foamzuzlern ja doch was aufgefallen. Jedes Detail wär' wichtig. Vielleicht kommt ihnen dieser Tiroler irgendwie bekannt vor, die kennen doch jede Schnapsnase im Umkreis von 50 Kilometern.«

Gietl stemmte sich schwerfällig hoch und grummelte: »Das Nummernschild, wenn sie sich das gemerkt hätten, die Deppengfrießer! Zumindest die Kennbuchstaben des Bezirks!« Der Drei-Sterne-Bulle trottete davon, da fiel Pföderl noch etwas ein.

»Fesl! Schau, dass du Sonnleitner erreichst. Quatsch ihm von mir aus auf die Mailbox. Der gwamperte Gschwollschädel sollte doch eigentlich wissen, dass er eine Zeugenaussage machen muss. Für was ist er Polizist! Also, sag ihm, dass er sich umgehend melden soll, sonst lass ich ihn und den anderen Kasperlkopf vorladen!« Gietl salutierte lässig und zeigte damit an, dass er verstanden hatte. »Und noch was. Die Kollegen aus Kolbermoor sollen sich die Schrottkübel unserer Stammtisch-Spezln vornehmen. Handschuhfach, Kofferraum et cetera. Trau, schau, wem! Und bestell dir noch ein Weißbier, geht auf mich.«

Gietls Miene hellte sich mit einem Schlag auf – und er machte sich mit frischem Elan an die Befragung der Zeugen. »Geht klar, Chef. Ich sammle die Autoschlüssel der Bande ein, fahrtüchtig sind die allesamt nicht mehr. Nur der Glaser ist mit dem Fahrrad da, den brauchen wir also nicht zu filzen.« Mit einem selbstzufriedenen Grinsen verschränkte Barthl die Arme. Im Interesse einer erfolgreichen Ermittlungstätigkeit musste man die Arbeit delegieren und die Mitarbeiter motivieren können. Das war die Kunst, dann lief alles wie geschmiert.

Die Ermittlungen in einem Mordfall waren für jeden beteiligten Kripobeamten eine Herausforderung. Man war gezwungen, eine Unzahl von Puzzleteilchen zu sichten, ehe sich darin ein Muster ablesen ließ und schließlich ein klares Bild ergab. Um die Tat und ihre Hintergründe aufzuklären, hieß es, methodisch und systematisch vorzugehen. Weißbier hin, Kastanienbaum her: »Wie lang soll denn das Kasperltheater noch dauern? Wegen euch Hanswursten darf ich meine Wirtschaft zusperren. Wer kommt denn bittschön für meinen Verdienstausfall auf?« Lindenwirt Sepp Reinbacher stand da, als ob er für ein Denkmal für die Helden des bayerischen Bauernaufstands anno 1705 posierte. Eine Hand entschlossen in die Hüfte gestemmt, den kühnen Blick anklagend auf den Eindringling, auf Bartholomäus Pföderl, gerichtet. »Schauen S' doch selber! Keine Gäste, kein Geld!« Dies hier war Reinbachers Reich, und der König der Kartoffelknödel, der Herr über Pfannen, Töpfe und Tiegel, war erbost. Sein Zeigefinger schoss mit der aggressiven Angriffslust einer Viper vor und deutete auf die Absperrgitter, die die Zufahrtsstraße blockierten: »Wissen S', was passiert? Die Leute drehen um und gehen zum ›Kirchenwirt‹ oder ins

›Il Castagno‹, und ich bleib auf meinen Schnitzeln und Hühnerschenkeln sitzen.« Der Lindenwirt zauste den gekräuselten, in zwei Spitzen auslaufenden Rübezahlbart.

Pföderl war Hobby-Historiker, er nannte eine kleine, aber feine Bibliothek sein eigen, hielt Kurse an der VHS und den einen oder anderen Vortrag im Kreise gleichgesinnter Stammtisch-Gelehrter. Die verblüffende Ähnlichkeit zwischen dem Wirt und dem Tiroler Freiheitskämpfer Andreas Hofer war ihm sofort ins Auge gestochen. Der Wirt hätte sich jederzeit als Hofer-Double verdingen können. In einer beschwichtigenden Geste hob Pföderl die Hände. »Sie haben den Toten gut gekannt, habe ich gehört.«

Der Hopfen-Hofer beteuerte, dass der Tod Ehgartners einen herben Einkommensverlust für ihn bedeutete. »Freilich! Mit dem Erwin habe ich einen treuen Stammgast verloren, ein fideler, lebenslustiger Bursch, das geht mir durchaus nahe, wissen S'. Aber das Leben geht weiter.«

Pföderl hatte erst vor drei Wochen ein Seminar mit dem schönen Titel »Strategien der Deeskalation im Polizeivollzugsdienst Teil II« besucht, doch er würde zu einer probateren Methode greifen, um Reinbacher den Giftzahn zu ziehen. Mord ging schließlich vor Schlachtschüssel und Surhaxe: »Schön haben Sie es hier – ein Biergarten wie im Bilderbuch.« Die fünf Kastanien sowie die altehrwürdige Dorflinde machten als Bierkrügel-Begleitgrün zweifelsohne eine gute Figur. »Ein idyllisches Plätzchen, keine Frage.«

Reinbacher mandelte sich auf wie ein halbstarker Moped-Mafioso: »Der erste schöne Tag im Jahr und irgendein schießwütiger Trottel spuckt mir in die Rinderbrühe!«

Pföderl wechselte abrupt den Tonfall und zückte sein Smartphone. »Jetzt mal halblang, es handelt sich hier um Mordermittlungen. Wenn du Spaßvogel nicht sofort spurst, ruf ich einen mir wohl bekannten leitenden Beamten im Gewerbeaufsichtsamt an. Der schickt dir demnächst unangemeldet einen Betriebsprüfer und einen Hygienekontrolleur von der Lebensmittelaufsicht vorbei, die nehmen sich dann ausgiebig Zeit für dich und deine Bude auseinander. Die wühlen sich durch sämtliche Gefriertruhen, zerlegen deine Einbauschränke und prüfen deine Bücher, zwei-, drei- und viermal, wenn es sein muss. Haben wir uns verstanden?«

Der Wirt warf sich in die von einem breiten, ledernen Hosenträger umspannte Brust, schnaubte wie ein dampfiges Ross – und schwieg. Er winkte die wartende Kellnerin heran und bedeutete ihr, sich kooperativ zu verhalten. »Ich war hinten in der Küche. Die Irmi hat draußen im Garten bedient. Mögen S' vielleicht noch ein Weißbier und ein Schnapserl?«, gab sich der Wirt plötzlich versöhnlich.

Pföderl wischte demonstrativ auf dem Display seines Galaxy S7 edge herum. »Gern, wenn es Ihnen keine Umstände macht, bringen Sie mir dazu eine Portion Rostbratwürste mit Sauerkraut.« In Reinbachers Augen blitzte es gefährlich auf, doch er trollte sich leise grummelnd in Richtung Kombüse. Bartholomäus Pföderl richtete seine Aufmerksamkeit auf die, zugegebenermaßen nicht ganz unansehnliche, Schweinsbratenschubse. Ehe er sich nach ihren Personalien erkundigen konnte, kam ihm die fesche Malz-Maid zuvor – und zwitscherte mit kokettem Augenaufschlag: »Irmgard Zech, aber nennen Sie mich doch bittschön Irmi.« Zech – Pföderl schmunzelte. Das passte wie der Schlegel zum Bierfass. Allem Anschein nach war diese Irmi ein ganz ausgekochtes Luder – und was er sah, gefiel ihm auf Anhieb.

Die Einvernahme eines Zeugen war Routine – und glich doch jedes Mal einem Drahtseilakt, der sein ganzes Geschick erforderte. Es gab diverse Befragungstechniken, rhetorische Kniffe und Psycho-Tricks, um möglichst viele und detaillierte Informationen aus seinem Gegenüber herauszukitzeln. Um einen Zeugen gesprächig zu machen, musste man ihn erst ein wenig zappeln und im Unklaren lassen, worauf man hinauswollte. Pföderl schickte seine Blicke erst einmal auf Wanderschaft: Eine Buchsbaumhecke begrenzte den Biergarten zu einem kleinen Dorfsträßchen hin. Hinter dem schmalen Streifen Asphalt erhob sich der von wild wucherndem Gestrüpp bedeckte Kirchbichl. Am Fuß des Hangs trat eine Lage Tuffstein zutage. Ein Tor mit schmiedeeisernen Beschlägen ließ ahnen, dass sich dahinter ein ins Gestein gehauener Felsenkeller verbarg. In diesen Kellern hatte man früher die Bierfässer und andere leicht verderbliche Ware gelagert, schließlich sollte das Bier im Sommer schön kühl bleiben – und das Futter für Mensch und Tier nicht schimmelig werden. Eine Bogenlampe reckte ihren Giraffenhals über das schmale Sträßchen – sinnigerweise hing dort ein Wahlplakat der NP, der Nationalen Patrioten. Darauf war das Konterfei Erwin Ehgartners zu sehen, das auch post mortem noch ungebrochene Zuversicht ausstrahlte. Irmgard Zech hatte seinen Blick bemerkt. »Es ist eine wahre Tragödie, nicht? Er hätt' beim Bier bleiben und die Finger von der Politik lassen sollen. Der Erwin war kein einfacher Mensch, aber irgendwie ein feiner Kerl. Wenn er sein hinterfotziges Lausbubenlächeln aufgesetzt hat, hat man ihm einfach nicht böse sein können.« Ihr Tonfall, erst noch ein wenig kratzig, war nun weich und warm. »Ich bedien gern hier. Der Wirt ist ein jähzorniger Sauteufel, aber er zahlt seine Leute anständig und versteht sein Metier. Wissen S', der Betrieb ist seit anno 1864 in Familienbesitz. Eine echte Traditionswirtschaft. Der Sepp ist gelernter Koch und hält große Stücke auf die Rezeptsammlung seiner Oma. Bei uns finden Sie alles von A wie Apfelkücherl bis Z wie Zwiebelrostbraten, aber keinen Schicki-Micki Fraß à la Weißwurst-Carpaccio auf Ingwer-Vinaigrette.« Die Kellnerin hatte sich in Rage geredet, doch Pföderl ließ sie vorläufig gewähren. »Schauen Sie sich doch in der Gastronomie um. Die meisten Pächter wollen bloß den schnellen Reibach machen – und sparen überall, bei den Angestellten und an der Qualität der Ware.«

Pföderl legte abrupt den Schalter um und kam zur Sache: dem Mordfall Ehgartner. »Gut, helfen Sie mir. An was können Sie sich erinnern? Ist Ihnen etwas merkwürdig vorgekommen, war etwas anders als sonst?« Standardfragen – aber altbewährt.

Irmgard Zech sah sich an ihrem vertrauten Arbeitsplatz um – alles war wie immer, und doch war etwas anders als sonst. Der Schatten des Todes wich nur langsam von diesem Ort der Geselligkeit und des fröhlichen Zusammenseins. Die Leiche Ehgartners war vor gut eineinhalb Stunden von einem Leichenwagen des Bestattungsinstituts »Frohberger & Sohn« abtransportiert worden – und lag inzwischen still und starr in einer Kühlkammer, bereit zur Obduktion. »Da gibt's nicht viel zu erzählen. Die vier sind da drüben am runden Tisch gesessen – Schafkopf eben. Es war noch früh am Abend, aber der Ehgartner hat schon einen sitzen gehabt. Die anderen drei haben es ruhiger angehen lassen, hatten aber auch schon einige

Halbe intus. Nix Auffälliges, gute Kundschaft!« Irmi holte tief Luft. Ihre drallen, vom großzügig bemessenen Ausschnitt ihrer Dirndl-Bluse zur Geltung gebrachten Brüste hoben sich: »Das meiste Geschäft hab ich am Stammtisch drüben gemacht. Die zahnluckerten Salferer lassen sich beim Trinkgeld nicht lumpen.« Das Dekolleté der Dame gewährte tiefe Einblicke, sodass es Pföderl schwerfiel, sich auf das Wesentliche, die Befragung, zu konzentrieren.

»Als die Schüsse gefallen sind – wo waren Sie da?«

»Ich war auf dem Weg zum Stammtisch drüben – mit einem Tablett Bier aufm Arm. Da hat's plötzlich einen Kracherer getan, nicht allzu laut, aber nicht zum Überhören. Es hat einige Sekunden gedauert, bis ich realisiert habe, dass da in nächster Nähe geschossen wird.«

»Sie haben nur einen Schuss gehört?«, hakte der Kommissar verwundert nach.

»Denk schon. Ich bin dann ziemlich panisch zurück ins Wirtshaus gerannt. Meine größte Sorge war, dass den Bierglasln nix passiert und ich nix verschütte – seltsam, oder?«

»Und dann?«, fasste Pföderl sachte nach.

»Nach zwei oder drei Minuten hab ich meine Nase ins Freie gesteckt. Aber da war alles ruhig. Erst als ich den Ehgartner kopfüber auf dem Tisch hab liegen sehen, war mir klar, dass etwas Schlimmes passiert ist. Herzinfarkt – hab ich gemeint. Also bin ich ins Büro gerannt und hab den Notruf gewählt – 110!«

»Haben Sie denn draußen im Garten nichts bemerkt? Ein ungewöhnliches Geräusch? Ein wegfahrendes Auto zum Beispiel.«

Die Bedienung sah ihn verdattert an – und stammelte nur: »Na, mir ist nix aufgefallen.«

»Wo waren denn die anderen Gäste. Haben die denn niemand gesehen?«

Irmi schüttelte ratlos den Kopf. »Nein, da war niemand.« Barthl ließ es fürs Erste dabei bewenden. Um es vornehm auszudrücken, war die Zeugenaussage bislang nicht sonderlich ergiebig.

»Da, geht aufs Haus! Die Würstel kommen gleich.« Reinbacher stellte das Weißbier und ein Schnapserl vor ihm hin und verschwand grußlos. Eine liebreizende Person – zweifelsohne.

Pföderl markierte den einfühlsamen Good Cop. Seine Stimme klang so einschmeichelnd, als hätte er drei Tage lang Kreide gefressen. »Sie haben meinem Kollegen gegenüber erwähnt, dass Ihnen einer der Kartler aufgefallen ist, weil der noch nie hier war, ist das korrekt?«

Die Kellnerin knabberte an ihrer Unterlippe. »Noch etwas jünger, so Anfang 30, leger, aber durchaus stilvoll gekleidet. Eine rechte Angeberfotze. Er hat ziemlich blöd dahergeredet, in seinem Tiroler Dialekt – ich mag den ned. Das Bayerische klingt viel weicher, wohliger.«

Kurz entschlossen kippte er den aus heimischem Fallobst gebrannten hochprozentigen Obstler auf einen Sitz hinunter. Dann nahm er den roten Faden wieder auf. »Wo waren wir stehen geblieben – ah ja, dieser Tiroler, war der zufällig hier oder war er mit Ehgartner und den anderen beiden Hallodri verabredet?«

»Einen Moment, auf den Schreck hinauf brauch ich ein Stamperl. So ein grausiges Erlebnis muss man doch erst einmal verarbeiten, oder?« Praktischerweise stand die Obstler-Flasche auf der Anrichte – und Irmi schenkte sich großzügig ein. »Erst neulich hab ich gelesen, dass sich der enorme psychische Druck in Symptomen wie Schwindelgefühl, Konzentrationsstörungen und Reizbarkeit äußern kann. Mia gangst!« Die Kellnerin befühlte ihre Stirn und kippte sich zur Trauma-Prophylaxe gleich noch einen Obstler hinter die Rüschenbluse. »Warten S', der Ehgartner hat ein paarmal erwähnt, dass er neue Absatzmärkte für seine Brauerei erschließen möchte. Wahrscheinlich sollte der Typ den Vertrieb vor Ort organisieren und die Getränkemärkte abklappern. Das Bräuberger ist ja ein gutes Bier, allemal besser als die Ösi-Plärre, das Huber oder das Zipfer.«

Pföderl kritzelte auf seinem Verhörblock herum. »Und das Mordopfer, dieser Ehgartner, war hier Stammgast? Was wissen S' sonst noch über den?« Barthl zog alle Register der Verhörtechnik und legte einen suggestiven Unterton in seine heiser und drängend klingende Stimme.

Irmgard Zech zupfte an ihrer spitzenbesetzten Bluse herum. »Ein rotgesichtiger Quartalssäufer, aber nicht unrecht. Hat sich gern aufgeplustert wie ein Gockel am Mist – und eitel obendrein. Aber mei so sind s', die Mannsbilder. Wenn s' kein Weiberts mehr finden, fangen s' zum Spinnen an!« Barthl schaute von seinem Block auf – ihren Unterlagen nach war das Mordopfer 58 Jahre alt und lebte seit fast 10 Jahren von seiner Exfrau getrennt. Er war Geschäftsführer der Bräuberger Brauerei und Spitzenkandidat der Nationalen Patrioten im Stimmkreis 127 Rosenheim-West. »Und die anderen beiden Kartler«, fragte er pro forma, auch wenn er eh wusste, mit welch illustren Persönlichkeiten sie es zu tun hatten.

»Die sind von Audorf drüben. Die finden S' im Schützenheim oder beim Schmiedwirt.« Irmi plapperte munter weiter. »Kompakt gebaut, die Schultern breit wie

Bauernschränke. Eher der grob gestrickte Typ, Marke ›gschlamperter Bauernrammel‹. Nicht grad’ meine Kragenweite, aber nicht unwirsch.« Der Redefluss der Bedienung stockte – es war an ihm, eine neue Frage zu stellen. Doch welche? Von irgendwoher wehte das nun gar nicht mehr so laue Abendlüftchen einen Schnulzen-Song im Country-und-Western-Style heran, der vor Herz, Schmerz und Kentucky Bourbon triefte. »Some broken hearts never mend …« So wie in Ehgartners Fall, dachte Barthl in einem Anflug von Sarkasmus. Der brauchte keinen Herzchirurgen mehr.

HERZ ACHT

Die Metzgerei Rauch war nicht unbedingt das, was ein Asket oder Eremit als transzendenten Ort göttlicher Eingebungen und wundersamer Erscheinungen bezeichnet hätte. Ein Visionär war hier ebenso fehl am Platz wie ein Vegetarier. Hier ging es ums Wesentliche, es ging um die Wurst – und man pilgerte aus Bad Aibling, Litzldorf, Grainbach oder Steinertsöd hierher, um den diesseitigen, fleischlichen Genüssen zu frönen. Der Wurstkessel war für die hiesigen Ureinwohner so etwas wie der Heilige Gral, die Fleischtheke das Paradies auf Erden. Die reichhaltige Auswahl an Wurstwaren jeder Art ließ jedem Gourmet, der Geselchtes und Geräuchertes zu goutieren wusste, das Wasser im Munde zusammenlaufen. Milzwurst, Wollwurst, Weißwurst, Bauerngeräuchertes, Cervelat, Pariser Jagdwurst, Vespermett, Prinzensülze, dazu Cabanossi, Landjäger, Debrecziner, Regensburger, Lyoner – und obendrein die obligatorischen örtlichen Spezialitäten der vielfach prämierten Leib-und-Magen-Manufaktur: Schwarzrauchschinken, Bratensülze und altbayerischer Leberkäs. Beim »Rauch« gab es alles, was das Herz eines echten Bayern begehrte, insbesondere wenn es sich um ein solch verfressenes Mannsbild wie Kriminaloberkommissar Bartholomäus Pföderl handelte.

Barthl Pföderl war indes nicht nur wegen Presssack und Prosecco hier. Er war hier, um zwei wichtige Zeugen im Mordfall Erwin Ehgartner zu vernehmen – und er hatte aus ermittlungstaktischen Gründen beschlossen, die informelle Befragung der beiden eigensinnigen Querulanten hierher zu verlegen. Zumal sich beim »Rauch« das Angenehme mit dem Nützlichen verbinden ließ. Erst die Arbeit, dann das Vergnügen in Form von Brüh-, Brat- oder Extrawürsten. Ein prüfender Blick auf die Digitalanzeige am Armaturenbrett bestätigte ihm, dass er gut in der Zeit lag: 9 Uhr 33. Nach der Sonderschicht in der »Linde« und zwei Caipis und Mai Tais After Work war er noch nicht wieder ganz der Alte – und wuchtete sich ein wenig kreuzlahm aus dem Fahrersitz. Sein Rücken war verspannt, als ob er die Nacht auf dem Bett eines indischen Fakirs verbracht hätte. Mit steifen Gliedern stiefelte er auf die Metzgerei zu – von Weitem schon sah er das Duo Infernale auf einer der Bierbänke vor dem Laden lümmeln. »Pünktlich wie die Dachdecker«, murmelte er anerkennend. Dem Outfit nach zu schließen, schoben die beiden Dienst. Sepp Sonnleitner trug die Pföderl wohlbekannte Kluft: braune Uniformhose, beigefarbenes Hemd, darüber eine schwarze Lederjacke mit der Aufschrift »Polizei«. Eine gigantomanische XXL-Leberkässemmel in der einen, eine Bügelflasche Bier in der anderen Hand. Sein Kumpan Rabensteiner trug Schwarz: nicht das Schwarz der Kaminkehrer oder Sargträger, sondern das der IS-Security, einem hier ansässigen, privaten Sicherheitsdienst. Die haben Nerven, machen tatsächlich in aller Seelenruhe Brotzeit und kippen dazu in aller Früh ein Bier – und das im Dienst, vermerkte Pföderl verwundert – er war unschlüssig, ob ihm die zur Schau getragene Unbekümmertheit Respekt abnötigte oder ob er angewidert sein sollte. Barthl wusste, dass er vorsichtig vorgehen musste.

Das Duo Infernale hielt zusammen wie Pech und Schwefel. Betont lässig grüßte er in die Runde. »Ois roger in Kambodscha?« Rabensteiner kaute unbeeindruckt auf seinem Mega-Bayernburger herum, Sonnleitner hob träge ein Lid und blinzelte ihn aus einem rotgeäderten Aschermittwochsäuglein an. Das würde heiter werden.

Sepp Sonnleitner und Vitus Rabensteiner waren zwei Musterexemplare des Homo bavariensis, die sowohl dem Hopfentrunk als auch fetthaltigen Speisen mit wahrer Wonne zusprachen. Hatte ein Vertreter dieser Gattung das nötige Quantum intus, dann konnte ihn nichts mehr erschüttern, dann fürchtete er noch nicht einmal, dass ihm der Himmel auf den Kopf fiel. Die beiden Malz-Machos waren das, was man nördlich des Weißwurstäquators als »Originale« bezeichnete. In ihrem »Homeland« fielen die beiden Querulanten jedoch nicht weiter auf. Gietl hatte ihm eingeschärft: »Obacht! Wenn du ihnen auf die harte Tour kommst, schalten diese Dickschädel sofort auf stur. Bei diesen Holzköpfen erreichst du mit der »Bad Cop«-Nummer nichts. Gib dich nachgiebig, einsichtig, sonst fängst dir noch eine Watschen!« Wie Pföderl von seinem »V-Mann« erfahren hatte, waren die beiden das, was man in Bayern Zornbinkel, im Rest der Republik Choleriker und Hitzkopf nannte. Sonnleitner und Rabensteiner waren ein Gespann, das aus Prinzip nie in die gleiche Richtung zog. Zwei gleich starke, konträre Kräfte, die das Widersprüchliche, Gegensätzliche kultivierten und sich von daher ideal ergänzten: Die beiden Streithähne waren wie Basmatireis und Bauerngeselchtes, Blunzen und Buchteln. Zwischen den Polaritäten Plus und Minus funkte es so lange, bis sich die elektrische Spannung mit Blitz und Donner entladen hatte. Wenn es allerdings gegen den Rest der Welt ging, waren die beiden plötzlich ein Herz und eine Seele. Diesem Umstand musste er Rechnung tragen: Er würde höllisch aufpassen müssen, um nicht zwischen Skylla und Charybdis zermalmt zu werden.

»Hock dich hehra, kost aa ned mehra.« Sonnleitner begrüßte ihn mit – unter den gegebenen äußeren Bedingungen – ausgesuchter Höflichkeit. Sein Kompagnon grunzte säuerlich. »Aa scho da, wir warten schon eine Viertelstunde.« Ohne ein weiteres Wort zu verlieren, widmeten sie sich in stiller Andacht ihren »belegten Brötchen«. Augenscheinlich waren sich die bockbeinigen Bauernfünfer keiner Schuld, keines »Fehlverhaltens« bewusst. Von schlechtem Gewissen keine Spur. Mit Small Talk würde er auf Grund laufen, daher kam Pföderl auf die tragischen Ereignisse im Lindenwirt zu sprechen. Ohne dabei mit der Tür ins Haus zu fallen: »Taugt er was, der Leberkäs?« Die Frage war selbstredend eine rhetorische – und Sonnleitner passte den Ball zurück.

»Der beste weit und breit. An den Rauch kommt keiner hin, nicht der Schraml, nicht der Holzner und schon gar nicht der Flötzinger, der Gammelfleisch-Tandler!« Sonnleitner, immerhin Polizeihauptmeister, schien sich nicht im Geringsten um die von Staatsanwalt Dr. Knittelbeck angedrohten »disziplinarischen Konsequenzen« zu scheren.

Barthl nickte bedächtig: »Und das Bier, gschmackig?«

Nun war Rabensteiner an der Reihe. »Bräuberger Export Dunkel. Das einzig Wahre, da geht nix drüber. Das Bier vom Stern-Bräu ned und das grausige Gesöff vom Grüner-Bräu gleich gar ned!«

»Wenn du denen einen Träger abkaufst, kriegst a Packung Paracetamol gratis dazu«, grinste Sonnleitner boshaft.

»Ihr seid die Profis, ihr müsst es wissen«, pflichtete ihnen Pföderl launig bei und deckte sich seinerseits erst einmal mit lukullischen Sauereien ein. Er hatte Gesprächsbereitschaft signalisiert. Ob diese Botschaft angekommen war? Man würde sehen, inwieweit sich die Dickschädel auf das Frage-Antwort-Spiel einließen. Die Fleischpflanzerl sahen wirklich zum Reinbeißen aus, das Gleiche galt für die goldgelb glänzenden Brezen. Nur beim Bier zögerte Barthl. Er war schließlich im Dienst – und kein Bulle vom Schlag Sonnleitners.

Die Ureinwohner dieser gebirgigen Gegend verstanden sich auch ohne große Worte – dazu reichten wenige unzweideutige Gesten und Gebärden. Das über Jahrhunderte eingeübte Territorial- und Sozialverhalten half den »Hiesigen«, auftretende Unstimmigkeiten und Meinungsverschiedenheiten auszuräumen, ehe diese eskalierten. Pföderl hatte sich zu seinen beiden Stammesbrüdern an den Biertisch gesellt – und biss herzhaft in das faschierte Laiberl. »Mmmh, ein Gedicht. Außen resch, innen saftig, mit klein gehackten Zwiebeln und gescheit gewürzt, mit viel Paprika.« Rabensteiner und Sonnleitner nickten zustimmend und nuckelten wie zwei Neugeborene einträchtig an ihren Fläschchen. Das harmonische Häppchen-Happening war allerdings nicht von Dauer.

»Was willst wissen?«, schaltete Rabensteiner in den Angriffsmodus. »Oder brauchst bei der Brotzeit Begleitschutz?« Sonnleitner blinzelte scheinbar unbeteiligt in die Morgensonne, doch der alte Fuchs war auf der Hut. Die Befragung würde zäh werden, so zäh wie mit Flachsen durchzogenes Suppenfleisch.

Pföderl beendete das Vorgeplänkel und ging in medias res. »Was soll ich sagen, ein Mordfall ist immer eine unangenehme Angelegenheit – und mit Unannehmlichkeiten für alle Beteiligten verbunden.«

Rabensteiner gab sich schmallippig. »Was du nicht sagst!«

Sonnleitner zeigte sich gleichsam wenig auskunftsfreudig: »Blöd gelaufen, das mit dem Ehgartner.«

Barthl biss ein letztes Mal in seine Breze, dann stellte er die Frage, die ihm schon die ganze Zeit auf den Nägeln brannte. »Also noch mal zum Mitschreiben: Ihr klopft's Karten. Da fällt ein Schuss – und der Ehgartner tot um. Und wie reagiert ihr? Sichert ihr den Tatort, verständigt's die Kollegen? Nein, ihr verzieht's euch wie zwei Beutelschneider. Es ist euch schon klar, dass ihr euch damit hochgradig verdächtig macht's?«

Sepp Sonnleitner kraulte seinen stoppeligen Kinnbart. »In der ›Linde‹ waren wir quasi inkognito.«

»Undercover – sozusagen«, flocht Rabensteiner ein.

»Wie schaut das aus, wenn ich als Polizist um hohe Einsätze spiele? Fuchzgerl, Markl! Meine Frau macht mir die Hölle heiß.«

Rabensteiner sprang seinem Spießgesellen bei. »Was der Sepp sagen will: Es wird immer schlimmer bei uns. Ein gläsernes Irrenhaus! Me Too und der ganze Scheiß. Glang heut' irgendeiner Nutten an die Dutten – schon bist fällig. Wenn mein Chef spitzkriegt, dass ich zum Zocken geh, heißt es Spielsucht, erpressbar, als Security-Mann untragbar. Und ich bekomm eine Abmahnung oder gleich ein blaues Brieferl.«

Pföderl hielt die Einlassungen des Dorf-Doppels zwar für reine Schutzbehauptungen, hakte aber fürs Erste nicht nach. »Was ihr in eurer Freizeit macht, ist mir wurscht. Und für die juristische Bewertung des Sachverhalts ist der

Staatsanwalt zuständig – und nicht ich.« Behutsam tastete er sich vor: »Ihr hättet doch eure Aussagen zu Protokoll geben können. Verdammt noch mal, das ist doch nicht zu viel verlangt – ihr wart doch beide auf der Polizeischule, da müsstet ihr doch wissen, dass euer Abseilakt keinen guten Eindruck hinterlässt.« Wie der Pfarrer im Beichtstuhl redete Pföderl den beiden »Sündern« gut zu. »Also raus mit der Sprache, was habt ihr euch dabei gedacht? Und ich will keine Ausflüchte mehr hören.«

Sepp räusperte sich – und streute einen reumütigen Unterton in seinen dröhnenden Bass. »Wir standen unter Schock, verstehst? Die Kugel ist keine 30 Zentimeter an meinem Ohrwaschel vorbeigerauscht. Das lässt keinen kalt. Wir wollten nur weg, eine Fluchtreaktion, verstehst?«

»Wir waren mit den Nerven runter, sind im Auto gesessen und haben uns mit selbst gebranntem Obstler abgefüllt – angetrunken, wie wir waren, wollten wir nicht in der Gegend herumkutschieren. Logisch, oder?« Rabensteiner vertiefte sich in die Betrachtung der leeren Bierflasche und der mit süßem Senf bekleckerten Serviette. »Ein Schnapserl hilft, wenn die psychische Belastung zu krass wird. Nervennahrung. Bis weit nach Mitternacht haben wir die Klampfen kreischen lassen, Sweet Home, TNT, weißt schon.«

Sonnleitner legte eilig nach. »Das musst du dir mal geben, da wird vor deinen Augen ein alter Freund erschossen, da wärst du auch auf Hundert!«

Pföderl biss auf Granit. Sollte er nachbohren, dem »Verhör« eine andere Richtung geben? »Jetzt druckst nicht herum, als ob ihr vor versammelter Klasse die ›Glocke‹ von Schiller auswendig aufsagen sollt.« Pföderl suchte den Blick Sonnleitners, der mehr zu verlieren hatte als sein Spezl, der auf der Gehaltsliste einer privaten Security-Firma stand.

Rabensteiner raunzte angefressen. »Wir haben nix gesehen, wir wissen ned, wer auf den Ehgartner geschossen hat, was hätten wir also aussagen sollen?«

»Beim Schafkopfen musst mitdenken, mitzählen. Da bist du total fokussiert und nimmst deine Umgebung nur schemenhaft wahr – auf einmal macht's bumm und den Ehgartner haut's um!«

So kam er nicht weiter – er würde seine Taktik ändern und von der Flanke her attackieren. »Wie war der Ehgartner drauf? War er irgendwie aufgeregt, angespannt oder hat er einen verängstigten Eindruck gemacht?«

Sonnleitner winkte ab. »Im Gegenteil, die Sudsau war super drauf. Drei Solo, zwei Wenz, alle einwandfrei. Der hat uns über den Tisch und das Geld nur so aus der Tasche gezogen. Ich war gewiss schon an Dreißiger in den Miesen, dann hat er ein Herz Solo angesagt.«

Rabensteiner fuhrwerkte mit seinen Pranken herum. »Lauter Luschen, aber das Solo hätt' er verlieren können. Der Tiroler hatte ein Eins-a-Blattl auf der Hand.«

Pföderl war Bayer, ein geduldig abwartender Ermittler, aber er ließ sich ungern für dumm verkaufen. »Ein Wort noch über Eichel Ober und Gras Sau, dann sehen wir uns morgen früh bei mir im Büro in Rosenheim. Also, ist euch an ihm etwas aufgefallen? Hat er etwas erzählt – über diesen Tiroler zum Beispiel?«

Rabensteiner wuchtete sich von der Bierbank hoch. »Sorry Leut', i muaß dringend aufs Häusl. Sepp, wia schaut's aus, geht no' a Hoibe?« Sonnleitner hob den Daumen und Vitus Rabensteiner stakste im Stelzenschritt zum Dixi-Toilettenhäuschen.

»So, jetzt sind wir unter uns, Sepp. Gab's da was, was dir sonderbar vorgekommen ist?«

Sonnleitner glotzte ihn aus seinen Albinoäuglein an. »Gesoffen hat er wie ein Loch. Ein Helles nach dem anderen.« Sonnleitner versuchte vergeblich, die Pose des tiefsinnigen Denkers einzunehmen. »Der Erwin war schon allerweil ein Wichtigtuer. An dem Abend hat er hinausposaunt, dass er die Bräuberger Brauerei zur Premiummarke pushen werde. Wie der Pascha ist er da gehockt und hat von der geplanten Imagekampagne erzählt. Parallel dazu würden sie in Tirol ein engmaschiges Vertriebsnetz aufbauen – und dafür sorgen, dass die Getränke-Discounter das Export Hell und das Hefe-Weizen Spezial ins Sortiment aufnehmen.«

»Und wie hat sein Spezl auf die hochfliegenden Pläne reagiert?«, erkundigte sich Pföderl.

»Gar ned, der Typ kam ja ein bisserl später – und hat in seinen Bart genuschelt, dass er mit Bergbahn- und Liftbetreibern verhandeln tät'. Unter dem Motto ›Bräuberger ist Spitze‹ sollte das Bayern-Bier bei den Ösis einschlagen wie die Schartner Bombe.«

Der Kriminalkommissar nahm die Steilvorlage dankend an. »Top of Tirol, oder wie? Hast ihm diese Liftstüberl-Nummer abgenommen?«

»Ah geh, nix wie heiße Luft. Aber was geht's mich an, was die beiden treiben? Der Ehgartner war noch nie der bescheidene Hackler im Weinberg des Herrn.« Sonnleitner blinzelte, als ob er sich eine Träne verdrücken müsste.

Eine durchaus ansprechende schauspielerische Leistung, einen Tick zu theatralisch vielleicht, befand Pföderl. »Und was hast du dir gedacht?«

»Im Prinzip war der Erwin ein Pfundskerl – aber in

letzter Zeit hat er es mit der Gschaftlhuberei übertrieben. Vor einem Dreivierteljahr haben s' ihn mit dem Sanka in die Klinik eingeliefert. Verschluss der linken Herzarterie, hat es geheißen. Aber er wollt' partout ned kürzertreten! Stattdessen macht er Wahlkampf für die Patrioten-Front, der alte Depp!«

Pföderl war überrascht – er hatte nicht geahnt, dass Ehgartner ein schwer kranker Mann gewesen war. »Bei der Obduktion werden wir Genaueres über den Zustand von Herz, Lunge, Leber und Nieren erfahren.«

Sonnleitner übte sich in Galgenhumor. »Frage: Wenn einer eh schon auf der Abschussrampe steht, wieso noch ein Risiko eingehen und ihn umlegen?«

Pföderl krakelte ein paar Stichpunkte in seinen Notizblock: »Zustand der inneren Organe« – »Ehgartners Krankenakten einsehen« – »Wer wusste von der Herz-OP?« Barthl setzte einen ernsten Gesichtsausdruck auf: »Das werden wir herausfinden. Hatte Ehgartner berufliche oder private Probleme?« Er blickte auf und sah Rabensteiner neben Sonnleitner stehen.

»Probleme?« Vitus Rabensteiner wieherte wie ein Hengst, der eine brunftige Stute erspähte – und knallte zwei Flaschen Bräuberger Ägidius-Trunk auf den Biertisch. »Das wäre etwas untertrieben, tät ich sagen. Sein Privatleben, ein einziges Desaster. Er hat ja unbedingt diese Liana oder Liora, wie das geldgierige Weiberts geheißen hat, heiraten müssen. Diese rumänische Schnalle hat ihn ausgenommen wie eine Kirchweihgans. Und dann wollt s' ihm auch noch ein Kuckuckskind anhängen – das nicht von ihm war.«

Sonnleitner hielt es offenbar für taktlos, die familiären Verhältnisse Ehgartners in aller Ausführlichkeit zu sezieren, doch auch er merkte in süffisantem Ton an: »Die Scheidung war nicht billig, dieses Drecksluder hat ihn richtig bluten lassen.«

Rabensteiner neigte gedankenschwer sein Haupt und schien mit sich zu ringen, ob er noch mehr »Intimitäten« preisgeben sollte. »Dazu die Geschichte mit der gspinnerten Hex', der Schönhuberin.«

»Dieses Flintenweib hat ihn doch zur Kandidatur gedrängt«, ereiferte sich Sonnleitner.

Der Kommissar machte sich erneut stichpunktartige Notizen. »Schönhuber« – »politisches Engagement« – »Kandidatur«. »Und im Job, wie ist es da gelaufen?«, erkundigte sich Pföderl.

»Da hat ois gepasst. Von Bierflaute keine Spur. Der Absatz ist stetig gestiegen, die Brauerei hat in neue Sudkessel, Edelstahltanks und Abfüllanlagen investiert. Da ist er als Geschäftsführer fest im Sessel gesessen, aber der Stress war enorm.« Sonnleitner zog ein nüchternes Fazit. »Der Erwin hat sich überhoben. Die Politik, der Wahlkampf, die ganzen Anschuldigungen und Anfeindungen haben ihm das Genick gebrochen. Er wollte einfach immer mehr – und am besten alles auf einmal.«

Rabensteiner orakelte: »Wer den Hals nicht vollkriegt, dem wird irgendwann das Maul gestopft.«

Pföderl merkte kurz und lapidar an: »Zu viele Jäger sind des Hasen Tod!« Und unter den Jägern würde der Mörder zu finden sein.

Wie er es im Seminar »Praktische Verhörtechnik« gelernt hatte, sondierte er geduldig alle möglichen Spuren. »Wollte er sich hernach noch mit jemandem treffen?«

Eine tiefe Zornesröte entflammte Rabensteiners Wangen. »Was soll diese depperte Fragerei, Pföderl? Wen hätte er denn treffen sollen? Den Padrone von der Inntaler Mafia oder seinen Führungsbeamten vom BfV?«

Sonnleitner hob beschwichtigend die Arme: »Du musst das fragen, o. k.! Aber der Ehgartner war sturzbesoffen, er hat noch nicht einmal die Arschbacken der Trachten-Trutschen betatscht.«

»Und das will was heißen«, scherzte Rabensteiner.

Pföderl wurde das komische Gefühl nicht los, dass ihn diese Bauernbazi wie einen Ochsen am Nasenring herumführten. Das Gespräch hatte sich bislang ausschließlich um das Opfer, aber nicht um den mutmaßlich an der Tat beteiligten flüchtigen Tiroler gedreht. »Was wisst ihr über seinen Geschäftspartner? Was hat der hier gewollt?«

Sonnleitner hebelte den Kronkorken aus der Flasche. »Mei, den haben wir noch nie hier gesehen. Getränke-Tandler aus Hall, glaub ich zumindest. Ein ziemlicher Unsympath, wenn du mich frägst.«

Rabensteiner schlug seine schwarze Erdmann-Jacke mit der Aufschrift »IS-Security« zurück, darunter kam ein Pistolenhalfter zum Vorschein. »Ein eingebildetes Großmaul. Der Ehgartner war stinkfreundlich zu dem Aff – Jackl hier, Jackl da. Er ist dem Goaßenficker regelrecht in den Arsch gekrochen, das war sonst ned seine Art.«

Sonnleitner klopfte sich ein paar Brösel von der Hose. »Der hat sich nicht in die Karten schauen lassen, hat einen auf harten Hund, so auf Schwarzenegger light gemacht.«

Der Ball flog jetzt mit atemberaubender Geschwindigkeit hin und her. »Wo du es sagst – da war so eine negative Aura, was Hinterhältiges.«

Pföderl rutschte unruhig auf der harten Bierbank herum, in puncto Sitzfleisch war er gegenüber seinen beiden Zeugen eindeutig im Hintertreffen: »Aus Hall also, Jackl, Jakob. Wie noch?«

»Hm«, machte Sonnleitner. »Einen Schlitzaugen-Schlitten hat er gefahren, einen Allrad-Jeep von Suzuki oder Toyota.«

Rabensteiner wischte sich einen Speichelrest aus dem Mundwinkel. »Kennzeichen IL – Innsbruck-Land. Die Buchstabenkombination war irgendwas mit JE oder IF.«

»Habt's die Schönhuberin schon befragt?«, wandte Sonnleitner ein.

Pföderl verneinte. »Noch nicht. Wieso? Wisst ihr da noch was?« Die vielsagenden Blicke entgingen ihm nicht.

Rabensteiner höhnte. »Du bist doch bei der Kripo. Ich bin nur der Security-Sepp.«

Sonnleitner enthielt sich jeder Polemik. »Sie war doch sein Gspusi, schon ein bisserl her, dann hat er die Rumänin aufgegabelt und es gab eine Menge böses Blut.«

Pföderl fahndete in den Taschen seines zerknautschten Sakkos nach einem Kaugummipackerl und stieß dabei auf ein Gerät, das er dort drin nicht vermutet hatte: ein Diktafon. Wieso hatte er das Gespräch nicht mitgeschnitten? Das war doch reichlich unprofessionell. Er fühlte, wie die Wut in ihm hochkochte. »Dass oben am Kirchberg die Trafostation in die Luft geflogen ist, davon habt's ihr nichts mitbekommen, oder?«

»Wir waren doch unten am Parkplatz, später sind wir nauf nach Untereck, zur Kapelle«, wiegelte Sonnleitner ab. Pföderl bezweifelte, dass er von den beiden Zipfelklatschern die Wahrheit erfahren würde – da müsste er schon die Daumenschrauben anziehen.

Rabensteiner pulte mit einem Zahnstocher in seinen Hauern herum. »Weißt du, ob der Japsen-Jeep da noch da war, Sepp?«

»Schon möglich. Ehrlicherweise war ich nicht ganz bei mir«, merkte sein Sparringspartner mit bedauernder Miene an.

Das Pflanzerl war nur noch lauwarm – Pföderl hatte es also eilig. Ein herzhafter Biss, und ein Spritzer süßer Senf landete auf seinem samtteuren Sakko. »Verdammt, ze fix! Der war richtig teuer, reine Schurwolle – Markenware.« Er riss eine Serviette aus dem Spender und suchte mit hektischen Bewegungen die Senfspuren zu beseitigen, verschmierte dabei allerdings nur den Mostrich aus dem Hause Develey auf dem edlen Zwirn.

Sonnleitner klopfte ihm mit einem schadenfrohen Grinsen auf die Schulter. »Wir packen's wieder, Barthl. Die Pflicht ruft. Denk dir nix. Meine Frau sagt immer: Schmeiß das alte Zeug weg, die armen Negerkinder brauchen aa was zum Anziehen!«

»Wie? Ihr wollt's jetzt nicht einfach so gehen, oder?«

Rabensteiners Bärenpranke legte sich auf seinen Unterarm. »Wieso ned? Falls du noch was wissen willst, immer gern!« Breitbeinig wie zwei Desperados in einem B-Movie stapften sie zu ihren im Halteverbot parkenden Dienstwagen. Ratlosigkeit machte sich in ihm breit. Er war hier aufgewachsen, war ein Kind der Berge, manchmal hatte er jedoch das bedrückende Gefühl, ein Fremder im eigenen Land zu sein.

GRAS ACHT

Vor dem Rathaus flatterten die Fahnen im föhnig auffrischenden Wind. Neben den weiß-blauen Wecken zierte ein goldener Löwe, dem eine flammend rote Zunge aus dem Maul hing, das feine Flaggentuch. Jeden Laternenmast, jedes Stoppschild, jeden freien Fleck zierten großformatige Plakate, die für mindestens fünf verschiedene politische Gruppierungen warben. Über allem thronte der Platzhirsch: Landrat Franz Filzmooser, die hinterlistige Visage zu einem gönnerhaften Lächeln verzogen. Der Statthalter der bayerischen Landesregierung lag bei den Buchhaltern klar in Front, doch die Verfolger saßen dem in die Negativschlagzeilen geratenen Provinzgranden im Nacken. Einer dieser Verfolger war indes aus dem Rennen. Eine Reihe von Wahlplakaten zeigte ein vertrautes, trotz aller Retuschen aufgedunsen wirkendes Gesicht. Das Gesicht eines Toten, das der Erkennungsdienst aus allen erdenklichen Blickwinkeln betrachtet und beleuchtet hatte. Erwin Ehgartner grinste ihn mit angriffslustig gebleckten Gebiss an. Darunter prangte der zupackend und etwas anbiedernd klingende Wahlslogan: »Einer von Uns – Einer für Uns: Erwin Ehgartner – Liste 4.« Der Spitzenkandidat der NP, der »Nationalen Patrioten«, war nicht mehr – doch der Wahlkampf des patriotisch gesinnten Bündnisses ging mit unverminderter Intensität weiter. Hauptkommissar Armin Reimers klopfte sich den Staub von seinem Cord-Anzug. Es war ihm sichtlich unangenehm, sich hier umsehen und auf Tuchfühlung mit den »Patrioten«, ihren politischen Ideen, Vorstellungen und Idealen gehen zu müssen. Sein Unmut gründete nicht etwa darin, dass er die Zielsetzungen dieser Partei ablehnte oder deren Programm für abwegig und gefährlich hielt. Nein, er hatte für Parteien, deren Programmatik und Dogmatik generell nichts übrig. Ja, er konnte sich nur an einen Politiker erinnern, der ihm vom Fleck weg sympathisch gewesen war: Peppone, das schnauzbärtige Schlitzohr aus den »Don Camillo«-Filmen. Ein Dickkopf, der auf alle ideologischen Differenzen pfiff, wenn es um die wahren Werte ging, um Freundschaft, Menschlichkeit und die Kraft, über den eigenen Schatten zu springen und schier unüberbrückbare Gegensätze zu überwinden. Doch er war hier, um sich ein Bild zu machen und eine Zeugin zu befragen: Lydia Schönhuber, die Parteifreundin Ehgartners – und, wie es aussah, seine frühere Lebensgefährtin. Das Patrioten-Bündnis hatte eine Open-Air-Kundgebung auf dem Marktplatz von Bad Aibling angemeldet. Das gewaltsame Ableben Ehgartners war Wasser auf die Mühlen der »Patrioten«. Für seine Gesinnungsgenossen war es eine ausgemachte Sache, dass ihr Frontmann Opfer eines politischen Attentats geworden war. An Jacken und Westen prangten Buttons mit der Aufschrift: »Erwin Ehgartner – oaner von uns!« Die schwarze Trauerbinde am rechten Arm sprach Bände – und half Ehgartners Getreuen dabei, ihre Flugblätter unters Volk zu bringen: »Wählt Liste vier – die Heimat ist uns heilig. Für Tradition und Brauchtum, gegen Zuwanderung und Überfremdung!« Ihre politische Botschaft hätte klarer nicht sein können. »Ihre Stimme für Erwin – unser Kampf geht weiter!« Ganz im Gegensatz zu den Pamphleten der örtlichen Jehova-Aktivisten gingen die schlichten Propagandablättchen der Patrioten-Partei weg wie die ofenwarmen Brezen. »Für Freiheit und soziale Gerechtigkeit, stoppt die Flüchtlingsflut!« Reimers betrachtete das Geschehen mit nüchterner Distanz. Ehgartners Leute machten ihre Sache gut. Ihre Parolen schienen die Menschen anzusprechen – einerseits für Zustimmung, andererseits für Kontroversen zu sorgen. Einige Passanten verliehen ihrer Empörung über das durch die Unfähigkeit der etablierten Parteien verursachte »Systemversagen« lautstark Ausdruck. »Korrupte Bande, lassen halb Afrika ins Land! Da geht's nicht um Humanität, sondern um billige Arbeitskräfte!« Ein verhutzeltes, auf einem Gehstock gestütztes Weiberl schob sich durch die herumwuselnden Passanten und deutete mit gichtgekrümmten Fingern anklagend zum Himmel. »Alle lassen's uns arme Leut' im Stich – die Kirch' und die Partei! Aber ich sag euch eines: keinen Pfennig für diese elendigen Schmarotzer! Ich hab mein Lebtag lang Steuern zahlt und jetzt kann ich von meiner Rente kaum leben.«

Seine »Gefolgsfrau«, die Reimers beim Bad in der Menge den Rücken frei hielt, flüsterte ihm ins Ohr: »Vox populi – vox Dei, das wussten schon Cicero und Co. Mit unserer Demokratie steht es nicht zum Besten, weder hier in Bayern noch in Frankreich. Ca, c'est vrai, ah?« Reimers ließ sich auf keine Diskussion ein – bei Kommissarin Marie-Rose Duroc – halb Bayerin, halb Bretonin – wusste man nie, ob eine Bemerkung ernst oder scherzhaft gemeint war.

»Sagt Ihnen Franz Josef Strauß etwas? Ein kluger Kopf. Von ihm stammt das Zitat: ›Feind, Todfeind, Parteifreund!‹ Wir sollten also auf der Hut und uns über die Gesetzmäßigkeit von Ursache und Wirkung im Klaren sein.«

Die Kunst der Politik hatte von jeher darin bestanden, dem Volk etwas vorzugaukeln, von der eigenen Stärke zu schwadronieren und im Notfall einen Sündenbock zu opfern. Politiker waren wie Propheten, die sich in Besitz einer Heilsbotschaft wähnten – und von daher alles besser wussten. Ein Ermittler war dagegen auf Fakten, auf hieb- und stichfeste Beweise angewiesen. Eine Arbeit, welche der des Archäologen ähnelte, der Licht ins Dunkel der Geschichte brachte. »Also, Duroc, lassen wir uns nicht blenden. Die Partei profitiert vom Tod Ehgartners – das wäre ein Motiv.« Reimers und Duroc waren bereit, die Phalanx der Patrioten zu sprengen.

Ein mit Plakaten bepflasterter Traktoranhänger diente den Patrioten als Bühne. Die dahinter gespannten Transparente gaben die politische Stoßrichtung der Bürgerbewegung vor. »Freiheit für Bayern! Bavaria first!« Neben der Bühne warteten fünf von der Bräuberger-Brauerei gesponserte 50-Liter-Fässchen auf den Anstich. Die Aussicht auf eine Maß Freibier sowie die auf dem Grill brutzelnden Steaks – selbstredend von heimischen Rindern – lockten die Schaulustigen in Scharen. Mittendrin im Getümmel: Lydia Schönhuber. Ihre Miene kämpferisch, ihre Gesten resolut, keine Spur von Trauer und Tränen. Die Mittvierzigerin hatte in den Wahlkampfmodus geschaltet und ging mit vollem Elan auf Stimmenfang. Sie trug ein adrettes, teuer aussehendes Dirndl nach der neuesten Landhaus-Mode und verströmte den Charme einer alteingesessenen Furchenfürstin, etwas förmlich und streng, aber gleichzeitig generös und leutselig. Ein sorgsam geflochtener Zopf komplettierte das Bild kultivierter Bodenständigkeit. Sie stand an einem kleinen Bistrotischchen und war in eine angeregte Diskussion mit drei Herren der eleganten, honorigen Sorte vertieft. Die Runde komplettierte ein langmähniger, spitzbärtiger »Jesus-Jünger«, der entgegen seiner Hippie-Camouflage als Reichsbürger, der völkisches und antidemokratisches Gedankengut vertrat, aktenkundig war. Ein Bild perfekter Harmonie, dachte Reimers in einem Anflug von Sarkasmus. Lydia Schönhuber lachte hell auf, als ob ihr jemand einen unwiderstehlich komischen Witz erzählt hätte. Ihre »Galane« strahlten übers ganze Gesicht, als ob sie bereit wären, für ihre Herzensdame jederzeit eine Lanze zu brechen. Die vier Paladine gelobten ihrer Chefin »ewige Treue«: »Du kannst im Endspurt auf uns zählen!«, »Wir stehen fest zu dir – und unserem Programm!«, »Wir lassen uns nicht einschüchtern – von einem bezahlten Killer im Dienst des ›Rechtsstaates‹!« Die eingeschworene Genossen-Garde reckte ihre Fäuste gen Himmel. Lydia Schönhuber rief ihren Kampfgefährten noch ein paar aufmunternde Sätze zu, dann mischte sie sich mit ungekünstelter Unbefangenheit unter die Leute, grüßte hierhin, grüßte dorthin. Wieder war es Duroc, die ihm wie ein Geheimagent soufflierte: »Diese Schönhuber erinnert ein wenig an Marine Le Pen, n'est-ce pas? Nicht ganz so fesch, nicht ganz so forsch, aber sie macht dieser behäbigen Bande mächtig Feuer unterm Arsch.« Jedenfalls wusste die Schönhuberin, wie man in Bayern punktete. Am Ausschank war alles für den großen Moment bereit. Schönhuber schwang den Schlegel, um das erste Fass Freibier anzustechen – was ihr denn auch mit zwei kraftvollen Schlägen gelang. Ihre Gesinnungsgenossen jubelten und jauchzten. »Ozapft is'! Zwei Schläge, besser als manches Mannsbild!«, »Der Erwin wär' stolz auf dich – wir kämpfen weiter!«, »Bayern samma mia! Weg von Berlin.«

Marie Duroc hatte recht. Diese Leute waren Fanatiker, die in ihrer eigenen Welt lebten – und ihre eigenen Wahrheiten verbreiteten. Bei ihren Ermittlungen im Fall Ehgartner würden sie höllisch aufpassen müssen, nicht zwischen die Mahlsteine der Politik zu geraten. Die nationalen Patrioten würden das »Attentat« für ihre Zwecke instrumentalisieren, das Mordopfer zum Märtyrer stilisieren. Die politischen Gegner würden die Tat verurteilen, aber im gleichen Atemzug die von Ehgartner und Konsorten betriebene Polarisierung der Gesellschaft anprangern. Der Mord an dem »Promi-Patrioten« würde in den Medien und sozialen Netzwerken hohe Wellen schlagen. Als leitender Ermittler durfte sich Reimers keine Fehler erlauben und musste – ob er nun wollte oder nicht – den Schulterschluss mit der Staatsanwaltschaft suchen. Beim Gedanken an Knittelbecks nicht enden wollende Monologe schauderte es ihn.

Lydia Schönhuber schenkte den beiden Kripo-Beamten ein entwaffnendes Lächeln und reichte ihnen zwei Pappbecher mit frisch gebrühtem Filterkaffee. »Milch, Zucker?« Sie wies mit einer einladenden Handbewegung auf ein Beistelltischchen. »Sie müssen entschuldigen, aber die Tassen sind irgendwo verschüttgegangen. Ich persönlich bin strikt gegen diese Unsitte. Coffee to go – gehört verboten! Dieser Wegwerfmentalität, die Berge von Plastikmüll hinterlässt, sagen wir den Kampf an! Heimat bewahren – Natur schützen!«

Duroc nickte leichthin. »Es hat den Anschein, als ob Ihnen Ihre politische Arbeit sehr viel bedeutet, c'est votre sujet!«

»Und Sie wollen wissen, ob ich dafür über Leichen gehe?« Schönhuber lachte affektiert. »Nein, aber Erwin hätte es so gewollt, glauben Sie mir. The Show must go on – und die Zeit ist reif für den Wandel.« Schönhuber nahm ein Kännchen vom Tisch und goss Milch in ihren Kaffee. »Vom Nachbarhof. Nur pasteurisiert, da bestehe ich darauf! Das klingt in den Ohren der Globalisierungs-Junkies altmodisch, aber diese regionalen Themen liegen mir am Herzen. Wir wollen unsere kleinräumig strukturierte Landwirtschaft erhalten – dazu brauchen wir kein Bio-Label und keine Brüsseler EU-Normen. Das ist nur im Interesse der Agrar-Multis und der Öko-Mafia.« Sie waren Lydia Schönhuber hinter die improvisierte Bühne gefolgt. Dort standen einige Bistrotischchen, um Gespräche im persönlicheren Rahmen zu führen. Schönhuber ging ganz in ihrer Rolle als zuvorkommende Gastgeberin auf. »Mögen Sie vielleicht einen Kirsch- oder Topfenstrudel – hat meine Nachbarin gestern extra noch gebacken.«

Ob Macarons, ob Crêpes, Far breton oder Linzer Schnitte, Marie Duroc war ein Schleckermäulchen, das das kulinarische Cross-over goutierte. »Ah, merci. Der Strudel mit den Kirschen sieht extrem lecker aus, den würde ich gerne probieren.«

Er als Chef würde da nicht einschreiten. »Das wird uns der Staatsanwalt wohl nicht als Bestechung auslegen.«

Lydia Schönhuber lächelte wie die gute Fee aus dem Märchenwald. »Ah genga S', Herr Kommissar, a bisserl was Süßes.« Reimers demonstrierte Entschlusskraft, schnappte sich eine Tortengabel und schob sich ein Strudelröllchen in die Hamsterbacken. Wenn sich nur alle Zeugeneinvernahmen so entspannt anließen. Ehe er zum amtlichen Teil übergehen konnte, lud sich Duroc den Teller erneut voll. »Formidable, Madam. Diese Strudel, diese Striezel, diese Schmalznudeln – incroyable. Einfach fantastique!« Duroc quetschte zwischen zwei Bissen hervor: »Der Hof-Patissier des Sonnenkönigs würde vor Scham erblassen.« Dem war nichts mehr hinzuzufügen – Reimers kratzte die Krümel zusammen.

Süß und gut, aber sie waren hier, um die Hintergründe einer Gewalttat auszuleuchten. Reimers wählte als Einstieg die klassische Frage nach dem Motiv. »Ihr Parteifreund stand im Rampenlicht, das weckt Neid und Missgunst. Gibt es in den Reihen Ihrer politischen Gegner jemanden, der einen besonderen Groll gegen Ihren Spitzenkandidaten hegte?«

Ein unterdrücktes Schniefen, dann wurde Schönhubers Stimme fest und bestimmt. »Da fallen mir spontan die üblichen Verdächtigen ein. Der Erwin war kein Theoretiker, er war durch und durch Praktiker. Das Draufgängerische lag ihm im Blut. Er war vom alten Schlag, ein unermüdlicher Kämpfer für seine politischen Ideale, ein Mann von enormer Tatkraft und überschäumendem Temperament. Als junger Bursch hat sich der Erwin in jede Wirtshausrauferei gestürzt.« Sie tupfte sich eine einsame Träne aus den Augenwinkeln. »Er hat gern den wilden Hund herausgekehrt, der weder Tod noch Teufel fürchtet. Mit seiner zupackenden Art hat er sich nicht nur Freunde gemacht.«

»Zur Helden-Pose passen der Loden-Look und das patriotische Pathos ja nur bedingt«, relativierte Reimers mit leisem Spott.

Lydia Schönhuber schaute ihn aus zwei großen, unschuldigen Kulleraugen an. »Ist es nicht bezeichnend für diese kranke, entwurzelte Gesellschaft, dass man sich mit Begriffen wie ›Integration‹ und ›Weltoffenheit‹ schmückt und eine patriotische Gesinnung als rassistisch und extremistisch diffamiert? Wehe jemand heult nicht mit den Wölfen und vertritt eine von den Mainstream-Medien abweichende Meinung und spricht unbequeme Wahrheiten an! Wer immer Erwin Ehgartner erschossen hat, die wahren Mörder sind die selbstgerechten Propagandisten einer scheinliberalen Multikulti-Diktatur.«

Duroc signalisierte der Dirndl-Diva, dass sie sich etwas mäßigen, bei den Tatsachen bleiben und sich nicht zu einem Arpeggio auf der Gefühlsklaviatur hinreißen lassen sollte. »Alors, weshalb sollte jemand so blöd sein, ein Attentat zu verüben? Wenn ich einen unliebsamen Kontrahenten ausschalten will, dann lasse ich es wie einen Unglücksfall aussehen. Sonst spiele ich dem verfeindeten politischen Lager doch in die Hand.«

Lydia Schönhuber goss eifrig Milch nach, sodass sich die satten Brauntöne des Kaffees in eine undefinierbare, cremige Farbmelange verwandelten. »Ich rede von denen, die sich als moralische Instanz gerieren und Andersdenkende in den Dreck ziehen. Und ja zum Freiwild stempeln. Die Achse der Guten, Bunten und Weltverbesserer, die nach Solaranlagen und Wind-Parks schreien, und zu Hause in ihrer Garage stehen zwei fette SUVs mit Dreiliter-Dieselmotor.«

SUV – das Stichwort ließ Reimers aufhorchen. Die Suche nach dem breitbereiften Fluchtfahrzeug glich der nach der berühmten Stecknadel im Sandhaufen. Sollte an den Mutmaßungen Schönhubers etwas Wahres dran sein? »Sorry, aber solch allgemein gehaltene Anschuldigungen bringen uns keinen Schritt weiter. Wir brauchen Namen, triftige Motive – und klare Indizien.«

»Sie wollen Namen«, fauchte Schönhuber, nun sichtlich aufgebracht. »Dann wühlen Sie sich durch den Lokalteil der Heimatzeitung, statten den Redaktionen der lokalen Radio- und Fernsehsender einen Besuch ab und checken die einschlägigen Facebook-, Twitter- und Instagram-Accounts, machen Sie Ihre Hausaufgaben.«

Durocs Mundwinkel kräuselten sich zu einem entwaffnenden Unschuldslächeln. »Ah, excusez-moi, Madame, wir stehen noch ganz am Anfang. Haben Sie einen Tipp für uns, wo wir den Hebel ansetzen sollten?«

Die leichte Röte auf den Wangen der Parade-Patriotin war verflogen. »Schulze-Göbel, Claudia, sitzt für die ABM in diversen Gremien, im Kreisverband, im Bezirkstag, was weiß ich. Die geschrollte Henne hat eine Hetzkampagne gegen Erwin angezettelt, Lügen und Unwahrheiten verbreitet und ihn im Netz diffamiert. Diese gewissenlose Intrigantin hat ihm eine Nähe zur Nazi-Ideologie unterstellt und behauptet, dass Erwin ein ausgewiesener Rassist und Rechtsextremist sei. Widerlich!«

ABM – die Alternativ-Bunte Mitte – Reimers machte sich in Gedanken eine Notiz, einen richterlichen Beschluss durch den Staatsanwalt zu erwirken, um die elektronische Kommunikation, die E-Mail-Accounts et cetera der »bunten Öko-Truppe« überwachen zu lassen. »Haben Sie juristische Schritte eingeleitet und Anzeige erstattet?«

Lydia Schönhuber winkte ab. »Das führt zu nichts und bindet nur Ressourcen. Unser sogenanntes Rechtssystem ist auf dem linken Auge blind. IS-Kämpfer per Gerichtsbeschluss zurück nach Deutschland holen – das können sie.«

»Bleiben wir bitte beim Thema, wissen Sie von konkreten Drohungen gegen die Person Ehgartners?«, unterbrach der Kommissar ihre Brandrede – doch Schönhuber war in Fahrt und kaum zu bremsen.

»Wir bekennen uns zur bayerischen Leitkultur, zu den alten Bräuchen, Werten und Traditionen, zu unserer Lebensart und Sprache.« Wie die Chef-Anklägerin vor einem Revolutionstribunal deklamierte Sie. »Und wenn Sie mich nach einem Motiv fragen. Der Erwin war Chef der Bräuberger-Brauerei und bestens vernetzt. Er hat gewusst, was unter der Hand läuft, wer Dreck am Stecken und sich die Taschen vollgestopft hat. Er ist aus diesem Amigo-Zirkel ausgestiegen, deswegen war er eine Gefahr für Filzmooser und Konsorten.« Reflexartig griff sie nach den leeren Bechern und schenkte Kaffee nach. »Unser Landrat und seine Spezl verkaufen unsere Heimat und betonieren alles zu. Denen geht es nur ums Geschäft, um öffentliche Gelder und lukrative Aufträge – da ist eine richtige Asyl-Industrie entstanden, die auf Kosten der Allgemeinheit satte Profite einstreicht. Erwin wollte eine andere, ehrliche, saubere Politik.«

Duroc ließ sich von der demagogischen Rhetorik nicht aus dem Konzept bringen. »Wenn Sie Hass-Mails oder unverhohlene Drohungen erhalten haben, dann hätten wir die gerne, um die Urheber zu ermitteln.«

Die Frontfrau der Patrioten-Vereinigung verzog ihren Mund, als ob sie in einen faulen Pfirsich gebissen hätte. »Was soll das bringen? Diese Schmäh-Schriften werden doch über irgendwelche Fake-Accounts verschickt. Die Strippenzieher halten sich dezent im Hintergrund. Oder glauben Sie, dass der Mord-Auftrag per Mail oder in einem blauen Briefumschlag rausging?« Schönhuber lachte höhnisch auf.

»Das wohl kaum, aber wir würden gerne Einblick in die Unterlagen des Opfers nehmen, alles, was sein politisches Engagement betrifft. Es wäre möglich, dass sich dort ein

Hinweis auf den Täter findet«, stellte Duroc in beflissenem, aber unmissverständlichem Tonfall klar.

Lydia Schönhuber schien für einen Moment irritiert, musterte dann aber die Kommissarin mit abschätzigen Blicken. »Wenn Sie meinen, dass Ihnen das weiterhilft. Erwin hat unser Büro kaum genutzt, er hat fast alles von seinem Homeoffice aus erledigt. Sein Anwesen in Rauholzen, das er von seiner Großmutter geerbt hat, werden Sie wohl sowieso durchsuchen.«

»Sowie sein Büro und die Geschäftsräume der Brauerei«, betonte Reimers. »Wir machen nur unseren Job«, fügte er achselzuckend hinzu.

Ihre Stimme war beherrscht, ihre Miene frostig. »Eines sollten Sie wissen, Erwin und ich waren enge Freunde, politisch wie privat. Sein Tod ist ein schwerer Schlag für mich. Jeder hat seine Fehler, aber Erwin war keiner, der mit gezinkten Karten aufgetrumpft hat, kein verlogener Heuchler, sondern ein Mensch mit Rückgrat!« Schönhuber schnaubte wie eine Bache, die ihre Jungen verteidigte. Ihre Stimme klang auf einmal scharf und schneidend. »Wenn Sie schon im Dreck wühlen müssen, dann suchen Sie sich lohnendere Ziele.« Die Fronten waren geklärt.

Reimers hatte das Gefühl, dass Schönhuber eine gewiefte, manipulative Taktikerin war, die ihre Hände in Unschuld waschen und von parteiinternen Querelen und Konflikten persönlicher Natur ablenken wollte. Von einem solch durchsichtigen Manöver würde er sich nicht von seiner Linie abbringen lassen. »Nun, wir respektieren Ihren Schmerz – Sie haben einen geliebten Menschen verloren. Den Akten nach hat Ihr Freund mit seinen Aktionen allerdings selbst für Zündstoff gesorgt. Im Stadtrat hat er sich vehement gegen den Bau einer Asyl-Unterkunft ausgesprochen und eine Mahnwache für die Opfer des ›Asylanten-Terrors‹ organisiert. Zudem ist ein Verfahren wegen Volksverhetzung und ausländerfeindlichen Äußerungen gegen ihn anhängig. Das ist jetzt ja gegenstandslos.«

Lydia Schönhuber bleckte ihre leuchtend weißen, gebleichten Beißer. Sie schien auf diesen Anwurf nur gewartet zu haben. »Ein inszenierter Schauprozess! Wer in diesem Land die Wahrheit sagt und die Schuldigen benennt, der kommt vor Gericht.« Die »schwarze Rosa« der bayerischen Berge ereiferte sich. »Was bedeutet denn diese allseits propagierte ›offene Gesellschaft‹? Dass den Clan-Kriminellen, den Muslimbrüdern und Asylbetrügern Tür und Tor geöffnet wird! Das sollte gerade Ihnen als Polizisten zu denken geben.«

Reimers langte es langsam. Es war Zeit, die privaten Beziehungen zwischen der eisernen Lady und ihren gwamperten Kampfgenossen zu durchleuchten. »Sie haben eingeräumt, dass Sie den Toten gut gekannt haben. Uns liegen überdies Informationen vor, die eine persönliche, intime Beziehung nahelegen.«

Diese indiskrete Frage schien Lydia Schönhuber zu amüsieren, jedenfalls lachte sie lauthals los. »Mei, das ist vier, fünf Jahre her. Wenn Sie es unbedingt genau wissen wollen, ja, wir hatten eine kurze amouröse Affäre. Aber das hat nicht lang gehalten. Wissen S', der Erwin hatte ein goldenes Herz und er war ein Pfundskerl, aber er hat sich immer etwas beweisen müssen. Was soll ich sagen? Er konnte seine Finger weder vom Whiskey noch von den Weibern lassen.«

»Und hat Sie das nicht gestört, waren Sie da nicht eifersüchtig?«, wandte Duroc mit weiblicher Einfühlsamkeit ein.

»Ich hab mir diesbezüglich nie Illusionen gemacht. Wir waren ein starkes Team und haben dieselben Ziele verfolgt. Und ehe Sie fragen: Nein, ich hab ihn nicht umgebracht.« Ein belustigtes Lächeln spielte um ihre Lippen.

Es war Zeit für die 1.000-Euro-Frage: »Wo waren Sie vorgestern um fünf Uhr? Das müssen wir fragen«, schob Reimers hastig nach.

Schönhuber ließ sich keine Verunsicherung oder Beunruhigung anmerken. »Meinen Sie im Ernst, dass ich meinen langjährigen Weggefährten ermorden lasse, damit wir ein paar Stimmen mehr bekommen, darauf wollen Sie doch hinaus, oder?« Reimers blickte betreten auf seine frisch polierten Schuhspitzen. »Tja – und mein Alibi. Irina, schaust du mal bitte kurz …« Eine adrette Brünette, die sich am Holzofengrill um Burger, Steaks und Koteletts sorgte, hob kurz den Kopf. »Entschuldige, aber die Kripo will wissen, wo ich gestern Abend so zwischen fünf und sechs war!«

Die Frau mit hübschen, slawischen Gesichtszügen blickte kurz zu ihnen herüber, ehe sie sich wieder ihren Rib-Eye- und Hüftsteaks widmete: »Lydia war bei mir daheim, sie hat mir beim Kuchenbacken geholfen. Danach haben wir noch ein Gläschen getrunken, einen Lemoncello-Cocktail mit Wodka und Tonic. Wann bist du gegangen, so um halb zehn?«

Schönhuber chippte den Ball ins Tor. »Ich hab in der Zirbenstube noch ein wenig Radio gehört – BR Heimat, Gstanzln, Wiener Lieder, noch was?«

Damit war die Frage nach dem Alibi geklärt – und die Befragung beendet. Reimers und Duroc bedankten sich artig für die ihnen erwiesene Gastfreundschaft – und verabschiedeten sich. Mit einiger Mühe pflügten sie durch die durstige Meute der Joppen-Jünger ins Freie. »Das hat mehr Fragen aufgeworfen als beantwortet«, zog Duroc ein ernüchterndes Fazit. Reimers musste seiner Assistentin beipflichten. Welche neuen Anhaltspunkte hatten sich unterm Strich ergeben? Die Annahme, dass Landrat Filzmooser oder die selbst in den eigenen Reihen als Maulheldin belächelte Schulze-Göbel einen Killer angeheuert hatte, um Ehgartner aus dem Weg zu räumen, mochte abwegig erscheinen, dennoch würde er auch dieser Spur gewissenhaft nachgehen, die nötigen Überwachungsmaßnahmen einleiten, die Alibis checken. Die extremistischen Positionen und der offen propagierte Fremdenhass Ehgartners waren ein mögliches Motiv – mehr auch nicht. Für den Moment stocherte er im Dunkeln herum. Eifersucht, Neid, Raffgier, Rachsucht waren allesamt starke Motive. Es erschien Reimers zudem durchaus plausibel, dass es dem Täter primär darum gegangen war, einen lästigen Rivalen oder Mitwisser zu beseitigen. Wo also war der Täter zu suchen? Unter den politischen Feinden oder Freunden der Patrioten-Bewegung, unter Ehgartners »Geschäftspartnern« oder unter den vom Gmoastier gehörnten Hornochsen? Er würde, wie es in den Presse-Statements so schön hieß, in alle Richtungen ermitteln müssen.

EICHEL ACHT

Was wäre die Erde ohne Wasser? Eine lebensfeindliche Eis- und Felswüste mit einem Radius von 6.300 und einem Umfang von 40.000 Kilometern. Aqua fons vitae – das alchemistische Urelement war die Quelle alles Lebens. Ohne das Wunderelixier keine Alge, kein Pflänzchen, kein Tier, kein Mensch. Der sprudelnde Quell war der Inbegriff des Fließens, des Sprießens und Gedeihens. Jeder Tropfen barg die Kraft der Katharsis in sich – und stand sinnbildlich für Reinigung, Läuterung und Vergebung aller Sünden. Ohne den Stoff, aus dem die Träume und Meere waren, gäbe es keinen blauen Planeten. Mutter Erde wäre nur eine nackerte Kugel, wie der Mond, wie der Mars. Kurzum, das Molekül mit der chemischen Formel H2O war das Salz in der Ursuppe. Diese magische Substanz ließ sich jedoch noch weiter verfeinern und veredeln. Bei den Altvorderen hatte es geheißen: »Wasser wird zum edlen Tropfen, mischt man es mit Malz und Hopfen.« Das stimmte so nicht ganz. Es bedurfte mikroskopisch kleiner Organismen, Hefepilzen wie Candida utilis, um einen komplexen, enzymatischen Prozess anzustoßen, in dessen Folge Zucker respektive Glucose zu Alkohol vergoren wurde. Die Hefe war der Katalysator, der die Gärung in Gang setzte und die Wandlung von Maische in Bier bewirkte. Es gab zweierlei Hefestämme, die das Wunderwerk vollbrachten und bei höheren Temperaturen um die 20 Grad Celsius oder bei niedrigeren Temperaturen um die 10 Grad aktiv wurden. Dementsprechend gab es obergärige und untergärige Biere. Zu ersterer Sorte zählte das Weißbier, zu zweiterer zählten die Lagerbiere, das Helle und das Dunkle. Für die alpinen Aborigines war der Gerstensaft unverzichtbarer Bestandteil der täglichen Nahrung. Bier war ein Grundnahrungsmittel, gehörte zu Bayern wie die Semmelknödel, der Schweinsbraten und der weiß-blaue Himmel. Die Maß war für einen Bayern das, was für einen Sioux-Indianer das Tomahawk, für einen Sikh der Turban war. Für diesen eigenbrötlerischen, halsstarrigen Menschenschlag war der Maßkrug ein sakrales Gefäß. Eine heilige Trinkschale, aus der man statt Blut nun Bier schlürfte. Wie zu grauen Vorzeiten versammelten sich die Stammesgenossen noch immer an den alten Opferplätzen, um den Krug zu Ehren der Ahnen kreisen zu lassen.

Dort, wo heute der »Wirt« von Schmidham war, hatte sich dereinst eine keltische Kultstätte befunden. Um Tische und Bänke drängte sich ein wilder, urwüchsiger Haufen: Promillepropheten und Bierschaumschamanen soffen um die Wette und frönten der Lust an rituellen Verbrüderungen und eruptiven Wutausbrüchen. Dicke Schwaden blauen Dunsts ballten sich unter der niedrigen, mit einer Rußschicht laminierten Holzdecke. Das schummerige Licht wurde von dem dunklen Braun der Balken und Bohlen fast vollständig absorbiert. Eine mollige, mit Muskeln bepackte Schankmaid hatte sich ein Dutzend Maßkrüge auf ihre festen, fleischigen Unterarme geladen, um die durstigen Kehlen nicht verdorren zu lassen. Wie ein Derwisch im Dirndl wirbelte die »kuglerte Resl« durch die schmalen Gänge zwischen den eng beieinanderstehenden Tischen. Das Geklirr der Gläser, das Geschrei und

Gegröle der zechenden Clans-Männer hallten von den mit braunem Eichenfurnier vertäfelten Wänden wider und steigerten sich zu einer Kaschemmen-Kakophonie. In der »Schmieden« sah es, von den dumpf wummernden Boxen und den fiebrig flackernden Leuchtstoffröhren über dem Tresen einmal abgesehen, noch genauso aus wie zu Zeiten König Ludwigs. Die Aura jener längst verflossenen »guten alten Zeit« war in der »Schmieden« wie in Bernstein gegossen. Eine Zeit, in der die Welt noch nicht aus allen Fugen geraten war, Zucht und Ordnung im Bayernland herrschte. Aus dem Halbdunkel des Nebenzimmers schälte sich das Konterfei des Kinis. Das Gesicht von aristokratischer Blässe, die edle Stirn vom Schatten der Schwermut umwölkt, die tintenblauen Augen auf einen Punkt in weiter Ferne gerichtet. Um seine breiten Schultern schmiegte sich ein Hermelinmäntelchen, leuchtend weiß wie Alabaster. Der Märchenprinz hatte seine letzte Ruhestätte in einem blattgoldenen Prunkrahmen gefunden und murmelte versonnen in seinen zart ziselierten Bart. »Ein ewiges Rätsel will ich bleiben, mir und jenen, die nach mir kommen!« Ludwig der Zweite schien irgendwie zu ahnen, dass es mit der königlich-bayerischen Herrlichkeit bald vorbei sein und die, die nach ihm kamen, sein Märchenreich zu Abertausenden überrennen und mit ihren Smartphones, Camcordern und Selfie-Sticks entweihen würden.

Unter den Blicken des in Melancholie versunkenen Monarchen hatten sich drei grobschlächtige Gesellen um den Ecktisch geschart. »Das waren noch Zeiten damals, da waren wir Bayern noch Herr im Haus«, schlug Sepp Sonnleitner einen wehmütigen Ton an.

»Der Augiasstall gehört ausgemistet, mit harter Hand und eisernem Besen«, pflichtete ihm Veitl Rabensteiner seufzend bei. Der Dritte im Bunde, der um einiges jünger und drahtiger als die schon etwas aus dem Leim gegangenen Kämpen war, sprach dem bitterwürzigen Gesöff zu und schwieg. Das Trio hatte schon etliche Maßen Bock-Bier intus und war infolgedessen nicht mehr ganz auf der Höhe seiner Schaffenskraft. In ihren speckigen Lederhosen und abgewetzten Strickjankern hätten die drei jederzeit als halbseidene Haderlumpen auf der Bauernbühne brillieren können. »Niemand hat mehr Respekt vor einem Polizisten – ich komm mir vor wie der Schaukelbremser am Jahrmarkt«, klagte Sonnleitner verbittert.

»Hast ihn ja gehört, den Pföderl, interne Ermittlungen wollen sie gegen dich einleiten. Bin ich froh, dass ich nicht mehr bei dem Sauhaufen bin. Da Scheiß ich doch auf die Pension, wenn ich andauernd geschurigelt und drangsaliert werde«, stieß Rabensteiner ins gleiche Horn.

Sonnleitner stimmte das Hohelied des braven, zu Unrecht beschuldigten Beamten an. »Willkür, reine Willkür! Was haben wir den bittschön verbrochen, waren wir etwa im Dienst, oder was? Ich sag euch eins, ich sag gar nix mehr!«

Rabensteiner suchte ihren schweigsamen Kumpan zu fixieren, was ihm angesichts seines alkoholisierten Zustands und des leicht zur Seite schielenden Mona-Lisa-Blicks nicht recht gelingen wollte. »Fesl, du warst doch am Tatort. Was treiben die Schliefer von der Kripo eigentlich? Haben sie schon eine Spur? Irgendwo muss der Täter ja sein!«

Sonnleitner fiel ihm ins Wort: »Was wollen's denn von dem Tiroler? Der Pföderl wollt' ständig wissen, wo der abgeblieben wär. Ich sag dir eins, ich sag nix!«

Silvester »Fesl« Gietl verzog keine Miene. Von der Aussicht, seine grauen Zellen über Gebühr strapazieren zu müssen, schien er wenig angetan zu sein. »Ich sag euch eines: Diese Geschichte geht uns einen feuchten Scheißdreck an. Unser ›Sniper‹ wird seine Gründe gehabt haben, weshalb er die linke, oder besser rechte, Bazille aufs Korn genommen hat. Den SpuSis nach hat er dreimal durchgeladen. Ein Meisterschütze war das ned!«

»Was haben's sonst noch? Fabrikat, Modell, Geschosstyp, Kalibergröße?« Vitus Rabensteiner war ein Flinten-Freak, wenn es um Waffen ging, kannte er sich aus.

»NATO-Munition, Standardpatrone, großes Kaliber, 7,62 mal 51 Millimeter.« Die Antwort kam wie aus der Pistole geschossen.

Sonnleitner hakte nach. »Das Fluchtfahrzeug – wissen die schon, wo es herkommt? War der Täter ein Auswärtiger, ein Auftragsmörder eventuell?« Den Dreckrammel hatte ja niemand zu Gesicht bekommen. Sepp erreichte langsam Betriebstemperatur. Diese heimtückische Mordtat ging ihm nicht aus dem Sinn, beschäftigte ihn. Was hatte der Täter vor, würde er wieder zuschlagen? Auf seiner Stirn glänzte ein hauchdünner Schweißfilm. Es war unwahrscheinlich, dass er oder Vitus auf der Abschussliste standen. Dennoch rotierte sein Schädel, er hatte sich stundenlang im Bett hin- und hergewälzt, bis ihn seine Frau Vroni auf die Wohnzimmercouch verbannt hatte. Wer sollte ihn ermorden wollen, einen unbedeutenden Streifenpolizisten, Besoldungsgruppe A 10, der zu Wohnungseinbrüchen gerufen wurde, Fälle von Vandalismus verfolgte oder ein paar Pensionisten-Pedelecs auf ihre Verkehrstauglichkeit hin überprüfte? Es fiel ihm beim besten Willen keiner ein, der ihm an die Lederjoppe wollte.

Sepp hatte zunächst angenommen, dass der Fall Ehgartner schnell gelöst wäre, dass sie den Schützen quasi in flagranti erwischen würden. Das Mord-Motiv war in Ehgartners »Geschäftsbeziehung« zu diesem Dunkelmann aus Tirol zu suchen – davon war er überzeugt. Doch je länger Sepp darüber nachsinnierte, desto komplexer und verworrener erschien ihm dieser Fall. Es würde eines Fingerzeigs des Schicksals bedürfen, um die Fährte des Killers zu finden.

Gietl setzte den Krug ab und wischte die Schaumspritzer von seinem Oberlippenbärtchen. »Soweit ich weiß, konzentriert sich die Fahndung auf einen metallic-silbernen SUV und diesen Japsen-Jeep, den ihr ja selbst gesehen habt's. Es ist wohl so, dass sie nach zwei Schützen fahnden. Bei der Bluttat könnte es sich um eine Art Vendetta, eine Abrechnung im Halbwelt-Milieu handeln. Das eigentliche Anschlagsziel wäre dann der flüchtige Tiroler gewesen!« Eine Hypothese war so gut wie die andere, solange keine gesicherten Erkenntnisse vorlagen.

»Na, da irrt die Kripo. Das Modus Operandi passt zu keinem Sonntagsschützen, der sein Ziel meterweit verfehlt. Und was noch entscheidender ist, diesen Hansel aus Hall kennt doch hier keiner. Den Ehgartner hingegen schon – und ihr wisst ja, wie der Erwin war. Viel Feind, viel Ehr!«

»Könnt' doch sein, dass der Täter ihn nach Grainbach verfolgt oder von dem Treffen gewusst hat«, wandte Gietl ein.

»Gut, nehmen wir an, der Täter kommt aus Tirol. Zunächst einmal muss er die Waffe über die Grenze schmuggeln. Das Risiko, dass er kontrolliert wird, ist relativ gering, aber er ist auf den ÜB-Kameras zu sehen – samt Nummernschild. Nehmen wir weiterhin an, dass sich jemand, ein Spaziergänger beispielsweise, an seinen

Wagen erinnert, weil sein Köter gegen die Radkappen pinkelt – was dann? Dann bist du dran.« Sepp war noch nicht fertig. »Punkt zwei. Wie wirst du die Tatwaffe los, wirfst du sie in den nächsten Restmüll-Container oder versenkst du das Teil in einem Fischweiher? Schwachsinn!«

Gietl ließ so leicht nicht locker. »Wär' doch möglich, dass der Anschlag von langer Hand vorbereitet war. Der Killer hat Komplizen, die die Waffe am Schwarzmarkt besorgt und die Flucht organisiert haben.«

Rabensteiner blies die Backen auf und trompetete los. »So ein Schmarrn! Wir haben uns doch erst ein paar Stunden zuvor verabredet. Es war ja nicht gewiss, ob wir einen vierten Mann auftreiben. Wurden also unsere Telefone abgehört, oder was? Ich bleib dabei, der Schütze hat auf den Erwin angelegt. Schließlich war er alles andere als ein Heiliger!«

Sonnleitner pflichtete seinem Zechkumpan bei. »Ständig hat er die Goschen aufreißen müssen und einen auf wichtig gemacht!«

Nun war Veitl an der Reihe. »Ein sturer Hund, ein furchtbarer Rechthaber war er!«

»Vergesst seine Weibergeschichten ned – der Duttentandler war doch hinter jedem Putenbrüsterl her«, zischte Gietl, dem der Verstorbene letztes Jahr zehn Kästen schalen, säuerlich schmeckenden Biers für eine Jubiläumsfeier angedreht hatte. Das hatte Fesl dem hinterlistigen Ruach nie verziehen. »Was sich der Erwin an Potenzmitteln reingepfiffen hat. Da ist es ein wahres Wunder, dass er nicht schon längst an einem anaphylaktischen Schock infolge Viagra-Intoleranz verreckt ist«, merkte Gietl glucksend und kichernd an. Seinen Tischgenossen war das Lachen allerdings vergangen.

Vitus Rabensteiner spreizte drei Finger der Rechten und die kuglerte Resl bellte bestätigend: »Drei Hoibe.« Unter Stammgästen bedurfte es keiner großen Worte.

»Ihr kennt doch den Dürr Siggi?«

»Leider«, lachte Gietl trocken auf. »Der versoffene Loder hat schon zweimal unseren Streifenwagen vollgekotzt.«

Rabensteiner brummelte mitfühlend. »Beim Tachertinger Volksfest wollt' das besoffene Wagscheitl dem Erwin ans Leder. Mit dem Springmesser.«

»Dieser batzelaugerte Boaznhocker?«

Sonnleitners Einwand ließ Vitus nicht gelten. »Der Siggi ist eine ganz üble Nummer. Er hat Billig-Bier mit Original-Etikett der Stern-Brauerei auf eigene Rechnung an Getränkemärkte in Niederbayern verschnalzt. Daraufhin haben sie ihn fristlos entlassen.«

»Hat er nicht überall behauptet, dass ihn der Erwin reingeritten hat?«

Rabensteiner murrte unwirsch. »Ah was! Der Zoll hat einen anonymen Hinweis erhalten – angeblich von Ehgartner. Nach seinem Rausschmiss beim Stern-Bräu hat Dürr als Lieferfahrer bei der Bräuberger-Brauerei angeheuert. Die Grenzer in Kiefersfelden haben ihn rausgewunken. Jetzt ratet mal!«

Sonnleitner war noch nie ein Rate-Fuchs gewesen. »Die Karre war überladen, die Papiere gefälscht?«

»Die Ladung – Exportbier in Fässern. Den Zollpapieren nach war die Ladung für Italien bestimmt, der Lieferschein lautete jedoch auf einen Getränke-Logistiker in der Grafschaft Kent, das ist in England. Wiedereinfuhr in die EU – Steuerbetrug im großen Stil. Dazu 2.000 Zigarettenstangen ohne Steuerbanderole und zehn Plastikbeutelchen mit weißlichem Pulver im Tank.«

»Kokain, da schau her.« Sepp war überrascht – eine solch kriminelle Energie hätte er dem schmierigen Haderlumpen gar nicht zugetraut.

Rabensteiner kratzte eine gerötete Stelle am Hals. »Na, Methamphetamine, fallen zum Teil aber auch unters BtMG. Jedenfalls haben s' den Siggi eingebuchtet.«

Sonnleitner schnaubte unwillig. »Und was haben seine illegalen Geschäfterl mit Ehgartner zu tun?«

»Du bist doch sonst ned auf der Brennsuppe daher geschwommen. Der Siggi hat den Ehgartner der Mittäterschaft bezichtigt. Er hätt' Beweise, dass Ehgartner in seiner Zeit als Vertriebsleiter in großen Mengen Bier am Fiskus vorbei verschoben, die Abrechnungen gefälscht und die Frachtpapiere frisiert hat.«

Gietl runzelte die Stirn, die Skepsis in seiner Stimme war unüberhörbar. »Dass die habgierige Geldsau das ein oder andere Fassl auf eigene Rechnung verschnalzt hat, ist unstrittig. Dürr war keinen Deut besser. Er war nur zu deppert. Wieso sollte er seinen früheren Patron umbringen wollen, aus Rache, geh?«

Sonnleitner war solch halbseidenen Gestalten wie Siggi Dürr nach Möglichkeit aus dem Weg gegangen – und hatte sich so viel Ärger erspart. Wenn dieser Dürr die Schuld für den Verlust seines Jobs und den daraus resultierenden sozialen Abstieg bei Ehgartner suchte, mochte dieser durchaus zu einer Gewalttat im Affekt fähig sein. Aber ein gezieltes, akribisch geplantes Attentat? Nach so langer Zeit? Nein, das war eine Nummer zu groß für einen hirnlosen Hinterhofganoven. Wer also kam als Täter infrage? Sepp überlegte. In seinen Überlegungen ging er von den gefundenen Patronenhülsen, den Cartridge Cases, aus. Das acht Gramm schwere Geschoss vom Kaliber 7,62 Millimeter nach dem NATO-Standard 2310 war seit den 50er-Jahren ein Evergreen und hatte in letzter Zeit eine gewisse Renaissance erfahren. So kam das Projektil zum Beispiel bei den Spezialeinheiten der Polizei zum Einsatz, die das PSG 1, ein Präzisionsgewehr der schwäbischen Waffenschmiede Heckler & Koch, verwendeten. Hatte der Täter also Verbindungen zu »Profis«, womöglich zu Scharfschützen aus den eigenen Reihen? Sepp verwarf den Gedanken umgehend. Geschosse dieses Kalibers waren auf dem Schwarzmarkt, im Darknet oder jenseits der tschechischen Grenze, problemlos erhältlich. Bis in die 90er-Jahre hinein war es die Standard-Munition der NATO-Armeen gewesen. Auch im zivilen Bereich, unter Jägern et cetera, war die Messingpatrone als .308 Winchester weitverbreitet. Wer sich wie Sepp in den einschlägigen Foren im Netz auskannte, wusste, dass immer wieder Chargen aus Armeebeständen auf den »freien Markt« gelangten. Und dort zum Spottpreis vertickt wurden. Die nach militärischen Spezifikationen modifizierten Billig-Geschosse passten jedoch oft nicht recht in die Magazine von Präzisionswaffen namhafter Hersteller wie Heckler & Koch oder Steyr Mannlicher. In der Praxis konnte dies zu Ladehemmungen und im schlimmsten Fall zu Beschädigungen am Lauf führen. War eben dies passiert? Hatte der Verschluss des Gewehrs geklemmt – der Schütze sein Heil in der Flucht gesucht? »Um aus 300 Meter Entfernung jemand umzulegen, musst du das Visier exakt justieren und brauchst zudem eine extrem ruhige Hand. Das ist hohe Schützenkunst. Jetzt schau dir diesen zittrigen Zipfelzupfer an, der trifft doch aus 20 Meter Entfernung kein Scheunentor.« Für Sonnleitner stand somit fest: Dieser Dürr war eine miese Ratte, der Killer war er nicht.

Gietl rief ihnen jedoch die Ergebnisse der kriminaltechnischen Untersuchung ins Gedächtnis. »Es könnte sich erstens um einen Zufallstreffer – oder zweitens um einen Warnschuss gehandelt haben. Nach dem Motto: Pass auf, Bursch, das nächste Mal bist dran!«

Rabensteiner strich sich über die grauen Stoppeln, die Kinn- und Wangenpartie sprenkelten. »Wir zäumen den Gaul von hinten auf. Was wissen wir über diesen Tiroler? Was ist da hinter den Kulissen gelaufen? Der war gewiss nicht zum Schafkopfen hier.«

»Was weiß ich, wo er den Typen aufgegabelt hat. Aber so kurz vor der Wahl hätte Ehgartner doch keine krummen Touren mehr versucht. So ehrgeizig, wie er war!«

Vitus entblößte eine Reihe bräunlich verfärbter Hauer. »Denkt's doch einmal nach. Hat dieser gfotzerte Schluchtenscheißer wie ein seriöser Business-Typ gewirkt? Doch eher wie ein windiger Rosstäuscher, Gelbgießer und Cyber-Bescheißer.«

Sonnleitner hob die Brauen – dass die »Getränketandler-Version« Ehgartners erstunken und erlogen war, lag auf der Hand. Welcher Almdudler-Dealer hatte eine Flinte dabei, wenn er nach Bayern zu einem Geschäftstermin gondelte? Es war schade, dass ein Mann mit solch poirotschen Gaben wie Vitus Rabensteiner den Polizeidienst – nicht ganz freiwillig – quittiert hatte.

Drei frisch gezapfte Helle waren ein Anblick, der das Herz eines jeden gestandenen Bayern höherschlagen ließ. Mit vollem Lippeneinsatz sog Sepp an der weiß perlenden Pracht. »Was ist mit Ehgartners ›Patrioten‹? Könnte es sein, dass die den ›Anschlag‹ vortäuschen wollten, um Stimmung zu machen? Patriotenführer im Fadenkreuz – etwas in die Richtung! Wär das denkbar?«

Gietl trank in tiefen, langen Zügen – der kumpelhafte Rippenstoß Sonnleitners traf ihn unerwartet. Hustend krächzte er. »Ein Fake? Der Schuss wäre dann aber nach hinten losgegangen.«

Rabensteiner räusperte sich. »Zuzutrauen wär's der Schönhuberin. Eine gewiefte Taktikerin – und schlau wie ein Fuchs. Der Erwin hat sowieso nach ihrer Pfeife getanzt.«

Sepp gefiel seine Hypothese immer besser. Die Politik war ein Otternnest. Jeder biss um sich, jeder wollte nach oben. Und der Zweck heiligte die Mittel – und ein Mordanschlag auf den Spitzenkandidaten war definitiv von hohem »Newswert« und führte dazu, dass sich die Menschen mit dem Anschlagsopfer solidarisierten. Zumindest wenn er das Attentat überlebte.

Rabensteiner rieb sich mit dem Handrücken über die Nasenwurzel, ein untrügliches Zeichen, dass er angestrengt nachdachte. »Ihr wisst ja, bei mir daheim hängt der Haussegen schief. Die Irina ist unzufrieden – mit unserer Beziehung, mit allem. Sie will etwas aus ihrem Leben machen, sich engagieren, etwas bewegen. Ha – zusammen mit der Schönhuberin, ihrer neuen Busenfreundin. Für ihre Patrioten-Freunde macht's sogar extra einen Strudel, mir stellt's höchstens einen Teller Ravioli aus der Dose hin. Scheißpolitik, Scheißweiber!«

Sonnleitner hob seine Arme zu einer bedauernden Geste. Sepp fühlte mit seinem Stammtischbruder. Es war nicht einfach für einen Mann von echtem Schrot und Korn, wenn einen die eigene Gattin in den Hobbykeller verbannte.

»Und was ist jetzt mit dem Tiroler?« Gietl sprühte – zumindest für seine Verhältnisse – nur so vor Taten- und

Schaffensdrang. »Fahren wir doch nüber nach Hall und schnappen uns den Kerl. Das dauert, bis die Kriminaltechnik die Fingerabdrücke und die DNA-Spuren an seinem Bierglas analysiert und zweifelsfrei zugeordnet hat – am Schluss haben s' ihn nicht einmal in ihrer Kartei.«

Rabensteiner grinste boshaft. »Dann schaut er blöd aus der Wäsche, der Pföderl und sein sauberer Chef, dieser gschiaglerte Isarpreiß aus München.«

»Also, was ist?«, bleckte Gietl eine Reihe mehr oder weniger scheckheftgepflegter Beißer.

Sepp Sonnleitner senkte seine Stimme zu einem verschwörerischen Flüstern. »Fesl, das bleibt jetzt unter uns. Verstanden! Sonst komm ich in Teufels Küche. Wir haben dem Pföderl nicht die ganze Wahrheit gesagt.«

Rabensteiner rückte Gietl auf die Pelle und raunte. »Weißt, es ist so. Der Erwin hat uns einen Namen genannt, aber ob der stimmt? Wir wissen weder, was die beiden ausgebrütet haben, noch, wo genau sich der Gesuchte versteckt!«

Sepp wuchtete sich aus der Eckbank. »Kein Wort zu den Kollegen, hast mi! Wir regeln das auf unsere Art. Und ab sofort bist Hilfssheriff!«

Gietl guckte ziemlich perplex aus der Wäsche. »Wieso sagt's denn das nicht gleich?«

Sonnleitner stakste wie ein Stelzengänger davon. »Schon mal was von Initiationsriten gehört?« Silvester Gietl und Vitus Rabensteiner blickten ihm verständnislos nach. Sepp zwängte sich durch die dicht geschlossenen Reihen der Loden-Loder und Biker-Jacken nach draußen. Dort war die Luft lau, es roch nach Frühling und der Handy-Empfang war optimal. Unter dem Kürzel »XB« war eine »Notfall-Nummer« gespeichert. Es klingelte viermal, dann waren im Hintergrund Stimmengewirr und Gläsergeklirr zu vernehmen. »Xarre, wo bist du, im Hofbräuhaus Schanghai?«

»Stadel-Starkbierparty am Ramerberg. Kumm vorbei, Sepp!« Sonnleitner überlegte kurz, entschied sich dann aber gegen den Starkbier-Showdown. Jetzt, wo er »offiziell« die Ermittlungen aufgenommen hatte, hieß es nüchtern bleiben – zumindest gelegentlich. »Als Kameradschaftsführer a.D. ist dir Ehgartners Patrioten-Truppe doch bestens bekannt, oder? Kannst du in Erfahrung bringen, ob es da irgendwelche Verbindungen nach Tirol gibt? Und noch was. Jakob Fichtner, sagt dir der was? Könnt' ein Deckname sein.« Es rauschte im Äther – dann gab Xarre sein O. K. Sein »V-Mann« würde sich des Falls annehmen. Wenn es da dubiose Kontakte und dunkle Kanäle gab, würde es Xarre für ihn in Erfahrung bringen.

SCHELLEN NEUN

Rot war die Farbe des Backsteins, zinnoberrot leuchteten die Fabrikhallen in der Abendsonne. Die Alte Ziegelei im Westen der Stadt hatte sich im Zuge der digitalen Revolution in einen Innovations- und Technologie-Campus verwandelt. In der Fabrik für Grob- und Feinkeramik waren seit 1893 Abermillionen von Mauer- und Pressdachziegeln gefertigt worden – und im Jahre 1919 hatte sich die Arbeiterschaft unter die roten Fahnen geschart und war maßgeblich an der Gründung der Räterepublik Oberland beteiligt gewesen. Die revolutionären Zeiten waren lange vorbei. Die Feuer waren erloschen und die IT-Nerds und TV-Fuzzis hatten die Malocher im Blaumann verdrängt. Kurzum, die Welt der Brennöfen war der Welt der Bits & Bytes gewichen. In den Hallen B und C wurden Shopping-, Game- und Talkshows für diverse TV-Formate am Fließband produziert. Man hatte die weitläufigen Fabrikhallen mit mobilen Trennwänden unterteilt und mit modernster Fernseh- und Studiotechnik vollgestopft. Den minarettartig gen Himmel ragenden Schornstein krönte ein Sendemast samt Antennen und Transpondern. Die flacheren Backsteingebäude, in denen früher die Verwaltung und der Versand residiert hatten, beherbergten heute Lofts und Lounges, Tonstudios und Schnitträume.

»Drei, zwei, eins. Und ab!« Der Senderegisseur saß hochkonzentriert vor seinem Pult. So wie jeden Abend zur Prime Time um Punkt 19 Uhr hob er den Daumen. Eine Geste, mit der sich dereinst die Kaiser Roms zu Herren über Leben und Tod aufgeschwungen hatten. Der Circus Maximus war out, heute brüllten die Löwen in der medialen Arena. Wie im alten Rom ging es um Quoten, Image-Werte und Zustimmungsraten. Der Trailer der News Show flimmerte über die Bildschirmwand des Regieraums. Aus den Monitorboxen dudelte in synthetischer Monotonie die Titelmelodie. »Du-du-dum, du-du-dum-dum.« Der dem Intro von Beethovens Fünfter entlehnte Jingle bildete den Auftakt zu »Journal 24«, der Nachrichtensendung des Regionalsenders »In.TV«. Im Studio One sprangen die roten Lichter an. Für eine halbe Stunde – abzüglich der Einspieler und des Werbe-Breaks – war man »on air«. Die Kamera glitt schnurstracks auf die ebenso adrette wie brünette Sprecherin zu. »Und die Zwei«, erteilte der Regisseur mit abgeklärter Stimme seine Anweisungen. Aus dem Off tönte eine sonore Stentorstimme. »Das Aktuelle vom Tage, heute mit Gaby Gerber.« Die Medien-Maid im rosa gemusterten Dirndlrock und plissierter Rüschenbluse fixierte den Teleprompter mit einstudiertem Lächeln. »Guten Abend, meine Damen und Herren. Willkommen bei ›Journal 24‹. Heute mit den folgenden Themen …« Die von Dirndlmoden Brenninger im modischen Trachten-Outfit ausgestattete News-Lady haspelte sich durch vorgestanzte Textmeldungen. Ein Lieferwagen der Stern-Brauerei war auf regennasser Fahrbahn ins Rutschen geraten und gegen einen Brückenpfeiler geprallt. Die Ladung war hinüber – desgleichen der 34-jährige aus Rumänien stammende Fahrer. News-Highlight Nummer zwei war ein Jagdunfall am Fliegeleck, bei dem ein Jagdgast aus Hessen bei der

Pirsch auf Reh und Hirsch abgestürzt und lebensgefährlich verletzt worden war. »Gut, dass wir einen Mordfall aufklären dürfen. Sonst würden wir jetzt da oben durch den Matsch kreuchen«, raunte Kommissar Reimers seiner Kollegin Duroc zu, die neben ihm an der Wand lehnte und sich aufmerksam umsah. Reimers schielte auf die rot leuchtenden Ziffern der Digitalanzeige. 19 Uhr 13 und 44 Sekunden. Bald war es so weit. Nachdem die Suche nach den beiden Fahrzeugen bislang ergebnislos verlaufen war, hatten sie sich entschlossen, einen Fahndungsaufruf zu starten – auf Facebook, den sozialen Medien, der regionalen Presse und auf »In.TV«.

Im Einspieler Nummer eins defilierte eine auf Hochglanz herausgeputzte Schützenkompanie an den Zuschauern vorbei, vor der Kulisse eines voll besetzten Bierzelts ereiferte sich Landrat Filzmooser – im dunkelgrauen Trachtenjanker mit grünem Kragen und Paspeltaschen – über den »alarmierenden Anstieg der Wohnungseinbrüche im Landkreis« und beklagte, dass »nur ein Viertel der Fälle aufgeklärt würden. Das ist inakzeptabel!« Der Landrat forderte mehr Polizei-Präsenz vor Ort, flexible Kontrollen und die »Einrichtung eigener Ermittlergruppen, um dem Phänomen der Bandenkriminalität endlich Herr zu werden.«

»Gut, dass wir Pföderl an der Front haben. Unser findiger Fernsehkommissar spielt ja heute Räuber und Gendarm«, grinste Duroc über beide Ohren. »Dieser Sprüchbeutel sollte erst mal auf Streife gehen«, kommentierte die bayerische Bretonin die markigen Töne des Gau-Granden.

Reimers tadelte seine Untergebene milde lächelnd. »Aber, aber, Marie-Rose. Es stehen Wahlen an. Bei der Konkurrenz von rechts muss unser Landrat doch den harten Law-and-Order-Typen herauskehren. Sonst ist er seinen Job los.« Endlich wurde es spannend. Über den Bildschirm geisterte ein Zusammenschnitt der am Tatort in Grainbach gedrehten Bilder. Mit ernster Miene bat die aufgebrezelte News-Lady die Bevölkerung um sachdienliche Hinweise bei der Fahndung nach einem Mittelklasse-SUV der Marken Audi oder BMW sowie nach einem im Bezirk Innsbruck-Land zugelassenen Offroad-Jeep des japanischen Herstellers Suzuki. Im Hintergrund wurde die Telefonnummer der Kripo Rosenheim eingeblendet. »Oder an jede andere Polizeidienststelle!« Dabei flötete sie so fröhlich in die Studiomikros, als ob sie eine Dating-Show moderierte. »Ob uns das weiterbringt ... Schön wär's!« Duroc seufzte leise.

So wie es aussah, war der Wagen des flüchtigen Tirolers von keiner einzigen Überwachungskamera im Umkreis von 20 Kilometern aufgezeichnet worden. Es waren keine konkreten Hinweise zum Verbleib des Fahrzeugs eingegangen, nichts. Der Tiroler war wie vom Erdboden verschluckt. »Das war's«, nuschelte der Regisseur – und nahm den »Wetterfrosch« ins Visier, der im Ostfriesen-Nerz vor dem Satellitenbild eines Sturmtiefs Stellung bezogen hatte. »Manu, sei so lieb und führ die Beamten in Edit drei. Das Bandlaufwerk ist startklar.« Die Fernsehfrau ging voran – und sie folgten. Hinter ihnen näherte sich von Westen her eine breite Regenfront. Kein Azorenhoch in Sicht. Das konnte ja heiter werden, dachte Reimers.

Feingliedrige Finger huschten über die Tastatur, um irgendwelche Einstellungen und Korrekturen vorzunehmen. Die Frau beäugte den Kontrollmonitor und nickte zufrieden. Kommissar Reimers war indes unfähig, den kleinen, aber entscheidenden Unterschied in Sachen Helligkeit, Kontrast, Sättigung und Farbton auszumachen. »Dann viel Spaß beim Sichten. Geben Sie mir Bescheid, wenn Sie nicht klarkommen.« Mit sattem Schmatzen schloss sich die Tür hinter ihr. Sie waren allein in Edit drei. Manu hatte ihnen geduldig erklärt, mit welchen Tastenkombinationen sich das Magnetband starten, stoppen, vor- und zurückspulen ließ. Auf dem Band befand sich die Aufzeichnung einer Talk-Sendung, die vor gut zwei Wochen spätabends auf »In.TV« gelaufen war. Studiogäste der Sendung mit dem vielsagenden Titel »Sie haben die Wahl« waren niemand anders als Landrat Franz Filzmooser von der DUM, der demokratischen Union der Mitte, sowie Erwin Ehgartner, Spitzenkandidat der National-Patriotischen Liste. Reimers war gespannt, ob sich irgendein, wenn auch noch so kleiner, Hinweis auf ein mögliches Mord-Motiv aus dem Gespräch heraushören ließ. Duroc hatte derweil die Aufgabe, jede Geste, jede Gebärde, jedes Zucken der Gesichtsmuskeln Ehgartners mit Argusaugen zu verfolgen. Die Kameras zeigten das grobporige, von zu vielen Laternd'l- und Goaßenmaßen aufgeschwemmte Gesicht Ehgartners in Großaufnahme. Ehgartner schob sein Doppelkinn streitlustig nach vorn und behandelte seinen Kontrahenten von oben herab. Erwin Ehgartner wirkte nicht gerade wie ein Sympathieträger, aber er kam authentisch und ungekünstelt daher. Von Beginn der Sendung an schaltete der Parade-Patriot in den Angriffsmodus und übernahm den Part des Anklägers, der kein gutes Haar an der Lage im Land ließ und Landrat Filzmooser für die gestiegene Kriminalität und die wachsende Verunsicherung der heimischen Bevölkerung in Folge der »völlig verfehlten Flüchtlingspolitik ihrer Partei« verantwortlich machte. Kommissar Reimers war überzeugt, dass es Ehgartner mit seinen unleugbaren demagogischen Qualitäten noch weit hätte bringen können. Sein polterndes Organ knarzte aus den Monitorboxen: »Wir haben ein offenes Ohr für die Probleme der Menschen draußen, wir hören genau zu, was ihnen Angst macht und Sorgen bereitet. Wir legen den Finger in die Wunde, dort, wo es wehtut! Nicht jeder sogenannte ›Schutzsuchende‹ kann zu uns kommen – und erst recht nicht die ›Asyl-Touris‹! Die gehören umgehend in ihre Herkunftsländer abgeschoben.«

Filzmooser startete einen halbherzigen Versuch, die wütenden Attacken abzublocken. »Ich bitte Sie, das kann man doch nicht einfach so pauschalisieren. Ihre Forderungen sind doch völlig überzogen – und mit den bestehenden Gesetzen unvereinbar. Wir von der …«

Ehgartner fiel ihm ins Wort und prangerte mit hochrotem Kopf die Webfehler des derzeit herrschenden »pseudodemokratischen« Systems an. »Dann müssen wir diese Gesetze eben ändern – und zwar dringend! Das Rechtsempfinden der Bürger coram publico ist für mich die Messlatte, an der sich die Gesetzgebung zu orientieren hat. Wenn ich mich nicht irre, ist das Volk laut bayerischer Verfassung der Souverän! Das Volk, die Menschen! Keine linken Meinungsmacher, keine verknöcherten Juristen der 68er-Generation und schon gar keine Clique korrupter Filzokraten, die sich von Wirtschafts-Lobbyisten bestechen lassen – und einzig deren Interessen dienen.«

Der Moderator hakte sofort ein. »Wen meinen Sie damit? Beschuldigen Sie jemanden Bestimmten, einen Vertreter der regierenden Partei zum Beispiel?«

»Schlauer Bursche, die Suggestivfrage kommt im richtigen Moment«, warf Duroc anerkennend ein. »Der Kerl kennt sich mit manipulativen Verhörtechniken aus und weiß, wie man jemanden dorthin lotst, wo man ihn haben will.«

Ehgartner hielt sich allerdings ein Hintertürchen offen. »Ich werde hier keine Namen nennen. Aber bedenken Sie eines: Wer verfügt über die personellen, finanziellen und logistischen Mittel, um so etwas wie diese vermeintliche ›Flüchtlingskrise‹ zu steuern, um Millionen billiger Arbeitskräfte ins Land zu schleusen?« Ehgartner blickte nicht etwa zum Moderator, sondern direkt in die Kamera. Zweifelsohne, er hatte den Mann unterschätzt, dachte Reimers. Ehgartner war mehr gewesen als ein mediokrer Provinz-Agitator und Stammtisch-Schreihals. Er hatte Charisma besessen. Vielleicht war an Schönhubers gewagten Hypothesen ja doch etwas Wahres dran und man hatte an »höherer Stelle« beschlossen, den Unruhestifter unschädlich zu machen.

Der auf Linie gebürstete Journalist wusste sich mit einem herablassenden Lächeln zu behelfen. »Ich bitte Sie, Herr Ehgartner, wir sind nicht hier, um abwegige Verschwörungstheorien zu diskutieren. Wir wollen hören, welche Lösungsansätze Ihre Partei hat, um der Problematik auf lokaler Ebene zu begegnen. Wie kann Integration gelingen?«

Filzmooser war aus seiner Lethargie der Macht erwacht und nahm den Einwand des Moderators zum Anlass, den Spieß umzudrehen. Seine Miene war undurchdringlich, die Lippen ein schmaler Strich. »Es ist nicht meine Art, eine Schmutzkampagne loszutreten. Aber ich habe mir diese haltlosen Anschuldigungen gegen mich und meine Partei jetzt lange genug angehört.« Filzmooser grinste wie ein Wiesel, das sich unbemerkt in den Hühnerstall geschlichen hat. »Wenn ich recht informiert bin, wurde in der Vergangenheit mehrmals wegen diverser Delikte wie Urkundenfälschung und Untreue gegen Sie ermittelt.«

Ehgartner saß stocksteif da. Auf seiner Gesichtshaut bildeten sich verräterische rote Flecken. »Unterlassen Sie diese infamen Unterstellungen! Dafür gibt es keine Beweise – nichts! Die Anklage wurde fallen gelassen, das Ermittlungsverfahren eingestellt.«

»Meine Herren, ich bitte Sie …« Der Versuch des Moderators, sich in die Kontroverse einzuschalten, scheiterte kläglich.

»Lassen Sie mich das klarstellen«, fauchte Ehgartner. »Bei den Behörden ist damals eine anonyme Anzeige gegen mich eingegangen. Darin wurde ich vollkommen zu Unrecht bezichtigt, Steuern hinterzogen zu haben – und etliche Tausend Hektoliter Bier in Drittstaaten verschoben zu haben.« Aus seinen Augenschlitzen schossen Blitze. »Das Ganze war ein durchsichtiges Manöver der Konkurrenz, um das Ansehen meiner Brauerei zu schädigen. Bier in andere EU-Staaten zu exportieren, ist ja nicht illegal, das wird es erst dann, wenn man die Ware falsch deklariert, weil zum Beispiel in England die Biersteuer zehnmal so hoch ist wie bei uns. Solche Geschäfte gehen dann am Fiskus vorbei.«

Der Moderator nickte pflichteifrig. »Verstehe, es ging da also um den Vorwurf der Steuerhinterziehung.«

»Die Untersuchungen haben nichts ergeben. Man hat uns nicht das geringste Steuervergehen nachweisen können«, kläffte Ehgartner.

Filzmooser war unterdessen puterrot angelaufen und

platzte schier vor Wut. »Ha, nichts nachweisen! Sie sind ein mieses Lügenmaul, ein hinterfotziger Drecksack, Ehgartner! Sie haben wissentlich falsche Anschuldigungen gegen mich und einige andere unbescholtene Parteigenossen erhoben. Da ist die Rede von konspirativen Treffen, geheimen Vereinbarungen und schwarzen Kassen. Von Bestechungsgeldern, die über Offshore-Konten an mich geflossen sein sollen. Nichts davon ist wahr!« Filzmooser schmiss sich in Positur wie Trotzki vor dem Sturm auf den Winterpalast. »Lügen, nichts als Lügen. Wer gegen andere hetzt, darf sich nicht wundern, wenn solche Verhaltensweisen zum Bumerang werden und auf einen zurückfallen.« Reimers richtete sich kerzengerade auf. »Halt, Rose! Das will ich noch mal hören!« Duroc stoppte das Band – und ließ es zurücklaufen. Täuschte er sich oder hatte der Landrat seinem Widersacher eben mehr oder weniger unverhohlen mit »Konsequenzen« gedroht? War der Landrat tatsächlich direkt oder indirekt in das Attentat involviert? Schwer vorstellbar. Der Besuch bei Franz Filzmooser würde jedenfalls unumgänglich und Chef-Sache sein. Er zwinkerte seiner Kollegin aufmunternd zu. »Marie-Rose, du vergehst sicher schon vor Sehnsucht nach unserem allseits beliebten Herrn Staatsanwalt. Beantrage bitte gleich morgen früh Akteneinsicht und lass dir aus der Registratur alle betreffenden Unterlagen in der Steuer-Sache Ehgartner kommen. Tout suite.« Duroc verzog keine Miene: »À votre service!« Der sarkastische Unterton war unüberhörbar.

HERZ NEUN

Endlich. Das hatte gedauert. Für vier kurze Trailer zum Thema Einbruchschutz hatten diese »Profis« von »In.TV« zig Takes und über eine halbe Stunde gebraucht. Was nicht etwa an ihm oder seiner mangelnden Medienkompetenz gelegen hatte. »Tipps für ein sicheres Zuhause. Der Kommissar rät: sichern, schützen, Hirn benützen«, so der Titel des dreiminütigen Service-Specials. Mit ihm, Kriminaloberkommissar Bartholomäus Pföderl, in der Hauptrolle. Barthl war froh, dass er die Sache mit Anstand zu Ende gebracht hatte. An seiner Performance gab es nichts auszusetzen, er hatte die wichtigsten Regeln in prägnante Sätze verpackt. »Schlösser nachrüsten, Schutzbeschläge einbauen, Türblatt verstärken.« Prävention war die halbe Miete. »Bedenken Sie! Gekippte Fenster stehen jedem Einbrecher offen. Beachten Sie! Schließen Sie Türen und Fenster, wenn Sie das Haus verlassen – immer.« Nebenan im Studio B ging anlässlich der bevorstehenden Regionalwahlen eine Talk-Runde über die Bühne. Das reißerische Motto der Sendung: »Wahl-Wahn: Demokratie in Gefahr?« Momentan war jedoch Werbepause. Über die Bildschirme flackerte ein Spot der Bräuberger-Brauerei. »Des is a süffiges Bier. Magst auch a mal schlecken?«, flüsterte ein schneidiger Gamsbart-Galan einer rassigen Dirndl-Dirn zu. Ehgartners langjähriger Arbeitgeber braute ein ganz passables Bier, fand Pföderl. Dem Tegernseer Hofbräu konnte es allerdings nicht das Gerstenwasser reichen. Das Opfer hatte über 30 Jahre lang für die Traditionsbrauerei gearbeitet – als Lagerist, als Vertriebschef und zuletzt als Geschäftsführer. Gewaltige Sprünge auf der Karriereleiter, dachte Pföderl. Da hatte wohl jemand nachgeholfen und Ehgartner – aus welchen Gründen auch immer – protegiert. Barthl lief einen langen Gang entlang. Er wollte nicht schon wieder zu spät kommen. Vorhin hätte er sich beinahe in den labyrinthischen Untiefen des Backstein-Lofts verlaufen. Sicherheitshalber hielt er sich im Windschatten eines Pulks schnatternder Primetime-Primadonnen, die, so vermutete er, zur Cocktail-Tränke unterwegs waren. Er sollte recht behalten.

Die »Esco Bar« hatte sich im hinteren Teil einer Fabrikhalle eingenistet, deren Decke fast so hoch war wie die einer gotischen Kathedrale. In der Hausbar der IT- und TV-Hipster traf man sich bei einem Club-Mate, einem Espresso Tonic oder einem Grand Cru und klaubte sich Garnelenspießchen, Frühlingsröllchen, Lachshäppchen und andere Fingerfood-Finessen vom Büfett. Als unurbaner Bauernbanause fühlte sich Pföderl in dem chromblitzenden Ambiente denkbar fehl am Platz, aber ihre sich stets auf der Höhe der In-Locations wähnende Teamassistentin hatte nachdrücklich darauf bestanden, sich dort auf einen Molotow und eine Margarita zu treffen. Was blieb Pföderl also anderes übrig, als in die saure Limette zu beißen. Die Schickimicki-Spelunke im Industrial Style war nicht nach Pföderls eher rustikalem Retro-Geschmack. Er musste jedoch zugeben, dass die Innenarchitekten und Licht-Designer kreativ auf der Höhe der Zeit waren. Von der Traversenkonstruktion aus Edelstahl schlängelten sich im Licht der LED-Leuchten glitzernde Perlschnüre herab. Prismen, Zerrspiegel und andere optische Elemente tauchten den Raum in ein unwirkliches, diffuses Licht, in dem die Rosa- und Violetttöne dominierten. An den Schmalseiten hingen überdimensionale Plasma-Bildschirme, über die schattengleiche Gebilde durch bizarre Fantasiewelten huschten. Die Lounge-Bar war nur spärlich besetzt. Hinter dem Acrylglas-Tresen wartete der »Malzkeeper« im androgynen Boy-George-Look auf seine Bestellung. Der Barmann taxierte den neuen Gast, der mit seiner 08/15-Visage samt Schmalztolle und Stoppelbart eindeutig aus der Cool-Cop-Rolle fiel, mit geringschätzigen Blicken. Wer ein weißes T-Shirt unter einer feldgrünen Tweed-Jacke trug, fiel definitiv durchs Raster. Pföderl fühlte sich denn auch wie ein Statist am falschen Set. »Was darf's sein, ein Bier vielleicht?«, zischelte die Schwuchtel in sein persernes Jahrmarktsjäckchen. »Fencheltee – und zwar aus kontrolliert biologischem Anbau, du Pfeife.« Boy George musterte ihn so indigniert, als ob er gleich die Security Crew auf ihn hetzen würde. Pföderl riss sich am Riemen. »Ein Pils, wenn es recht ist.« Pföderl seufzte aus tiefster Heldenbrust. Wer ein Schnitzel wollte, musste zuvor die Sau schlachten.

Barthl starrte wie hypnotisiert auf den überdimensionalen Flatscreen, über den wild wabernde Wolkenwogen zogen, durch die ein gespenstisches, glutrotes Leuchten drang. Er musste an Ehgartner denken, an die Obduktion, an die gruselige, mit Blut verkrustete Wunde in seiner Brust. Der Patriotenführer hatte im wahrsten Sinne des Wortes sein Herzblut vergossen. Pföderl kam ins Grübeln. Steckte nicht in jedem Menschen ein potenzieller Mörder? Brodelte nicht unter der mit Glanzlack polierten Oberfläche ein feuriger Lavastrom verborgener Leidenschaften? Ein Post-Hippie-Hascherl vollführte auf der Tanzfläche einige frei choreografierte Verrenkungen im Stile einer balinesischen Tempeltänzerin. Zwei zottelbärtige Tekkie-Tanzbären prosteten sich am anderen Ende der Bar lautstark zu. Barthl nippte an seinem Glas und verzog sein Gesicht. Ihm war durchaus danach zumute, sich einen Rausch anzusaufen, aber dieses nach künstlichen Zusatzstoffen schmeckende Gebräu war hierfür denkbar ungeeignet. »Schütt den Plempe bloß in den Ausguss«, stieß er angewidert hervor. Er wollte sich eben aus dem Hocker schrauben, da erstarrte er mitten in der Bewegung. Wurde er Zeuge einer Erscheinung, einer Vision der Astarte, der altorientalischen Himmelskönigin? Pföderl rieb sich die Augen. Nein, aus dem Dämmerlicht schälte sich tatsächlich die Gestalt einer Frau, die in grellroten Vintage-Pumps auf ihn zustöckelte. Magdalena Haberl hatte sich in ihre Galagarderobe gezwängt. In dem auf Taille geschneiderten Fummel war sie kaum wiederzuerkennen. Die Pailletten funkelten wie das Sternenzelt in einer dunklen Nordpolarnacht. Pföderl stotterte verwirrt. »Schick, Leni, meine Fresse.«

»Spar dir die Komplimente – ich wär schon dankbar, wenn du das nächste Mal ned wie der Stenz von Steinkirchen herumläufst!« Leni drückte ihm ein flüchtiges Busserl auf die stoppelige Wange. »Zumindest ordentlich rasieren hättest du dich können. Übrigens, Überraschung.«

Pföderl riss die Augen auf. Ein Weinglas in der einen, eine silbern schimmernde DVD in der anderen Hand stand Lydia Schönhuber vor ihm. Geheimnisvoll lächelnd wie die Zauberin Circe. In ihm schrillten die Alarmmelder. Was wollte die aufgetakelte Schabracke von ihm?

»Herr Kommissar, was für ein schöner Zufall! Diese fürchterliche Talk-Sendung hat mir den letzten Nerv geraubt. Eine Diskussionsrunde mit Filzmooser, diesem eingebildeten Narziss, und Schulze-Göbel, dieser dummen, hysterischen Ziege. Da bleibt einem wahrlich nichts erspart.« Die Loden-Lady seufzte theatralisch. »Gott sei Dank bin ich Ihrer charmanten Kollegin begegnet. Sie war so freundlich und war mir mit dem ganzen Papierkram behilflich. Jetzt haben Sie meine Aussage schwarz auf weiß.« Schönhuber spitzte die rubinrot lackierten Lippen und orderte einen Drink.

»Einmal Manhattan, einmal Black Russian.« Boy George war wie ausgewechselt, war die Dienstbeflissenheit in Person. Die Intervention der Promi-Patriotin hatte Wunder gewirkt. Lydia Schönhuber nickte ihnen kurz zu und kippte den Inhalt ihres Glases, ein Cuvée aus Riesling und Weißburgunder, wie eine hartgesottene Schampus-Schlampe auf ex hinunter. »Mich würde interessieren, wie Sie als Profis den Fall beurteilen! Wenn Sie mich fragen, hat man ihn ganz gezielt beseitigt, weil er über brisante Informationen verfügte und von daher zum unkalkulierbaren Risikofaktor wurde.«

Pföderl deutete ein Lächeln an. Er würde, Manhattan hin, Black Russian her, gewiss keine Interna ausplaudern. Haberls Entgegnung war eine Aneinanderreihung schablonenhafter Phrasen. »Schwierig zu sagen! Die Faktenlage ist extrem dünn. Und das Motiv, nun ja, da ist vieles vorstellbar. Der Fall wird uns noch länger beschäftigen, befürchte ich.«

Pföderl nippte an seinem »schwarzen Russen« und gab mit halblauter Stimme zu bedenken: »Möglicherweise gehen wir von falschen Prämissen aus. Und das Opfer war in Wahrheit nicht der, der er vorgab zu sein.«

»Wie darf ich das verstehen? Erwins Renommee als aufrechter Patriot steht für mich außer Frage«, wandte Schönhuber gereizt ein und hob zu einer Laudatio auf Ehgartners Verdienste um die bayerische Kultur, das bäuerliche Brauchtum und die althergebrachten Traditionen an.

Pföderl erinnerte das Lobgehudel ein wenig an das Geplapper eines Gebrauchtwagenverkäufers, der seine Kunden einlullen und ihnen eine Schrottkarre andrehen wollte. Pföderl löckte wider den Stachel. »Nix für ungut, Frau Schönhuber, aber Ihre politischen Gegenspieler sehen das ein bisschen differenzierter. Sie haben Ihrem Parteifreund unterstellt, rassistische Vorurteile zu kultivieren und mit nationalistischem Gefahrengut hausieren zu gehen.«

»Unsinn! Erwin war überzeugter Patriot, aber kein Extremist. Diese Anfeindungen dienten einzig dazu, einen ehrbaren Streiter für das Wohl unserer Heimat aufs Schändlichste zu denunzieren. Sehen Sie selbst!« Ihre spitzen Krallen krampften sich um die DVD. Die verschrobenen Ansichten Ehgartners scherten Pföderl wenig, zumal er sowieso überzeugter Nicht-Wähler war, aber er glaubte nicht an ein »politisches Motiv« – trotz des Gezeters der Wichtigtuer- und Gschaftlhuber-Fraktion und trotz aller Beteuerungen Schönhubers. In 90 Prozent aller Fälle ging es auf die eine oder andere Weise stets um das eine: ums Geld. Die Überprüfung von Ehgartners privaten Konten bei zwei lokalen Bankinstituten hatte nichts Ungewöhnliches ergeben. Demnach hatte das Opfer weder

Schulden noch große Reichtümer angehäuft. Seine Vermögenswerte bewegten sich im zu erwartenden Rahmen. Auf seinen Konten hatte es keine auffälligen Transaktionen oder ungewöhnliche Abhebungen gegeben. Aber wer sagte ihnen, dass Ehgartner nicht noch irgendwo in der Schweiz oder in Singapur ein paar »Notgroschen« auf dem Geheimkonto gebunkert hatte?

Leni Haberl schien Gedanken lesen zu können. Ein sphingenhaftes, unergründliches Lächeln erschien auf ihren Lippen. »Jetzt haben Sie uns aber neugierig gemacht, was ist an dieser DVD denn so interessant?«

»Die war bei Erwins Sachen, Ihre Leute waren wohl nicht ganz so gründlich«, erwiderte sie angriffslustig.

»Um was handelt es sich? Eine Steuersünder-CD mit den Datensätzen Filzmoosers und Schulze-Göbels?«, vermutete Pföderl aufs Geratewohl.

Haberl dachte wie immer pragmatisch: »Diese Steuersache, dreht es sich darum? Man hat Ihren Freund doch beschuldigt, illegale Geschäfte an der Steuer vorbei zu betreiben.«

Pföderl hakte nach und warf den Köder aus: »Die Staatsanwaltschaft hat gegen ihn ermittelt!«

Schönhuber zuckte unmerklich zusammen und für einen Moment schien es so, als ob sie die Silberscheibe wie ein Hütchenspieler verschwinden lassen wollte. »Wie kommen Sie denn da drauf? Glauben Sie ernsthaft, Erwin hätte die Brauerei betreffende Geschäftsgeheimnisse auf DVD gebrannt und einfach so herumliegen lassen?« Ihr Lachen klang gespreizt. »Wenn es um die Arbeit ging, war Erwin ein penibler Pedant – stets gewissenhaft und überkorrekt. Sonst hätte er es kaum so weit gebracht. Er hat im Lager angefangen und sich von der Pike auf hochgearbeitet – bis man ihn vor fünf Jahren mit der Geschäftsführung betraut hat.« Die unbeugsame Alpen-Amazone war in ihrem Element. »Die Eigentümer der Brauerei hatten vollstes Vertrauen in Erwins Leadership Competence. Er hatte den Laden fest im Griff, die Belegschaft, die Gewerkschaft, alle haben unter seinem Stab an einem Strang gezogen, und heute steht die Brauerei wieder blendend da.«

Leni nuckelte an ihrem Manhattan und sah dabei so naiv und unbedarft drein, als ob sie kein Wässerchen trüben könnte. »Sagt Ihnen der Name Dürr etwas? Sein Spitzname ist Zicki, glaub ich. Ein ehemaliger Arbeitskollege, der offenbar nicht gut auf seine Leadership Competence zu sprechen war. Der Herr war vor einem guten Jahr bei uns, um Anzeige gegen ihn zu erstatten – er hat behauptet, dass ihm Ehgartner nachspioniert und sich unerlaubt Zutritt zu seiner Wohnung verschafft hat. Ein unliebsamer Zeitgenosse, dieser Zicki. Kennen Sie ihn vielleicht?«

Pföderl kritzelte hieroglyphenartige Kürzel in seinen Moleskine-Notizblock. Dürr – Blue Velvet, Gregori-Garten, Zadar Grill, Franjo's, Sonnenstüberl. Vor seiner Kripo-Karriere war Pföderl jahrelang Streife gefahren – und konnte sich daher an den Fingern einer Hand ausrechnen, wo sich Siggi Dürr mit Gleichgesinnten die Kante gab. Er hatte drei- oder viermal die zweifelhafte Ehre gehabt, den zu gewalttätigen Ausbrüchen neigenden Niederträchtling vorübergehend festzusetzen. Dürr war durchaus zuzutrauen, dass er Ehgartner erpresst hatte, um ihn anschließend bei der Polizei hinzuhängen – aber Mord? Das war irgendwie nicht seine Kragenweite.

Schönhuber hob die frisch gezupften Augenbrauen und blickte Haberl fragend an. »Sollte ich? Nein, der

Name sagt mir nichts, nie gehört.« Gedankenverloren rührte Leni Haberl in ihrem Cocktailglas herum. »Den Geschäftsführer des Stern-Bräus kennen Sie aber, oder? Der hat nämlich bezeugt, dass Ihr Freund eben jenen Dürr bedrängt, beschimpft und geohrfeigt hat.«

Schönhuber zeigte ihr die kalte Schulter: »Dafür wird es Gründe gegeben haben.«

»Die Staatsanwaltschaft hat damals einen Tipp erhalten, die Bücher der Bräuberger-Brauerei einer genaueren Überprüfung zu unterziehen? Wie war das gleich wieder, Barthl? Die Brauerei hat einer Steuernachzahlung zugestimmt und einen externen Wirtschaftsprüfer zugezogen, oder?«

»Was unterstellen Sie da?«, empörte sich Schönhuber. »Wollen Sie das Andenken Erwins beschmutzen oder seinen Mörder fangen? Hier drauf …«, dabei deutete sie ostentativ auf die DVD, »… befindet sich eine Art Adressliste, private und berufliche Kontakte. Machen Sie also verdammt noch mal Ihren Job und finden Sie dieses hinterhältige Schwein.« Schönhuber schnippte die DVD über den Tresen, angelte nach ihrem Glas und stolzierte hoch erhobenen Haupts davon.

»Was war das jetzt? Arrogante Bitch«, fauchte Haberl.

Pföderl legte seine Hand auf ihren Unterarm. »Scheiß drauf. Geh die Datensätze durch. Dann sehen wir ja, ob was Brauchbares dabei ist.« Geld – das älteste Motiv der Welt. Ging es darum? Hatte ein übervorteilter Geschäftspartner Rache genommen? War Ehgartner das Opfer eines gnadenlosen Konkurrenzkampfs um die Vorherrschaft am lokalen Gerstensaft-Markt geworden? Pföderl kippte den Black Russian im Stehen hinunter. Oder steckte mehr dahinter? Er würde es herausfinden. Dürr war der Erste auf der To-do-Liste. Die Nummer Zwei war Alfons Bichler. Den Geschäftsführer des Stern-Bräus würde er erst einmal beschatten lassen. Inoffiziell. Sein alter Spezl Silvester Gietl war genau der richtige Mann für eine solch heikle Mission.

GRAS NEUN

Es war einer dieser Tage, die man in den Werbeprospekten der Tourismusvereine nie zu sehen bekam. Es war ein Tag ganz nach Sepp Sonnleitners Gusto. Der Himmel über den Bergen war so düster wie am Vorabend des Jüngsten Gerichts. Eine kratzige, schiefergraue Wolkendecke spannte sich übers Land. Am frühen Morgen hatte es nur genieselt, nun aber war aus dem Geröpfel ein Wolkenbruch geworden. Ein feuchter, modriger Geruch entströmte dem Erdreich, doch die Luft war kühl und frisch. Seine Laune war bestens. Er und Vitus Rabensteiner waren allein im Bergwald unterwegs. Niemand kam ihnen bei ihrer geheimen Mission ins Gehege. Die an schönen Tagen gipfelwärts hechelnden Outdoor-Freaks hampelten heute im Fitnessstudio herum. Weicheier, Warmduscher allesamt. Ein abgehärteter Loden-Lackel ließ sich von ein »paar Windböen und Regentropfen« nicht schrecken. Das Buschwerk links und rechts des Pfads war so dicht und dornig, als ob sie sich am Ostabhang der Cordillera Oriental und nicht am Brandenberg aufwärts bewegten. Auf dem Bergkamm im Süden – knapp einen Kilometer Luftlinie entfernt – verlief die grüne Grenze nach Tirol. Sonnleitner und Rabensteiner waren auf dem Weg zur Jocher-Alm, um dort den »Tiroler« zu treffen. Rabensteiner hatte gestern Abend eine nur unzulänglich verschlüsselte Botschaft per SMS erhalten. Von einem Prepaid-Handy – Nummer unterdrückt. Es war Veitl jedoch sofort klar gewesen, von wem die Nachricht stammte: »Nummer von Erwin – Notfall – Polizeifahndung – muss hier weg – achtet auf Verfolger – Mörder bekannt.« Sie waren beim Spätschoppen in der »Schmieden« gesessen – und es hatte zweier Märzenbock bedurft, bis sie den Inhalt der kryptischen Mitteilung zweifelsfrei dechiffriert hatten. »Bin ich blöd und spiel den Schleuser«, hatte sich Veitl erregt. »Was bildet sich der Lackel ein, sind wir ihm etwas schuldig, oder was? Weshalb sollen wir uns da einmischen? Der Erwin ist tot – aus, amen!«

Sonnleitner hatte jedoch sofort »Lunte« gerochen. »Veitl, das ist unsere Chance, verstehst? Da geht es nicht allein um den Ehgartner, da geht es genauso um uns. Auf uns schießen – dafür soll der Sauhund büßen. Wer garantiert uns, dass wir nicht auch auf der Liste stehen?« Für solch ideelle Werte wie Pflichtgefühl, Loyalität oder Opferbereitschaft hatte Sonnleitner nie viel übrig gehabt, er war Praktiker und Pragmatiker. Ehgartners ideologische Vorstellungen und politische Pläne waren ihm egal, ja suspekt gewesen. Er war Bayer durch und durch, aber musste er deshalb mit vor Nationalstolz geschwellter Brust die weiß-blaue Fahne hissen? Nein. Es ging nicht darum, Ehgartner zu rächen oder gar Partei für die Patrioten zu ergreifen, aber Sepp wollte auf Nummer sicher gehen – und das Problem ein für alle Mal bereinigen.

»Geh, der Schütze hat es doch nicht auf uns abgesehen gehabt. Halten wir uns besser raus. Sonst geraten wir erst recht in die Schusslinie. Wir haben doch keinen blassen Schimmer, was hinter der Geschichte steckt, wir wissen rein gar nix«, mahnte Rabensteiner zur Vorsicht. Seine Einwände klangen durchaus vernünftig – Vroni hätte ähnlich argumentiert und ihn vor unbedachten Aktionen gewarnt. Sonnleitner besaß jedoch ein feines Gespür für drohende Gefahren und er vertraute auf sein Bauchgefühl. Etwas sagte ihm, dass er mehr über die Mordtat erfahren musste, um auf der sicheren Seite zu sein.

Der Aufstieg zur Jocher-Alm war steinig und strapaziös. Wie zwei homerische Helden stapften sie unerschrocken bergan. Sepp zwickten nicht nur die Wadl, sondern es drückte ihn auch das schlechte Gewissen. Beim Frühstück hatte er vollmundig verkündet: »Spatzl, wie wär's mit einem gschmackigen Rehragout heut' Abend. Mit Preiselbeeren, Maronen, Semmelknödel.«

Veronika hatte den Vorhang zur Seite geschoben und mitleidig den Kopf geschüttelt. »Bei dem Dreckswetter willst du zum Jagen in die Berge? Sind das jetzt noch die Wechseljahre oder schon Alzheimer samt Altersstarrsinn?«

Vroni hatte nicht ganz unrecht – woher sollte er außerdem auf die Schnelle einen Rehbock nehmen? Er zog die Riemen des Rucksacks enger, der Stutzen baumelte vor seinem Bauch. Vom Himmel her drohte Unheil. Über den Gipfeln im Westen wurde es kohlrabenschwarz. Vor ihnen verlor sich der Pfad in einer undurchdringlichen Nebelwand. Das durchweichte Laub des vorigen Jahres bedeckte den Boden, eine seifige, schmierige Schicht, auf der die gerippten Sohlen der Bergstiefel kaum Halt fanden. Vor ihnen lag eine Mulde, die sich in knöcheltiefen Morast verwandelt hatte. Rabensteiner zeterte wie ein Rohrspatz. »Dreckswetter, miserabliges!« Er hatte die Führung übernommen und zog die Kapuze des olivfarbenen Anoraks über den Kopf. Sonnleitner tapste hinterher. Regenschauer prasselten auf die beiden Helden der Berge herab. Endlich kam die Weggabelung in Sicht. Rechter Hand schlängelte sich eine breite Forststraße in weiten Serpentinen zur Jocher-Alm hinauf, nach rechts führte ein steiler Jägersteig auf direktem Wege zum Grenzübergang am Wachtl-Moos. Aus dem Grau in Grau schälte sich ein schlichtes Holzkreuz: die Schwarze Marter. Gegen Ende des Dreißigjährigen Kriegs hatten die Bewohner der im Tal des Brandenbachs verstreut liegenden Einödhöfe einen feierlichen Schwur getan: Falls sie vor Pest, Hungersnot und herumstreifenden Marodeuren verschont werden würden, würden sie jedes Jahr am Sonntag nach Ostern zur Schwarzen Marter pilgern, um den Vierzehn Nothelfern für die Errettung aus Elend und Bedrängnis zu danken. Über Jahrhunderte hinweg hatten die Brandentaler ihr Gelübde getreulich erfüllt. Doch in den letzten 10, 15 Jahren hatte der Eifer der »Wallfahrer« merklich nachgelassen. Der Lack war – im wörtlichen wie im übertragenen Sinne – ab. Sonnleitners eigene Erinnerungen an seine Zeit als Ministrant, als er psalmodierend und Weihrauchfässchen schwingend die Prozession der Bittgänger angeführt hatte, waren so verblasst wie das Inkarnat, die Fleischfarbe, am Leib Christi.

Unaufhörlich trommelte der Regen auf das mit Teerpappe bespannte Holzdach. Der Jägerstand war der ideale Ort für eine Brotzeit. Der selbst gebrannte Obstler wärmte von innen und der Obatzte und das Schwarzgeräucherte taten ein Übriges, um den Körper wieder auf Betriebstemperatur zu bringen. Sonnleitner reckte und streckte die steif gefrorenen Glieder. »Kehr ma um, ha? Diese ganze Odyssee war eine blödsinnige Idee. Jemand hat den Misthammel abserviert und Schluss. Gescheiter wär's, wenn wir uns ein Rehlein schießen. Die Vroni kocht uns ein feines Ragout, mit Semmelknödeln dazu, va bene?«

Vitus Rabensteiner zögerte, gestern war er derjenige gewesen, der sich vor dem »Pirschgang« drücken wollte, doch mittlerweile hatte ihn das Jagdfieber gepackt. »Komm, jetzt sind wir schon da heroben, bringen wir die Geschichte zu Ende – ich möcht wissen, wer den Ehgartner auf dem Gewissen hat!« Sepp und Veitl nahmen noch einen Schluck Obstler zur Brust, dann rüsteten sie sich zum Aufbruch. Die letzte Etappe würde ihnen noch mal alles abverlangen. Sonnleitner war eben dabei, sich auf die Holzleiter zu schwingen, als er erst ein, dann zwei Rehe erspähte, die zwischen den halbhohen Birken am Rand der Lichtung hervorspitzten und sich anschickten, an den jungen, grünen Tannentrieben zu knabbern. Veitl stupste ihn kurz an. »Schau dir das an, Sepp, diese Saubande, keinen Respekt mehr vor uns Waidmännern.« In Sonnleitners DNA hatte sich das Wilderer-Gen über Jahrhunderte eingemendelt – und sein Stutzen glitt wie von selbst von der Schulter. »Du wirst doch jetzt nicht ein Reh schießen«, hörte er Rabensteiner raunen. »Willst partout ein Rehragout? Wollten wir nicht Funkstille halten? Ich mein, erst der Schuss – und dann mit fünf Kilo Rehfleisch am Buckel ins Tal obi.«

Sonnleitner wollte ihm eben die Leviten lesen, da piepte Rabensteiners Handy, lang – zweimal kurz – eine neue Nachricht. Neugierig steckten sie die Köpfe zusammen. »Plan B – Jeep im Stadel – Alm vielleicht überwacht – Treffen unterwegs – bei den Teufelsfelsen – Vorsicht.« Für Rabensteiner bot die absonderliche Nachricht den willkommenen Anlass, sich erneut in Harnisch zu bringen. »Gehen wir jetzt auf Schnitzeljagd? Die Alm wird überwacht. Wie denn? Von Drohnen mit Wärmebildkameras? Der Depp schiebt doch Paranoia.« Sie hangelten sich hastig die steile Sprossenleiter hinunter. Sonnleitner raunzte noch etwas, was wie »Schad ums Rehbraterl« klang, dann schlug er sich mit dem Groll eines Braunbären auf Lachsentzug in die Büsche. Die Mission verlief nicht nach Plan. Übellaunig bahnte er sich einen Weg durchs Unterholz. Dass er dabei für einen Fährtenleser deutlich sichtbare Spuren hinterließ, kümmerte ihn nicht. Sie waren schließlich nicht im Land der Komantschen.

Blätterrascheln, Ästeknacken, dann stand eine Gestalt im tarngefleckten Guerilla-Look, das Gesicht rußgeschwärzt, vor ihnen. Der Tiroler, Fichtner. »Wo bleibt's denn so lang, ich wart schon eine halbe Ewigkeit auf euch Lahmärsche. Es pressiert, geh ma«, bekamen Sepp und Veitl statt eines Danks zu hören. »Unleidiger Kletzenbene, das wirst du noch bereuen, Himmisakra…« Sepp fluchte leise vor sich hin. Der Tiroler war bereits außer Hörweite und stieg mit weit ausgreifenden Schritten bergan. Dabei war er bepackt wie ein Yak auf dem Weg ins Everest-Basiscamp. Sepp schätzte, dass sein Feldgepäck gut und gerne 20 Kilo wog: Hiker-Back-Pack, Patronengurt, Hightech-Fernstecher. Kampfmesser und ein Handgranaten-Doppelpack hingen griffbereit am Gürtel. Ein Sturmgewehr 57, Schweizer Fabrikat, wie Sonnleitner mit Kennerblick feststellte, komplettierte die »kleine« Gefechtsausrüstung. Dem rußgeschwärzten Gesicht war keine Gefühlsregung abzulesen, doch die Augen Fichtners wanderten unruhig hin und her. »Beeilung! Wir haben schon genug Zeit verplempert. Ich muss schleunigst über die Grenze – mein Kontaktmann wartet. Für euch gibt's hernach Arbeit. Alle Spuren auf der Alm beseitigen und die Karre verschwinden lassen. Dreitausend für jeden – auf die Hand. Könnt's euch also ruhig ein wenig anstrengen.« Die Wurzeln waren feucht und rutschig wie Bohnerwachs, Gleiches galt für die speckig glänzenden Felsbrocken. Sonnleitner tapste wie auf rohen Eiern herum, um nicht unsanft auf dem Hinterteil zu landen.

Rabensteiners Miene war so finster wie der Himmel überm Brandenberg. In seiner Stimme schwang Unmut. »Halt mal, Fichtner. Wir kennen uns hier oben aus, wir kennen jeden Pfad, jeden Steig. Lass uns sicherheitshalber die Vorhut übernehmen.«

Fichtner winkte ungeduldig ab. Und gab ihnen zu verstehen, dass sie sich sputen sollten. »Macht's hin. Und passt's auf, ob euch jemand folgt. Wir sehen uns oben am Wachtl-Moos, dann erfahrt ihr Näheres. Ich verlass mich auf euch! Du bist schließlich auch ein Tiroler, Rabensteiner!« Fichtner verschwand zwischen den dicht an dicht stehenden Fichten. Sonnleitner strich sich den Schweiß von der Stirn – so hatte er sich ihre »Expedition« nicht vorgestellt. Ihr »Führer« blieb ihm ein Rätsel.

Die Teufelsfelsen, eine wild zerklüftete Felsenformation, erhob sich über ihnen. Vor ihnen führte der Weg einen nicht sonderlich steilen, von gewaltigen moosbewachsenen Gesteinsbrocken durchsetzten Hang hinab. Unter ihnen lag ein Sattel, sumpfiges, mit Tümpeln und Schilfflächen gesprenkeltes Gelände: das Wachtl-Moos. Sonnleitner spähte hinunter und sah Fichtner über den Knüppeldamm balancieren, der sich durch das Hochmoor schlängelte. Mitten durchs Moos verlief die Demarkationslinie zur Alpenrepublik. Im Bergwald über ihnen raschelte Laub. Sepp spitzte seine Ozelotohren. »Pssst, leise.«

Rabensteiner lauschte angestrengt, schüttelte dann aber den Kopf. »Ich hör nix!«

Sepp tappte auf Pumapfötchen in den Wald hinein. Der weiche, feuchte Laubbelag dämpfte seine Schritte. Irgendetwas kroch da durchs Gehölz. Nur was? Ein Rehbock, eine Gams oder lauerte da draußen ein unsichtbarer Verfolger – der nach einer günstigen Schussgelegenheit Ausschau hielt? Lautlos glitt der Stutzen von seiner Schulter. Instinktiv tastete er nach dem Silberamulett auf seiner Brust. Den Talisman hatte ihm Vroni zu ihrem 20. Hochzeitstag geschenkt. Ein altes Familienerbstück. Die Silberkapsel umschloss einen Chrysopras, der nach dem Dafürhalten von Vronis Großmutter in der Lage war, den Träger vor schwarzmagischen Zauberkünsten zu beschützen. Vronis Oma Katharina hatte ihn gern gemocht und so manches Stamperl Weichsellikör mit ihm geleert. Und die Kathi war gewiss keine schrullige Schoaßtrommel gewesen, die überall Geister und Gespenster sah. Sepp war sich bewusst, dass ihn der Heilstein wohl kaum vor einem Stahlmantelgeschoss schützte. Dennoch konnte es nicht schaden, wenn man sich mit seinen Schutzengeln gut stellte. Schließlich wusste man nie, wo Gott hockte. Sepp horchte, vermeinte ein Knacken und Rascheln zu hören. Wie in einer Echokammer schienen die Laute von überall her gleichzeitig zu kommen. Sonnleitner brachte seinen Karabiner in Anschlag und schlich, stets darauf bedacht, sich durch keine unachtsame Bewegung zu verraten, von Baum zu Baum. Er war bereit. Falls hinter dem nächsten Felsblock ein mordlüsterner Geselle hockte, würde er keinen Moment zögern und abdrücken.

Da fiel ein Schuss, dann ein zweiter. Dumpf und unheilvoll hallte das Echo von den Felswänden. Sepp schrak zusammen, blieb wie angewurzelt stehen. Die Schüsse waren vom gegenüberliegenden Hang, von jenseits der Grenze, gekommen. Sepp ballte die Fäuste. »Fix, das gibt's doch ned. Ich hab gemeint, der wär hinter uns!« Er hastete zurück und duckte sich hinter eine mächtige Weißtanne. Rabensteiner lag hinter einem Felsblock und brüllte wütend. »Wo krauchst denn herum? Der versteckt sich irgendwo unterhalb der Felswand, rechts von uns. Deck ma den Zirbenzipfel mit Blei ein.« Rabensteiner eröffnete das Feuer. Sonnleitner peilte Pi mal Daumen den möglichen Standort des Schützen an. Die Felshänge auf der anderen Seite der Senke waren nebelverhangen, aber doch deutlich auszumachen. Die Distanz betrug annähernd 300 Meter. Es wurmte ihn, dass er keinen Feldstecher dabeihatte. So musste er einen Schuss ins Blaue wagen. Das Mauser Modell 98k war ein Repetiergewehr, das man von Hand nachladen musste. Da nur fünf Patronen in den Ladestreifen passten, durfte er nicht wild in der Gegend herumballern. Die Patronen vom Kaliber 7,92 Millimeter waren Riesenoschis, fast zehn Zentimeter lange, an die 30 Gramm schwere Spitzgeschosse. Dadurch besaß das Gewehr zwar eine hohe Durchschlagskraft und eine theoretische Reichweite von über 1.000 Metern – aber man musste exakt im Ziel liegen und auf einen starken Rückstoß gefasst sein. Es regnete, ja es goss noch immer in Strömen. Graue Schleier hingen wie feine Gespinste zwischen den Felsen. Unter diesen widrigen Bedingungen einen Treffer zu landen, war schwierig. »Hörst das?« Rabensteiners Zuruf riss ihn aus seiner Starre. Das Geräusch von Gesteinsbrocken, die den Hang hinabkullerten, war unverkennbar. Der Schütze hatte den Rückzug angetreten und es offenbar eilig, von hier wegzukommen.

Fichtner war getroffen, lebte aber noch. Wie ein gefällter Baum lag er am Rande eines Tümpels, ein Zittern durchlief seinen Körper, er stöhnte vor Schmerz und rang nach Luft. »Diese feige Drecksau schnapp ich mir.« Rabensteiner wollte aufspringen, um die Verfolgung des Flüchtigen aufzunehmen. Sepp ergriff seinen Arm und hielt ihn fest. »Das bringt nix, Veitl, den erwischt du nicht mehr. Bei dem Wetter, keine Chance.« Sepp kniete neben Fichtner nieder, fühlte mit den Fingern den Puls an der Halsschlagader. »Das Herz schlägt wie damisch. Nicht gut.« Rosaroter Speichel rann aus Fichtners Mundwinkel, unter der Rußschicht war die Gesichtshaut weiß wie Schnee. Sonnleitner riss die Armeejacke auf – das Hemd war mit Blut durchtränkt. Sepp tastete vorsichtig nach der Wunde. Der Verwundete stöhnte gequält auf. »So wie es aussieht, hat das Projektil den rechten Lungenflügel zerfetzt, üble Sache«, sprudelte es aus Sepp heraus. »Scheiße, wenn er nicht schnell unters Messer kommt, stirbt er uns unter den Händen weg.« Sepp Sonnleitner war Polizist – hielt aber wenig von Preußischer Disziplin. Bei den Fortbildungs- und Auffrischungskursen in Sachen Erste Hilfe hatte er indes nie gefehlt. Wenn er in den Bergen unterwegs war, dann nie ohne Notfall-Set. Er fischte eine orangerote Verbandstasche aus seinem Rucksack. »Veitl, da, nimm sein Handy. Unser Freund braucht dringend einen Rettungshubschrauber, sonst sehe ich schwarz. Schau, ob es hier irgendwo Empfang gibt.« Ruhig und routiniert legte er einen Druckverband an, um die Blutung zu stoppen, und lagerte den Körper so, dass die rechte Seite höher lag als die linke.

Sepp blickte auf und sah Rabensteiner, der wie Rumpelstilzchen herumsprang und verzweifelt versuchte, die

110, die Bergrettung oder sonst jemanden zu verständigen. »Nichts, nicht ein Balken, ich muss den Hang hinauf!«

Sepp beugte sich zu Fichtner hinab. »Wir holen Hilfe, halt durch. Du schaffst das.« Die üblichen Durchhalteparolen. Aber was half es? Der Tiroler schien ihn gehört zu haben, klappten doch die Lider hoch. Die Augäpfel rollten wild umher. »Verstehst mich? Bleib ganz ruhig liegen, wir holen dich hier raus.« Den Ernst der Lage verschwieg Sonnleitner wohlweislich.

Fichtners Wimpern flatterten wie Schmetterlingsflügel, die Pupillen glänzten im Fieber. Mit brüchiger Stimme flüsterte er kaum hörbar: »Selber schuld, mea culpa!«

»Was sagst?« Sepp beugte sich vor, um die hingehauchten Worte verstehen zu können.

»Wieso wiederholt sich die Geschichte? Ich versteh's nicht. Der Schuss hätte doch …« Er hustete, spuckte Blut.

»Wer hat auf dich geschossen?«, keuchte Sonnleitner.

»Waffen wollt' er haben, der alte Narr. Gewehre, Munition, von uns. Sein Grab hat er geschaufelt.«

»Was? Wer?« Von was redete er da? Sonnleitner war drauf und dran, den Kerl am Kragen zu packen.

»Euch sollte nix geschehen. Dein Spezl, ich wollt' mit ihm reden, nach Tirol rüber, aber schau selber.« Fichtner tastete nach der Brusttasche seiner Jacke, mit zitternden Fingern zog er ein zusammengefälteltes, stockfleckiges Stück Papier hervor.

»Was ist das?«

»Ein Handzettel, adressiert an den Kronprinzen in der Hofburg, eine Abschrift sollte nach Igls, aber kam dort nie an …« Seine Erzählung geriet ins Stocken. Ein Hustenanfall schüttelte ihn, mit Blut vermengte Spucke quoll ihm aus dem Mund. »Der Sandwirt hat keinen Dunst von Grammatik oder Syntax gehabt. Keinen Punkt, kein Komma gemacht ... und eine Sauklaue.« Seine Stimme wurde drängend, flehend. »An dem Tag wollt' er ein Ende machen, doch es hat in Mantua geendet. Wieso? Der Urahn, der Rabensteiner, hat davon gewusst. In einer Abschrift seines Testaments heißt es: ›Am finsteren Ort liegt das Geheimnis begraben ... wo ein Kindlein geboren, bei den Hirten, zwischen Ochs und Esel, steht die Schuld des Judas geschrieben.‹« Seine Stimme war nun so spröde wie staubtrockenes Pergament. »Iovis Libertatis ... et aquilae volat! Im Wein ist die Wahrheit, im Fass aber Gold ...« Fichtner verstummte, er war drauf und dran, das Bewusstsein zu verlieren.

Von einem Gefühl ohnmächtiger Wut gepackt, schüttelte Sonnleitner den sich ins Reich der Schatten Absentierenden, erst sacht, dann immer heftiger. In dem wirren Gestammel Fichtners war kein Sinn zu erkennen. »Wer soll dieser Rabensteiner sein, wo liegt was begraben? Teufel noch mal, jetzt red schon.« Doch Fichtner befand sich bereits in einer anderen Welt, zusammen mit Dornröschen und Schneewittchen. Sepp faltete das »Sendschreiben« auseinander. Er starrte auf die wenigen Zeilen, die von ungelenker Hand zu Papier gebracht worden waren. Sollte das die Handschrift Hofers sein? Was sollte er mit dem ominösen Brief anfangen? Vorerst steckte er ihn in die Seitentasche seiner »Hot Pants«. Das Geräusch knackender Äste und hüpfender Felsbrocken ließ ihn aus seinem tranceähnlichen Zustand hochschrecken. Wild gestikulierend stürmte Veitl heran. »Ich hab den Rettungsdienst erreicht. Die schicken einen Heli und bereiten alles für eine Notoperation vor. Was meinst, packt er es?«

Kalter Schweiß perlte von seiner Stirn. Ein Gefühl der Benommenheit und Desorientiertheit machte sich in ihm breit. Es würde einige Zeit dauern, um das eben Gehörte zu verdauen. Was hatte ihm der Tiroler zu verstehen geben wollen? Stammte dieses Schreiben wirklich von Hofers Hand? Dem Nationalhelden Tirols, der auf Napoleons Befehl standrechtlich erschossen worden war. War dessen Inhalt so brisant, dass man dafür einen Mord beging? Zweihundert Jahre nach der Exekution des Verfassers? Sepp stammelte gedankenverloren: »Mei, wenn er Glück und ein starkes Herz hat.«

»Können wir denn nix für ihn tun?« Rabensteiner war die innere Erregung anzumerken. Seine Hände zitterten, als er an den Lederschnallen des Rucksacks zerrte, bis sich diese widerwillig lösten. Hektisch wühlte er zwischen Munitionsschachteln und Tupperdöschen herum, bis er das Gesuchte fand. Rabensteiner hielt den Kopf des Bewusstlosen, um ihm einen Schluck des Wunderelixiers einzuflößen. Doch Fichtner reagierte nicht.

»Gib her, der ist grad ganz weit fort!« Wie ein Ertrinkender grabschte Sonnleitner nach dem Feldfläschchen. Der Zaubertrank brannte in seiner Kehle.

»Was machen wir jetzt?«

»Das Zeug hier beseitigen. Das wirft sonst nur unnötige Fragen auf.« Er deutete mit dem Kinn auf den von Fichtners Schulter gerutschten Patronengurt und die zwischen Latschenkiefern verkeilte Halbautomatik. Sepp kraulte die Hautlappen seines Doppelkinns. Es würde zwangsläufig eine Untersuchung geben, ein Tatort-Team der Kripo würde einfliegen und jeden Quadratzentimeter unter die Lupe nehmen. Die Kriminaltechniker würden fündig werden. Doch der strömende Regen war ihr Verbündeter. Sie mussten versuchen, möglichst wenig Spuren zu hinterlassen, um nicht noch tiefer in die Scheiße zu geraten. Sonnleitner schob die Bedenken bezüglich der Unterschlagung von Beweismaterial rasch beiseite. »Das Graffe muss weg, sofort. Die Handgranaten, die Munition, das Gewehr – und wir waren, wenn überhaupt, rein zufällig hier, klar?« Rabensteiners Rechte wies zum Hang hinauf. »Wir nehmen denselben Weg, den wir gekommen sind. Die Teufelsfelsen sind ein wahres Labyrinth, Spalten, tiefe Risse im Fels. Da findet keiner was.« Sein Spezl mochte einige charakterliche Defizite aufweisen, aber in den praktischen Dingen des Lebens verfügte er über eine hohe Problemlösungskompetenz. »Komm, wickeln wir ihn noch schnell in Rettungsfolie, damit die Körperkerntemperatur nicht unter ein kritisches Niveau sinkt.« Hastig packten sie alles zusammen und machten, dass sie davonkamen. In wenigen Minuten würde der Rettungshubschrauber hier landen – und sie im dichten Nebel verschwunden sein. Rabensteiner marschierte vornweg, er hinterher. Er würde Veitl einweihen müssen – daran führte kein Weg vorbei. Fürs Erste erkundigte er sich jedoch nur im belanglosen Plauderton. »Sag mal, Vitus, ich hab gar nicht gewusst, dass deine Leut' aus Tirol stammen.«

Rabensteiner schnaubte nur unwillig. »Geh, hör mir mit der buckligen Verwandtschaft auf. Mein Opa und meine Oma väterlicherseits stammen beide aus dem Stubaital. Vom Winkl-Hof in Mieders. Meine Oma war eine ganz patente, die hat noch mit über 80 den ganzen Haushalt geschmissen und im Garten en gros Gemüse angebaut, um ihre Rente aufzubessern. Über 90 ist sie geworden. Gute Gene, ha?«

Wie früher, als er als Ministrant eine Perikope aus den Paulus-Briefen hatte auswendig lernen müssen, repetierte er leise: »Winkl-Hof, Mieders, Stubaital.« Der Regen ließ nach. Drüben in Tirol schien schon die Sonne über dem Bergisel.

EICHEL NEUN

Neon und Linoleum. Flure ohne Ende. Über ihm die Leuchtstoffröhren, unter ihm der frisch gewienerte Boden. Das Klinikgebäude war eine jener architektonischen Missgeburten der 80er-Jahre, die es nie auf die Liste des UNESCO-Weltkulturerbes schaffen würden. Vor einem der Stationszimmer diskutierten zwei braungebrannte Weißkittel gebärdenreich miteinander. Wahrscheinlich zerrissen sich die Halbgötter in Weiß gerade das Maul über die Kunstfehler eines »unfähigen Operateurs« oder stritten sich über die richtige Therapie eines Prostatakarzinoms oder des Schlafapnoe-Syndroms. Er überlegte kurz, sich bei den Medizinern nach dem Weg zur Intensivstation zu erkundigen, ließ es aber lieber bleiben. Je weniger man mit diesem Berufsstand zu tun hatte, desto besser. Hauptkommissar Armin Reimers zog prüfend die Luft ein. Wie befürchtet roch es nach Krankenhaus, nach Karbol, nach Lösungs- und Desinfektionsmitteln. Der widerliche, beißende Geruch nach undefinierbaren Chemikalien setzte sich in seinen Schleimhäuten fest. Ein Brechreiz würgte seine Kehle. Wäre er seinen Instinkten gefolgt, hätte er auf der Stelle kehrtgemacht und die Flucht ergriffen. Armin Reimers war ein hartgesottener Kripobeamter – und es graute ihm vor wenig, weder vor zerfetzten Leichnamen noch vor dem Aasgeruch verwesenden Fleisches. Es gab nur wenige Orte auf dieser Welt, die ihn in Panik, in einen

Zustand der Angst und Ohnmacht versetzten. Sobald er jedoch eine Klinik oder eine psychiatrische Verwahranstalt betrat, schnürte es ihm augenblicklich die Kehle zu und sein Magen krampfte sich zusammen. »Denk an etwas Schönes, an frische, salzige Seeluft …«, versuchte er sich in Autosuggestion. Er blickte angestrengt zum Fenster hinaus, nur um etwas anderes zu sehen als weiß getünchte Wände. Der Seerosenteich neben dem Heli-Landeplatz phosphoreszierte im hellen Glanz der Morgensonne. Ein Rasenrondell war auf kurz getrimmt, in den Blumenrabatten hatte der Lenz Einzug gehalten. Dort draußen war die Welt so, wie sie sein sollte – voll erblüht, in fröhlichen Frühlingsfarben, dem Gelb der Osterglocken, dem Blau der Hyazinthen, dem bunten Blütenpotpourri der Primeln. Er selbst fühlte sich hingegen alles andere als frühlingsfrisch. Reimers hatte in der Nacht kaum Schlaf gefunden und sich neben seinem Angora-Kater Xerxes in einen bleiernen Morgen gewälzt. Dieser Fall ließ ihn nicht los, ließ ihn nicht zur Ruhe kommen. Er hatte das unbestimmte Gefühl, dass er dabei war, den Überblick zu verlieren – und zwar komplett. Für morgen früh würde er eine Teambesprechung anberaumen, um die Aufgaben klar festzulegen und die Ermittlungsarbeit zu koordinieren. Pföderl sollte sich schwerpunktmäßig um das persönliche Umfeld Erwin Ehgartners kümmern und das Beziehungsgeflecht zwischen den einzelnen Protagonisten, zwischen Schönhuber, diesem Ränkeschmied Dürr und Bichler, den mit Ehgartner verfeindeten Geschäftsführer des Stern-Bräus, sezieren. Duroc würde derweil zusammen mit zwei Kollegen des Kriminalfachdezernats 7 »Wirtschaftskriminalität – Korruption – Betrug« dem Verdacht auf illegale Geschäfte Ehgartners nachgehen. Für sich selbst hatte er das Filetstückchen, den Anschlag auf diesen mysteriösen Mister X, reserviert.

Seine Wimpern vibrierten wie Kolibriflügel, immer wieder schlossen sich seine Lider. Er war übernächtigt, todmüde, hatte kaum geschlafen. Über seine innere Leinwand flimmerte ein in grell leuchtenden Farben illuminierter Filmstreifen. Bilder, die wie im Zeitraffer vorwärtsruckelten. Ein fremder und doch irgendwie vertrauter Anblick – der Tatort: dunkle Tannen, weiße Birken. Röhricht, schlammige Tümpel – vor einer zerklüfteten Felsenkulisse. Zwischen den Felsen ein alpines Allerlei aus Bonsai-Bäumchen und Latschenkiefern. Das Tatort-Team der KTU war eifrig damit beschäftigt, den Ort des Verbrechens mit dem Millimetermaß auszumessen. Reimers sah seinen Doppelgänger, der sich aufmerksam am Schauplatz der Tat umsah. Ein Absperrband aus Plastik war quer über den Weg gezurrt, damit jeder Biker und Hiker mitbekam, dass die Gegend hier vorübergehend off-limits war. Ober-SpuSi Orterer stand vor ihm – und hielt ihm ein Plastikbeutelchen samt Patronenhülse unter die Nase. »Flaschenhalshülse aus Messing. Kaliber 7,62 mal 51 Millimeter. Haben wir da oben zwischen den Felsen aufgelesen. Kommt Ihnen die bekannt vor? Stammt aus der Tatwaffe, würde ich meinen.«

Sein Einwand hatte wenig überzeugend geklungen. »Könnte doch von einem Jäger auf der Pirsch stammen.«

Orterer hatte die Hände in die ausladenden Hüften gestemmt und ihn wie einen unbedarften Polizeischüler zusammengestaucht. »Ein Jägersmann, soso. Das Geschossgewicht spräche sogar dafür. Aber da, sehen Sie die Auszieherrille, die ringförmig umlaufende Nut am Patronenboden, charakteristisch für randlose Munition, und vor allem hier, den in den Boden eingeprägten Stempel? Daraus lassen sich das Fabrikat, der Hersteller und das ›Haltbarkeitsdatum‹ entnehmen. Ich verwette ein Monatsgehalt darauf, dass das Stempelmuster exakt dem der in Grainbach gefundenen Hülsen entspricht. Na!«

Reimers war jedoch noch nicht ganz zufrieden gewesen. »Wie sieht's mit Fingerabdrücken, Hautschuppen, DNA-Abrieb aus?«

»Mau. Im Labor lassen wir die Metalloberfläche mit einem neuen Verfahren analysieren, das mit Hilfe fluoreszierender Schichten arbeitet. Da Schweiß und Hautfett zusammen isolierend wirken und im Gegensatz zu Wasser kaum Strom leiten, lässt sich der Abdruck der Papillarleisten durch einen Scanner sichtbar machen.«

»Und wenn der Schütze Handschuhe getragen hat?«, hatte Reimers erneut den Part des Schwarzsehers übernommen.

»Nun, einen Versuch ist es wert. Wer weiß, was wir unterm Scanner noch alles entdecken, Faserspuren, Hautpartikel oder ein paar graue Haare, die dann allerdings von mir stammen!« Orterer hatte einige kehlige Laute ausgestoßen, die sich mit etwas Fantasie als Gelächter interpretieren ließen. »Wenn wir im Geflügelhof blutige Federn finden, ist meist der Fuchs nicht weit.« Der in puncto Körpergröße etwas kurz geratene Leiter der Kriminaltechnik hatte sich auf die Zehenspitzen gestellt und ihm mit dem Zeigefinger gegen die Brust geklopft. »Ein und derselbe Täter.« Das war ein Wort.

Erst die Intensivstation, dann das Date mit dem Doyen der hiesigen Gerichtsmedizin. Und das auf – von einem »Knack & Back«-Croissant einmal abgesehen – nüchternen Magen. Ihm blieb auch nichts erspart. Einen Lichtblick gab es immerhin: Landrat Filzmooser konnte er von der Liste der Verdächtigen streichen. Das Alibi des Provinz-Politikers war wasserdicht. Zum Zeitpunkt des Attentats auf Ehgartner war er bei einem Round-Table-Gespräch zur kommunalen Kooperation in der Energiewirtschaft in München gewesen. Statt am Wachtl-Moos mit dem Schießgewehr im Hinterhalt zu liegen, hatte Filzmooser im Landratsamt eine Sitzung des Bauausschusses geleitet. Jeweils vor zig Zeugen. Je mehr er darüber nachdachte, desto absurder erschien ihm zudem die Hypothese, dass die Staatskanzlei oder irgendeine andere »höhere Stelle« einen »Mordauftrag« abgesegnet und ein Sonderkommando losgeschickt haben könnte. Das mochte in einem Despoten-Regime gängige Praxis sein und Stoff für einen »Tatort« abgeben. Ein konkreter Ermittlungsansatz ließ sich daraus nicht herleiten. Kommissar Reimers betrachtete mit gerunzelter Stirn das idyllische Bild jenseits der Doppelglasscheiben. Am südlichen Horizont schob sich die gezackte Kulisse der Berge voll ungebärdiger Wildheit ins Bild. Dort oben zwischen Fels und Geröll lag noch Schnee, war es noch Winter. Und er vermeinte, den eisigen Windhauch zu spüren, der ins Tal hinabstrich.

Ötzi war seit 5.000 Jahren tot – aus dem Hinterhalt ermordet und zur Mumie schockgefrostet. Die Herkunft des Mannes in Tarnuniform war ähnlich rätselhaft wie die Ötzis. Man hatte oben in den Bergen auf ihn geschossen, und nun lag er, schwer verletzt und ohne das Bewusstsein wiedererlangt zu haben, auf der Intensivstation. Der »Tiroler« hatte ein Kampfmesser, eine mit über 6.000 Euro in bar prall gefüllte Brieftasche, eine Lenkberechtigung der Führerscheinklassen B und C1 sowie einen österreichischen Personalausweis mit der Nummer 116 373 52 –

ausgestellt am 20.04.2017 von der BH Innsbruck-Land – bei sich gehabt. Seine Identität schien somit festzustehen. Das Problem daran: Die zuständige Bezirksverwaltungsbehörde in Innsbruck hatte keinen Ausweis mit dieser Seriennummer ausgestellt, weder im April 2017 noch sonst irgendwann. Die Recherche im Zentralen Personenstandsregister hatte gleichfalls keinen Treffer ergeben: Ein Jakob Fichtner, geboren am 29.9.1978 in Wien, existierte nicht. Ötzis amtliche Dokumente waren samt und sonders gefälscht – und von einer exzellenten, vom Original nicht unterscheidbaren Qualität. Was nach Reimers Dafürhalten eigentlich ein Ding der Unmöglichkeit war. Das Rollbett von »Ötzi II« war von medizinischen Apparaturen flankiert. Auf einem Monitor oszillierten Leuchtkurven um einen Mittelwert. Gummischläuche steckten in »Fichtners« Nasenlöchern, ringelten sich wie Tentakel aus dem Brustkorb. So, wie er dalag, bestand eine erschreckende Ähnlichkeit zu einem lurchartigen Alien, ging es ihm durch den Kopf. Nach der Not-OP wurde »Fichtner« künstlich beatmet – bei jedem Atemzug zischte es unter der Darth-Vader-Maske. Das Blutplasma blubberte stoisch vor sich hin. Das Leben des Mannes hing an einem seidenen Schnürchen. Reimers vermutete, dass man den Schwerverletzten mit Schmerzmitteln vollgepumpt hatte. Würde »Fichtner« je wieder aus dem Koma erwachen? Wie standen seine Heilungschancen – bei 10, bei 20 Prozent? Gott allein wusste es. Vor einem der OP-Säle führten zwei Bauchaufschneider im lindgrünen Kittel eine angeregte Unterhaltung. Der Kommissar verstand kein Wort des mit lateinischen Fachausdrücken gespickten Chirurgen-Chinesisch. Mit ihren unter einem Mundschutz aus Gaze verborgenen Gesichtern erinnerten sie ihn an die

Postkutschenräuber im Wilden Westen. Die beiden Mediziner scherzten und lachten. War dies ein gutes Omen? Reimers bezweifelte es. Ohne ein ordentliches Frühstück war das alles nur schwer zu ertragen.

Doktor Claus Heuberger war nicht allein gekommen. Der Ober-Leichenfledderer hatte zur Verstärkung eine »verehrte Kollegin« mitgebracht. Ihr »Date« fand in der »Visitor Lounge« des Klinikums statt. Die mit Bistromobiliar bestückte Cafeteria war von einer bestrickend aseptischen Atmosphäre. Steinheil strahlte, als ob sein alter Uni-Professor von den Toten auferstanden war. Dr. Heuberger war der Prototyp des distinguierten, grau melierten Weißkittels, wie er bevorzugt in Ärzteromanen und Krankenhausserien à la Greys Anatomy auftauchte. Mit seinem Gardemaß von ein Meter 90, dem hohen Stirnansatz, der dichten, grauweißen Mähne und dem kühnen Adlerblick hätte er Dr. Brinkmann in der »Schwarzwaldklinik« glatt die Show gestohlen – und die Herzen der Stationsschwestern reihenweise gebrochen. Heuberger lehnte in seiner stets etwas dünkelhaft wirkenden Pose an der in blässlich-gelber Eierschalenfarbe getünchten Wand. Sein bronzefarbener Trapper-Teint stand in auffälligem Kontrast zu der anämischen Farbe der Umgebung. Seine Hand umklammerte einen kaffeebohnenbraunen Plastikbecher, über dem sich kleine Dampfwölkchen ringelten. Der Gerichtsmediziner schien gegen die sterile Aura ringsum immun zu sein. »Ah, der Kommissar, ich habe fantastische Neuigkeiten für Sie! Es spricht viel dafür, dass wir von vergleichbaren Täterprofilen ausgehen können. Das dürfte Ihre Arbeit doch erheblich vereinfachen.« Dass es zwischen beiden Fällen unübersehbare Parallelen gab, war ihm auch schon aufgefallen. Der Täter hatte ein Long-Range-Gewehr mit Zielfernrohr verwendet. Dazu Patronen mittleren Kalibers – 7,62 mal 51 Millimeter. Die Munition kam beim Militär, bei der Polizei, aber auch bei der Jagd aufs heimische Wild zum Einsatz. Ob die Tatwaffen wirklich identisch waren, mussten die Ballistiker klären. CH, wie ihn Reimers in Anlehnung an das Schweizer Länderkennzeichen nannte, bleckte sein Strahle-Gebiss, als ob er ihm den Täter auf dem Präsentierteller serviert hatte. Reimers hatte Heuberger insgeheim in Verdacht, sich als Oral-B-Model ein Zubrot zu verdienen. »Tja, mein lieber Reimers, der Tod führt uns überdies schmerzlich vor Augen, wie begrenzt unsere Zeit ist. Gehen wir also gleich in medias res. Darf ich Ihnen Frau Doktor Heidemarie Lange vorstellen?« Mit ihrer athletischen Figur, den lockigen, weizenblonden Haaren und den stahlblauen Augen hätte Frau Doktor perfekt in Leni Riefenstahls Casting-Show gepasst. »Frau Lange hat sich auf Notfallmedizin spezialisiert – ein hochkomplexes Feld, das umfangreiche Kenntnisse in mehreren Fachbereichen wie der Unfallchirurgie, der inneren Medizin und der Neurologie erfordert. In der Praxis zählen dazu diagnostische und therapeutische Maßnahmen, um die Vitalfunktionen aufrechtzuerhalten.« Heuberger ließ die Handgelenke knacken. »Nun, kommen wir zu Patient eins. Den Verletzungen nach zu urteilen, kann ich einen Unfall ausschließen. Es liegt eindeutig Fremdeinwirkung und somit ein versuchtes Tötungsdelikt vor. Der Staatsanwalt kann also unbesorgt Ermittlungen gegen Unbekannt einleiten.«

Die durchaus nicht gänzlich unattraktive Ärztin taxierte ihn mit dem routinierten Blick des Notfall-Mediziners – und registrierte, dass Reimers Gesichtsfarbe der eines Zombies glich. »Mit Verlaub, Sie schauen ziemlich blass aus, Herr Kommissar, geht es Ihnen gut? Wie steht es mit dem Blutdruck? Wir wollen doch nicht, dass Sie uns aus den Pantinen kippen.« Die Andeutung eines ironischen Lächelns kräuselte ihre Mundwinkel.

Das strikte Rauchverbot im gesamten Klinikbereich ignorierend, steckte sich Dr. Heuberger eine Zigarre – garantiert eine sündteure Cubana, von Hand gerollt – an. Doktor Lange rümpfte die Nase – und sorgte von vornherein für klare Fronten. »Dass wir uns richtig verstehen – Sie haben gesehen, in welch kritischem Zustand sich der Patient befindet. Daran wird sich so bald nichts ändern, er wird in absehbarer Zeit nicht in der Lage sein, Fragen zu beantworten.« Heuberger nickte bedächtig wie Buddha unterm Baum und ließ ein paar Rauchkringel zur Decke schweben.

Reimers hüstelte. »Wäre er denn theoretisch ansprechbar? Wenn man ihm zum Beispiel so einen Wachmacher spritzt?«

CH lächelte wie der fleischgewordene Wiedergänger Doktor Frankensteins. »Nun ja, in der Humanmedizin ist theoretisch vieles möglich. Das menschliche Gehirn ist eine Black Box – man weiß nie genau, wie sie auf äußere Reize reagiert. Ob ein Patient das Bewusstsein wiedererlangt oder nicht – ist wie russisches Roulette.«

Doktor Lange schüttelte energisch den Kopf. Dabei wandte sie ihm ihr Profil von klassischer, nordischer Strenge zu. »Solche Erwägungen sind moralisch nicht vertretbar. Kein verantwortungsvoller Arzt wird seine Einwilligung zu einer solchen ›Spezialbehandlung‹ geben.«

Heubergers allseits gefürchteter Sarkasmus brach sich Bahn. »Ich bitte Sie, der Patient hängt am Tropf, bekommt regelmäßig Infusionen verabreicht und seine basalen Lebensfunktionen sind dank der Apparaturen leidlich stabil.«

Die Ärztin gab dem braungebrannten Meister-Schnippler prompt kontra. »Das bedeutet allerdings keineswegs, dass …« Die verhinderte UFA-Aktrice linste nach dem Patientenblatt. »… dieser ›Fichtner‹ über den Berg ist. Er hat einen Lungendurchschuss und extrem viel Blut verloren, was das Gehirn und die inneren Organe in Mitleidenschaft gezogen hat. Als der Mann in der Notaufnahme ankam, war es zwei vor zwölf. Die nächsten Tage werden entscheidend sein, ob im Laufe der postoperativen Phase der Heilungsprozess anspringt oder es aber zu Infektionen kommt und das Immunsystem kollabiert. Wir dürfen ihn auf keinen Fall unnötigen Risiken aussetzen.«

»Was fehlt ihm denn nun eigentlich?« Kaum hatte Reimers die Frage gestellt, kam sie ihm selten dämlich vor.

Dr. Lange blickte ihn irritiert an. Dann huschte ein belustigter Ausdruck über ihre gestrengen Gesichtszüge. »Gute Frage. Wenn eine Kugel dieses Kalibers die Lungenflügel perforiert, dann zeitigt das fatale Folgen.«

»Da ist im wahrsten Sinne des Worts die Luft raus«, fühlte sich Heuberger zu einem »Späßchen« befleißigt und zog süffisant lächelnd an seiner Cubana.

»Nach relativ kurzer Zeit beginnt die Sauerstoffversorgung des Gehirns zusammenzubrechen. Was zum Blackout führt. Im Gegensatz zu einer Pistolenkugel ziehen die schweren Geschosse einer Langwaffe eine ›Sofortwirkung‹ nach sich.«

»Da haut es ein ausgewachsenes Wildschwein um – und erst recht einen Menschen«, keckerte Heuberger.

Doktor Lange schnaufte tief durch, ehe sie mit ihrer nicht gerade verheißungsvoll klingenden Diagnose fortfuhr. »Wie bei Schussverletzungen im Brustbereich zu erwarten, haben wir es mit einem perforierenden Thoraxtrauma zu tun. Beim Auftreffen des Projektils auf das Gewebe kommt es nicht nur zu einer Beschleunigung des Gewebes in Schussrichtung, sondern zu einer Radialbeschleunigung. Bei hoher Geschwindigkeit des Geschosses bildet sich durch die Radialbeschleunigung eine temporäre Wundhöhle, was wiederum zu massiven Einblutungen führt.«

Hustend und röchelnd kämpfte er gegen den Kloß im Hals, gegen die aufsteigende Magensäure und den atavistischen Fluchtimpuls in ihm. Seine Augen fokussierten einen Punkt, der knapp oberhalb des arktischen Blaus der Augen der Ärztin lag. »Hat Ihr Patient vielleicht im Delirium geredet? Ich wäre dankbar für jeden Hinweis, der mir bei meinen Ermittlungen weiterhilft.«

Die Intensivmedizinerin legte ihren Kopf schief. Den Querfalten auf ihrer Stirn nach zu schließen, wollte sie sich nicht in die Arbeit der Kripo einmischen. »Sie müssen sich das so vorstellen. Das Gehirn aktiviert das Notfallprogramm und schaltet alle sekundären, nicht unbedingt lebensnotwendigen Systeme ab. Sprich, der betreffende Mensch steht unter Schock und verliert – wie es im Volksmund heißt – das Bewusstsein. Wenn jemand in einem solch komaartigen Zustand etwas von sich gibt, dann resultiert dies aus dem unbewussten Prozess, unterschwellige Ängste und traumatische Erlebnisse zu verarbeiten.«

Aha, dachte Reimers – aber diese Erkenntnis bringt mich bei der Suche nach dem Täter nicht wirklich weiter.

»Wie sieht denn die Prognose aus – wird er das Bewusstsein wiedererlangen?«

»Ihr Zeuge bedarf eines versierten Schutzengels. Wir haben es hier mit einem heißen Kandidaten für meinen Seziertisch zu tun«, bemerkte Heuberger ungerührt. Dabei zog er mit solcher Inbrunst an seiner Zigarre, als ob es ihm darum zu tun war, dem Moribunden neuen Odem einzuhauchen. Mit der Leidensmiene eines Lazarus schüttelte der Herr der Obduktionstische und Kühlfächer den Kopf. »Dabei reicht mir meine von allerlei kaltblütigem Getier angeknabberte Wasserleiche vollkommen. Es ist doch erstaunlich, wie es der Gattung des Homo sapiens immer wieder gelingt, neue Mittel und Wege zu ersinnen, um sich unliebsamer Artgenossen zu entledigen.« Reimers musste dem Leichenschnippler recht geben. Der Mensch war von geradezu diabolischer Erfindungsgabe, wenn es darum ging, seine Mitmenschen zu meucheln. Da schreckte er vor keiner Gräueltat, keiner Grausamkeit zurück. Um seine Verbrechen hernach zu vertuschen und seine eigene Haut zu retten, war er zu allem bereit. Das Ableben Erwin Ehgartners war hierfür der »lebende Beweis«.

»Hier, sehen Sie, Seite 22. Da wirft jeder Herzspezialist das Handtuch. Und dann Seite 32, bei den Testosteronwerten wird jeder Latin Lover neidisch. Das Einzige, was bei unserem Mordopfer einwandfrei funktioniert hat, war die Spermatogenese. Prädikat Zuchtbulle.« CH grinste wie ein Satyr und drückte ihm die Kopie seines Obduktionsberichts in die Hand. In Spiralbindung geheftet zeichnete der Bericht ein Bild der Verwüstung. »Hätte eigentlich längst tot sein müssen. Da war alles im Eimer – die Organe, die Gefäße, die Leber fett wie eine gestopfte

Weihnachtsgans, der Herzbeutel verschwielt und verklebt, der Herzmuskel verdickt. Die Lungenbläschen – pechschwarz.« Dr. Heuberger ließ keinen Spielraum für Interpretationen.

»Sonst etwas Ungewöhnliches?«, hakte Reimers nach. »Ein Muttermal, eine Tätowierung, eine physische Missbildung?«

»Nein, nichts dergleichen.« Heuberger winkte ab. »Keine anatomische Anomalität, nur einen Bauchumfang zum Fürchten, viszerales Fettgewebe, dicker wie jede Schweineschwarte.« Der Gerichtsmediziner paffte genüsslich an seiner Zigarre. »Eigentlich kann sich der Bursche glücklich schätzen, dass jemand den Stecker gezogen und ihn vor der Palliativstation bewahrt hat.« Der Doktor war wirklich eine Seele von Mensch. »Schauen Sie sich das an.« CH legte den Zeigefinger in die »offene Wunde«. »Zeile 1a, Todesursache.«

Der Kommissar kniff die Augen zusammen, das hingeschluderte Geschreibsel war kaum zu entziffern. »Herzversagen, durch äußere Einwirkung verursacht.«

»Zutreffend, höchst zutreffend«, wieherte Heuberger und klopfte ihm zum Abschied auf die Schulter. Diese Forensiker waren wahre Gaudiburschen.

Kommissar Reimers saß in der Italo-Bar »Sorrento«, das Handy am Ohr, einen Espresso vor sich. »Komm, geh ran, Pföderl, du Schlafmütze.« Bei der Durchsicht des Tatortberichts war er stutzig geworden. Ein gewisser Vitus Rabensteiner hatte den Schwerverletzten gefunden und das Krankenhaus per Handy benachrichtigt. Etliche Stunden später hatte sich Rabensteiner bei der Polizeiinspektion in Rosenheim eingefunden und bei der Zeugeneinvernahme zu Protokoll gegeben, dass er sich auf der Rehjagd befunden und Schüsse vom Wachtl-Moos her gehört habe. Das sei ihm merkwürdig vorgekommen und er habe nach dem Rechten sehen wollen, dabei sei er auf das bewusstlos daliegende Opfer gestoßen, habe Erste Hilfe geleistet und die Rettungskräfte alarmiert. So weit, so schön. Was Reimers jedoch verdächtig vorkam, war der seltsame Umstand, dass Rabensteiner auch schon als Zeuge im Mordfall Erwin Ehgartner vernommen worden war – eben von Pföderl. Plötzlich tauchte dieser wie ein Springteufel erneut aus dem Schachterl auf. Das mochte Zufall sein – oder aber es hatte Methode. Zwei Möglichkeiten kamen in Betracht: Rabensteiner war selbst in die Geschichte verwickelt oder er machte auf eigene Faust Jagd auf den Mörder – und zwar aus einem ihm unerfindlichen Grund. Pföderl war der Richtige, um sich diesen vierschrötigen Lackel vorzuknöpfen. Rabensteiner war einer dieser Typen, die sich etwas auf ihre hinterfotzige Bauernschläue einbildeten und jedem Fremden aus Prinzip mit Misstrauen begegneten. Der Kerl war ein harter Brocken. Ein Ex-SEKler, der mehrfach in Konflikt mit den Dienstvorschriften geraten war. Vor fünf Jahren hatte man ein Disziplinarverfahren gegen ihn eingeleitet. Der Vorwurf wog schwer: Körperverletzung im Amt – in mindestens zwei Fällen. Man hatte das Verfahren eingestellt, doch kurz darauf war Rabensteiner auf eigenen Wunsch entlassen worden. Inzwischen war er Mitarbeiter eines privaten Security-Diensts. Pföderl sollte sich den Streithammel vorknöpfen. Da gäbe es zumindest keine sprachlichen Barrieren.

SCHELLEN KÖNIG

Der anthrazitfarbene BMW der 3er-Serie fiel nicht weiter auf. Dutzende Pkws des Fabrikats parkten auf beiden Seiten der verschlafenen Vorstadt-Allee. In diesem speziellen Fall saßen jedoch zwei Personen in dem Fahrzeug der Edelmarke und behielten die Straße im Auge. Ihr besonderes Interesse galt einem stattlichen Anwesen im rustikalen Neo-Jodler-Stil. Keiner der abendlichen Gassigeher ahnte, dass der Wagen mit dem Kennzeichen RO-UN 70 zum Fuhrpark der Kripo gehörte – und einzig und allein aus einem Grund hier stand: die Bewohner des »Häuschens« zu observieren – Alfons und Marlene Bichler. Kriminaloberkommissar Bartholomäus Pföderl linste misstrauisch zu dem schmiedeeisernen Einfahrtstor hinüber. Doch dort tat sich nichts. Einzig ein hell erleuchtetes Fenster warf einen Lichtkegel in das Grau der Buchsbaumbüsche, Scheinzypressen und Kirschlorbeersträucher. Es war also jemand zu Hause. Pföderl las die Uhrzeit von seiner Armbanduhr ab, einem Rolex-Klon Made in Thailand. »Viertel vor sieben! Kannst du mir verraten, was die da drin treibt? Sämtliche Ausgaben der Cosmopolitan und der Vogue durchblättern? Diese ganze Beschattungs-Aktion ist für die Katz, sag ich dir.« Der Besitzer der Villa, Alfons Bichler, war vor einer Stunde mit einem bulligen Allrad-Monster aus der Ausfahrt geschossen und mit mindestens 70 Sachen davongeprescht. Dass es sich bei dem Wohngebiet um eine Tempo 30-Zone handelte, störte ihn augenscheinlich wenig. Pföderl hatte gehofft, dass in Bichlers Garage ein Mittelklasse-SUV in metallic Silber stand und kein Offroader der Premiumklasse, mit Reifen, die nicht zu den am Tatort genommenen Gipsabdrücken passten.

»Entspricht so gar nicht der Beschreibung. Das ist nicht unser Wagen«, hatte seine Beifahrerin sichtlich enttäuscht verlauten lassen. »Schad, sonst hätten wir den Kerl am Krautwickel.«

Pföderl hatte das Kennzeichen per Funk beim ZMR, dem Zentralen Melderegister, abgefragt. Der Halter des Fahrzeugs war, nicht sonderlich überraschend, Alfons Bichler, wohnhaft Auer Allee 27. Dabei hätte die Soko dringend einen Fahndungserfolg nötig gehabt, um Druck vom Kessel zu nehmen. Und Pföderl hätte den Fall Ehgartner gern ohne weitere Überstunden abgeschlossen. Hätte, hätte, Schneekette. In Flensburg war Bichler jedenfalls bestens bekannt. Er sammelte Punkte und Bußgeldbescheide wie andere Briefmarken und Goldmünzen. Das Lieblingsdelikt des Vize-Vettels: Fahren mit überhöhter Geschwindigkeit.

Die Katze war aus dem Haus, doch die Maus tanzte nicht auf den Tischen. Marlene Bichler machte keinerlei Anstalten, die gemeinsame Villa zu einem trauten Tête-à-Tête respektive einem Stelldichein mit dem SUV-Killer zu verlassen. Von Dürr, Bichlers präsumtivem Komplizen, keine Spur. Eine Observierung war ein harter Job, irgendwann nervte die Warterei. Pföderl hebelte eine selbst gebrannte Musik-CD in den Schacht des Players. Kaum ertönten die ersten schmissigen Klänge seiner »Best of Blasmusik«-CD, erhob sich am Beifahrersitz Protest.

»Das ist jetzt nicht dein Ernst, oder?«, erhob Magdalena Haberl umgehend Einspruch gegen das Potpourri alpenländischer Melodien.

»Was hast denn gegen a bisserl fetzige Musik? Die Tannöder Tanzlmusi ist spitze – zwei Flügelhörner, zwei Basstrompeten, Akkordeon …«

»Is schon recht, Barthl. Hast nix vom Gabalier oder eine Greatest-Hits-CD von der Helene Fischer? ›Atemlos durch die Nacht‹. Käm doch ganz gut hin.«

Lenis Musikgeschmack entsprach definitiv nicht dem seinen, Pföderl mochte es traditionell und typisch bayerisch. Ein Boarischer, ein Ländler oder eine Polka. »Jetzt hör aber auf. Von dem Schlagerschmarrn kriegst ja Gehörgangskrebs!«

»Und bei dem lahmarschigen Getröte schlafen dir die Füße ein. Fehlen nur noch die lustigen Holzhackerbuam, der Böhmische Traum oder das Land Tirol.« Pföderl wollte gerade zu einem Lobgesang auf das traditionelle, heimische Liedgut ansetzen, da grölte ein Männerchor aus den Bordboxen. »Ein Kranz von Bergen stolz und hoch erhoben, umringt die Heimat, mein Tiroler Land.« Dass es sich um die heimliche Hymne des südlichen Nachbarlands handelte, war unüberhörbar. »Du bist das Land, dem ich die Treue halte, weil du so schön bist, mein Tiroler Land!« Pföderl hielt es für klüger, die Klappe zu halten. Schweigen war Gold – manchmal zumindest.

Die Alleebäume warfen lange Schatten auf den Asphalt. Die Straßenlaternen flackerten unruhig – und waren dabei, Schwärme von Motten ins Verderben zu locken. Eine graue Mauer aus Fertigbeton erhob sich zu ihrer Rechten. Hinter der mit rostigem Stacheldraht gesicherten Mauer hatte sich früher die Zentrale des Grenzschutzkommandos Süd befunden. Im Zuge der Strukturreform des öffentlichen Diensts hatte man beim Grenzschutz drastisch Stellen abgebaut. Heute befand sich in dem kasernenartigen Komplex nur mehr eine Außenstelle der Ersten Bereitschaftspolizeiabteilung München. Zum Großteil standen die Gebäude aber leer. »Komisch«, ließ Haberl verlauten, »dass dieser Bichler ausgerechnet hier wohnt, quasi Tür an Tür mit den Bepos.«

»Mei, Zufälle gibt's«, wiegelte er ab. Barthl blickte in den Rückspiegel: Ein Auto rollte auf der schnurgeraden Allee heran. Die Frontscheinwerfer schnitten eine grelle, kegelförmige Fläche in das bläuliche Dämmerlicht. »Schau mal, wen haben wir denn da? Wieso fährt die Karre so langsam?« Suchte der Fahrzeuglenker nach der Bichler-Villa? Im Näherkommen erkannte Pföderl, dass es sich bei der »Karre« um einen der neuen blau lackierten Streifenwagen handelte, der seine Fahrt zwar verlangsamte, aber an ihnen vorbeirollte – um erst 200 Meter weiter vorn anzuhalten.

»Was kurvt der Trottel da herum, auffälliger geht's ja nicht«, mokierte sich Haberl.

Pföderl rutschte unruhig auf dem für seine Begriffe viel zu weichen Sitzpolster herum. Er ahnte, warum der Wagen dort vorn am Straßenrand hielt und, so wie es aussah, die Seitenscheiben heruntergekurbelt hatte. »Ah mei, wegen den Einbrechern halt. Das Präsidium hat verstärkte Polizeipräsenz angemahnt. Der schleicht sich schon wieder«, stammelte Pföderl. Langsam entfernten sich die Heckleuchten und waren bald darauf verschwunden. In der Auer Allee kehrte Stille ein, nur das klägliche Miauen eines streunenden Miezekätzchens war zu hören.

Die Observierung Verdächtiger gehörte zum Brot-und-Butter-Geschäft. Um einen Verdächtigen nach allen Regeln der Detektiv-Kunst zu beschatten, bedurfte es vor allem eines: der Geduld und des Sitzfleisches eines indischen Sadhus. Barthl war jedoch weder ein Sadhu noch ein Fakir, er war zwider. Die Aufgabenverteilung in der Soko stieß ihm sauer auf. Wieso hatte Reimers ausgerechnet ihn dazu verdonnert, die dunklen Ecken in Ehgartners Privatleben auszuleuchten und Leute wie Bichler oder diesen Dürr aufs Korn zu nehmen? Er war überzeugt, dass sie hier nur ihre Zeit vertrödelten. Der zweite Mordanschlag legte doch den Verdacht nahe, dass es um Ehgartners Verstrickung in obskure politische Machenschaften ging. Dieser Tiroler war in Ehgartners Pläne eingeweiht. Deswegen war er nach dem Biergarten-Attentat untergetaucht, deswegen hatte man versucht, ihn zu ermorden. Da müssten sie den Hebel ansetzen – und nicht bei Bichler oder Dürr, diesen Schmalspur-Gaunern. Übellaunig raunzte er: »Also manchmal versteh ich unseren Chef nicht. Sollten wir nicht der Fährte dieses ›Fichtners‹ folgen? Wo war sein Versteck? Wo sind dieser Jeep und die Flinte abgeblieben?«

Haberl hatte einige Fotos sowie eine detaillierte Personenbeschreibung des »Gesuchten« vor sich auf dem Armaturenbrett. »Der Chef weiß schon, was er tut. Ehgartner und Bichler waren wie Hund und Katz – die waren sich spinnefeind. Der Klassiker.« Bichler war seit fünf Jahren Geschäftsführer des Stern-Bräus, des unmittelbaren Konkurrenten der Bräuberger-Brauerei. Er und Erwin Ehgartner waren sich nicht grün – und kommunizierten nur über ihre Anwälte.

»Mag ja sein, aber es schaut doch schwer nach einem Einzeltäter aus. Ergo wär' Bichler auch für den Anschlag auf den Tiroler verantwortlich. Nur sehe ich da keinen plausiblen Zusammenhang.« Pföderl kannte den Steckbrief Bichlers mittlerweile in- und auswendig. So konnte er sich ein ganz gutes Bild von dessen Persönlichkeit machen. Dieser »Bierpanscher« gehörte zu der Sorte Mensch, die sich über den eigenen materiellen Erfolg definierte. Ein Kontrollfreak und Jagd-Junkie, der sich anderen überlegen fühlte, weil er Turbo-Diesel fuhr und zur Bonzen-Clique gehörte. Den Akten nach zu schließen war er nicht nur Stammkunde in Flensburg, sondern auch bereits mehrmals ins Visier der Steuerfahndung geraten. Man hatte wegen Steuerhinterziehung und Urkundenfälschung, Vertuschung und Vernichtung von Beweismitteln ermittelt. Typische Wirtschaftsdelikte. Zu einer Anklage war es jedoch bislang nicht gekommen. Nicht unbedingt jemand, den man für den alternativen Nobelpreis nominierte, aber ein Mörder? Gut, der Brauer-Bruder galt als aufbrausend, nachtragend und chronisch cholerisch. Charakterliche Veranlagungen, die sich gern mit Tatbeständen wie schwerer Körperverletzung oder Totschlag paarten. Aber ein geplanter Mord? Gut, Bichler war passionierter Jäger – und hatte einen Waffenschein für mehrere Langwaffen. Darunter eine doppelläufige Flinte sowie eine Jagdwaffe vom Kaliber .308 Winchester. Er hatte also durchaus die passenden »Werkzeuge«, um ein Attentat zu begehen. Für Hauptkommissar Reimers gehörten Bichler und seine Frau deswegen zum engeren Kreis der Tatverdächtigen. Er war anderer Meinung – aber Ober stach Unter. Blöd daran war nur, dass er sein Date mit einer heißen Brünetten, einer Kollegin von der Verkehrspolizei, hatte absagen müssen. Statt sich bei Kerzenschimmer über einen Gyros-Teller und eine Karaffe Retsina herzumachen, hockte er mit einer Salamisemmel hinterm Steuer.

»Magst einen Kaffee, Barthl? Ich hab eine Thermoskanne voll dabei.«

Er nickte dankbar. »Gern, Leni, warum wird es bei uns abends gleich immer so saukalt?« Für den äußersten Notfall hatte er im Handschuhfach ein Fläschchen Bärwurz gebunkert. Nur für den absoluten Notfall.

Im Kampf gegen die organisierte Kriminalität, insbesondere im Zusammenhang mit verdeckten Ermittlungen, war Hightech-Equipment unverzichtbar. Um verdächtige Personen und Objekte zu observieren, bedurfte es des Einsatzes moderner Überwachungstechnik wie Peilsender, elektronischer Wanzen oder Mini-Kameras. Wer bei Nacht und Nebel auf Verbrecherjagd ging, kam um Infrarot-Kameras und Nachtsichtgeräte schwerlich herum. Um sich ungesehen Zutritt zu einer Lagerhalle oder einer konspirativen Wohnung zu verschaffen, war ein Lockpicking-Set für Profi-Einbrecher von Vorteil. Last, but not least empfahl sich die Mitnahme eines mit Pfefferspray, Rauchgranaten, Gaspistole samt CS-Munition bestückten Notfallkoffers, um gegen den Angriff eines belgischen Bluthunds oder eines bulgarischen Bodyguards gewappnet zu sein. Auf die Mitnahme all dieser nützlichen Utensilien hatte Pföderl bewusst verzichtet. Im Notfall würde ihr »dritter Mann« für die nötige Rückendeckung sorgen: Pföderls alter Spezl Silvester Gietl. Gietls Tarnung war Eins a. Er trug blaugraue Monteursmontur und hockte in einem Kastenwagen. Der Aufdruck »Installation und Heizungsbau Wiesmaier«

ließ keinen Zweifel daran, wem die rostfleckige Karre gehörte: dem lokalen Klohäusel-Klempner. Von seinem Standort aus hatte Gietl alles im Blick und notfalls freies Schussfeld auf Bichlers Villa. Fesl Gietl war ihm zu Dank verpflichtet, hatten ihn doch vor einigen Jahren zwei Beamte der Drogenfahndung verdächtigt, ein paar Kilo Marihuana aus der Asservatenkammer der Kripo abgezweigt zu haben. Das Marihuana war auf wunderliche Weise wiederaufgetaucht – und der Verdacht gegen Gietl hatte sich zerstreut. Fesl hatte seine Lektion gelernt, selbst wenn er gelegentlich eine Prise »Anden-Schmalzler« schnupfte, war auf ihn doch Verlass. Blut war eben dicker als Wasser. Eine günstige Fügung des Schicksals wollte es, dass die Firma IS-Security für den Objektschutz im Hause Bichler verantwortlich zeichnete. Pföderl, Gietl und dessen Kumpel Vitus Rabensteiner hatten sich bei drei Hellen in der »Schmieden« auf einen Deal verständigt. Er würde Rabensteiner so weit wie möglich aus den offiziellen Ermittlungen heraushalten und Rabensteiner dafür für ihn als »IM« arbeiten. Vitus hatte Bichlers Nobelhobel mit einem GPS-Peilsender versehen und die Villa fachgerecht verwanzt. Dank der modernen Abhörtechnik war Gietl nun live dabei, wenn im Hause Bichler die Tassen und Teller flogen. Die im »freundschaftlichen« Ton geführten Unterredungen des Ehepaars drehten sich unablässig um dasselbe Thema: die angespannte finanzielle Situation und die in den Augen des Ehegatten jeden Rahmen sprengenden Ausgaben seiner Gemahlin. »Das nenn ich mal ein rundum harmonisches Eheleben«, hatte Gietl gefeixt. »Er brüllt wie ein Ochs am Spieß und sie faucht wie eine Wildkatze auf dem Sprung.«

Haberl hatte in der Art eines Paartherapeuten eine passgenaue Diagnose gestellt. »Der ist doch Brauer! Da müsste er wissen, wann Hopfen und Malz verloren ist.«

Was ging da vor? Barthls Unruhe wuchs. »Was macht die bloß da drin – und wo ist er hin? Halt die Augen offen, ich schau kurz zum Fesl rüber.«

»Wenn du meinst, aber was soll schon sein?« Haberl knabberte in aller Gemütsruhe auf einem Müsliriegel herum. Vielleicht sollte er auch zweimal die Woche zum Hatha-Yoga gehen und sich in den Lotussitz zwängen.

Wie der Privatschnüffler in einem B-Movie lief er betont unauffällig den Gehsteig entlang und steuerte auf die schattenrissartige Gestalt eines Mannes zu, der an der Kühlerhaube eines Kleintransporters lehnte und in Bogart-Gedächtnis-Pose an einer Zigarette zog. »Ois Roger, Fesl? Bist auf Sendung?«

»Bin ich Amateur, oder was?« Gietl schnippte die noch glimmende Zigarettenkippe weg. »Der Veitl ist Vollprofi, war ja lang genug bei den harten Jungs. Der weiß, wie's geht, da können sich unsere ›Abhör-Spezialisten‹ noch was abschauen. IT-Kriminalist, wenn ich das schon hör.« Gietl schnaubte verächtlich und hielt Pföderl einen zerknüllten Tabakbeutel hin.

»Na merci, ich muss auf meine Fitness achten. Was treibt unsere Landhaus-Lady in ihrem Bonzen-Bunker? Hat sie mit jemandem telefoniert, hockt sie am Laptop oder schaut s' Fernsehen?« Pföderl wippte von einem Fuß auf den anderen, als ob er zehn Espresso intus hätte.

»Warum hampelst denn wie ein Kasperl herum? Musst aufs Scheißhaus oder bist auf Entzug? Ausschauen tust wie John Wayne im Flowerpower-Look!« Gietl grunzte boshaft und ließ eine Ladung Rotz auf die Heckscheibe des vor ihnen parkenden Sportwagens klatschen. Es schien ihn nicht im Geringsten zu stören, dass er ein DNA-Autogramm auf der Scheibe hinterließ.

Pföderl sah an sich herab. Gietl hatte nicht ganz unrecht. Sein Outfit entsprach nicht unbedingt dem konventionellen Dresscode: mit Nieten beschlagene Cowboy-Treter, blauviolette Schlaghosen, Batik-Hemd, darüber eine schmuddelige, fransige Wildlederweste. In den Retro-Klamotten hätte er bei »Miami Vice« in einer Gastrolle als kolumbianischer Kartell-Killer brillieren können. Fehlte nur noch ein Schlapphut mit breiter Krempe, und Reimers würde ihn vom Dienst suspendieren lassen. »Respekt, Herr Kriminaloberkommissar! Das nenn ich mal ›undercover‹«, konstatierte Gietl im süffisanten Unterton des Glasscherbenviertlers. Silvester Gietl war schon immer ein Prolet gewesen – die ganze Familie ein Haufen versoffener, verlotterter Bauerndeppen. Seine Mutter hatte ihn schon als Schulbub eindringlich vor dem »Grattler-Volk« gewarnt. Aber er hatte ja nicht hören wollen.

»Siehst du irgendein Problem, wenn wir da jetzt reingehen und die Dame des Hauses in die Mangel nehmen?«

Gietl formte eine lupenreine Merkel-Raute vor der Brust, so als ob er angestrengt über die Lösung eines Problems von europäischer Tragweite nachsinnierte. »Eigentlich ned. Madame hat weder den Vibrator rausgeholt noch Schießübungen im hauseigenen Folterkeller veranstaltet. Erst hat die Computertastatur geklappert und jetzt das Silberbesteck in der Küche«, brummte Gietl und bedeutete ihm mit einer knappen Bewegung des Doppelkinns, dass er sich gern die Kopfhörer über die Ohrwaschln stülpen konnte, um live dabei zu sein.

»Obacht, Barthl, der Volume-Regler ist auf Anschlag. Wenn das Weiberts ›Mama Mia‹ trällert, klingelt noch nächste Woche der Tinnitus.«

Pföderl grantelte. »Bild hast keines?«

Gietl deutete auf den Monitor, auf dem nur verschwommene, unscharfe Umrisse zu sehen waren. »Vitus hat vier Mini-Kameras in den Rauchmeldern installiert, aber irgendein Scheißsignal auf der Frequenz stört die Übertragung.«

Mit der furchtlosen Miene eines Extrem-Alpinisten, der sich anschickte, die Eiger-Nordwand in Badelatschen zu durchklettern, winkte Pföderl ab. »Gib uns Bescheid, falls der Bichler auftaucht und die Knarren rausholt.«

»Ois easy. Ich pass schon auf.« Gietl steckte sich noch eine Selbstgedrehte an. Der Glimmstängel glühte für einen Moment auf wie eine Sternschnuppe – und Pföderl wünschte sich was.

Good Cop – Bad Cop. Die Masche hatte sich bewährt, im Hollywood-Blockbuster wie in den Straßen Rosenheims. Sie würden Marlene Bichler nach allen Regeln der Verhörkunst in die Zange nehmen – das war zumindest der Plan. »Also, Leni, ich mach einen auf Radau-Bulle und du die Psycho-Tante von der Seelsorge-Hotline.«

Haberl hob den Daumen. »Wir werden noch beste Freundinnen, wirst sehen!«

Die Türklingel schrillte elektronisch – einmal, zweimal, dreimal. Endlich waren Geräusche jenseits der einbruchsicheren Eichentür zu vernehmen und die Tür öffnete sich einen Spalt breit. Hinter einer massiven, edelstählernen Türkette lugte die »First Lady« hervor – im pinkfarbenen Hausmantel und mit Puschen mit Pelzbesatz an den grazilen Füßchen. »Entschuldigen Sie bitte die Störung, Frau Bichler. Kriminaloberkommissar Pföderl. Wir ermitteln im Mordfall Erwin Ehgartner und müssten Sie in dieser Sache befragen.«

Die Frau des Bier-Managers schien es nicht im Mindesten unangenehm zu sein, zwei Kripo-Beamten Rede und Antwort zu stehen. Sie war die Zuvorkommenheit in Person. »Aber bitte, kommen Sie doch herein. Wären Sie so freundlich, Ihre Schuhe auszuziehen? Der Parkettboden ist extrem empfindlich!«

Selbst in dem glockenförmigen pinken Frottee-Dress machte Madame keine üble Figur, befand Pföderl mit Kennerblick. Etwas zu geleckt und geschleckt für seinen Geschmack, aber durchaus »satisfaktionsfähig.« Selbst mit Flausche-Puschen an den schmalen, schlanken Füßen wusste sie sich anmutig zu bewegen. »Wie gesagt, wir hätten da ein paar Fragen, die Ihr Verhältnis zu Herrn Ehgartner betreffen.« Leni Haberl warf ihm einen tadelnden Blick zu – um ihn an die abgesprochene Rollenverteilung zu erinnern. Sollte er ihr doch mit dem Schlagbohrer auf den Zahn fühlen, während sie die feinfühlige Zahnarzthelferin mimte.

»Bitte, hier entlang. Kann ich Ihnen eine Kleinigkeit anbieten? Wie wäre es mit einem Bohnenkaffee und dazu einen Schluck Cognac? Aber Sie sind im Dienst, oder?« Marlene Bichler dirigierte ihre Gäste in eine Erkerstube, die, wie Pföderl zugeben musste, mit Stil und ohne älplerischen Hautgout eingerichtet war.

Kaffee, Cognac und feines Gebäck – das war ganz nach Pföderls und augenscheinlich auch Haberls Geschmack. »Mei, wirklich fein, diese Vanille-Kipferln«, schmolz sie dahin.

Die Bichlerin lächelte gewinnend. »Nur mit Butter und echter Bourbon-Vanille, keine Margarine oder Vanille-Extrakt!«

Es kam Pföderl blödsinnig vor, den Bauernrüpel zu markieren. Erst nach einigen entschuldigenden »Ähs« und »Ohs« stellte er die Frage, um die er nicht herumkam. »Bei der Durchsicht der privaten Korrespondenz des Ermordeten haben wir Anhaltspunkte entdeckt, die auf ein intimes Verhältnis zu Ihnen hindeuten. Obschon es offen zur Schau getragene Spannungen zwischen Ihrem Mann und Ihrem Liebhaber gab.«

Zwischen zwei Kipferln schob Haberl hastig nach: »Ehgartner wurde aus größerer Distanz mit einem Jagdgewehr erschossen. Wie Sie wissen, ist Ihr Mann Jäger – und besitzt mehrere Waffen.«

Marlene Bichler blieb trotz der gegen ihren Mann erhobenen Anschuldigungen gelassen. Sie schenkte sich Cognac nach, ohne auch nur andeutungsweise zu zittern. »Wenn es um die Waffen geht, müssen Sie schon meinen Mann befragen. Ich bin weder Vegetarierin, noch habe ich etwas gegen einen gespickten Rehrücken, aber ich gehöre nicht zu diesen Flintenweibern, die im Tweed-Kostüm durchs Unterholz kriechen.« Sie nippte an ihrem Glas und befeuchtete die Lippen – die nur ganz leicht geschminkt waren. »Zu Ihrer ersten Frage: Sie sind richtig informiert, ich habe über einige Zeit eine amouröse Affäre mit Erwin Ehgartner unterhalten, wie man so schön sagt. Wenn Sie jetzt aber eine Liste wollen, wann und wie oft wir uns getroffen haben, dann muss ich Sie enttäuschen.« Unter dem Frotteerock ließ sie etwas Fleisch sehen, eine kleine, feine Provokation. In ihren Augen funkelte es. »Ich mache keinen Hehl daraus, dass ich Männer im XL-Format bevorzuge – einen wie Erwin. Voller Lebensfreude und voller Testosteron.« Sie setzte eine Kunstpause und seufzte wehmütig. »Jedem sein Pläsier, jeder hat sein eigenes Revier. So eine Scheidung wäre doch eine unappetitliche Angelegenheit …« Marlene Bichler lehnte sich entspannt in ihrem Landhaus-Sessel zurück.

Haberl räusperte sich. »Hat Ihr Mann von Ihrer Beziehung zu Ehgartner gewusst? Manche Männer reagieren allergisch auf die Seitensprünge ihrer Frau, insbesondere wenn es sich um ihren Intimfeind handelt.«

Bichler vollführte eine wegwerfende, etwas zu theatralische Handbewegung. »Intimfeinde, ach was. Hören Sie auf, diese Geschichte zu dramatisieren. Die beiden waren Rivalen, na und, beide ehrgeizig, unnachgiebig und von sich eingenommen. Wir haben uns darauf geeinigt, die Fassade nach außen hin aufrechtzuerhalten. Mein Mann ist niemand, der vor Eifersucht vergeht, dafür liebt er sich selbst viel zu sehr. Ein Egomane, ein ekelhafter Narziss, aber kein Mörder. Den müssen Sie schon anderswo suchen.« Bichler hüstelte – und machte Anstalten, die Unterredung mit ihren »Gästen« zu beenden.

Die Rolle des Bad Cops hatte er gründlich vermasselt – die übernahm nun Haberl, der das »Femme fatale«-Getue auf den Senkel ging. »Noch mal zum Mitschreiben. Trauen Sie Ihrem Mann zu, dass er Erwin Ehgartner ermordet hat?«

Marlene Bichler lachte gekünstelt auf. »Nein, der lässt seinen Frust an Rehen, Säuen und seinen Sekretärinnen aus. Der hätte viel zu viel Schiss, dass er ins Gefängnis wandert. Er ist ein Blender, der den knallharten Geschäftsmann mimt und vor seinen Jagdfreunden mit seiner Trophäensammlung angibt. Aber in Wahrheit fehlt dieser

Memme das Zeug zum harten Kerl.« Ihre Worte klangen abfällig, ja gehässig.

»Und wie kommt Ihr Mann damit klar, dass es geschäftlich und finanziell nicht rund läuft?« Haberl beobachtete die Reaktion ihrer »Kronzeugin« genau.

Ihr Gefühlsausbruch war rasch verebbt und in einer aufgesetzt wirkenden Geste schlug sie den Mantelzipfel über den kokett hervorlugenden Schenkel. »Na wie wohl, er plustert sich wie ein Gockel am Mist auf, bespringt ein paar Hennen – und kuscht vor dem erstbesten Alpha-Männchen.«

Leni reckte ihr Kinn kämpferisch vor – die Rolle des Good Cops hatte ausgedient. »Aber Schusswaffen hat er! Laut den Eintragungen auf der grünen Waffenbesitzkarte müssten ein Jagdgewehr, eine Flinte und ein Stutzen im Schrank stehen. Den würden wir nachher gern sehen.«

Die Grande Dame fuchtelte mit ihren Armen herum, als ob sie einen Schwarm lästiger Fleischfliegen verscheuchen wollte. »Klären Sie das mit meinem Mann. Der Schrank ist unten im Keller – ich weiß noch nicht mal, wo er den Schlüssel aufbewahrt. Für mich sind Waffen bloße Phallus-Symbole, lächerlich.«

»Soweit wir richtig unterrichtet sind, ist Ihr Mann bei einem Schützen- und Jägerverein aktiv«, schaltete sich Pföderl mit einem Räuspern ein.

»Oh Gott, ja, diese hinterwäldlerischen Lodenjacken. ›Hubertus-Jünger‹ oder so. Mein Mann ist da Kassier und zweiter Vorsitzender, ein fürchterlicher Haufen. Ich war einmal bei einer dieser öden Schützenfeiern, nie wieder. Dabei ist der Fonsä ein lausiger Schütze, wie im wahren Leben geht bei ihm so mancher Schuss daneben.«

Bichler giggelte wie ein Schulmädchen vorm Date mit ihrem Klassenlehrer.

»Eine Frage wäre noch offen«, schaltete Haberl in den Angriffsmodus. »Ist Ihnen der Name Siegfried Dürr geläufig, ein ehemaliger Arbeitskollege Ehgartners?«

»Dürr?« Zwei Querfalten zeichneten sich auf der ebenmäßigen, elfenbeinernen Stirn ab. »Dieser verwahrloste Säufer, der Erwin in der Kneipe attackiert – und richtig einen in die Schnauze bekommen hat?« Die Lady in Pink ließ die bernsteinfarbene Flüssigkeit im Cognac-Schwenker kreisen.

»Wissen Sie, ob Ihr Mann Kontakt zu ihm aufgenommen hat?«, legte Pföderl nach.

Marlene Bichler hob ungläubig ihre Augenbrauen. »Wieso das denn? Was sollte er mit diesem asozialen Schläger zu schaffen haben?« Sie kippte den Cognac in einem Zug hinunter. »Erwin hat mir erzählt, dass er diesen Widerling rausschmeißen musste, weil er auf eigene Rechnung Bier verhökert und sich einige unschöne Übergriffe geleistet hat.« Sie kicherte wie eine beschickerte Girlie-Göre. »Hat der Kerl etwa auf Erwin geschossen? Verrückt!« In Haberls Handtasche piepste es. Der interne Messenger-Service Teamwire funktionierte – im Gegensatz zum Digitalfunk – einwandfrei. Sie mussten los.

HERZ KÖNIG

Die schamanistische Reise in die Geisterwelt hatte ihren Ausgangspunkt beim Metzger Rauch genommen. Vor einer halben Stunde. Nun hoppelten sie über eine Schlaglochpiste – on a road to nowhere. Führte dieser Weg ins Reich der Schatten? Sepp bezweifelte es. Er fürchtete vielmehr, dass sie an einer Kreuzung falsch abgebogen waren und auf einen aufgelassenen Steinbruch zusteuerten. Sonnleitner würde sich allerdings hüten, solch defätistische Gedanken laut zu äußern. In der Fahrerkabine herrschte eh schon dicke Luft. Gietl hing mit verquollenen Augen hinterm Steuer – und Rabensteiner zog eine Schmollschnute. Ihr Expeditionsleiter versuchte sich anhand einer zerfledderten topografischen Landkarte im Maßstab 1:50.000 zu orientieren. War sich allerdings nicht sicher, welchen Kurs sie einschlagen sollten. Der beim Bestattungsdienst »Pietät« geborgte Leichenwagen verfügte zwar über einige Extras, ein Navi war allerdings nicht an Bord. So gerieten sich die beiden Dickschädel wieder einmal in die Haare. »Rechts rum, ist doch logisch!«, polterte Rabensteiner, der Chef de Mission.

»Wir müssen gradaus weiter und nach einem Kilometer oder so links abzweigen!« Gietl blieb unnachgiebig.

»Bist deppert – nach links, da geht's nach Högelhöring, aber wir müssen da vorn Richtung Oberham!« Rabensteiner lief am Hals puterrot an.

»Wenn wir in Högelhöring sind, sind wir gleich da«, konterte Gietl starrsinnig.

»Genau deswegen kurven wir hier in der Botanik rum«, gab sich Rabensteiner unbeirrt.

Sepp wurde es langsam zu bunt. Er hatte genug vom rechthaberischen Getue der beiden Dünnbrettbohrer. Im Gegensatz zu Fesl und Veitl verfügte er über einen ausgezeichneten Orientierungssinn. Dies hatte er in seiner Zeit bei den Gebirgsjägern mehr als einmal bewiesen. Bei Patrouillen und Geländemärschen war auf den siebten Sinn des Hauptgefreiten Sonnleitner immer und überall Verlass gewesen! »Eine Ruhe ist im Saustall. Her mit der Landkarte, Veitl. Dann schauen wir weiter!« Nach intensivem Kartenstudium gelang es Sonnleitner tatsächlich, den Kurs auf dem topografischen Blatt abzustecken – und Gietl auf den richtigen Weg, wenn schon nicht den Pfad der Tugend, zu lotsen.

Der Wanderparkplatz Totenbichl war wie ausgestorben. Kein Ossi-Mobil, kein holländischer Camper, kein Pendelbus voller chinesischer Pauschalos hatte sich hierher verirrt. Was daran lag, dass es in der Ödnis zwischen Högelhöring und Oberham wenig mehr als zwei zugewachsene Moortümpel sowie einige Drumlins, langgezogene, von den eiszeitlichen Gletscherströmen aufgeworfene Walfischbuckel, zu sehen gab. Ausgenommen dem »Bichl« selbst. Ein markanter Moränenrücken, der sich über die feuchten Wiesen und stillen Wälder ringsum erhob. Der »Totenbühel« war dereinst ein besonderer, heiliger Ort gewesen. Dort oben hatten die Altvorderen über Eidbrüchige, Frevler, Mörder und andere Übeltäter zu Gericht gesessen. Unter der alten, knorrigen Thingeiche waren Urteile von drakonischer Härte gefällt und umgehend vollstreckt worden. Rechtsanwälte oder gar eine zweite Instanz gab es in der guten alten Zeit nicht. Um die Vergebung seiner Sünden mochte der Delinquent bei den Göttern im Himmel nachsuchen – auf Erden gab es kein Erbarmen. Der Totenbichl war bis auf den heutigen Tag ein unheimlicher, von einer Aura der Düsternis und des Schreckens umgebener Platz. Sonnleitner schreckten die Spukgeschichten wenig. »Weißt, Fesl, jeden Tag in der Früh sehe ich im Badspiegel ein Gespenst.« Fesl boxte ihm in die Seite. »Nach der siebten oder achten Maß sehe ich mich sogar doppelt.«

Als Cheflogistiker der Expedition hatte Gietl alle Hände voll zu tun, um die für den Ausflug in die Geisterwelt benötigten Ausrüstungsgegenstände zusammenzustellen.

Veitl Rabensteiner begutachtete jedes Gepäckstück mit Argusaugen – und hakte es auf seiner Check-Liste ab. »Spirituskocher, Brandfackeln, Mörser und Stößel, drei Paar Kaminwurzen, zwei Zwei-Liter-Buddeln Kalterer See Auslese.«

Gietl hievte einen eisernen Kessel aus dem Wageninnern und schnaubte angefressen. »Wenn ihr meint's, dass ich den Packesel mach, dann habt's euch geschnitten. Dieser Hokuspokus ist eine selten dämliche Aktion, wenn ihr mich fragt!«

Rabensteiner plusterte sich wie ein Pfau bei der Balz auf. »Wir haben dich aber ned gefragt. Ich habe die einschlägige Literatur eingehend studiert. Das ist alles grenzwissenschaftlich fundiert. Eine rituelle Beschwörungsformel – das ist eine Form von höherer Arithmetik. Eins und eins kann zwei ergeben – muss aber nicht!«

Sepp hielt sich bedeckt – doch er hatte berechtigte Zweifel, ob Rabensteiners Geister-Gleichung in der Praxis aufgehen würde. »Wollt ihr das Graffe da raufschleppen? Zu Fuß? Vui Spaß, mir gangst!«

Der selbsternannte Magier-Meister hob die Arme zu einer beschwörenden Geste. »Freilich gehen wir da zu Fuß hoch, die energetischen Ströme, die Ley-Linien, laufen strahlenförmig auf den Gipfel zu. Auf dem Weg hinauf laden sich unsere Akkus automatisch auf – wir werden da wie im Gipfelrausch raufsausen.«

»So wie der Haberler und der Messner am Everest, meinst?« Der Gedanke, sich mit schwerem Gepäck an den steilen Aufstieg zu machen, behagte Sepp nicht sonderlich. Ley-Linie hin, Kraftort her.

»Blöd daherreden könnt ihr später! Jetzt helft's mir einmal, fix!«

Gietl mühte sich nach Kräften, das zwischen Bordwand und Eichensarg verkeilte Teleskopstativ aus seiner Verankerung zu hebeln. »Für was braucht ihr da oben eigentlich einen Theodolit? Wollt's ihr die Gegend neu vermessen?«

Rabensteiner blieb Gietl die Antwort schuldig, zog und zerrte wie wild an den Spinnenbeinen des Stativs, sodass der Sarg in gefährliche Schieflage geriet.

»Pass doch auf, gleich kippt er um«, brüllte Sepp, der sich mit Leibeskräften gegen das drohende Unheil stemmte. Gietl sprang ihm in höchster Not zur Seite – gemeinsam gelang es ihnen, den absturzgefährdeten Sarg – Eiche massiv – zu stabilisieren und zurück auf die Bahre zu schieben.

Noch ganz außer Atem keuchte Gietl: »Spinnt's ihr komplett? Da drin liegt doch die Leich von der alten Rosenmüllerin!«

Der Totenbichl war nicht der Mount Everest. Und sie waren nicht Messner und Haberler. Um zum Gipfel der Hügelkuppe zu gelangen, galt es immerhin, 180 Höhenmeter zu überwinden. Und das mit 25 Kilo Ballast auf dem Buckel. Mit den tapsigen Schritten eines Zirkusbären auf Bergtour tappte Sonnleitner bergan. Von den angeblich zu seinen Füßen fließenden Kraftströmen spürte er rein gar nichts. Nur die Schmerzen im Nacken und ein Stechen in der Oberschenkelmuskulatur. Die den Weg säumenden Hecken standen in voller Blütenpracht, auf Ästen und Zweigen tschilpte und zwitscherte es, als ob Meise, Fink und Spatz allesamt gleichzeitig auf Brautschau waren. Doch Sepp hatte keinen Blick für die erblühende Natur: »Zefix, Kreuzparasoi! Wer ist auf die hirnrissige Idee gekommen, die Geister deiner Vorfahren zu beschwören? Wegen dem Floh, den mir der Tiroler ins Ohr gesetzt hat. Dieser Schmarrn mit dem Andreas Hofer!« Unter Fluchen und Verwünschungen kämpfte sich Sepp mit der Kraxe am Rücken den mit kniehohem Gras und dornigem Buschwerk bewachsenen Abhang hinauf. Die Kraxe war mit Campingkocher samt Gaskartuschen, einem eisernen Wasserkessel samt Dreifuß, mit der nötigen Verpflegung, mit Speck, Sennkäse und Tiroler Roten beladen. Schließlich sollten die Geister von Rabensteiners Ahnen mit Tiroler Spezialitäten angelockt werden.

Drei, vier Meter vor ihm schritt der Meister bergan, Veitl schien entschlossen, sich ins Totenreich vorzuwagen, um mit seinem Urgroßvater und womöglich mit Hofer selbst ein Schwätzchen zu halten. Rabensteiner wandte den Kopf und spornte seinen »Gefolgsmann« an. »Auf geht's, du lahme Senkkrücke, wir rufen den Hofer und zeigen ihm das Briefchen. Er wird seine eigene Sauklaue ja wohl entziffern können, schließlich geht es um das Schicksal seines geliebten Lands Tirol.«

Von der Aussicht auf ein Stelldichein mit dem Schatten des Sandwirts nur mäßig begeistert, brummelte Sepp: »Wieso sollten sich die Kämpen vom Bergisel bei uns hier blicken lassen? Wenn du in der Unterwelt hockst, kriegst doch von der Welt da oben nichts mehr mit. Für einen aufständischen Tiroler ist folglich Bayern noch immer Feindesland.«

Rabensteiner widersprach einer solch anachronistischen Sichtweise der jenseitigen Dinge. »Die Geister sind nicht von gestern! Die wissen, was gespielt wird. Kommt doch ständig Nachschub von oben.«

Vitus wandte seinen Kopf. »Du solltest an deiner inneren Einstellung arbeiten: Miese Vibes und ein ungutes Karma machen sich in deiner Aura bemerkbar. Da irrlichtert dein Energiefeld in dunklen, violetten Farbtönen – die negativen Schwingungen verschrecken die Geister. Denk dran!«

Rabensteiners Ermahnungen fielen auf steinigen Boden: »Scheiß auf die Aura! Garantiert gibt's auch grantige Geister – und die kommen alle zu mir!« Sepp stapfte verdrossen hinter dem Meister-Geisterseher her. Wie ein Geysir kurz vor dem Ausbruch brodelte es in ihm. »Der Fesl hat schon recht. Wir sollten froh sein, dass uns Pföderl aus den Mord-Ermittlungen raushält. ›Fichtners‹ fixe Ideen können uns wurscht sein, und die Briefe vom Hofer erst recht!«

»Was heißt hier ›froh sein‹? Wir haben einen Deal mit dem Pföderl – und ein lupenreines Alibi. Wir waren mit dem Ehgartner zusammen beim Karteln und dann auf der Reh-Hatz, schon vergessen?« Rabensteiner war nicht zu bremsen. Wie ein Triathlet beim Ironman-Training stürmte er bergan und folgte dem sich in Kehren aufwärts windenden Pfad. Sepp seufzte. Hatte sich Vitus einmal etwas in seinen Sturschädel gesetzt, gab es kein Halten und kein Zurück mehr.

Endlich, Sepp hatte den Rand des Gipfelplateaus erreicht: die Oberhamer Höhe, vulgo Totenbichl, maß bescheidene 911 Meter über Normalnull, suchte als Aussichtspunkt jedoch ihresgleichen.

Rabensteiner erwartete seinen Adepten bereits – und setzte die gewichtige Miene eines Miraculix auf. »Spürst du das intensive, magische Fluidum, die urweltliche Energie? Die energetische Strahlung am zentralen Schnittpunkt der Ley-Linien dürfte Pi mal Daumen bei 1.500 Rem liegen! Wenn sich zwei Wellen gleicher Frequenz, aber unterschiedlicher Amplitude überlagern, dann entsteht daraus eine Interferenz, die bis tief in die Unterwelt dringt. Dies zieht die Geistwesen magisch an!«

Ächzend setzte Sepp die schwere Kraxe ab und rieb sich die von den Tragriemen wundgescheuerten Stellen. »So eine elende Schinderei. Was, wenn dein Urahn auf seinen Urenkel scheißt?«

Aus der Innentasche seiner speckigen Schafwolljoppe zog Rabensteiner eine Y-förmig gebogene Wünschelrute. Er hielt das magische Werkzeug dicht über den Boden und blähte die Nüstern, als ob verräterische Miasmen aus dem Erdreich aufstiegen.

Mit gerunzelter Stirn beobachtete Sepp das Treiben seines Kumpans, der ohne ersichtliches Muster hierhin und dorthin tappte. »Was treibst denn da?«

»Pssst, sei still«, herrschte ihn der Rutengänger an, »Drachenlinien, gleich mehrere, idealerweise verlaufen die orthogonal zueinander und bilden radiale Verästelungen.« Die Wünschelrute zuckte nach unten. »Da ist der Platz!« Hinter der von Rabensteiner bezeichneten Stelle verschlang sich das kahle Geäst einer von Blitzschlag verkrüppelten Eiche. Rabensteiner stieß einen Jauchzer aus, als ob er auf eine ergiebige Goldader gestoßen wäre. »Zwei energetische Ströme – genau unter uns schneiden sie sich! Die Eiche wirkt wie ein Pfahl und zapft die Energie der Erde an. Ein mythischer Baum, der schon von den Kelten kultisch verehrt wurde. Ich sag dir, Sepp, das ist ein zutiefst spiritueller Ort, ideal, um die Geister der Vorfahren zu beschwören!«

Sonnleitner konnte die Begeisterung Rabensteiners nur bedingt teilen. Mit skeptischem Blick besah er sich den Ort, an dem sich Hofers Geist manifestieren sollte, genauer. In die Rinde des Baumriesen hatten irgendwelche Vandalen ihre Herzchen und hieroglyphischen Schriftzeichen gekerbt. Bei den Kelten war hier oben Blut geflossen, bei ihren Nachfahren immerhin noch ein wenig Harz fürs Herz. Seit der Blitz die alte Eiche gestreift hatte, befand sich diese sichtlich auf dem absteigenden Ast. Bei dem Gedanken an die Vergänglichkeit alles Seins wurde Sepp etwas entrisch zumute. »Veitl, ich hab ein ungutes Gefühl bei der Sache. Die Toten sollte man ruhen lassen.«

Rabensteiner, der aufgeregt mit seiner Wünschelrute herumwedelte, blickte ihn entgeistert an. »Nix da, das ziehen wir jetzt durch, du Bollenbruder!« Vitus fletschte sein renovierungsbedürftiges Raubtiergebiss. »Wer hat denn damit angefangen? Wer hat unbedingt wissen wollen, wo meine Großeltern herkommen – und ob von meiner Verwandtschaft jemand am Bergisel dabei war? Wir hätten genauso gut zum Grafologen gehen können, um das Geschmier vom Hofer zu entschlüsseln!«

Sepp hob die Hände wie ein bayerischer Grenadier, der sich der feindlichen Übermacht der Tiroler ergab. »Wir sollten nur nichts überstürzen. Überleg doch, Veitl, erst der Ehgartner, dann der ›Fichtner‹. Wer ist der Nächste? Das geht doch nicht mit rechten Dingen zu! Wenn wir jemanden im Jenseits befragen, dann die beiden.«

In Rabensteiners Stimme vermengten sich Rechthaberei und Herablassung. »Erstens hat der Ehgartner keine Ahnung, wer ihn umgebracht hat, und zweitens flackt der ›Fichtner‹ auf der Intensivstation. Er liegt also samt seinem Astralleib im Koma. Du musst wissen«, fuhr er im Singsang eines Dozenten der Esoterischen Fakultät fort, »dass sich die Geister über ihre sterbliche Hülle erheben. Die Materie vergeht, der energetische Impetus wirkt fort.« Seine Äuglein funkelten wie Christbaumkugeln im Schein der Kerzen. »In der Antike nannte man diese Lichtwesen Schemen oder Schatten. Jeder Astralleib verfügt über ein eigenes sphärisches Fluidum, schon klar, oder?« Sepps Kinnlade klappte herunter. Da fiel ihm nichts mehr ein. Gegen Sturheit und Verblendung war kein Kraut gewachsen.

Die Vorbereitungen für die Geister-Beschwörung waren abgeschlossen, das geomantische Equipment gemäß den Vorgaben Rabensteiners installiert – nun schritt der Meister zur Tat. Er hatte sich einen rabenschwarzen Regenponcho übergeworfen und ließ ein auf dem Mittelaltermarkt von Schloss Kaltenberg erstandenes, mit Runenzeichen versehenes Amulett unter unverständlichem Gemurmel hin- und herpendeln. Dann zog er ein handliches, beim

Esoterik-Buchversand »Osiris & Shakti« für 14,90 Euro geordertes Grimoire, ein magisches Handbuch mit einem Praxisteil voll gängiger Beschwörungsformeln, aus dem Ärmel. Kannte man die geheimen, okkulten Sprüche, dann ließen sich diverse Geister, Dämonen, ja der Sparifankerl höchstpersönlich herbeirufen – versprach zumindest der Klappentext des Buchs. Rabensteiner fältelte die Hände und richtete den Blick in die Weiten des weiß-blauen Himmels. »Nichts geschieht ohne Grund! Die Kugel, der Kreis, ewig sind sie rund! Feuer und Erde, wachse und werde! Wasser und Luft, kommt hervor aus der Kluft!« Der Hobby-Houdini ließ ein paar Gerstenkörner durch die Finger rieseln und erflehte den Beistand obskurer Himmelswesen. »Akatriel, Ariel, Ambriel, steht mir bei! Asad, Borat, Azariel, kommt ihr drei! Falafel, Harahel, Israfel, helft in Gottes Namen! Metatron, Datriel, Satarel, schenkt uns euren Samen!«

Sepp fragte sich ernsthaft, ob sein Freund infolge seines Crash-Kurses in okkultistischen Riten und Praktiken nun völlig durchgedreht war. Seit er aufgrund häuslicher Differenzen im Hobbykeller hausen musste, war er psychisch eh schon labil. Eine solche Verbannung in die Katakomben nagte am Selbstwertgefühl.

Die sonore Stimme des Geisterbeschwörers bebte. »Elohim, Sadai, A'dabei, brecht die Siegel des Todes entzwei! Hört mich, ihr Geister, ich bin's, euer Meister!« Rabensteiner gab ihm ein Zeichen. »Auf geht's beim Schichtl!«

Mit Reißzwecken heftete Sonnleitner zwei gelbstichige Fotografien von Rabensteiners Großvater Matthias an den alten Eichenbaum. Dazu eine um 1900 entstandene Farblithografie, die den Tiroler Freiheitskämpfer inmitten seiner Kampfgenossen zeigte und die Vitus einer in der

Stadtbibliothek befindlichen Hofer-Biografie »entnommen« hatte. »Bei einem Wälzer mit 400 Seiten fällt das eh nicht auf«, hatte ihm Vitus versichert. Um auf Nummer sicher zu gehen, befestigte Sonnleitner eine grobkörnige Schwarz-Weiß-Aufnahme an dem borkigen Stamm. Das Bild zeigte das kantige Gesicht Simon Sonnleitners, Pfarrer in Schleching und ein allseits geschätzter Heimatforscher. Der »Sensen-Simmerl« – wie er nach seiner Vorliebe, der unbotmäßigen Herde mit dem Sensenmann zu drohen, scherzhaft genannt worden war – hatte sich über Jahrzehnte mit der wechselvollen Geschichte Bayerns und Tirols auseinandergesetzt. Er hatte sogar ein Buch über das Phänomen der »Schmuggler und Schwärzer« verfasst. Der Sensen-Simmerl war vor über 50 Jahren verstorben, daher war anzunehmen, dass der gestrenge Dorfpfarrer inzwischen in höheren Sphären weilte. Sepp hoffte auf den tätigen Beistand seines verewigten Anverwandten. Wie es sich für eine solche Zeremonie geziemte, zog Sonnleitner einen Kapuzenmantel über den Lodenjanker. In dem unvorteilhaft geschnittenen Kleidungsstück sah er wie ein Fleischkloß, wie eine Zuchtsau im schwarzen Dracula-Cape aus. Sepp betete inständig zu allen guten Geistern, dass Gietl dichthielt und niemandem verriet, was sie hier oben trieben. Sonst konnte er sich wie dereinst Orpheus getrost auf den Weg in die Unterwelt machen. Bei Vroni daheim bräuchte er sich jedenfalls nicht mehr blicken zu lassen.

Eine Verkehrsüberwachungsdrohne des Modells HD6-1000 flog mit lautlos kreisenden Rotoren über den Totenbichl, doch ihre Objektive waren nach vorn auf die sich nähernde Autobahn gerichtet. So entging dem Fluggerät, dass auf der Hügelkuppe unter ihr alles bereit zum Rendezvous mit dem Jenseits war. Sonnleitner hatte die Pflichten eines Adepten getreulich erfüllt. Auf Rabensteiners Geheiß hatte er einen Sack voll Grillbriketts in eine Erdkuhle geschüttet, darüber ein paar Scheite geschichtet und mit Brennspiritus übergossen. Den Dreifuß hatte er exakt über der Mitte der Erdkuhle platziert, damit sich der Arm mit dem daran befestigten, gusseisernen Kessel übers Feuer schwenken ließ. An den vier Eckpunkten des magischen Kreises hatte er die unten angespitzten Enden der beim OBI Heimwerkermarkt erstandenen Bambusfackeln in den Boden gespießt – und entzündet.

Rabensteiner betrachtete das Werk mit Wohlgefallen. »Gut, auf geht's!« Vitus hielt einen lodernden Kienspan in die Höhe, als ob es sich dabei um die olympische Fackel handelte. Kaum hatte der brennende Span den mit Spiritus durchtränkten Holzstoß berührt, fing dieser auch schon Feuer. Rabensteiner entkorkte eine gläserne Phiole, entnahm ihr ein rötliches Pülverchen und streute eine Prise davon in die lodernden Flammen. Ohne Vorwarnung schoss eine Stichflamme empor, die dem Magiermeister beinahe den Backenbart versengte. Reflexartig wich Rabensteiner vor der Glut zurück. »Kreuz kruzitürken! Wieso steht in dem Bücherl ned, dass man bei der Prozedur wie ein Schweinswürstel gegrillt wird.«

Sepp hielt sicherheitshalber etwas Abstand zu dem zündelnden Magier, hatte er doch seine Zweifel ob der fachlichen Qualifikation des Selfmade-Alchemisten. Die Plackerei machte durstig. Seine Zunge pappte am Gaumen und sein Mund war so trocken wie das Flussbett eines Wadis. Sepp machte sich die Hebelwirkung eines Einwegfeuerzeugs zunutze, um den ersten Durst zu stillen. Mit einem dumpfen »Plopp« schoss der Kronkorken im hohen Bogen davon. Das kühle Nass gurgelte seine Kehle hinunter – und er fühlte sich wie eine Dattelpalme nach einem Regenguss: »Kleber und Kleister, wo san's denn die Geister?« Sonnleitner war mehr denn je überzeugt, dass sich der ganze Spuk wie eine Fata Morgana in Luft auflösen würde.

Die okkulte Show strebte dem finalen Showdown entgegen. Vitus hüpfte wie ein Irrwisch ums Feuer. In unregelmäßigen Abständen schmiss er irgendwelche Kräuterbüschel in den auf kleiner Flamme vor sich hin brodelnden Hexenkessel und stieß dabei steinzeitliche Grunzlaute aus, bei denen es sich wohl um halbgare Zaubersprüche à la »Abrakadabra, Simsalabim, wart, bis ich auf Innsbruck kim!« handelte. Was sollte diese schamanistische Charade? Sepps letzte Zweifel waren beseitigt: Veitl steckte tief in der Midlife-Crisis – und sollte dringend den Zeiserl-Doktor konsultieren. Wie vom Donner gerührt blieb Vitus schlagartig stehen und breitete die Arme. Wie ein Wagner-Tenor tremolierte er: »Hofer, zeige dich, Sandwirt steige herab von den Höhen der Berge.« Ein einzelner Lichtstrahl fiel genau auf das an den Baum gedübelte Porträt Hofers – und ließ den Tiroler Adler einen Moment lang rot aufglühen. »Hofer, wo bist du? Großvater, hilf!« Doch aus der Unterwelt ließ sich niemand blicken, weder der Schatten des Sandwirts noch der Geist des Großvaters. Die Tiroler Helden hüllten sich in Schweigen. »Das gibt's doch ned. Das muss doch …« Rabensteiner steckte seinen Zecher-Zinken tief ins Zauberbuch. »Oh, ihr Geister, kommt's daher, ihr kriegt's an Wein bei meiner Ehr!« Dann floss der Inhalt einer dickbauchigen Buddel »Tiroler Bauerntrunk« über die glühenden Kohlen.

Welch Verschwendung, dachte Sepp deprimiert. Es zischte und dampfte, der Magiermeister verschwand in einer Wolke aus Qualm und Rauch. Sepp hielt sich ein Taschentuch vor Mund und Nase, um besser atmen zu können. Als er wieder aufblickte, war es ihm, als ob ein goldener Schimmer, wie von einem Nimbus, um Rabensteiners Quadratschädel wetterleuchtete. Der deklamierte derweil wie ein Mime im letzten Akt einer griechischen Tragödie. »Wir laden euch ein, zu Speck, Käs' und Wein. Ist das etwa nix! Hockt euch her, Kreuzkruzifix!«

Hatte Hofer Blut geleckt? Zu Lebzeiten hatte er ja dem Rebensaft nur allzu gern zugesprochen. Die Flammen verschlangen sich wie rötlich schimmernde, sich in ekstatischer Verzückung windende Schlangenleiber. Wie aus weiter Ferne vermeinte Sonnleitner, Gestöhne, tierhafte, gequälte Laute zu vernehmen. Sepp schluckte. Was war das? Wurde er Zeuge einer unheimlichen Begegnung der apokalyptischen Art? Träumte oder wachte er? Halluzinierte er oder sah er jetzt tatsächlich Gespenster? Mit schreckensbleichem Gesicht hörte er Rabensteiner stammeln: »Kreuz, tibi, domini! In Christi Namen, wer sind Sie?« Sepp trat der kalte Schweiß auf die Stirn. Seine Körpertemperatur war nah am Gefrierpunkt. Rabensteiner schien sich wieder im Griff zu haben. Wie um einen heiligen Eid zu bekräftigen, legte er seine Pranke auf das Grimoire. »Wohlan, dies ist's, was ich begehre, mit wem haben wir die Ehre?«

Der Besucher aus dem Jenseits hüstelte und hob mit seltsam tönerner Stimme zu einer Erklärung an. »Erkennst mich ned, Bua? Ich bin's, dein Urahn, Oswald Rabensteiner, Flügeladjutant des Anführers des Tiroler Landsturms.« Sepp war – was selten genug vorkam – baff. War er noch bei Sinnen? War dies ein Trugbild oder tatsächlich ein echter Geist? Ein Geist aus einer längst vergangenen Zeit, Rabensteiners Vorfahr gar?

»Jaja, der Urgroßvater, wia geht's allerweil, lang nimma gsehn«, stammelte Vitus.

»Wir sind da in etwas hineingeraten, heikle Geschichte. Da geht's unter anderem um ein Brieferl von Andreas Hofer. Könntest du dir das mal anschauen? Kommt dir die Handschrift bekannt vor?«

Nach einigem Hin und Her, hmm, aha, soso, glaubte sich Hofers Adjutant an das Briefchen zu erinnern – ein sogenannter Handzettel, zu einer Depesche, die an den bayerischen Kronprinzen Ludwig adressiert gewesen war. »Bua, schee, dass man sich auch mal sicht. Eine Abschrift, in Kopie, sollt umi zum Schmiederer auf Igls. Der Kommandant hat Ordre erteilt, die Feindseligkeiten umgehend einzustellen, aber die haben das Feuer nit eingestellt.«

Irgendwie gefiel Sepp die steife Art, die etwas umständliche und antiquierte Ausdrucksweise von Rabensteiners Urahn. Aber gut, der war ja auch aus der Übung. Oswald Rabensteiner rückte Gurt, Schärpe und Säbel zurecht und erkundigte sich mit Nachdruck nach der Herkunft des Schreibens. »Bua, sag mir eins, wie kommt's ihr zu dem Brief? Primum waren diese Zeilen allein für den Kronprinzen in der Hofburg bestimmt und ad secundum hätte der Zettel verbrannt gehört.«

Vitus strich sich mit dem Handrücken über den Mund, was er oft tat, wenn er angestrengt nachdachte. »Hmm, Urgroßvater, was soll daran so geheim sein, um was geht's denn überhaupt?«

Der so Angesprochene knetete die fahlweißen, fleckigen Hände. »Verflucht sei jener unglückselige Tag, der dem Gedenken an alle Heiligen geweiht. Eben dort, wo wir dem Feind viermal aufs Haupt geschlagen, erwartete uns nur bittere Schmach!« Der Geist schlug sich voll tiefer Betrübnis an die Brust. »Die Bayern sind wie die Teufel den Berg hinaufgestürmt und haben am rechten Flügel auf Plumes zu attackiert. Sie haben unsere Linie durchbrochen, da war kein Halten nit!« Der Geist stand mit gesenktem Haupt da, als ob er sich vor einem Kriegsgericht verantworten müsste. »Die hohen Herren haben uns verraten. Die blaublütige Schlange hat ihr Gift in Hofers Ohr geträufelt«, hauchte der alte Kämpe aufgewühlt. »Blut, Tiroler Blut. Das Blut unserer Leut'! Der Hofer hat die Waffen strecken – und sich dem Kronprinzen ergeben wollen!«

»Wart mal«, unterbrach ihn Sepp – und kramte ein Schnapsflascherl hervor. »Magst einen Schluck? Ein Birnbrand, selbst gebrannt. Brennt wie's höllische Fegfeuer!«

Hofers gewester Adjutant lehnte bedauernd ab. »Ist noch ein weiter Weg hinauf zum himmlischen Vater – von daher ist es gescheiter, wenn ich mich mit dem Schnapseln zurückhalte.«

»Gab es einen Verräter in den eigenen Reihen? Hat der den Brief unterschlagen?«, drängte Rabensteiner, der nun endlich die ganze geschichtliche Wahrheit erfahren wollte.

Der Tiroler Freiheitskämpfer strich sich durch den mächtigen, fein gekräuselten Bart. »Nun, in dem Briefchen bat der geweste Landeskommandant Hofer den Kronprinzen um sicheres Geleit und den Schutz seiner Majestät des Königs von Bayern. Der André Hofer – so der Plan – sollte ins Exil nach Bayern gehen, um der Verhaftung durch die Franzosen zu entgehen. Es war allgemein bekannt, dass der bayerische Kronprinz kein Freund Napoleons war.«

»Nun, wie die Geschichte zeigt, ist der Deal geplatzt«, wandte Sonnleitner mit ernster Miene ein.

»Nach der Schlacht am Isel-Berg musste der André fliehen, übern Jaufen hinüber ins Passeiertal! Dort hat ihn der Judas Raffelt um einen Sack Dukaten verkauft – und die welschen Teufel haben ihn weggezerrt, gen Mantua zu.« Der Brust des alten Rabensteiners entrang sich ein Seufzer, so tief wie die tiefsten Schluchten Tirols.

»Wer sollte denn bei den Bayern um Pardon für Hofer nachsuchen?«

»Seinerzeit bin ich mit dem Steixner-Sohn von Unterberg über die alte Poststraße auf Innsbruck zugeritten!« Der Mann mit dem voluminösen Bart, der wie ein Zwillingsbruder Hofers aussah, senkte den Kopf in stiller Trauer. »Bei der Stiftskirche z' Wilten sind wir abgesessen, um ein Scheiberl Speck zu essen und den heiligen Laurentius um Beistand zu bitten.« Seine Stimme klang noch hohler und gespensterhafter als zuvor. »Der Höchste im Himmel hat uns den Beistand verwehrt! Man hat hinterrücks auf uns geschossen – aus dem Bergwald heraus. Die Unsrigen, nit die Bayern! Der Unterberger Simmerl ist in seinem Blut gelegen, da bin ich nauf auf mein Ross und auf und davon.« Der Alte schien Mühe zu haben, die Contenance zu bewahren. Sein Nachkomme schüttelte bewegt den Kopf.

Sonnleitner versuchte ihn zum Weitersprechen zu animieren. »Wie hieß euer Kontaktmann, der das Schreiben in der Hofburg überreichen sollte?«

Der Geist hob den trauerschweren Blick. »Oberleutnant ist er gewesen, im kaiserlichen Corps, bei Wörgl hat er gekämpft, Wolkensteiner hat er sich geschrieben! Sein Bursche war vom Pustertal, Fichtner hat er geheißen. Ein unguter Gesell!« Sepp und Vitus wechselten verstörte Blicke – Fichtner! Aus ihrem Gesicht wich alle Farbe, ihr Teint glich dem des Geists. Eine zufällige Koinzidenz? Ausgeschlossen, das konnte kein Zufall sein.

»Und das ist wirklich Hofers Handschrift, Gevatter?« Vitus stand da wie ein Häufchen Elend. In dem unförmigen schwarzen Regenponcho sah er aus wie eine fette Fledermaus.

»Freilich, Bua«, bezeugte der Alte. »Der Hofer war kein Mann der Feder. Dafür hat er seinen Schreiber gehabt, den Kajetan Sweth. Dem seine Schrift war gestochen scharf, selbst noch bei der größten Kälte.«

Vitus nickte gedankenverloren und griff zum Birnbrand. Sonnleitner hakte nach. »Aus Südtirol, sagen S', war dieser Fichtner her?«

Der alte Rabensteiner kniff verwundert die Augenbrauen zusammen, der Begriff Südtirol sagte ihm nichts. »Ein Pusterer, von Vill ob Mühlbach war er her, der Saudeifel!«

Sonnleitner hatte das Gefühl, als ob ihn ein Geistesblitz gestreift und ein Schlaglicht auf die Ereignisse Anno Domini 1809 geworfen hätte. Dieser Fichtner hatte die Depesche, samt dem Brief Hofers, an sich gebracht – und nicht etwa verbrannt, sondern irgendwo versteckt! Der Mordschütze hatte wohl im Auftrag dieses Oberleutnants gehandelt, um zu verhindern, dass die Briefe an ihren Adressaten in der Hofburg gelangten. Ein perfider Plan, der offenbar aufgegangen war. Doch was bedeutete dies für den aktuellen Fall, für die beiden Anschläge, deren Zeugen sie geworden waren? War jemand bereit zu töten, um in den Besitz dieser vergilbten Papiere zu gelangen? Und dafür das Risiko auf sich zu nehmen, enttarnt und gefasst zu werden? Die grauen Zellen drohten zu überhitzen. Instinktiv schüttelte sich Sepp und erwachte aus dem tranceartigen Zustand. Sein Bauch grummelte und er dachte an den Geist, der doch hungrig sein musste. »Ah, Herr Rabensteiner, möchten S' vielleicht ein Schwarzgeräuchertes, eine Jagdwurst oder was leichter Verdauliches?«

Oswald Rabensteiner zauste mit wehmutsvoller Miene den Bart. »Droben im Himmel gibt es bloß noch Manna, pfui Deifel! Keinen Schnaps, keinen Speck. Aber kannst nix machen. Bua, gehab dich wohl – und friss nit so viel, schaust ja aus wie eine trächtige Milchkuh!« Rabensteiner lüpfte kurz den breitkrempigen Hut – ein Windstoß fuhr in die Flammen und der wackere Tiroler hatte sich flugs in Luft aufgelöst.

GRAS KÖNIG

Die Kirchturmuhr am Münster schlug zehnmal. Die Nachtschwärze kroch aus den engen, krummen Gassen der Altstadt. Ein Mann trat aus den Schatten einer Hofeinfahrt und zündete sich, die Hände schützend über das Streichholz wölbend, eine Zigarette an. Dann machte er sich auf den Weg. Behutsam setzte er Schritt für Schritt, achtete darauf, ob ihm jemand folgte. Von Zeit zu Zeit lauschte er in die Finsternis hinein, hörte den Widerhall trippelnder Schritte auf den Pflastersteinen, hörte dumpfes Gewummer aus einer Kellerkneipe. Im Widerschein einer Leuchtreklame zeichnete sich eine Gestalt ab, ihr Schatten war unnatürlich verzerrt. Die Gestalt stand neben einem Heizpilz, wärmte sich die Hände und wippte auf den Fußspitzen hin und her, als ob sie unterm Restless-Legs-Syndrom litte. Das fluoreszierende Zifferblatt an seinem rechten Arm zeigte ihm die exakte Uhrzeit. Er war pünktlich – zumindest fast. »Cum tempore – gaudeamus igitur.« Der unauffällig, um nicht zu sagen nachlässig, gekleidete Mann lächelte in sich hinein. Diese alternative, an den Universitäten gebräuchliche Zeitrechnung, das sogenannte akademische Viertel, kam seinem Hang zum bohemienhaften Müßiggang entgegen. Er hatte seine Garderobe mit Bedacht gewählt: zerschlissene Cordhose, verwaschener Rollkragenpulli, darüber einen zerknautschten beigen Trenchcoat à la Detektiv

Columbo. Eine perfekte Maskerade. Er schätzte die Attitüde des einsamen Wolfs, der nach seinen eigenen Regeln spielte und sich die Freiheiten des freien Mitarbeiters herausnahm. 15 Minuten nach der Zeit, das war des Fährmanns Charon Pünktlichkeit. Der Mann war von kleinem Wuchs, trug einen schlecht sitzenden Anzug und dazu einen Schlapphut im Indiana-Jones-Stil – was dem ganzen Aufzug einen Stich ins Komische gab. Mister Jones wartete auf ihn. Um Punkt Mitternacht – sine tempore wohlgemerkt – sollte er vor dem Mahnder-Rat Rechenschaft über die Mission »Roter Adler« ablegen. Er hatte getan, was getan werden musste. Dass er seinen Auftrag nicht zur Gänze erledigen konnte, lag an einigen unvorhersehbaren Komplikationen, nicht an ihm. Dass dies die Radikalen im Rat anders sehen würden, war klar. Sie würden ihm persönlich die Schuld am »Scheitern« der Mission anlasten. Es würde überzeugender Gegenargumente bedürfen, um den Prior und seine Scharfmacher im Zaum zu halten. Der vereinbarte Treffpunkt – eine von Hinterhof-Gaunern, Säufern und anderen verkrachten Existenzen frequentierte Kaschemme namens »Haller Kübel« – lag mitten in der Altstadt Halls. Es war eine dieser heidnischen Kultstätten, wie sie überall auf der Welt zu finden waren. Plutonische Orte, an denen man in die Unterwelt hinabstieg, um den alten Gottheiten, Dionys oder Hermes, Aphrodite oder Persephone, zu huldigen. Ein Ort, der ihm durchaus gefiel. Ein Ort, an dem ein wahrer Streiter Christi nichts verloren hatte. Bei dem Gedanken an den Mahnder-Rat musste er widerwillig grinsen – diese Ansammlung von selbstgerechten Heuchlern, eitlen Pharisäern und von religiösem Wahn zerfressenen Zeloten war keinen Deut besser als die von ihnen verachteten »Untermenschen«. Nur, dass die »Apostel-Brüder« besser bei Kasse waren.

Er war keine 20 Meter mehr von der Bacchus-Bar entfernt, als zwei in lederne, nietenbeschlagene Fransenjacken gehüllte Gestalten ins Freie traten, sich nach potenziellen »Klienten« umsahen und in einem dunklen Durchgang Stellung bezogen. Die Fransenjacken hielten offensichtlich nach einer arglosen Disco-Dotschen, einem besoffenen Bauerntrottel oder einem tattrigen Pensionär Ausschau, denen sie ohne größere Schwierigkeiten die Brieftasche samt EC-Karte stibitzen konnten. Im Näherkommen hörte er, wie die beiden Halbstarken gedämpft miteinander tuschelten. »Dieses halbe Hemd mit Hut greifen wir uns!«

»Na gut, Edi, du laberst den Zwerg voll, ich greif ihn mir von hinten.«

Er verhielt seine Schritte – und grinste breit. Die beiden »Nieten« würden sich wundern. Auf den ersten Blick betrachtet, war das »halbe Hemd mit Hut« zweifellos keine beeindruckende Erscheinung – maß der Mann in dem schlecht sitzenden Anzug doch maximal 1 Meter 65. Hätten die »Nieten« zweimal hingeschaut, hätten sie jedoch die verräterische Beule im Anzugstoff, die muskelbepackten Oberarme sowie die rundum austrainierte Schulterpartie bemerkt.

Sie wurden erst stutzig, als der Mann mit federnden Schritten auf sie zukam – und kurz die Klinge eines Kampfmessers aufblitzen ließ. »Die Herren wollten gerade gehen? Da entlang, wenn ich bitten darf!« Die Messerspitze zuckte in die Richtung einer Gasse, die zwischen zwei Müllcontainern ins Nirgendwo führte. Hastig eilten sie von dannen. »Solche Kniebiesler, rennen pfeilgerade in eine Sackgasse. Dahinten ist Apachenland, fest in Afghanenhand! Könnt' spaßig werden.« Das Messer glitt in die am Gürtel befestigte Scheide und der Bonsai-Builder reichte ihm die Hand. Der Händedruck des Mannes war überraschend warm und weich. »Habe die Ehre, Gössl, freut mich, Ihre Bekanntschaft zu machen. Man hört ja wahre Wunderdinge über Sie – Ihre Findigkeit und Raffinesse.«

»Wer behauptet das?« Er grinste wie ein Lausbub, der einen Streich ausgeheckt hatte. Insgeheim war er durchaus stolz auf seinen letzten Geniestreich. Die Gewehrpatronen aus Polizeibeständen abzuzweigen, desgleichen die Waffe, die die Kripo beizeiten entdecken und die Ermittler auf die »richtige« Fährte locken würde. Er rieb sich vergnügt die Hände. Ein schlauer Plan war Gold wert. »Meine Großmutter oder der Großmeister?«

Gössl stieß ein meckerndes Gelächter aus. »Ich sehe, dass Sie die leidige Sache mit Humor nehmen. Wie heißen die Grundregeln des heiligen Benedikt: Gehorsam, Demut und Discretio, also.« Sein Kontaktmann bedeutete ihm mit einer Handbewegung, ihm durchs Gewirr der Gassen zu folgen. »Hier lang.« Dort, wo einst das Milser Tor gestanden hatte, waren nur mehr einige klägliche Überreste der mittelalterlichen Wehrmauern zu sehen. Die Wallgräben hatte man eingeebnet und Parkplätze angelegt. Heute besorgten Parkautomaten das Geschäft der Torwachen und kassierten den fälligen Obolus für den Stadtsäckel. Die Geschichte wiederholte sich – nur eben mit anderen Mitteln und Methoden.

Die Zentralverriegelung klickte und Gössl hielt ihm in der Manier eines Chef-Chauffeurs den Schlag auf. Dabei handelte es sich keineswegs um eine Luxus-Limousine, sondern um einen mickrigen Kleinwagen Modell Micra. Sein Begleiter bemerkte im jovialen Plauderton: »Platz ist in der kleinsten Hütte. Ich bevorzuge unauffällige Fahrzeuge. Je unansehnlicher, desto besser. Die Karre klaut wenigstens niemand.« Seufzend ließ er sich in den Beifahrersitz plumpsen. Wie befürchtet bot die Rostlaube made in Asia in etwa so viel Komfort wie eine mittelgroße Sardinenbüchse. »Na, freuen Sie sich schon aufs Team-Meeting?«

Er legte den Gurt an und versuchte, so gut es ging, seine Beine auszustrecken. »Könnte amüsant werden. Zumal es nichts zu besprechen gibt.«

Gössl grinste und gab Gas.

Die Gebäude des einstigen Klosters lagen auf einem Hügel, der von der Form her einem Gugelhupf glich. Um die Anhöhe krümmte sich ein schmaler, fjordartiger See, der von Röhricht, Schilf und Riedgras in die Zange genommen wurde. Jetzt, da das Ziel in Sicht war, brach sein Wagengefährte das Schweigen. »In dem Weiher wimmelt es von Fischen, vor allem Karpfen, aber auch Saiblinge und Hechte. Aufgrund der strengen Fastengebote gab es früher überall Fischzuchten, damit die Klosterbrüder in der Fastenzeit nicht vom Fleisch fielen. Das nennt sich Askese.« Gössl verfiel in sein meckerndes Gelächter. Über ihnen hing die silberne Sichel des Mondes. Das milchige Licht des Erdtrabanten ergoss sich über die sich gen Süden hin dramatisch aufwölbende Landschaft. Die Silhouette des Klosters zeichnete sich deutlich gegen die schwarz grundierten Höhenzüge ab. Gössl machte den Touring Guide. »Im hohen Mittelalter saßen hier die Grafen von Strassberg. Ein übel beleumdetes Geschlecht von Strauchrittern und Mordbrennern. Als der letzte Strassberger sein Ende nahen fühlte, plagte ihn ob seiner vielen Freveltaten das schlechte Gewissen. Auf dem Sterbebett vermachte er die Burg samt allen zugehörigen Lehen und Ländereien dem Benediktinerorden.«

Er hörte nur mit einem halben Ohr zu. Welche Fragen würde man ihm stellen, mit welchen Anschuldigungen und Vorwürfen würde man ihn konfrontieren? Reflexartig erwiderte er: »Die Benediktiner hatten immer ein Händchen für Gut und Geld.« Sie hatten die Hauptstraße verlassen und zockelten den steilen, kurvigen Zufahrtsweg hinauf. »Im 17. Jahrhundert haben die Kapuziner das Kloster übernommen. Die Fratres in den braunen Kutten verschmolzen nahezu mit dem Land und den Leuten. Ohne die Unterstützung der Kapuziner-Pater wäre der Aufstand von 1809 undenkbar gewesen.« Der Blick durchs Seitenfenster fiel in eine tiefe, lichtlose Schlucht. Dort unten wand sich ein Wildbach durch die enge Felsenkluft. In groben Zügen wusste er um die Hintergründe der Rebellion, wusste um die undurchsichtige Rolle der Kapuziner. Der Tiroler Freiheitskampf war Teil seiner Familiengeschichte. »Das Gebot der Armut passt ja auch ganz wunderbar zu diesem pompösen Protzklotz«, höhnte er. Vor ihnen lag ein wuchtiger Bau mit hohen Mauern, der eher an eine Trutzburg als an ein Kloster gemahnte. Er hatte nie eine mystische, kontemplative Ader besessen, sich nie für übernatürliche Erscheinungen interessiert, doch von diesem Ort ging ein mächtiger spiritueller Sog aus, eine Aura starker geistiger Präsenz. Die Flügel des Eingangstors standen weit offen. Das Tor war riesig, gewaltig, furchteinflößend. Die Mauern meterdick. Ein solches Tor durchritt man hoch zu Ross oder durchschritt es demütig gesenkten Haupts. Es war eine steingewordene Manifestation der Macht, die dem Untertan Mores lehren sollte.

In dem weitläufigen Innenhof sah es aus wie im Show-Room eines Premium-Autoherstellers. Zwischen den im Mondlicht funkelnden Nobelkarossen wirkte die irgendwo in Fernost lieblos zusammengenietete Blechkiste Gössls vollkommen deplatziert. Ein Aschenputtel unter lauter Prinzessinnen. Überflüssigerweise bemerkte der Mann am »Kutschbock«: »Da sind wir. Stift Straßberg, eine Perle des Barocks.«

Beim Aussteigen stellte er leichthin fest: »Wellness-Weekend mit Streckbett-Massagen und Power-Peeling. Die Folterkammer-Suite für nur 99 Euro pro Person.«

»Ich wusste doch, dass Sie ein Spaßvogel sind. Nun, vielleicht kann ich ja mit einem Teambuilding-Event dienen.« Statt wie ein Ziegenbock zu meckern, wieherte er nun wie ein Fohlen auf der Frühlingsweide. Die indignierten Seitenblicke des Empfangskommandos, das sie am Fuß einer steinernen Prunktreppe erwartete, ließen Gössl schlagartig verstummen. Er zählte sechs Männer und zwei Frauen in schweren, schwarzen Stoffmänteln. Auf der linken Brust war ein blutrotes Tatzenkreuz aufgenäht. Das alte christliche Weihekreuz, das cruz signata, war ursprünglich von einem kreisförmigen Nimbus umgeben gewesen, daher waren die beiden Balken deutlich breiter als bei den orthodoxen Kreuzformen. Das Tatzenkreuz war das Emblem des Templerordens gewesen und hatte unter dem Namen Mantuakreuz in den österreichischen Armeen der napoleonischen Zeit eine Renaissance erlebt. Im Schein der flackernden Fackeln sah die Szenerie gespensterhaft aus. Acht Augenpaare waren auf ihn gerichtet und musterten ihn argwöhnisch. Was glotzten ihn diese Mantel-Muftis an, als ob er Kaisers neue Kleider trug? Die von ihm gewählte Garderobe – zerbeulte Cordhose, roter Rolli und knittriger Trenchcoat – entsprach wohl nicht ganz dem gängigen Dresscode. Er war schließlich nur ein externer Dienstleister. Unbekümmert grüßte er in die Runde. »Griaß eich die Madl'n, Servus die Buben! Ist heute Night of the Proms?« Kein Laut, kein Lacher – nur abschätzige Blicke und eisernes Schweigen.

Der Prior trug eine veilchenblaue, mit freimaurerischen Symbolen bestickte Schärpe, die sich quer über den um seinen ausgezehrten Leib schlotternden Mantel spannte. Bruder Nummer zwei stand reglos am oberen Treppenabsatz. Nach einer Schweigeminute, die ihm wie eine halbe Ewigkeit vorkam, humpelte er endlich die Treppe herab, nur um auf halber Höhe innezuhalten. Seine knotige, altersfleckige Hand umklammerte das steinerne Treppengeländer. Im lodernden Licht der Fackeln schien die Haut des Greises bleich und wächsern wie die einer Mumie. Meister Methusalem hatte seine besten Jahre eindeutig hinter sich, dachte er, ohne darüber das leiseste Bedauern zu empfinden. Auf den blutleeren Lippen des Alten lag der Anflug eines verschlagenen Lächelns. »Willkommen auf Stift Straßberg, lieber Freund. Wir brennen schon darauf zu erfahren, ob die Angelegenheit zu unser aller Zufriedenheit erledigt wurde und uns weitere unangenehme Überraschungen erspart bleiben.«

Gössl verbeugte sich in einer Pose affektierter Unterwürfigkeit. »Da meine Dienste nicht länger gebraucht werden, erlaubt mir, dass ich mich in meine Gemächer zurückziehe.« Der Prior wedelte mit seiner knöchrigen

Hand herum, als ob er einen Schwarm Schmeißfliegen verscheuchen wollte. Die Absätze von Gössls Stiefeln klackerten über den Hof, dann kehrte eine gespenstische Stille ein. Dieser Abend würde über sein weiteres Schicksal entscheiden – eine eher weniger verlockende Aussicht.

Es ging über eine Wendeltreppe hinab ins Souterrain – und im Gänsemarsch einen schmalen, von flackernden Neonröhren spärlich beleuchteten Gang entlang. Dieser endete in einem kreisrunden Raum, dem einstigen Kapitelsaal des Klosters. Die Kreuzgratgewölbe wurden von dicken, gedrungenen Säulen geschultert. Hinter ihm fiel die schwere eisenbeschlagene Holztür knackend ins Schloss. In dem Kellergelass roch es muffig und modrig. Ein penetranter Geruch nach Schimmel und Scheinheiligkeit. Mit Pech bestrichene Fackeln loderten in eisernen Wandhalterungen, warfen ihr blakendes Licht auf das von Ruß geschwärzte Gemäuer. Der Widerschein einer chthonischen Morgenröte. Ihn beschlich das irritierende Gefühl, ins Set eines Hollywood-Historienschinkens à la »Quo Vadis« zu stolpern. Gleich würden die Löwen ums Eck lugen. Er setzte eine gleichgültige Miene auf – er würde diesen Idioten nicht den Gefallen tun, sich von dem mittelalterlichen Mummenschanz ins Bockshorn jagen zu lassen. Sah das Setting auch schwer danach aus, als ob Luzifer höchstselbst jeden Moment dem Fahrstuhl zur Hölle entsteigen könnte, um einer blondgelockten Jungfer die Unschuld zu rauben. Der Prior und seine acht Ritter-»Mahnder« gaben sich gleichfalls alle erdenkliche Mühe, um passable Haltungsnoten im Horror-Show-Casting zu erhalten. In ihren Musketier-Mänteln saßen Sie da wie eine Bande hungriger Vampire, die nach ihrer Blutplasma-Lieferung lechzten. Kurzum, das wichtigtuerische

Gewese war das reinste Possenspiel. In regloser Foto-Pose stand er inmitten der Ritterrunde und harrte der Dinge, die da kommen sollten. »Nun, hier bin ich Mensch, hier darf ich's sein! Wann werden die Drinks in der Voodoo-Lounge serviert?«

Der Prior zischte dem neben ihm kauernden »Mahnder« etwas ins Ohr. Der Mantelmann verschwand im Halbdunkel und kam kurz darauf mit einer Sitzgelegenheit für den Gast zurück. Ein wackliger, mit Bast bespannter Holzschemel. Das wurmstichige Möbelstück sollte ihn wohl Demut lehren. Nichts da, beschloss er und blieb dort stehen, wo er stand – in der Mitte der Rotunde. »Ah, da stellen wir dann alle unser Lichtlein drunter, cool!« Wenn ihn seine Tätigkeit als Freelancer in prekären Beschäftigungsverhältnissen etwas gelehrt hatte, dann dies: Lass dir nie die Schneid abkaufen, egal ob dir eine Bande albanischer Messerstecher auf den Pelz rückt oder ob dir ein Haufen verknöcherter Fanatiker ans Bein pinkeln will. Sollten sie ruhig von der nationalen Wiedergeburt schwadronieren oder von dem neuen Messias träumen, er würde auf der Hut sein und das Heft des Handelns in der Hand behalten.

Der Konzern-Chef, der Mafia-Pate und der Präsident der Vereinigten Staaten von Amerika hatten eines gemein. Sie kamen immer als Letzte zum Cocktailempfang. Konnte man doch schon in der Bibel nachlesen, dass die Letzten die Ersten sein würden. Diese Maxime beherzigte auch der Großmeister der »Schwarzen Mahnder«, Hans-Christoph von Wolkenstein. Der Big Boss war ein Mann mittleren Alters und stattlicher Statur. Der Meister maß über 1 Meter 80 und brachte gut 110 Kilo auf die Waage. Ein grau melierter, ordentlich gestutzter Bart kaschierte die schwammigen Hautlappen seines Doppelkinns. Sein rosiger Teint, die fleischigen Wangen zeugten davon, dass von Wolkenstein im Gegensatz zu dem adlergesichtigen Prior kein Asket war. Er war ein Mann der Galaempfänge, Charity-Events und Champagner-Büfetts. Einer, der auf dem roten Teppich zu Hause war. Auf den ersten Blick mochte der Mann aus Tiroler Uradel einen umgänglichen Eindruck machen – doch er ließ sich von der leutseligen Art Wolkensteins nicht blenden. Sein Auftraggeber war ein knallharter Hund. Kaspar Brandner – so sein, wie er fand, durchaus origineller »Nom de Guerre« – hatte seine Hausaufgaben gemacht. Er hatte die Vita des Meisters, seinen Web-Auftritt, seine Präsenz in den sozialen Medien eifrig studiert. Von Wolkenstein war Vorstandschef der Hypo Alpin AG, einem mittelständischen, grundsoliden Bankinstitut, das sich auf Immobiliengeschäfte sowie die Finanzierung von Großprojekten im Infrastrukturbereich spezialisiert hatte. Der aus einer reinrassigen Adelsfamilie stammende und in mehreren Aufsichtsräten sitzende Banker war keiner jener grauen Eminenzen, die das Licht der Öffentlichkeit mieden. Im Gegenteil: Wolkenstein war ein begnadeter Selbstdarsteller, der erst im Scheinwerferlicht zur Höchstform auflief. Er war ein gewiefter Rhetoriker, der es verstand, seine Auftritte publikumswirksam zu orchestrieren. Egal ob als Keynote-Speaker vor hochkarätigen Wirtschaftsvertretern oder als Stammtischdemagoge im Festzelt. Nach außen hin präsentierte er sich als bodenständiger, hemdsärmeliger »Macher«, der zupacken konnte und einen Sinn fürs Praktische besaß. Einer, der für Recht, Ordnung und Moral einstand, Fremde und politisch Andersdenkende gern als »Gesindel, Gschwerl und Parasitenbrut« diffamierte. Von Wolkenstein gab sich alle Mühe, den »starken Mann« mit dem »goldenen Herzen« herauszukehren. Brandner wusste es allerdings besser. Der Führer der »schwarzen Mahnder«, einem national-patriotisch gesinnten Geheimbund, war ein skrupelloser Machtmensch, der über Leichen ging, um seine hochgespannten Ziele zu erreichen. Einen wie Wolkenstein machte man sich besser nicht zum Feind.

Der Meister hatte den Saal durch eine Geheimtür betreten. Die Ovationen seiner Mitstreiter nahm er in gleichmütiger Pose des resoluten Führers entgegen. Einer der »Mahnder« eilte in serviler Haltung auf ihn zu, um einen blutroten Umhang um seine breiten Schultern zu drapieren. Von Wolkenstein ballte die behandschuhte Rechte zur Faust und stolzierte durch die Reihen seiner Getreuen. Ihn erinnerte das ganze Brimborium an eine Karnevalssitzung des Elferrats. Der Meister schlug den schwarzen Mantel zur Seite und nahm wie selbstverständlich auf dem Chefsessel Platz. »Liebe Brüder und Schwestern, seid willkommen auf Stift Straßberg! Wenn wir uns hier zu solch später, mitternächtlicher Stunde versammeln, dann hat das einen bestimmten Grund. Wir haben einen Entschluss zu fassen.« Die eisgrauen Augen Wolkensteins richteten sich auf ihn. Nur mit Hilfe einer eisernen, über die Jahre antrainierten Selbstdisziplin hielt er den bohrenden Blicken des Anklägers stand. »Weshalb wurde der Auftrag nicht zur Gänze ausgeführt? Was hast du zu deiner Verteidigung vorzubringen, Bruder?«

Brandner ließ sich nicht in die Rolle des Beschuldigten drängen, stellte dagegen klar, dass die Mission »Roter Adler« erfolgreich verlaufen war: Er hatte dafür gesorgt, dass die verdeckte Operation gescheitert, der auf ihre

Organisation angesetzte Agent eliminiert war – und der Verfassungsschutz folglich auch weiterhin im Dunklen tappte.

Von Wolkenstein kniff die Augen zusammen, seine buschigen Brauen wölbten sich wie zwei Eichhörnchenschwänze. Brandners Ausführungen schienen ihn nicht überzeugt zu haben. Sein Misstrauen war durchaus angebracht – aber das konnte der Meister-»Mahnder« eigentlich nicht wissen. »Ist das alles, Brandner? Hast du uns sonst nichts mitzuteilen? Ist es nicht so, dass es dir höchst gelegen kommt, dass Hofers Brief – wie du sagst – zufällig verloren gegangen ist. Könnte es nicht vielmehr sein, dass du uns damit erpressen willst?« Ein Raunen ging durch die Mahnder – langsam wurde es brenzlig für ihn.

»Wo denkt ihr hin? Ich versichere euch, der besagte Brief befindet sich nicht in meinem Besitz. Fichtner muss ihn bei sich gehabt haben. Selbst wenn der ermittelnde Kommissar herausfindet, was er da in Händen hält, nutzt ihm dieses Wissen wenig. Ohne den passenden Schlüssel lässt sich der Code nicht knacken.« Das Problem war nur, dass er selbst nichts Genaueres über diesen »Schlüssel« wusste. Der Einzige, der mehr über die Hintergründe in Erfahrung hätte bringen können, war »Fichtner«, nur lag der im Koma. In den Aufzeichnungen dieses Schreibers Sweth musste sich ein Hinweis auf die Person des »Gralshüters« und des »Judas« befinden. Wenn man die Stelle kannte, wo man suchen musste. Eines stand fest: Jemand hatte Hofer, hatte das Heilige Land Tirol verraten – nur weswegen?

Die sonore Stimme des Meisters bekam einen drohenden Unterton. »Wir könnten der Soko einen Deal vorschlagen: Ihr überlasst uns den uns rechtmäßig gehörenden Brief und wir liefern euch den Mörder. Was haltet Ihr von dieser Idee, Brandner?«

Brandner blieb äußerlich gelassen – doch in seinem Inneren begann sich ein Plan zu formen. Dieser arrogante Drecksack würde sich noch umschauen. »Das wäre keine gute Idee, wenn die Schnüffler meine Fährte aufnehmen, pinkeln sie demnächst auch an euer Hosenbein«, bemerkte er kalt lächelnd.

»Nun, dann erklärt uns wenigstens, weshalb sich unser lieber Freund Fichtner nach Bayern abgesetzt hat. Wieso hat er Kontakt mit diesen National-Patrioten aufgenommen? Diesen lächerlichen Witzfiguren mit ihren Trachtenhüten und roten Wadenstrümpfen. Und ihrem ›Chef-Ideologen‹, diesem breitgfotzerten Pfingstochsen.« In der Runde erhob sich heiseres, schadenfrohes Gelächter. »Diese Boarenfacken, dumm wie Gerstenstroh!« Der Meister verzog keine Miene. »Meines Wissens ging es bei dem Treff um die Einrichtung geheimer Konten und den Ankauf von Waffen. Und hat er ihm welche besorgt?« In früheren Jahrhunderten hätte von Wolkenstein garantiert beim Heiligen Offizium, der Inquisition, Karriere gemacht.

»Die Waffenlieferungen waren nur ein Vorwand für Fichtner. Ich vermute, es gab da noch einen zweiten Grund für ihn, sich dorthin zu begeben. Aber wie ich das sehe, ist der für uns irrelevant. Fichtner wurde, dank meiner Bemühungen, neutralisiert.«

Der Meister strich sich über das dünne Bärtchen, das seine Oberlippe zierte. Er schien zu überlegen, ob er den »Roten Adler« fürs Erste ad acta legen – und zum nächsten Tagesordnungspunkt übergehen sollte. Der Mord an Erwin Ehgartner schien ihn nicht weiter zu beschäftigen. Ihm sollte es recht sein. Brandner suchte in der Mimik des

Meisters zu lesen – und er erkannte darin einen sadistischen Zug. Von Wolkenstein war zwar vor allem Pragmatiker, genoss es aber sichtlich, seinen »Angestellten« zappeln zu lassen, ehe er ihn vom Galgenstrick schnitt.

Da meldete sich der Prior mit brüchiger Altmännerstimme zu Wort: »Das von Hofers eigener Hand verfasste Sendschreiben, das an den Vorfahren unseres verehrten Meisters gerichtet war, befindet sich also in der Hand der Polizei, der bayerischen Polizei! Mithin des Erzfeinds!« Der Prior war ein Reaktionär reinsten Wassers, der eisern auf die Einhaltung der Regeln und Gebräuche des Geheimbunds pochte. Er betrachtete ihn mit unverhohlener Abneigung, so als ob er der lang erwartete Sendbote des Antichristen sei. »Ihr allein tragt Schuld«, geiferte der Tattergreis, »dass dieses Schriftstück von unschätzbarem Wert sich nunmehr in Feindeshand befindet. Ich fordere, ein Exempel an diesem Diener des Mammons zu statuieren!« Der Zorn des Gerechten war ihm in altaramäischer Schrift auf die Stirn tätowiert. »Meine Brüder. Nie ist die Finsternis schwärzer als vor Anbruch des Tags. Mit der Morgenröte aber erstrahlt die Herrlichkeit des Herrn im neuen Licht. Bald wird das Heilige Land wieder unser sein! Auf, Mahnder!«

Alzheimer war wahrlich die Geißel unserer Zeit, dachte Brandner, und es gab die mannigfaltigsten Ausprägungen, in denen sich Demenz manifestierte. Der Greis war ein alter Narr, ein gefährlicher Narr. Dumpfes Murmeln schallte von den rußschwarzen Gemäuern. Jeder Kult brauchte seine Reliquie, seine Ikone. »So isch es. Er hat recht! Aus ihm spricht der Geist Jesu!«

Der Meister bedachte die Runde mit abfälligen Blicken. Seine Augen ruhten auf ihm. Von Wolkenstein war ein skrupelloser Narziss, der nur eines wollte: an die Schalthebel der Macht. Hofer war für ihn nicht mehr als ein Identifikationsobjekt, das den Traum von Freiheit und nationaler Stärke verkörperte. Eine Projektionsfläche, ein Sinnbild. Das Predigen überließ er seinen Jüngern, er selbst machte Geschäfte. Auch mit Ungläubigen wie ihm. »Fichtner« war ein unsicherer Kantonist gewesen, der ein doppeltes Spiel betrieben hatte. Um Beteiligungen abzustoßen, eine Geschäftssparte zu liquidieren, Risiken zu eliminieren, war Wolkenstein bereit zu zahlen: in barer Münze und pünktlich zum vereinbarten Termin.

EICHEL KÖNIG

Der bärtige Charakterkopf aus dem Passeiertal war auch 200 Jahre nach seinem Tod noch allgegenwärtig – zumindest in seinem Heimatland Tirol. Er machte nicht nur auf den ihm gewidmeten Denkmälern eine patriotische Figur, er war auch auf Google Maps unterwegs. Nach dem Sandwirt aus Sankt Leonhard waren Hunderte Straßen, Gassen, Wege, Promenaden, Plätze und Stiegen benannt worden – in Wien, Linz, Meran und natürlich in Innsbruck. Deren GPS-Adressen wiederum waren in den digitalen Atlanten seines Navis verzeichnet. Sein Navi war es auch gewesen, das ihn aus unerfindlichen Gründen hierhergelotst hatte. In ein gesichtsloses Gewerbegebiet an der Peripherie der Landeshauptstadt Tirols. Die nach dem berühmten Freiheitskämpfer benannte Asphaltallee mäanderte im Zickzackkurs um Baustoffmärkte, Möbel-Discounter und Garten-Center. Seit er Kommissarin Rose-Marie Duroc am Unteren Stadtplatz in Hall abgesetzt hatte, lief es nicht so, wie es sollte. Duroc saß wohl grad bei einem großen Braunen im Polizeikommissariat des Bezirkspolizeikommandos Innsbruck-Land und plauderte angeregt mit den ermittelnden Beamten, die das persönliche Umfeld dieses Tirolers durchleuchtet, die Festnetz- und Handynachweise überprüft, die Mail-Listen gecheckt hatten. Eines Mannes, der eigentlich nicht existiert, aber offenbar ein ganz normales Leben geführt hatte – nur eben unter falschem Namen. Jakob »Fichtners« letzte Adresse lautete: Kiechlanger 6. Ein geräumiges Apartment in einer Wohnanlage am Rand des historischen Stadtkerns von Hall. Drei Zimmer im Parterre, 90 Quadratmeter Wohnfläche, sonnige Südwestterrasse, schmucker Garten mit Kräuter- und Blumenbeeten. Die Kriminaltechnik hatte in der Bude nichts Aufregendes entdeckt – kein Waffenarsenal, keinen Bomben-Bausatz, keine eingetrockneten Blutflecken, geschweige denn die Leiche im Keller. PC plus Festplatten und USB-Sticks hatten die Techniker mit ins Labor genommen – und darauf jede Menge dem rechten politischen Spektrum zuzuordnendes Propagandamaterial, aber nichts wirklich Verdächtiges gefunden.

Eine sonnige Wohnung in ruhiger Lage, mit netten Nachbarn, die Herrn »Fichtner« durch die Bank als umgänglichen und äußerst hilfsbereiten Zeitgenossen beschrieben hatten. Nach deren Aussage hatte ihr Mitbewohner – bis auf sporadische Stippvisiten eines »sportlich aussehenden Mädels« – allein gelebt. Die Tiroler Kollegen hatten eruiert, dass es sich bei der jungen Dame um eine 25-jährige Deutsche handelte, die in Innsbruck Sportmanagement und BWL studierte. Die aus dem Stuttgarter Raum stammende Studentin hatte zu Protokoll gegeben, dass sie »Fichtner« auf einem Uni-Sommerfest kennengelernt, einige Male das Bett mit ihm geteilt und zwei Trekkingtouren in Südtirol unternommen habe – von einer »festen Beziehung« könne keine Rede sein. Die Kollegen vom Bezirkspolizeikommando hatten sich ins Geschirr gelegt und minutiös rekonstruiert, wo »Fichtner« gearbeitet und was er in der Freizeit gemacht hatte. Das Opfer war, was Reimers dank einer Chipkarte in seiner Brieftasche bereits wusste, an der Uni Innsbruck tätig gewesen.

Den Zeugnissen nach zu schließen, hatte »Fichtner« an der Universität Wien ein Doktoratsstudium der Geschichte absolviert – und arbeitete nun als wissenschaftlicher Mitarbeiter am Institut für Zeitgeschichte. Eine Vollzeitstelle mit nicht eben üppig dotiertem Grundgehalt. Nach Auskunft der Bank musste »Fichtner« jedoch über weitere, externe Geldquellen verfügt oder einen Sponsor gehabt haben. Dies legten jedenfalls die Summen nahe, die über seine Bankkonten bewegt worden waren. Für einen angehenden Akademiker waren die Beträge drei Nummern zu groß. So weit die vorliegenden Fakten. Duroc würde sich zusammen mit dem zuständigen Gruppeninspektor und einem Kriminaltechniker noch mal die Wohnung und die Garage »Fichtners« vornehmen. Nach beendeter »Razzia« würde sich Madame Duroc mit den Herren des Kommissariats Hall zur Fallanalyse in ein Konditorei-Café begeben, um bei Topfenstrudel und Marillenknödeln die Ungereimtheiten und Lücken in der Vita »Fichtners« zu erörtern. Morgen früh würde ein ausführliches Befragungs- und Durchsuchungsprotokoll auf seinem Schreibtisch liegen. Auf Durocs Akkuratesse war Verlass.

Ihre Ermittlungsarbeiten liefen also nach Schema F. An oberster Stelle der Prio-Liste stand die Frage nach der wahren Identität »Fichtners«. Erst dann ließ sich vielleicht ein Muster, ein Motiv erkennen. Dann ließen sich auch die losen Enden der Ermittlungsfäden verknüpfen, um die Hintergründe der Tat zu erhellen. Er war hierhergefahren, um Antworten zu erhalten. Leni Haberl, ihre grenzübergreifend vernetzte Teamassistentin, hatte alle Register ihres Könnens gezogen und war in die Charmeoffensive gegangen, um einen Termin im LVT, im Landesamt für Verfassungsschutz und Terrorismusbekämpfung klarzumachen. Bis vor Kurzem war er davon ausgegangen, dass er es in beiden Fällen mit ein und demselben Täter zu tun hatte. Dafür hatten die Tatumstände gesprochen – zumal Patronen desselben Kalibers und desselben Herstellers verwendet worden waren. Daher hatte er Pföderls Hypothese »Zwei Taten – zwei Täter« nie ernsthaft in Betracht gezogen. Pföderls Annahmen gingen davon aus, dass Erwin Ehgartner Opfer eines Racheakts geworden war und der Anschlag auf ihn in keinem ursächlichen Zusammenhang mit dem Attentat auf »Fichtner« stand. Wie konnte es dann aber sein, dass »Fichtner« und Ehgartner wohl so etwas wie Geschäftspartner und Gesinnungsgenossen gewesen und – wie er vermutete – beide gleichzeitig ins Fadenkreuz des Schützen geraten waren? Das konnte kein Zufall sein. Sein sorgsam gezimmertes Gedankenkonstrukt war jedoch ins Wanken geraten. Grund dafür war der Bericht des Sachgebiets Ballistik im bayerischen Landeskriminalamt. Der Bericht kam zum Schluss, dass die beiden »tödlichen« Kugeln mit hoher Wahrscheinlichkeit nicht aus derselben Waffe abgefeuert worden waren. Eine ballistische Untersuchung war aufwendig und langwierig. Dabei wurden die Oberflächenstrukturen des jeweiligen Geschosses mit Hilfe eines Rastertunnelmikroskops abgetastet, dabei kamen winzige Kratzer und Reifenspuren ans Licht. Und diese waren nicht identisch. Was für Pföderls Hypothese »Zwei Taten – zwei Täter« sprach.

Es erschien Reimers irgendwie symptomatisch, dass er auf Abwege geraten war. Er befand sich in einer heiklen Phase der Ermittlungen. Innerlich war er aus dem Lot, unterdrückte Emotionen kochten in ihm hoch, entluden sich in einem Anfall von Jähzorn. »So ein Mist! Es hätte alles prima gepasst! Ein Täter, der sich seiner beiden Widersacher auf einen Streich entledigen will. So ein Scheiß!« Wie von Sinnen hämmerte er auf das Lenkrad ein, suchte und fand immer neue Kraftausdrücke. Sollte er seine Kontaktperson verständigen? Um ihr mitzuteilen, dass er wie ein zugekiffter Tulpen-Trucker im Kreis herumkurvte? Dann konnte er sich gleich einen Sticker mit dem Aufdruck »Piefke-Pinkel« ans Revers heften. Ein bestimmtes Auftreten würde ihm den nötigen Respekt verschaffen, um sich auf Augenhöhe zu begegnen. Er durfte sich den Fall nicht aus der Hand nehmen lassen, selbst wenn das LVT die Initiative übernahm. Haberl hatte die zuständige Beamtin, eine Roswitha Steiner, Oberleutnant in der Anti-Terror-Behörde, am Apparat gehabt. Die Führungsoffizierin »Fichtners« hatte sich bereit gezeigt, vollumfänglich mit der bayerischen Polizei zu kooperieren, hatte jedoch im gleichen Atemzug darauf bestanden, dass die Federführung bei ihr in Innsbruck liegen solle. Diese Aufgabenverteilung sei so auf oberster Ebene zwischen München und Wien abgesprochen worden. Nach außen hin würde er die Soko leiten, doch in enger Absprache mit den »Schlapphüten«. Damit musste er leben. Reimers stand vor einer weiteren roten Ampel, die die grüne Welle ausbremste. Doch auch nach einer halben Minute war kein Fußgänger in Sicht, der die Fahrbahn queren wollte. Eine Frage musste er vorab klären. Inwieweit war der österreichische Staatsschutz in die Operation involviert? Dass »Fichtner« als V-Mann gearbeitet hatte, wusste er inzwischen. Ob der »Historiker« selbst an terroristischen Aktionen beteiligt gewesen war, hingegen nicht. Er würde Einblick in die Akten verlangen müssen. »So eine gottverfluchte Scheiße.

Der Fisch stinkt doch vom Kopf!« Endlich sprang die Ampel auf Grün und der vor ihm haltende Lieferwagen mit osteuropäischem Kennzeichen ruckelte und zuckelte im Zeitlupentempo davon.

Nein, derzeit lief es nicht. Ganz und gar nicht. Den Besuch heute Morgen beim leitenden Staatsanwalt Dr. Knittelbeck hätte er sich besser erspart – zumal sich der Chef-Ermittler von seiner rigiden Seite gezeigt hatte. »Keine Eigenmächtigkeiten! Von mir können Sie keine Rückendeckung erwarten, Reimers.« Der Paragrafenfuchser, dessen Gesichtsfarbe dem der gräulichen Aktendeckel auf seinem Schreibtisch ähnelte, hatte ihm unmissverständlich zu verstehen gegeben, dass er auf Anweisung aus München dem Ersuchen der österreichischen Behörden stattgeben – und dem Tiroler Landesamt für Verfassungsschutz den Dirigentenstab übergeben würde. »Fichtner war deren V-Mann. Folglich fällt der Fall in ihren Zuständigkeitsbereich. Sie werden also vollumfänglich kooperieren und sämtliche Ermittlungsergebnisse auf den Tisch legen. Eine schriftliche Anweisung lasse ich ihnen zukommen«, hatte Knittelbeck übellaunig geknirscht. »Dass die aktuellen Entwicklungen in dem Fall der Geheimhaltungspflicht unterliegen, muss ich nicht eigens betonen«, hatte der Staatsanwalt mit säuerlichem Lächeln angefügt. Nun gut, dann würde er eben, Kompetenzgerangel hin, Geheimnistuerei her, den Ösis zuarbeiten. Zuvor allerdings würde ihm diese Geheimdienstlerin erklären müssen, was ihr V-Mann »Fichtner« bei ihnen in Bayern zu suchen gehabt hatte. Welch »geschäftliche« Verbindungen hatte er zu Ehgartner unterhalten? War dieser »Fichtner« vertrauenswürdig gewesen – oder hatte er insgeheim mit der rechten Szene sympathisiert und den patriotischen Gruppierungen paktiert? Er würde Tacheles reden müssen – am besten unter vier Augen.

Die Blaulichter der Rettungs- und Einsatzwägen blinkten. Irgendwo vor ihm hatte es einen Unfall gegeben. Auf der breiten Chaussee in die City ging es nur im Schritttempo vorwärts. Diese Stadt war nicht sein Fall. Ein klaustrophobischer Ort, eingezwängt zwischen hohen Bergketten, die den Blick einengten. Reimers konnte den alpinen Felskulissen durchaus etwas abgewinnen, ein Wellness- oder Wedel-Wochenende war eine wunderbare Sache. Doch dort leben? Never. Eine Stadt wie München war in seinen Augen ideal. Von dort aus waren die Bergriesen – zumindest an Föhntagen – zum Greifen nah, doch ansonsten blieben sie einem vom Leib. Seine Kiefer malmten, seine Finger zuckten. Sollte er die Freisprechanlage aktivieren, um Pföderl per Kurzwahltaste anzurufen? Die Ermittlungen im Umfeld des Opfers kamen nur schleppend voran. Seit Tagen gab es keine neuen Erkenntnisse bezüglich Ehgartners grenzlegalem Geschäftsgebaren, seinen steueroptimierten Kapitalanlagen. Pföderl fehlte es irgendwie am nötigen Biss. Sein Vize könnte einen Überwachungsbeschluss gegen Siggi Dürr erwirken, der hatte Ehgartner vor dessen Tod schließlich mehrfach bedroht. Aber der Mann war Alkoholiker und besaß keinen Zugang zu Schusswaffen. Das würde wohl ebenso wenig bringen wie die Beschattung von Alfons Bichler und die Befragung seiner Gattin Marlene. Bichler war so etwas wie ein Intimfeind Ehgartners und im Besitz etlicher Gewehre. Der Geschäftsführer des Stern-Bräus stand deswegen ganz oben auf der Liste seiner Verdächtigen. Ein Verdacht, der sich allerdings bislang nicht erhärten ließ. Trotz des »Undercover-Einsatzes« von Magdalena Haberl. Reimers schätzte den kriminalistischen Spürsinn, die untrügliche Intuition ihrer Team-Assistentin. Bei Fonsä Bichler hatte sie jedoch auf Granit gebissen. Es war ihr zwar gelungen, Bichler zu einem »informellen Gedankenaustausch« zu bewegen, doch weder die fruchtig-verführerische Williamsbirne im »Café Annerl« noch ihre »Charmeoffensive« hatten Bichler gesprächig werden lassen. »Was für ein arroganter Affenarsch! Eitel, aufgeblasen, ein echter Egomane – und dazu eine leere Hose, nix dahinter.« Auf die Frage, ob Bichler als Täter infrage komme, hatte Haberl gezögert. »An Ehgartner hat er kein gutes Haar gelassen. Ein hinterfotziger Gauner, ein notorischer Betrüger und falscher Fünfziger, der seine Geschäftspartner hintergangen habe, sei dieser Sauhund gewesen. Paradoxerweise entspricht diese Charakterisierung exakt seinem eigenen Selbstverständnis. Typischer Fall von Projektion à la Freud«, hatte Haberl resümiert. »Eine narzisstische Persönlichkeit wie Bichler braucht Publikum. Insofern käme er zumindest im Fall Ehgartner als Täter infrage.« Haberls »Spezialeinsatz« gedachte er mit einem Verzehrgutschein in Höhe von 50 Euro fürs »Café Annerl« zu honorieren. Unorthodoxe »Incentive«-Aktionen förderten den Team-Spirit.

In monotoner Regelmäßigkeit flammten die Bremsleuchten vor ihm auf. Es wurde Zeit, dass sie mit den Ermittlungen endlich vorankamen. Es bedurfte oft nur eines unscheinbaren Details, um den Prozess des Assoziierens und Kombinierens in Gang zu setzen. Schlagartig fügten sich scheinbar unzusammenhängende Mosaiksteinchen zum Teil eines Ganzen. Er zockelte mit Tempo zehn neben einem Jeep im Retro-Design her. Die Karre war taigagrün – der Schriftzug auf der Fahrertür warb für das Speiselokal »1809«. Reimers Miene wurde noch eine Spur düsterer. Erinnerte ihn das Offroad-Gefährt doch daran, dass sowohl die Fahndung nach »Fichtners« Jeep als auch nach diesem Phantom-SUV ergebnislos geblieben war. Beide Wagen waren zur Fahndung ausgeschrieben, doch der Radarschirm leer geblieben. Er trommelte mit den Fingerknöcheln auf der Mittelkonsole des BMWs herum. »Wo ist ›Fichtners‹ Jeep? Wir haben doch mittlerweile das Kennzeichen, das Modell, die Farbe, ja selbst die Fahrgestellnummer. Wenn die Kiste auf einem Park-and-Ride-Platz oder irgendwo in der Pampa herumsteht, müsste dies doch jemandem auffallen. Aber nix, nicht ein Hinweis. Verdammt, da muss die Kriminaltechnik ran.« Mit etwas Glück fand sich in dem Jeep auch »Fichtners« Flinte. Pföderl sollte zusehen, dass er Land gewann. Wenn nötig, sollten sämtliche Polizeidienststellen im Umkreis von 50 Kilometern Sonderschichten schieben – der Jeep musste her.

Reimers sah zu Hofer auf – den Kopf in den Nacken gelegt. Reglos, überlebensgroß stand er da, ein Mannsbild voll heroischem Flair. Aus Bronze gegossen, in Feldherrnpose, den breitkrempigen Hut keck aus der Stirn geschoben, die Fahnenstange fest umklammert. Steinharte Gesichtszüge, die Entschlusskraft und Standhaftigkeit signalisieren sollten. Den steinernen Sockel flankierten zwei mächtige Steinadler, ihre Flügel gespreizt, bereit, sich in die Lüfte zu erheben, um am Himmel Tirols ihre Kreise zu ziehen. Andreas Hofer war auf ewig an den Ort seines größten Triumphs und seiner bittersten Stunde gekettet – den Bergisel. Hofers Statue hatte Patina angesetzt und war zu einer jener ehernen Figuren mutiert, die in eine ungewisse Zukunft blickten. »Für Gott, Kaiser und Vaterland« – kündete die in eine Kartusche eingelassene Inschrift. Oberleutnant Roswitha Steiner hatte wohl einen Hang zu dramatischen Auftritten vor bedeutungsschwerer Kulisse. In letzter Minute hatte sie Zeit und Ort des Treffens geändert – und ihn zum Bergisel oberhalb Innsbrucks dirigiert. Wie vereinbart hatte er sein Fahrzeug am Fuß der Hügelkuppe abgestellt und sich zu Fuß auf den Weg gemacht. Steiners Anweisungen hatte er strikt befolgt – das Handy war aus und er hatte einige Umwege in Kauf genommen, um sicherzustellen, dass ihm niemand folgte. Die Paranoia war wohl eine Berufskrankheit der Mitarbeiter von CIA, Mossad und Co. War dieser Jakob »Fichtner« die rot-weiß-rote Version des Top-Spions »Topas«, der James Bond vom Stubaital? Was sollte er hier? Unter den grimmigen Blicken Hofers einen Kranz zum Gedenken an die fürs Vaterland gefallenen Geheimagenten niederlegen?

Eine noch junge Frau mit mahagonibraunem, welligem Haar stand am obersten Absatz einer steinernen Freitreppe, die zum Eingang eines langgestreckten Glaskastens führte. Der Museumsbau beherbergte das Tirol Panorama sowie ein Aussichtsrestaurant. Steiner war in Begleitung eines Mannes mittleren Alters. Der Kommissar taxierte ihn: untersetzt, mollig, rundliches Gesicht. Schulterlange Haare, grau melierter Professoren-Bart. Samt-Sakko, das um eine stattliche Wein-Wampe spannte, schlabbrige Cordhose, die auf ein Paar glatt polierter Lederschuhe aus Bella Italia fiel. Definitiv kein Personenschützer oder Staatsschutzbeamter, vom Typus her eher ein Wissenschaftler oder Computerexperte, tippte er. Neben dem Barolo-Bäuchling in verblichenem Samt und Cord wirkte die Agenten-Lady wie eine Jeanne d'Arc der Berge: roter, mit Stickereien verzierter Trachtenjanker, kamelfarbene Wildlederhose im Landhaus-Look, dazu passende, halbhohe Stiefeletten aus demselben Material. Roswitha Steiner kam ihm zwei Schritte entgegen und breitete die Arme in einer Geste des Willkommens. »Herr Kommissar Reimers, schön, dass wir uns persönlich kennenlernen. Entschuldigen Sie bitte die Umstände, aber in unserem Metier ist Vorsicht geboten.« Sie lächelte unverbindlich, ihr war sichtlich daran gelegen, das Begrüßungszeremoniell rasch hinter sich zu bringen. »Darf ich vorstellen«, fuhr Steiner in ihrem dialektal gefärbten Singsang fort, »Professor Engelbert Praxmarer, Leiter des Instituts für Zeitgeschichte an der Uni Innsbruck. Er ist ein anerkannter Experte für die neo-nationalistische Szene, für Gruppierungen mit rechtsextremem, fremdenfeindlichem Gedankengut.« Ihr Shopping-Mall-Lächeln gefror – ihre Gesichtszüge verhärteten sich.

Praxmarer streckte ihm eine behaarte Pranke entgegen, die er dankbar ergriff. »Herr Kommissar! Luis Ebner alias Jakob Fichtner war einer meiner engsten Mitarbeiter. Wir haben hier einige Forschungsprojekte am Laufen, die sich grob gesagt mit dem Erstarken der neuen Rechten beschäftigen. Luis' Spezialgebiet waren die esoterischen und pseudoreligiösen Kulte, die im Umfeld der nationalistischen Ideologie wie Unkraut gedeihen.«

Reimers versicherte eilig: »Verstehe. Wir werden alles dafür tun, die Verantwortlichen für diese Gewalttat zur Rechenschaft zu ziehen.«

Praxmarer nickte mechanisch. »Luis hat seine Heimat geliebt. Er hat sich sehr für die Geschichte Tirols interessiert. Er selbst stammte aus einer Optanten-Familie, die im Zuge des Hitler-Mussolini-Pakts nach Nordtirol umgesiedelt wurde. In seiner Jugend war er selbst in Kameradschaftsverbänden und Wehrsportvereinen aktiv, deswegen wusste er, wie diese Typen ticken und wie man ihnen begegnen muss.« Der Professor sah aus wie ein Bonvivant, der sich kulinarisch kaum zur Currywurst- und Büchsenbier-Fraktion rechnen ließ. Der Graubart spielte in einer anderen Liga – mit delikaten Köstlichkeiten auf der mit Spitzendeckchen gedeckten Tafel. Gebratene Gänseleber auf Maronenpüree, dazu ein Beaujolais Primeur, nur als Beispiel. Doch der Genussmensch konnte auch anders. Mit grimmigem Gesicht zischte er: »Finden Sie diese Mistkerle!« Nun war es Reimers, der nur stumm nickte.

Durch die riesige Fensterfront fiel der Blick auf die Stadt, glitt hinauf zu der steil aufragenden Felsenbarriere, die sich in den fahlblauen Himmel schob. Das Museum selbst war bis auf eine chinesische Touristengruppe menschenleer – und mit Exponaten zur Tiroler Landesgeschichte bestückt. Darunter Devotionalien, die an den Tiroler Bauernaufstand von 1809 erinnerten. Das Herzstück des Museums bildete ein riesiges Rundgemälde. Auf über tausend Quadratmeter Leinwand entrollte sich das historische Geschehen vor ihm, zeigte in faszinierender Detailtreue den Kampf zwischen den Tiroler Freischärlern und den Truppen im Dienste des bayerischen Königs. Reimers war beeindruckt. Sie standen auf einer etwas erhöhten Plattform, das Szenario um ihn herum war von einer ungeheuren Plastizität.

Professor Praxmarer raunte ihm ins Ohr: »Die künstliche Landschaft im Vordergrund erhöht den Eindruck von Authentizität. Ein Kunstgriff, durch den ein 3-D-Effekt entsteht.«

»Ich kann mich für solche Show-Rooms nicht begeistern. Das verherrlicht doch nur die ruhmreiche Vergangenheit, den Glanz und die Gloria der guten alten heroischen Zeiten und ist Wasser auf die Mühlen der Heimattümler und Provinzpatrioten.« In Steiners Stimme schwang hörbarer Widerwille.

Praxmarer hatte den Einwand offenbar erwartet. »Ihre Argumentation basiert auf einem typischen Irrtum unserer Zeit. Nämlich die Ereignisse des Jahres 1809 in einen nationalistischen Kontext zu rücken. Im Kern ging es den Aufständlern darum, ihre verbrieften Freiheitsrechte wiederzuerlangen und das Joch der Fremdherrschaft abzuschütteln.« Der Professor deutete auf einen Trupp Tiroler, der mit Sensen und Dreschflegeln bewaffnet mit Hurra den Hügel hinabstürmte. »Sie sehen hier eine historische Momentaufnahme, den Sieg einer Schar ›rückständiger‹ Bauern über die Streitmacht eines aufgeklärten, bürgerlich-liberalen Herrschaftssystems und dessen Galionsfigur Napoleon, der Kaiser der Franzosen.« Reimers war kein Geschichts-Crack. Alles, was vor mehr als 70 Jahren geschehen war, war definitiv ein »Cold Case«. Doch Praxmarers Ansatz, das historische Geschehen in einen größeren ökonomischen und sozialen Zusammenhang zu stellen und neu zu interpretieren, fesselte ihn. So hatte er Geschichte noch nie betrachtet.

»Es ist der 13. August 1809. Nachmittags, um exakt 15 Uhr und 23 Minuten. Die entscheidende Phase der Auseinandersetzung beginnt.« Sein Zeigefinger wies auf die in Reih und Glied aufmarschierten Zinnsoldaten. »15.000 Mann unter Führung Marschall Lefèbvre treffen auf ein gleich großes Aufgebot Tiroler Schützen.« Der Professor lehnte lässig am Geländer. »Das Gemälde hat übrigens ein Bayer gemalt. Skurril, nicht? Ein Alpen- und Panoramamaler aus München hat zusammen mit einigen Gehilfen drei Monate daran gebastelt.« Wie er es als Ermittler gewohnt war, suchte Reimers in dem Bild zu lesen: Wo waren die Schlüsselstellen, die Tatorte? Wo lag der Brennpunkt des Geschehens? »Der Maler, ein gewisser Diemer, hat minutiös die historischen Aufzeichnungen durchforstet, Militaria der napoleonischen Zeit gesammelt, die Physiognomien von Bauern, Bürgern und Handwerkern studiert, haufenweise Skizzen und Studien angefertigt, ja er hat eigens eine Fahrradtour unternommen, um sich ein exaktes Bild der Umgebung zu machen. Sehen Sie sich dagegen die Pinselpfuscher und Farbkleckser von heute an.« Der Professor zog die Stirn kraus, als ob ihm die Vorstellung einer abstrakten Darstellung des Sujets »Bergisel« erschauern ließe. »Diemers Panoramabilder bestechen durch Detailtreue und Dramatik sowie eine perspektivisch perfekte Komposition.«

Steiner hüstelte, um ihre Mundwinkel spielte ein herablassendes Lächeln. »Das historische Setting ist zweifelsohne spannend, Herr Professor. Doch es geht hier darum, ein Verbrechen aufzuklären. Lassen Sie mich eines vorausschicken: Luis Ebner war kein pflegeleichter Charakter, hochfahrend, von sich eingenommen und er konnte ausfallend und rabiat werden. Doch seine Erfolge als verdeckter Ermittler sprechen für ihn. Er hat es durch Beharrlichkeit und hohen persönlichen Einsatz geschafft, sich Zugang zu rechtsextremen Gruppen zu verschaffen.«

Praxmarer wirkte verärgert. »Luis war über diesen Aspekt seiner Arbeit nie sonderlich glücklich. Es ging ihm nicht darum, den ›Glatzköpfen‹ nachzuspionieren, sondern er wollte das organisatorische und finanzielle Netzwerk dahinter verstehen, um an die Drahtzieher heranzukommen.« Reimers horchte auf – wer zwischen den Zeilen zu lesen verstand, konnte heraushören, dass Luis alias »Fichtner« nicht unbedingt ein pflichtgetreuer Muster-V-Mann in Diensten des Ösi-KGBs gewesen war.

Der Fall »Fichtner« hatte eine politische Komponente. Daran bestand kein Zweifel. Er hatte die Reihen der Hofer-Jünger infiltriert und sich als »Maulwurf« betätigt. Auf die fleischigen Wangen des Professors traten karmesinrote Flecken. »Luis hat die Bedeutung sinnstiftender Identifikationsfiguren erkannt. Die neuen identitären Bewegungen beziehen sich auf abstrakte Begriffe wie Nation, Herkunft, Rasse, kulturelle Prägung. Ihr Rückbezug auf die eigene, »große« Vergangenheit ist ein entscheidendes Element ihrer ideologischen Ausrichtung.« Praxmarer fuchtelte mit seinen Metzgerpranken herum. »Die Helden von einst dienen als Blaupause für den eigenen Kampf gegen das ›Fremde‹, gegen den Ausverkauf und den Verlust der Heimat. Die Suche nach historischen Vorbildern, nach Ikonen der nationalen Einheit, hilft bei der Verortung in einer als verwirrend und feindselig empfundenen globalisierten Welt.«

Steiner strich sich eine Haarsträhne aus der Stirn. »Schön und gut, unser Job ist es aber, bestehende Gefahren rechtzeitig zu erkennen, mögliche Anschläge zu verhindern und bestehende Netzwerke zu zerschlagen. Das war ›Fichtners‹ primäre Aufgabe. Nun liegt er im Koma. Und ich möchte wissen, warum!«

Reimers hatte den »Stab« der Tiroler auf einer Anhöhe erspäht. Hofer stand neben dem Bannerträger und hob ein Fernrohr ans Auge. »Warum hat sich Ihr Mann mit Ehgartner getroffen? Was wollte er in Bayern? War das bayerische Landesamt für Verfassungsschutz über diese grenzübergreifende Operation informiert?«

Steiner setzte eine bekümmerte Miene auf. »Luis war da einer Riesensache auf der Spur. Die ganze Mission ist streng geheim. In solch brisanten Fällen, in denen es um viel Geld und um mächtige Interessensgruppen geht, kann man nie zur Gänze ausschließen, dass es ein Leck, eine undichte Stelle, gibt.«

»Und gegen wen hat sich diese ›streng geheime‹ Operation gerichtet? Gibt es konkrete Anhaltspunkte, wer hinter dem Attentat stecken könnte?«, erwiderte Reimers kühl.

Steiner schien unschlüssig zu sein, ob man einem einfachen Kripo-Beamten Dienstgeheimnisse von solcher Tragweite anvertrauen durfte. Ihr »Briefing« fiel denn auch denkbar knapp aus. »Nach dem fehlgeschlagenen Attentat auf ihn hat mich Luis kontaktiert. Da seine Tarnung aufgeflogen war, haben wir entschieden, die Operation abzubrechen. Luis sollte sich unauffällig absetzen.«

Praxmarer hatte ihnen bedeutet, dass er im Panorama-Restaurant warten würde. »Ein bisserl Zeit für eine Wiener Melange und einen Marillenstrudel mit Sahne muss sein.« Nun waren sie allein – allein mit den Gespenstern der Vergangenheit.

»Hat er denn keinen Verdacht geäußert, wer hinter ihm her war?«

Roswitha Steiner starrte schweigend auf den Sturmangriff der Tiroler. »Verdächtige gibt es viele, Herr Kommissar. Über seine Arbeit an der Uni ist Luis im Archiv auf alte Publikationen zum Tiroler Freiheitskampf gestoßen, die sich auf historische Dokumente aus der Zeit der bayerischen Herrschaft über Tirol beziehen.«

Reimers Brauen wölbten sich. »Und weiter?«

»Diese Schriftstücke, darunter einige wertvolle Autografe, wurden mit Geldern einer privaten Stiftung katalogisiert und konservatorisch behandelt – und sind seitdem zum Teil unauffindbar. Luis war überzeugt, dass er einer Art Geheimbund auf der Spur ist, der rechte Organisationen logistisch und finanziell unterstützt. Für seine Hypothese hatte er allerdings keine Beweise. Mir war das zu vage.« Steiner zupfte sich ein paar Fussel vom Lodenjanker.

»Fichtner, sorry, Luis, war also davon überzeugt, dass der Anschlag ihm und nicht etwa Ehgartner galt. Ein Versehen also?«

Steiner blickte zu den Spitzen ihrer Stiefeletten hinab. »So sieht es aus. Der Killer hat ihn verfehlt. Erst beim zweiten Mal hat es dann geklappt.«

»Demzufolge hätten wir es in beiden Fällen mit ein und derselben Person zu tun«, schlussfolgerte er mit skeptischem Blick.

»Vor drei Wochen hat Luis mit der Call-Recording-App seines Smartphones ein Gespräch mitgeschnitten. Ein Doktor Braun hat sich bei ihm erkundigt, ob er kurzfristig einen Vortrag zum Thema ›Der Illuminatenorden – und der Freiheitskampf von 1809‹ halten könne. Der ursprünglich vorgesehene Referent sei erkrankt.«

Reimers suchte und fand Hofer auf seinem Feldherrnhügel. Breitbeinig und unerschütterlich stand er da. »Die Illuminati in Tirol? Heimlich verbündet mit den bärtigen Gotteskriegern?«

»Luis hat das – übrigens fürstlich dotierte – Angebot abgelehnt, da er nicht im Lande sei. Nun existiert aber weder ein Doktor Braun noch ein Interdisziplinäres Institut zur Erforschung der Europäischen Aufklärung. Interessant daran ist vor allem, dass das erste Attentat auf Luis exakt an dem vorgesehenen Vortragstermin verübt wurde. Bloß ein dummer Zufall oder vielmehr eine heiße Spur?«

»Das ist die Frage.« Reimers ging die Hypothese von den »Zwei Tätern« nicht aus dem Kopf. Einiges sprach dafür – einiges dagegen. Steiners Argumente waren in sich schlüssig und lieferten ein überzeugendes Motiv. Der Täter wäre, samt Tatwaffe, in Tirol zu suchen. Er würde die Aufgaben der Soko neu verteilen, Pföderl von den Ermittlungen im Umfeld Ehgartners abziehen müssen. Sein kriminalistischer Instinkt sagte ihm allerdings, dass Pföderl auf der richtigen Fährte war. Die Kugel des Killers hatte in beiden Fällen ihr Ziel gefunden.

SCHELLEN ZEHN

Sepp Sonnleitner passte so gar nicht ins Klischeebild eines Roadmovies. Bei einer Körpergröße von 1,74 Meter brachte er 122,5 Kilo Kampfgewicht auf die Waage. Für den Part des hippen Harley-Hippies oder des taffen Sixpack-Schurken war er also denkbar ungeeignet. Da half es wenig, dass er ab und an mit der altersschwachen 500er BMW seines Bruders Beni über die Bauernsträßchen am Auer Berg tuckerte. Sepp sah definitiv nicht so aus, als ob er in Las Vegas die Sonne putzte. Und doch – Sonnleitner war on the road. Obgleich es nicht nach San Francisco, sondern in die Tiroler Berge ging. Vitus Rabensteiner hatte um Punkt sieben an der Tür der Sonnleitnerschen »Landhaus-Villa« geklingelt. Gemahlin Vroni hatte ihm ein liebevoll geschnürtes Brotzeitpackerl in die Hand gedrückt und ihn mit der ihr eigenen Resolutheit vor die Tür gesetzt. »Stabilitas loci« – das war einer der Grundsätze der Benediktinischen Ordensregel. Sprich: Ein Mönch hockte gemütlich in seinem Stüberl und ließ die Backpacker nach Bali und Kathmandu ziehen. Sonnleitner war zwar kein Kuttenbrunzer, doch in dem Punkt hatten die Brüder recht. Dahoam is Dahoam – so lautete sein Lebensmotto. Weshalb ging ein Mensch freiwillig auf Kreuzfahrt oder mimte am Strand die Bratwurst? Was wollte er auf den Kanaren, auf Mallorca oder Martinique? Orte, an denen es kein resches Spanferkel, kein feines Böfflamott gab und man mit »lokalen Spezialitäten« wie Hammelhoden oder Hummerhaxen abgespeist wurde. Warum in aller Welt sollte er auf ein süffiges Bockbier verzichten? Um an Daiquiri, Mojito und Planter's Punch zu nuckeln? Dieses abscheuliche Weibergesöff! Sepp war gern zu Hause – im Wirtshaus, im Schützenheim oder im hauseigenen holzvertäfelten Jägerstüberl. Was konnte es Schöneres geben, als nach der fünften Maß in melancholischer Bierseligkeit zu versinken und mit einem »So a Scheiß, ha« ein Zeichen gegen die Ungerechtigkeiten der Welt zu setzen? Bis zum sonntäglichen Schweinsbraten war die schwermütige Stimmung dann wieder verflogen.

Wie gesagt, Sonnleitner war kein Asket, kein Frömmler oder Jenseits-Ritter. Mit Jesus und Maria, den zwölf Aposteln und den Vierzehn Nothelfern hatte er schon mit dem Ende seiner Ministranten-Zeit abgeschlossen. Für den edlen, achtfachen Pfad Buddhas, für die Lehren des Konfuzius oder die Weisheit des Tao war er dagegen durchaus empfänglich. Einer seiner Lieblingssätze hieß denn auch: Ganz gleich, wie hoch der Scheiße-Pegel steht, steigen kann er immer noch. Ein Lehrsatz, der von Weitsicht zeugte und sich in der Praxis ein ums andere Mal bestätigte. Sie hatten sich der Tiroler Landeshauptstadt bis auf wenige Kilometer genähert, da brach die Hölle los. Überm Karwendel kam Weltuntergangsstimmung auf. Dichtes Schneegestöber ging nahtlos in wild wirbelnde Graupelschauer über, bis endlich haselnussgroße Hagelkörner auf die Windschutzscheibe prasselten. Auch im Wageninnern herrschte dicke Luft – und zwar sowohl im eigentlichen als auch im übertragenen Sinn des Worts. Rabensteiner schnupperte »Morgenluft« und verzog angewidert sein rotgeädertes Riechorgan. Sonnleitner ahnte, dass die »feinen Düfte« seinem Enddarmbereich entwichen waren – unbeabsichtigt, versteht sich.

»Hast du einen fahren lassen? Da herinnen stinkt's wie in einem Güllefassl«, moserte der Chauffeur.

Solch unbewiesene Unterstellungen ließ Sepp nicht auf sich sitzen – schließlich galt zunächst einmal die Unschuldsvermutung. »Der es zuerst gerochen, aus dessen Arsch kam er gekrochen!«

Rabensteiner gab nicht klein bei. »Der Schoaß geht auf dein Konto! Das muffelt ja wie in einem Bimbo-Biwak! In den Wohncontainern ranzelt es wie in einem Verschlag voller rauschiger Wildsäue.« Draußen zog eine düstere, karge Berglandschaft vorbei.

»Sei froh, dass du nicht mehr im Dienste des Vaterlands stehst. Verbale Ausfälle gegen Dunkeldeutsche jeglicher Couleur gehen gar ned, da bist gleich dran: Dienstaufsichtsbeschwerde, Suspendierung. Niemand darf wegen seiner ethnischen Herkunft diskriminiert werden, weißt schon.«

»Diese Dreckrammel stinken halt wie die Waldesel. Aber die Wahrheit darfst ja nicht mehr sagen!« Vitus Rabensteiner war ein unverbesserlicher Bauerngloifel, der nicht wusste, wie man »Social Correctness« buchstabierte. Da war Hopfen und Malz verloren.

Hinter Innsbruck stieg die Brennerautobahn langsam, aber stetig an. Rabensteiner drückte aufs Gaspedal. Auf österreichischen Autobahnen galt ein generelles Tempolimit von 130 Kilometer pro Stunde. Was pure Augenwischerei war – war doch die Höchstgeschwindigkeit im Baustellen- und Gefahrenbereich auf 80 Kilometer pro Stunde beschränkt. Und gebaut wurde überall. Die Tachonadel von Rabensteiners Nissan Patrol pendelte um die 140 km/h. Vitus gehörte zu der Sorte von Autofahrern, die sich prinzipiell jede Einmischung von Seiten des Gesetzgebers in ihr Recht auf »freie Fahrt« verbaten – und auf die Tube drückten, wenn es ihnen passte. Sonnleitner nahm das Risiko in Kauf, auf offener Strecke ausgesetzt zu werden. »Veitl, ich möchte ja nix sagen, aber hast du die Verkehrszeichenbrücke übersehen? Hier gilt Tempo 80. Die haben hier feste Blitzer, Laserpistolen und mobile Radar-Kameras im Einsatz. Wenn dich die Burschen von der Bundespolizei rauswinken, bist fällig. Die Ösis gehen rigoros gegen Temposünder vor, da geht es nicht so lax zu wie bei uns.« Rabensteiner schnaubte wie ein Stier in der Arena – doch Sepp ließ sich nicht beirren: »Bei Geschwindigkeitsübertretungen kennen die kein Pardon – da ist der Schein sofort weg!«

Sepps gut gemeinte Ratschläge stießen jedoch auf taube Ohren, Vitus blieb unbeirrt auf der Überholspur. »Die Ösi-Rammeln können mich kreuzweise. Außerdem bin ich rein genetisch betrachtet ein Viertelter Tiroler.«

Sonnleitner versuchte, den patriotischen Überschwang Rabensteiners zu bremsen. »Mag ja sein, Veitl. Aber ich bitte dich, runter vom Gas! Wenn die unseren Kofferraum inspizieren, sind wir so was von am Arsch!« Rabensteiner schnaubte – aber er nahm den Bleifuß vom Gaspedal. Unter einer blauen, von dekorativen Farbspritzern gezierten Plane lag etwas, was dort nicht liegen durfte: Rabensteiners Karabiner 98 und ein automatisches Sturmgewehr, Swiss made. Die Knarre hatte ihnen »Fichtner« netterweise »hinterlassen«. Vitus Rabensteiner hatte ausdrücklich darauf bestanden, sich nicht unbewaffnet ins Land des roten Adlers zu begeben. »Die Blendgranaten und die zwei Munitionskisten hättest ja wenigstens daheim lassen können. Am Ende landen wir im Ösi-Guantanamo, weil die uns für das Vorauskommando einer bayerischen Invasionsarmee halten, die in Kufstein und Scharnitz schon Gewehr bei Fuß steht«, übte sich Sonnleitner in Galgenhumor.

»Ah geh, das bisserl Munition. Dies hier ist eine High Risk Area, denk bloß an 1809. Mit Messern und Sensen sind die Goaßenficker auf die bayerischen Grenadiere los!«

»Ah, hast Angst, dass der Schatten Hofers aufersteht?«, zog ihn Sonnleitner auf.

»Weißt was, du kannst mich mal!« Rabensteiner drehte die Regler hoch. Der Tölzer Schützenmarsch dröhnte blechern aus den Boxen. »Im schönen Isartal, tönt muntrer Büchsenknall …« Heimatliche Klänge hallten durchs Feindesland.

Hinter einer Folge von Haarnadelkurven kam ihr Etappenziel in Sicht: der Ortsteil Außerweg – samt dem Gasthof »Gassner«, in dem Vroni ein Doppelzimmer für die beiden »nichtsnutzigen Mannsbilder« gebucht hatte. Einchecken würden sie aber erst später. Die Hauptstraße schlängelte sich von Matrei aus in ein enges Seitental hinein. Nach einer der unzähligen Biegungen bog ein schmales Sträßchen nach links ab, nach – Nomen est Omen – Oberweg. Unten schäumte der Navisbach, über ihnen erhoben sich die schneebedeckten Spitzen der Tuxer Berge. Hier auf der »Sonnseite« lag der Lahner-Hof. Von hier aus hatte sich die Rabensteiner-Sippe bis ins Stubai, ins Unterinntal und weiter in den Chiemgau und bis vor die Tore Münchens ausgebreitet. Die Heimat von Vitus' Urahn empfing den verlorenen Sohn mit einem Sonnenstrahl, der durchs lichter werdende Gewölk funzelte. Rabensteiner blickte jedoch so finster drein wie ein kalabrischer Mafioso hinter schwedischen Gardinen. Sonnleitners Lächeln war derweil so breit wie die XXL-Fleischpflanzerl, die es in dieser Größe so nur in der Feinkost-Metzgerei F.X. Rauch gab. Vor zwei Stunden hatte es noch Scheißbollen gehagelt, nun wehte ein laues Lüftchen den Duft frischen Almengrüns heran. Sepp fühlte sich – was ihn selbst am meisten wunderte – wie zu Hause. Ein warmer, euphorischer Schauer durchrieselte ihn. Die alten Höfe glichen Schmuckkästchen: blockige, von Hand gezimmerte Tennen, Wappensteine über den Torbögen, gewaltige Brennholzstapel, die die Bauersleut' über die nächste Eiszeit bringen würden. Am Dorfplatz ein verhutzeltes Kircherl, ein plätschernder Brunnen und eine Kaffee-Bar ohne Chromglanz-Allüren. Um den Platz herum scharten sich ein paar Häuser – das war's. Man hatte das Gefühl, dass sich hier noch alles am rechten, ihm gemäßen Platz befand. Rabensteiner kurbelte um vorspringende Häuserecken und rumpelte durch enge Gassen. Vor einem Steinmäuerchen, hinter dem ein Wiesenhang fast senkrecht abfiel, kam die Karre zum Stehen. Der ehrwürdige Erbhof der Familie Rabensteiner mochte wohl zu Hofers Zeiten schon so ausgesehen haben. Im Erdgeschoss massige Steinquader, darüber jede Menge Gebälk aus mahagonibraunem Holz, für die Ewigkeit geschreinert.

»Wir sind da, alles aussteigen«, verkündete Veitl und klang dabei seltsam kleinlaut.

Sepp blähte die geröteten Pausbacken. »Da schau her, das Empfangskomitee wartet schon.« Die Bauersleut' mit ihren Kindern waren in Festtags-Montur zum Defilee angetreten.

»Meine Cousine, ihr Mann und ihre zwei Schratzen, mei, die Family halt …« Rabensteiner wuchtete sich aus dem Fahrersitz, schnappte sich die Geschenke von der Rückbank und trat mit verlegenem Lächeln vor. »Grüß euch! Schön, dich zu sehen, Vevi! Wie geht's, Andrä? Mei, die Anna und der Markus, groß seid's geworden, wie lang haben wir uns nimmer gesehen?!« Veitl drückte der Tiroler Verwandtschaft zwei notdürftig in Geschenkpapier gewickelte Bouteillen in die Hand. »Bloß eine Kleinigkeit! Für dich, Andrä, ein Zirbenschnapserl, und für dich, Vevi, ein Marillenlikör, den magst doch so gern, oder?« Nachdem auch der Nachwuchs mit einem Geschenkpackerl bedacht worden war, winkte Vitus Sonnleitner heran. »Komm her, trau dich, der Orso tut dir nichts, der beißt gleich zu!« Vitus und Andrä brachen in heiteres Gelächter aus. Ein kohlrabenschwarzes Fellmonster mit Kalbskopf hatte sich schwanzwedelnd zu Bauer und Bäuerin gesellt. Familie Hinteregger war vollzählig.

Angesichts der geballten Family-Power war Sonnleitner doch ein wenig eingeschüchtert. »Grüß Gott, beinand, freut mich, euch kennenzulernen.« In dem von Vroni verordneten Outfit – rot-weiß-rot kariertes Flanellhemd, tannengrünes Trachtengilet und halblange Lederhose – konnte er sich in jeder Sennstube sehen lassen.

Veitls Brummbass tönte. »Sepp Sonnleitner, der beste Schütz' weit und breit. Passt bloß auf, der Marder-Meuchler macht Jagd auf alles, was bei drei ned auf den Bäumen ist!« Vitus und der Bauer fielen in ein meckerndes Gelächter ein – und riefen vergnügt: »So soll's sein, kommt's nur rein!«

Für die Lahner-Bäuerin das Stichwort. »Ihr werdet hungrig sein. Jetzt gibt's erst mal eine Jause.« Sepp stellte seine Lauscher auf. Jause, Brotzeit? Das klang wie

Mozarts kleine Tafelmusik in seinen Ohren. Wenn es ans Eingemachte ging, war er zur Stelle.

Das Tischlein war gedeckt – und Sonnleitner mittendrin im Schlaraffenland. Durch die Fenster fiel Licht in die Bauernstube, die einen Erker nach Süden hin hatte. Ein paradiesischer Platz, der den Blick ins Tal hinaus und zu den Bergen hinauf öffnete. Auf den Jausenbrettl'n türmten sich landestypische Delikatessen – Tiroler Speck, Kaminwurzen, Graukäse, Selchfleisch, Gurken und Rahnen in Essig eingelegt. »Mei schaut das gut aus!« Dabei rann ihm fast der Sabber aus dem Mund.

»Vevi, das hätte es fei nicht gebraucht«, ergab sich Rabensteiner in sein »Schicksal«.

In der Regel gehörte Sonnleitner nicht zu denen, die ihren Charme kübelweise versprühten – doch die Speckhäppchen ließen ihn dahinschmelzen wie die Brennstäbe in einem überhitzten Reaktor. »Mit Speck fängt man Mäuse.«

»Vor allem solch körndlgefütterte wie dich«, stichelte Rabensteiner.

Die Bäuerin strahlte. »Isch er gut, der Speck?«

Sepp ließ keinen Zweifel daran, dass er im siebten Gourmet-Himmel schwebte. »Hauchzart, da fällt jeder Weight Watcher vom Glauben ab.« All die guten Vorsätze waren dahin – mit ihnen der von Vroni sorgsam ausgetüftelte Diätplan. »Einen solch phänomenalen Jausenteller kriegt kein Drei-Sterne-Koch hin!« Der Reigen an Komplimenten ließ die Bäckchen der Lahner-Bäuerin erglühen.

Der Bauer lehnte derweil am Fensterbrett, ein leises Schmunzeln auf den Lippen. »Langt's ruhig zu. Freut mich, wenn es euch schmeckt!«

»Zum Nachtisch gibt's an Vinschger Zwetschgenkuchen mit Haselnüssen, nach altem Rezept. Das ist was Gutes«, versicherte die Bäuerin eifrig. Sepp zweifelte keine Sekunde daran.

»Weltklasse! Dein Speck zergeht wie Süßrahmbutter auf der Zunge, Andrä«, fand nun auch Rabensteiner lobende Worte.

Unter den wachsamen Augen des Heilands entriegelte der Hausherr ein im Herrgottswinkel verstecktes Wandschränkchen. »Ein Sankt Magdalener von der Kellerei Gries. Toplage, im Holzfass ausgebaut. Macht ein Spezl von mir. So etwas wird normal gar ned ausgeschenkt, der geht in die USA oder nach China, zu Spitzenpreisen.« Die in Stein gemeißelten Gesichtszüge des Bauern wurden weich – und als die tiefrote Flüssigkeit in die bauchigen Gefäße schwappte, lächelte er still in sich hinein. Der Lahner-Bauer hob das Glas – der Wein funkelte wie dunkler Diamant. »Schütze unsere Heimat, schütz unser Land – alles liegt in deiner Hand!« Sonnleitner sog an dem edlen Nass. Wein war wie Blut, eindeutig dicker als Wasser.

Der Lahner-Bauer schenkte großzügig nach. Vevi hatte sich in die Küche verabschiedet, um Kaffee und Kuchen herzurichten. Die Mannsbilder waren unter sich. »Und, Vitus, schaust dann öfters Mal auf ein Achterl vorbei?«

Rabensteiners roter Riesenriecher schnupperte an den feinen Aromen, die dem Weinglas entströmten. »Feines Tröpferl, Andrä. Keine Frage. Selbst unser bestes Gersten-Gesöff ist nix dagegen!« Andrä Hinteregger nippte nur an seinem Glas.

»Magst recht haben, Veitl. Sag, warum hast es auf einmal so pressant? Seit Jahren warst du nicht mehr hier. Dabei hat dich die Vevi schon als Mädel gern gemocht – ihren

Cousin, den bayerischen Bären! Sei mir nicht böse, Veitl, aber dein Besuch kommt doch ziemlich unerwartet.« Das bislang so harmonische Ganze trübte sich ein, wurde von aufflackernden Dissonanzen überlagert.

»Ich weiß ja selber, ich hätte mich öfters bei der Vevi melden sollen. Ned bloß eine Ansichtskarte zu Weihnachten schicken! Wir haben uns schließlich auch immer gut verstanden, Andrä.«

Hinteregger kippte den Inhalt seines Glases ansatzlos hinunter. »Versteh mich nicht falsch, ich möchte dir da gar keine Vorwürfe machen. Jeder hat sein eigenes Leben, Veitl.« Hinteregger drehte den filigranen Stiel zwischen den Fingern und ließ das Glas glitzern. »Und ich kann euch verraten, dass das Leben eines Bergbauern so idyllisch nicht ist. Die ganze Zeit bist du am Hackeln und kommst doch nie auf etwas. Du bist ständig am Investieren – in die Stall- und Kältetechnik, in moderne Maschinen. Mir gehört der eigene Hof längst nicht mehr. Schulden, Hypotheken, wo du hinschaust – das drückt uns Bauern die Gurgel ab. In unserem ›heiligen Landl‹ herrschen gewiss keine paradiesischen Zustände, des dürft's glauben!«

Rabensteiner leckte den letzten Tropfen von den Lippen. »Ich arbeite jetzt als Security-Spezialist bei einer privaten Sicherheitsfirma. Gut, da verdienst nicht schlecht, aber dafür wirst auch ins Geschirr gespannt wie ein Ackergaul. Im Vergleich dazu hab ich seinerzeit beim Spezialeinsatzkommando einen ruhigen Lenz geschoben.« Der Lahner-Bauer musterte ihn lauernd. »Also, Veitl, weshalb seid ihr hier? Oder steckst du in der Sinnkrise und willst Senn auf der Hochalm werden?«

Sie mussten Farbe bekennen. Bevor sie hier auf »Schatzsuche« gehen konnten, würden sie ihren Gastgeber einweihen müssen. Ob es ihnen passte oder nicht. »Begonnen hat alles mit einer Schafkopf-Partie«, begann Sonnleitner.

»Mit am Tisch saß ein Tiroler – und von da ab wird's ein bisserl mysteriös. Ich hatte nämlich eine Unterhaltung mit meinem Urgroßvater«, senkte Rabensteiner seine Stimme.

Über den Giga-Haferln waberten dichte Dampfschwaden. Der unverwechselbare Duft frisch gebrühten Kaffees strich um seine Nase. »Es stimmt schon, ein Rabensteiner hat unter Hofers Banner am Bergisel drüben gefochten.« Die Brauen des Bauern hatten sich mehr als einmal erstaunt, ja entsetzt nach oben gewölbt, doch nun war er im Bilde. Als Vitus auf die Geisterbeschwörung zu sprechen kam, hatte ihn der Bergbauer mit offenem Mund angestarrt. Die übersinnliche Erscheinung als solche schien er nicht anzuzweifeln: »Da Tuifl soll ihn holen! Zu derer Zeit hat er den Lahner-Hof um 50 Gulden erworben. Der Kaufvertrag wurde vom Notar beglaubigt, er als neuer Besitzer im Grundbuch eingetragen. 1813 is desch gewesen! Den Vertrag gibt's noch, da drin steht alles schwarz auf weiß.«

Vevi Hinteregger hatte ein verführerisch duftendes, mit süßen Köstlichkeiten überladenes Tablett durch die Tür bugsiert. Aus einem Sahnehaufen ragten riesige Kuchenstücke wie goldgelbe Gipfel inmitten einer weißen Wüste auf. »Den Schlagobers mach ma selber. Der isch guad, oder?« Die Frage war eine rein rhetorische.

Im Stile eines Polarforschers bahnte sich Sepp einen Weg durch die Sahnegletscher und stieß bis zu dem aus Mürbteig und Marillenmarmelade geformten Gebirgskamm vor. Geflissentlich überhörte er das leise Gewisper des Gewissenswurms. »Karotten und Kohlrabi! Porree und Paprika! Lauch und Linsen!« In den schneeweißen Weiten verloren sich die Stimmchen, die ihn zur Umkehr mahnten. Die Wildnis lockte.

Nach der zweiten Kanne Kaffee, dem zweiten Schälchen Schlagobers kam der Lahner-Bauer auf die zwielichtige Rolle des Tirolers zu sprechen. »Ihr geht also davon aus, dass beide Anschläge eigentlich diesem ›Fichtner‹ gegolten haben.«

Die Kaffeehaferl waren aus dünnwandigem, mit Blumenbildchen dekoriertem Porzellan. Vroni wäre entzückt. »Ein Freund von uns hat gute Kontakte zur Kripo. Der Kerl, dem wir gutgläubige Idioten über die Grenze helfen wollten, spielt eine äußerst zwielichtige Rolle in der Geschichte. Er hat als Informant für den Verfassungsschutz gearbeitet und ist bei seinen Ermittlungen auf diese Hofer-Verschwörung gestoßen.«

Der Lahner-Bauer lugte zum Fenster hinaus, so als ob er den blauen Himmel nach Vorzeichen eines drohenden Unwetters absuchen wollte. »Woher wusste dieser Mensch von der alten Geschichte? Weshalb begeht jemand solch sündhafte Verbrechen? Für vergilbtes Papier und morsches Gebein?« Die Blicke des Bauern streiften über die Wipfel des Bergwalds zu den Almwiesen empor. »In ihrer Gier haben die Leute immer nur einem Herren gedient, dem Götzen Mammon. Wenn euer Informant auf etwas Wichtiges gestoßen ist, wird er versucht haben, es teuer zu verkaufen. Wenn man bei solchen Geschäften an den Falschen gerät, hm. Da bedarf es keiner dunklen Geheimnisse mehr!«

Vitus knetete nachdenklich seine Nasenspitze. »Wenn mein verehrter Vorfahr ein Gauner war, mein Gott! Wen juckt das heut' noch?«

Sonnleitner ließ von der Hofer-Hypothese nicht ab. »Dieser ›Fichtner‹ war doch ein eiskalter Hund. Wieso war ihm dieser Brief dann so wichtig? Weil er überzeugt war, dass dieser Fetzen Papier Grund genug war, um dafür einen Mord zu begehen. Und die Spur führt hierher, auf den Lahner-Hof.« Der Schlussakkord war doch etwas zu dramatisch geraten. Was auch immer der alte Rabensteiner vor dem heranrückenden Feind versteckt hatte, was konnte so bedeutend oder wertvoll daran sein, dass man dafür zweihundert Jahre später über Leichen ging? Dazu diese kryptischen Sätze wie »Et aquilae volat« – der Adler fliegt! Wohin? In sein Nest? Weshalb diese Geheimnistuerei? Wieso hatte ihm »Fichtner« dieses stockfleckige Stück Papier zugesteckt? »Was ist so wichtig daran, Sakrament! Sollten mit dem Brief Beweise vernichtet werden? Hat ›Fichtner‹ den Brief entwendet, um ihn als Druckmittel zu verwenden?« Seine Tirade hielt Sepp nicht davon ab, löffelweise Sahne in den Kaffee zu schaufeln. »Wenn es um Hofers Schreiben ging, wieso lockt er ihn dann nicht in einen Hinterhalt und raubt ihn aus?«

»Wollte er ja vielleicht. Nur sind wir ihm dabei in die Quere gekommen«, vermutete Veitl.

Der Lahner-Bauer grätschte dazwischen. »Ihr überseht's da was. Wenn es gar nicht um das Brieferl geht, sondern um einen Streit zwischen eurem unbekannten Attentäter und diesem ›Fichtner‹. Über die Beute, was weiß ich.«

»Sapperment, so könnt's gewesen sein. Die kennen sich, verfolgen gemeinsame Ziele, politisch, geschäftlich, was weiß ich.« Rabensteiner war wie elektrisiert.

Sonnleitner schlürfte die Tasse leer. »Nur, dass sie sich dann zerstritten und gegenseitig beschissen haben.« Quod erat demonstrandum.

1809 – was war damals passiert? Hatte Hofer Gegner, Neider in den eigenen Reihen? Er würde mehr über den Aufstand und die Rolle Rabensteiners darin erfahren müssen. »Rabensteiner war doch euer Vorfahr. Wo war er her? Was hat er vor und nach dem Krieg getrieben? Welchen Ruf, welchen Leumund hatte er? Was hat er hinterlassen?«

Vitus sah so bedröppelt drein wie ein Fünftklässler, der seit einem halben Jahr den Heimatkundeunterricht geschwänzt hatte. »Nun ja, die historischen Details, mei, äh, die hab ich grad nicht im Kopf.«

Da hatte jemand definitiv seine Hausaufgaben nicht gemacht. Nur wusste Sonnleitner nicht viel mehr über die Ereignisse des Jahrs 1809 zu berichten.

Der Bauer strafte seine Besucher aus dem Bayernland mit anklagenden Blicken. »Was wollt's denn wissen? Der Hofer war Wirt und Weinhändler aus Sankt Leonhard im Passeiertal. Nach der Schlacht von Austerlitz im Dezember 1805 hat Kaiser Franz seine Erbländer Tirol und Vorarlberg abtreten müssen, an die mit Bonaparte verbündeten Bayern.« Andrä Hinteregger rührte Zucker in seinen Kaffee. »Die Fremdherrschaft hat insbesondere den Bauersleuten und Handwerkern nicht geschmeckt. Die Steuern wurden erhöht, die alte Landesverfassung außer Kraft gesetzt – und es hagelte Verbote, die Christmette an Mitternacht, die Bittgänge, die Prozessionen – alles wurde dem Gebot der Aufklärung gehorchend abgeschafft. Als das bayerische Militär im Frühjahr 1809 in Axams drüben Rekruten ausheben wollt', ist das Odelfassl übergelaufen«, fasste der Bauer die Vorgeschichte des Volksaufstands zusammen. Erneut wanderte sein Blick zum Fenster hinaus, als ob hinter den Hügeln jeden Moment die Standarten von Hofers wildem Haufen auftauchen würden. »Der Hofer, der Speckbacher und andere haben den Landsturm zu den Fahnen gerufen – alles mit dem Plazet von Erzherzog Johann und dessen Emissär Hormayr. Unser Ururgroßvater Oswald hat den Widerstand im Wipptal organisiert, die Bauern haben sich bewaffnet und die bayerischen Beamten davongejagt.« Er und Rabensteiner tauschten verstohlene Blicke. »Das Ahndl, die Großmutter, hat uns Kindern erzählt, dass wir stolz auf unsere Familie sein können. Sie hat ein altes Bücherl vom Dachboden geholt mit Kupferstichen vom Hofer, vom Tiroler Aufgebot, von den Kämpfen um Sterzing und bei uns in der Gegend da.« Die Augen des Bauern bekamen einen wehmütigen Glanz. »Die Großmutter, es ist auch schon wieder gut 25 Jahre her, dass sie gestorben ist. Und das Bücherl – wo das wohl abgeblieben ist.« Er verschränkte die Hände, so als ob er ein stilles Gebet sprechen wolle. »Es geht die Rede, dass der alte Rabensteiner von Jugend an ein eigensinniger und sturer Hund gewesen ist. Sein Vater hat ein Sachl, ein kleines Anwesen mit ein paar Kühen und Geißen, in Mühlbachl unten im Wipptal bewirtschaftet. Arme Schlucker. Aber der Oswald hat sich nicht ducken wollen, im Wirtshaus hat er das große Wort geführt und keine Rauferei ausgelassen – bei der Arbeit im Holz oder mit den Ochsen war er hingegen weniger beim Zeug«, merkte der Bauer süffisant an. »Nur Flausen, die Weiber und die Wilderei im Kopf. Der Aufstand kam ihm grad recht. Tapfer und ein treffsicherer Schütze war er – so hat er es bis zum Adjutanten in Hofers Kriegsstab und offenbar auch zu Gulden und Ansehen gebracht.« Ins Gesicht des Bauern trat ein listiger, tückischer Ausdruck. »Woher hätt' er sonst die 50 Gulden für den Hof hernehmen sollen? Von daheim ganz bestimmt nicht.«

Das Klappern der Löffel und Gabeln verstummte – und Stille breitete sich wie ein Leintuch über den Tisch. Der Lahner-Bauer holte ein Fläschchen Obstler aus dem Wandschränkchen, die Bäuerin vier Schnapsgläser aus der Anrichte. Der Kuchen, die Sahne, das alles lag schwer im Magen. Ein Digestif wirkte da wie Medizin. Vitus nickte dem Bauern und seiner Cousine zu. »Prost – und ab geht's die Post!« In Nullkommanix waren die Gläser geleert.

»Wo gehobelt wird, fallen Späne. Wo geplündert und gestohlen wird, krähen keine Hähne«, gab Vitus zu bedenken. »Das Säckel voller Gulden wird ihm ein Zahlmeister der bayerischen Armee ›anvertraut‹ haben – zwangsweise.«

Tiefe Querfalten furchten Sepps Stirn. 50 Gulden, 30 Silberlinge, der Verdacht lag nahe, dass Rabensteiner bestochen worden war. Hatte der Geist des »alten Räubers« nicht die ganze Wahrheit erzählt? Das »Sackerl voll Gold« hatte er mit keiner Silbe erwähnt. Sein Teller war leer, vom Kuchen waren nur noch Krümel geblieben. Es war Zeit, die nächsten Schritte zu planen: »›Hirten und Ochsen‹, wisst's ihr, was damit gemeint sein könnte?«

Der Bauer strich um sein kantiges Kinn. »Hirten, eine Hütte? Die Strobl-Alm, hat von jeher zum Hof gehört. Da hat sich in den letzten hundert Jahren nicht viel verändert.«

Die Bäuerin räumte die Teller ab. »Vor dem Almauftrieb gibt's da aber nix zum Sehen. Den Winter über ist alles zugerammelt. Oben liegt gewiss noch ein halber Meter Schnee. Seid's gut zu Fuß?«

Mit dem Maul war Vitus immer schnell. »Freilich, fit wie zwei Schneeschuh.«

»Morgen in der früh um acht, bei uns da am Hof!«

Sonnleitner sah sich über endlose Schneefelder stapfen, mit dem Hütehund Orso auf den Fersen, sah sich bibbernd am kalten Kamin sitzen. Aber war nicht der Weg das Ziel?

HERZ ZEHN

Fuchs und Hase lugten zu ihnen herüber. Es war fünf Uhr in der Früh. Um diese Zeit war die Ortschaft oberhalb Innsbrucks wie ausgestorben. Reimers rieb sich den Schlaf aus den Augen. Vier Streifenwagen der Bundespolizei waren im Einsatz, um die Umgebung weiträumig abzusperren. Eine Sondereinheit des EKO Cobra, des Einsatzkommandos Cobra, stand bereit, um den Zugriff durchzuführen. Insgesamt waren, die Kriminaltechniker eingerechnet, über 20 Beamte an dem von Oberleutnant Roswitha Steiner geleiteten Einsatz beteiligt. Zielobjekt war ein halb verfallenes landwirtschaftliches Anwesen samt Schuppen und Stallgebäuden am Ortsrand von Axams. In der Einsatzbesprechung hatte sich Hauptkommissar Armin Reimers den Namen des Orts in sein ledergebundenes Merkbüchlein notiert, klangen doch Namen wie Natters, Götzens oder Grinzens wie böhmische Dörfer für ihn. Die Orts- und Flurnamen seien samt und sonders keltischen Ursprungs, hatte ihm ein uniformierter Streifenpolizist erklärt. »Ah ja, interessant«, hatte er schläfrig erwidert. Faserige Dunstschleier hingen über den taufeuchten, nach frisch ausgebrachter Gülle »duftenden« Wiesen. Die schemenhaften Umrisse der dort grasenden Kühe erinnerten an Fabelwesen aus einem fernen Märchenreich. Reimers hatte die Nacht in einem sparsam möblierten Hotelzimmer verbracht. Er hatte die tröstende

Nähe und Wärme seines Katers Xerxes vermisst und sich bis nach Mitternacht im Bett hin und her gewälzt. Um halb vier war sein Handywecker erwacht – deutlich vor ihm. Nun, der frühe Vogel fing den Wurm.

Die Einsatzbesprechung war kurz und knapp ausgefallen. Steiner und der Kommandoführer der Cobra-Einheit, ein hakennasiger Hüne, hatten anhand einer Skizze die geplante Vorgehensweise erläutert und den Männern Hals- und Beinbruch gewünscht. Niemand hatte ihn groß beachtet, geschweige denn nach seiner Meinung gefragt – warum auch? Sein Part bei der Razzia war lediglich die des Beobachters. Schließlich hatte ihn Steiner als Crime Consultant in die grenzübergreifende Joint Task Force »Grenzgang« geholt. Der Kommando-Trupp hatte das Außengelände nach verdächtigen Personen und Objekten durchkämmt – und war dann in drei Zweiergruppen in das Haupthaus eingedrungen. Ein mit elektronischem Equipment vollgestopfter Einsatzwagen diente als Kommandostand der Operation. Reimers hielt sich im Hintergrund, während Steiner das Geschehen im Innern des Hauses am Monitor angespannt verfolgte. Es war ihre Aufgabe, das Vorgehen der einzelnen Gruppen zu koordinieren und bei unvorhergesehenen Zwischenfällen den Männern per Funk neue Befehle zu erteilen. Die für Militäreinsätze, speziell im Häuserkampf, entwickelten Full-HD-Helmkameras lieferten ganz passable Bilder. Über den Monitor flimmerte ein Actionstreifen – zwar nicht in HD, dafür aber in Echtzeit. Reimers verfolgte gebannt, wie die Männer in den dunklen Flur eindrangen, Tür um Tür aufstießen, die Räume sicherten und sich dabei lautlos mit Gebärden verständigten. Die Nervosität der vorrückenden »Delta Forces« war körperlich spürbar. Reimers hatte das Gefühl, »mittendrin« zu sein. Das Adrenalin rauschte durch seine Blutbahn, jede Muskelfaser war bis zum Bersten gespannt. Er presste die Lippen zusammen, sog mit einem Zischlaut Luft ein. Steiner wandte kurz ihren Kopf. »Pssst, Herr Kommissar. Einen Moment noch, dann ist das Objekt vollständig gesichert.« Endlich hatte der Anführer den Daumen in die Kamera gehoben: Mission completed.

Der Zugriff war erfolgt, die Durchsuchung des Gebäudes in vollem Gange. Die Männer der Spezialeinheit hatten sich ihrer antiballistischen Schutzwesten entledigt und ihre Gewehre in gepolsterten Waffenkoffern verstaut – sie waren bereit zur Abfahrt. Reimers befand sich in einem tranceartigen Zustand. Er hatte das sonderbare Gefühl, als ob Arme und Füße ein Eigenleben führten und die Befehle der Schaltzentrale ignorierten. Halb wachte, halb tagträumte er. Steiner dankte dem Kommandoführer der Cobra-Einheit und schüttelte ihm zum Abschied die Hand. Die ersten Fahrzeuge fuhren in Richtung Axams davon. Die Blaulichter der am Straßenrand parkenden Streifenwägen ließen die Dunstschwaden über dem nassen Gras bläulich schimmern. Eine psychedelische Light-Show auf der grünen Wiese. Im Haus waren die Kriminaltechniker dabei, das ganze Anwesen vom Keller bis zum Speicher auf den Kopf zu stellen. Jede Teetasse, jeden Brotzeitteller, selbst die Kloschüssel unter die Lupe zu nehmen. Irgendetwas fand sich immer. Obwohl Reimers bezweifelte, dass die Fundstücke zu neuen Erkenntnissen oder gar zu einem Fahndungserfolg führen würden. Anonyme Hinweise waren stets mit Vorsicht zu genießen. Wer die Mail aus dem »Atlas Callshop« geschickt hatte, würde nicht zu ermitteln sein. Zumal der Kunde bar bezahlt hatte – und es in dem Laden keine einzige Kamera gab. Dass der Informant wusste, dass »Fichtner« im Auftrag des Verfassungsschutzes rechte Gruppierungen ausspioniert hatte, war anzunehmen. Über das Motiv des »Maulwurfs« ließ sich trefflich spekulieren – am rechten Rand tummelten sich zahllose Sektierer und Zündler, die sich voller Ingrimm befehdeten. Diese Grabenkämpfe fielen allerdings definitiv in Steiners Ressort.

Der Kommissar lehnte an einem hölzernen Gatter, das mit einer rostigen Eisenkette verschlossen war. Die Zeiten, in denen er sich in solchen Momenten eine filterlose Gauloise angesteckt hatte, waren vorbei, heute musste ein Müsliriegel, Geschmacksrichtung Dörrpflaume, als Gaumentröster herhalten. Gab es überhaupt einen »Maulwurf«? Oder war das Ganze ein Fake, ein Ablenkungsmanöver? Mit dem Ziel, ihn und die Verfassungsschützer auf eine falsche Fährte zu setzen? Roswitha Steiner – dem Anlass entsprechend im tarngefleckten Kampfdress – trat vor die schief in den Angeln hängende Haustür. Ihr – wohl abhörsicheres – Smartphone am Ohr. Sie lief in dem verwilderten Garten auf und ab, gestikulierte erregt mit den Händen. Reimers hätte nur zu gern gewusst, mit wem Steiner da Rücksprache hielt. Ihrem Vorgesetzten in der Außenstelle Innsbruck, dem obersten Chef-Staatsschützer in Wien oder einem anderen Top-Terrorabwehr-Spezi? Steiners Miene sprach jedenfalls Bände. Das »Adlernest« war leer, die Galgenvögel ausgeflogen. Es wäre ja auch zu schön gewesen, wenn ihnen der Attentäter ins Netz gegangen wäre. Das Tatort-Team war damit beschäftigt, belastendes Material, »kontaminierte« Hinterlassenschaften der hier hausenden »Zelle«, einzusammeln und kistenweise aus dem Haus zu schleppen. Es müsste mit dem Teufel zugehen, wenn sich darauf keine Speichelspritzer, Barthaare oder Hautpartikel, mithin einwandfreies Material zur Sequenzierung der DNA, fanden. Beim Abgleich mit der DNA-Kartei würde es garantiert den einen oder anderen Treffer geben. Da ließ sich ansetzen. Bislang hatten die »Trüffelschweinchen« jedoch keine Waffen, ja noch nicht einmal irgendwelche elektronischen Geräte entdeckt. Keinen PC, keinen Router, keinen 50-Zoll-LED-Fernseher, nix außer einem Portable-CD-Player. Das sprach wiederum für seine Fake-Hypothese.

Reimers hatte die mit verrosteten Eggen, Walzen und Pflügen vollgerammelte Scheune inspiziert und den verlassenen Bauernhof einmal umrundet. Die Gebäude boten einen trostlosen Anblick. Schimmel kroch die Wände hoch, die Dachbalken waren morsch, der Putz blätterte ab. Darunter trat brüchiges Backsteinmauerwerk zutage. Die Klitsche war ein klarer Fall für die Abrissbirne. Im Innern des Hauses, in der Küche, in den Kammern, überall roch es unangenehm muffig. Die ehemalige Stube sah etwas wohnlicher aus. Sie war mit billigen Ikea-Regalen, einem Resopal-Tisch im 50er-Jahre-Design sowie einer Sperrmüll-Sitzgarnitur aufgemöbelt worden. Über dem durchgesessenen Sofa hing der Faksimiledruck einer Gouachezeichnung, die Andreas Hofer im Profil und in der Blüte seiner Jahre zeigte. Man musste keine Sherlock'sche Spürnase sein, um festzustellen, dass der Raum für geheime Treffen genutzt worden war. Das Arsenal an Schnaps- und Bierflaschen ließ den Schluss zu, dass es bei den konspirativen Besäufnissen der »Kampfgruppe« feucht-fröhlich zugegangen war. Roswitha Steiner fing ihn im Flur ab und deutete zur Kellertreppe. »Da geht's runter. Wie im

Gruselfilm wird's erst im Keller richtig spannend!« Reimers stolperte hinter Steiner her – die steilen Stufen hinab. »Luis hat die Karren von zwei seiner »Kunden« mit Peilsendern verwanzt. Die Nullen haben nicht gemerkt, dass wir sie am Schirm haben. Einer der Typen, seines Zeichens Bannerführer beim Wehrsportverband ›Tyrolia‹, war vorige Woche hier. Als dann dieser anonyme Hinweis reinkam, musste ich zuschlagen.«

»Blöd aber auch, dass hier weder die Tatwaffe noch ein Bekennerschreiben herumliegt«, erwiderte der Kommissar schmallippig.

»Abwarten, Reimers, wie es aussieht, war Luis an einer großen Sache dran. Die Frage nach dem Tatmotiv hätte sich damit erübrigt.« Steiner lotste ihn in ein geräumiges, aus Backstein gemauertes Kellergelass. Dort waren zwei Kriminaltechniker mit der Inventur eines nach allen Regeln der Alchemisten-Zunft eingerichteten Chemielabors beschäftigt. Einer der Männer bedeutete ihnen, näher zu treten. »Immer herein in die gute Bombenbastler-Stube.« In den Sperrholzregalen lagerten diverse Chemikalien und andere, beim Bombenbau hilfreiche Utensilien. In breitem Tiroler Dialekt hakte der Mann die kritischen Punkte auf der Gefahrstoff-Liste ab. »Aceton, Äthylalkohol, Brennspiritus, Calciumfluorid, Lithiumcarbonat, Kupfersulfat, Silberdraht und Soda, Zitronensäure, 30 Liter Gamma-Butyrolacton, kurz GBL. Ganz gewöhnliche Chemikalien, alle legal und frei verkäuflich. Doch bei der richtigen Mischung macht's ›wusch‹!«

Reimers staunte. »Und das alles gibt's im Discounter oder bei Amazon zu kaufen?«

»Klar, das Zeug findest du in jedem Giftschränkchen unter der Spüle«, ätzte Steiner.

»Im Haushaltswarengeschäft oder im Internet. Den kompletten Bombenbausatz gibt's bei Amazon für Pi mal Daumen 100 Euro – und ab damit ins Warenkörbchen«, erläuterte der forensische Chemiker.

»Terroristen verwenden mit Vorliebe TATP, die ›Mutter des Teufels‹. Zutreffender Name. Ein weißes Pulver, hochexplosiv«, ließ ihn Steiner wissen.

»Alles, was man zur Herstellung von trimerem Acetonperoxid benötigt, haben wir hier: Desinfektionsmittel, Farbverdünner und Zitronensaft als Katalysator. Das Problem an dem Stoff ist, dass er instabil und extrem schlagempfindlich ist. Der geht schon mal von ganz allein, ohne äußere Einwirkung, hoch«, stellte der Chemiker nüchtern fest.

»Was einen Selbstmordattentäter nicht übermäßig stört.« Da war kein Sarkasmus in Steiners Stimme, da waren nur Wut und Verachtung.

Reimers war kein Sprengstoffexperte. Er wusste, was jeder Kripo-Mann wusste. Im gewerblichen Bereich, bei Sprengarbeiten zum Beispiel, wurden gelatinöse oder pulverförmige Explosivstoffe beispielsweise auf der Basis von Ammoniumnitrat verwendet. Beim Militär kamen in der Regel Sprengstoffmischungen mit hoher Detonationsgeschwindigkeit und Zerstörungskraft zur Anwendung, Plastiksprengstoff wie Semtex oder C4. Terroristen bastelten ihre Selfmade-Sprengsätze meist selbst zusammen. Bombenleger waren für ihn eine besonders perfide Spezies von Gewaltverbrechern, die wahllos Menschen töteten und verstümmelten. Dreckskerle der übelsten Sorte. Reimers sah sich in dem Kellergelass um. Zwei Glühbirnen baumelten an Henkersschlingen von der Decke. Die Hochregale im hinteren Teil der Bombenbauer-Werkstatt lagen in einem schummerigen Dämmerlicht. »Heimelig hier unten, so richtig gemütlich«, stieß der Kommissar in einem Anflug von Zynismus hervor. Reimers suchte im Gesicht Steiners zu lesen, die, wie er meinte, etwas blass um die Nasenspitze geworden war.

»Rainer, kommen Sie mal.«

Der zweite KTIler – auch er im Marsmännchen-Outfit – drehte sich zu ihnen um. »Frau Oberleutnant?«

»Diese Zigarettenpackung, haben Sie die schon eingetütet?«

»Im Beweisbeutel verpackt«, gab der zur Antwort. »MS Bionde, nicht gerade eine exotische Marke, aber mit einem Daumenabdruck wie im Lehrbuch.«

Reimers strich sich über den Flaum auf der Oberlippe. »Wir haben am Tatort in Grainbach mehrere Stummel aufgelesen, die der Täter nur halb aufgeraucht und weggeschnippt hat. Wenn es da Parallelen gäbe, hätten wir das fehlende Glied in der Kette.«

Steiner verzog ihre Mundwinkel zu einem ironischen Grinsen. »Ihr Eifer in allen Ehren, aber der Mann ist Profi. Bevor der auf Pirsch geht, streift er Jagdhandschuhe mit abklappbarem Schießfinger über.«

»Jeder macht mal Fehler. Raucher greifen völlig unbewusst zur Kippe, da sind Automatismen im Spiel, die sich kaum steuern lassen.« Reimers wusste, wovon er sprach – es hatte einer handfesten Rippenfellentzündung bedurft, ehe er sich durchgerungen hatte, den Glimmstängeln abzuschwören.

»Eines noch«, meldete sich Rainer zu Wort. »Die Illu auf der Rückseite der Schachtel: Romulus und Remus saugen nicht etwa an den Zitzen der Wölfin, sondern an einer MS. Ich tippe mal, dass die Packungen mit diesem

Motiv zu einer Special Edition gehören, von daher relativ selten verkauft worden sind.«

Reimers sah durch den Mann hindurch. Er war auf dem Holzweg, an die römischen Zwillinge hätte er – der Jahre an einem humanistischen Gymnasium verbracht hatte – sich erinnert.

»Kommen Sie?« Steiner stand schon auf der Treppe.

Die Show war vorüber, die Nachbesprechung vorbei. Jetzt würde man die Ergebnisse der kriminaltechnischen Untersuchungen abwarten müssen. Bei der Rückfahrt nach Innsbruck hatte sein Magen so laut geknurrt, dass Steiner ein Einsehen gehabt hatte. Das Bistro Café »Baguette« lockte mit Salami- und Schnitzel-Sandwiches, Topfengolatschen und Laugengebäck, drei Stück für zwei Euro. Reimers äugte unschlüssig in die Auslage. »Eine Golatsche, wie wär's, 400 Kalorien auf einen Schlag.«

Steiner biss in ihren Gemüseburger und verdrehte die Augen. »Wenn der Fall durch ist, gibt's Kaviar, echten russischen!«

»Noch haben wir unsern Schakal nicht.« Reimers zögerte, ließ aber den Zuckerstreuer stehen. »Ein Haferl Kaffee, die Topfentasche und ein Käse-Brötchen mit Salatgürkchen.« Das schnuckelige Fensterplätzchen bot einen famosen Ausblick auf ein XXL-Möbelhaus, einen Baumarkt sowie eine ÖMV-Tankstelle samt McDonald's-Schnellimbiss. »Schön habt's es bei euch in Tirol«, würgte er zwischen zwei Bissen hervor.

»Wir sind halt im Heiligen Land – nicht in Bayern«, retournierte Steiner, hart und trocken.

Im Gegensatz zu den mit labbrigen Goudascheiben belegten Aufbackbrötchen war die Golatsche ein echter Gaumengenuss. »Nicht übel. Strudel, Sacherschnitte, Süßzeug könnt ihr Ösis!«

Steiner lächelte in sich hinein. »Wir können mehr, als die Piefkes meinen. Komplizierte Fälle lösen zum Beispiel«, stichelte sie.

Mit einer Einweg-Serviette tupfte sich Reimers den Puderzucker vom Leckermäulchen. »Liegt wohl im Wiener Blut.« Reimers wurde ernst. »Eines ist mir unklar: Weshalb hat die Fascho-Truppe ihren Spitzel nicht gleich hier eliminiert?« Er suchte den Blickkontakt mit Steiner, doch die schien sich brennend für das Kommen und Gehen in der Big-Mac-Area zu interessieren. »Welche Beziehung hatte er zur NP – den Nationalen Patrioten? Das ist doch ein Haufen fähnchenschwenkender Pappkameraden. Der bayerische Verfassungsschutz beobachtet den Verein seit Jahren. Da tut sich nichts – keine verfassungsfeindlichen Aktivitäten. Maulhelden und Stammtischsalafisten! Weshalb sollte man einen Biezelt-Demagogen vom Schlage Ehgartners exekutieren?«

Steiner schob den mit Sesamkörnchen gesprenkelten Teller von sich. »Ehrlicherweise kann ich da selbst nur spekulieren. Luis ist in dem Punkt sehr vage geblieben. Dieser Ehgartner war auf rechten Internet-Plattformen aktiv und hat so Kontakte nach Tirol geknüpft. Die übliche Hetze, aber keine konkreten Pläne für gewaltsame Aktionen. Ehgartner wollte über Luis an Waffen kommen. Pistolen, Jagdgewehre, nichts, was uns Kopfzerbrechen bereiten müsste.«

Reimers lehnte sich in die Polsterbank zurück. »Was ist mit dieser Bombenbauer-Bude, wem gehört die?«

Steiner schnippte ein Krümelchen von ihrer tarngefleckten Bluse. »Luis hat diese Schlägertypen aus der

Glatzen-Szene observiert – so sind wir auf die Adresse in Axams gestoßen. Dem Grundbucheintrag nach gehört der Schuppen einem Otto Strasser, von Beruf Landwirt. Der hat allerdings schon länger keinen Kuhstall mehr von innen gesehen. Ein zirrhotischer Beislhocker, Stammgast in ›Annis Stüberl‹ und der ›Sonnen Bar‹ in Völs.«

Reimers schluckte – ein Säufer, ein Alkoholiker, wie Dürr. Hatte Dürr gleichfalls den Strohmann gespielt? Er würde Pföderl benachrichtigen – aber erst brauchte er noch einen Kaffee.

»Das Objekt hat eine ›CW Immo Invest‹ mit Firmensitz in Cham am Zugersee angemietet. Die Jahresmiete, 20.000 Schweizer Franken, wurde den Bankunterlagen nach im Voraus überwiesen – von einem Nummernkonto in der Schweiz. Wenn es um die Einsichtnahme in ihre Bücher geht, sind die Kollegen vom Handelsregisteramt Zug ziemlich zugeknöpft. Das wird zu nichts führen!«

Unruhig rutschte er auf dem Kunstleder-Polster hin und her. »Bei unserem ersten Treffen in diesem Museum haben Sie doch einen Geheimbund erwähnt, der auf Hofers Spuren den Aufstand probt. Hat Luis Namen, IP-Adressen, Handynummern geliefert? Wenn wir an die Mailings, die Telefonlisten rankommen, können wir die durch den Rechner jagen und die Daten triggern. Und wir …« Reimers merkte, dass Steiner auf ihrem Smartphone herumwischte – und ihm höchstens mit halbem Ohr zuhörte. Er quasselte zu viel, hatte zu wenig geschlafen – in seinem Kopf herrschte Aufruhr: ein Profi-Killer, der im Auftrag einer obskuren, okkulten Bruderschaft auf Meuchel-Tour ging? Das klang irgendwie nach dem 08/15-Plot eines Verschwörungsthrillers à la »Inferno«. Gewalttaten waren in den seltensten Fällen politisch oder religiös motiviert. Dazu reichte ein Blick in die Kriminalstatistik.

Steiner schüttelte ärgerlich den Kopf. »Die Fingerabdrücke auf der Zigarettenschachtel stimmen mit denen von Estrich-Edi überein. Bodenleger aus Fritzens, ein Dauerbrenner in der Krawallmacher-Kartei. Na toll!« Wütend schleuderte Steiner ihr Mobiltelefon auf den Bistrotisch. »Luis war wie besessen von diesem vergilbten Heftchen, von diesen Reskripten und Handzetteln Hofers. In seiner Blindheit hat er sich in einen Hinterhalt locken lassen. Und ich steh wie ein Trottel da. Jeden Moment kann uns eine Selfmade-Bombe um die Ohren fliegen, ganz ohne Hofers Patronage. Verfluchte Scheiße!«

Reimers kratzte sich verlegen am Ohrläppchen. »Sorry, fangen wir noch mal von vorne an. Der Biergarten-Mord. Ich gehe noch immer davon aus, dass da ein Amateur am Werk war. Die unprofessionelle Tatausführung wie auch die überstürzte, kopflose Flucht sprechen dafür. Wenn das ein Profi war, fresse ich einen Besen samt Stiel.« »Fichtner« alias Luis hatte sich entweder geirrt – oder er hatte eigenmächtig gehandelt, seine Vorgesetzten im LVT getäuscht und hinters Licht geführt. Er hatte Steiner vorgegaukelt, dass er in höchster Gefahr schwebe und deshalb untertauchen müsse. Reimers schloss daraus, dass »Fichtner« seine »Flucht« nur fingiert hatte. Der Attentäter hatte ihm einen Strich durch die Rechnung gemacht, um sich, möglicherweise, eines Mitwissers zu entledigen. Sollte alles schon vorgekommen sein.

Oberleutnant Steiner hatte sich seine Ad-hoc-Hypothese mit unbewegter Miene angehört und drei Döschen Kondensmilch in ihren Großen Braunen gerührt, der nach und nach den Farbton einer Kapuzinerkutte angenommen hatte. »Bullshit! Klären Sie Ihren Mordfall. Ich muss derweil einen Bombenleger fassen.« Steiner schnaufte durch. »Haben Ihre Leute die Tatwaffe oder wenigstens den Jeep, der übrigens über eine unserer Scheinfirmen geleast wurde? Was ist mit dem am Tatort sichergestellten Material – keine Treffer in der Kartei?« Steiner zerlegte, ja filetierte die Arbeit ihres Kollegen mit der Finesse einer japanischen Fugu-Köchin. Und sie hatte ja nicht ganz unrecht: Sein Konstrukt stand auf wackligen Beinen, stützte sich auf Vermutungen und nicht auf Fakten.

»Wir finden was!« Es klang eher trotzig als überzeugend. »Pföderl ist im Undercover-Einsatz in der Szene und fühlt diesem Dürr auf den Zahn. Kommissarin Duroc hat mit den Kollegen vom Betrug konkrete Hinweise in den Steuerunterlagen entdeckt, dass Ehgartner die Parteikassen benutzt hat, um mit Hilfe von Kleinspenden Geld aus unsauberen Quellen zu waschen. Auch eine Art von unerlaubter Parteienfinanzierung. Seine ›Genossen‹ haben alles fein säuberlich addiert, um die Spenden beim Finanzamt abzusetzen, der Schuss geht jetzt nach hinten los.«

»Klingt, mit Verlaub, reichlich dünn.« Oberleutnant Steiner drückte den Finger in die Wunde – was ihn wiederum wütend machte.

»Ihr mit all euren Sonderbefugnissen habt leicht reden. Ohne stichhaltige Beweise können wir einen Tatverdächtigen wie diesen Dürr nicht einfach so für zwei, drei Wochen einbuchten. Das läuft bei uns nicht. Ohne das Placet des Staatsanwalts sind mir die Hände gebunden. Die Beweismittel müssen verwertbar sein, es muss ein hinreichender, dringender Tatverdacht bestehen.«

Steiners Stimme klang entrüstet. »Meinen Sie, dass wir hier mit Mossad-Methoden arbeiten? Bei dringenden Operationen dürfen wir ab und an ein paar nicht ganz legale Kanäle anzapfen – und unser Budget überziehen. Das war's dann aber.«

»Knüpfen wir uns doch diesen Estrich-Hansel vor.« Reimers stützte sich mit beiden Händen ab, um den ihn beharrlich in das Polstermöbel drückenden Gravitationskräften zu trotzen. »Noch einen Kaffee?«

Steiner hielt ihm ihre Tasse mit solch vollendeter, damenhafter Grazie hin, als ob sie die Queen doubeln wollte. »In seinem vorletzten Bericht hat Luis einen Kontaktmann mit Decknamen ›Kurz‹ erwähnt. Wir hatten da mal einen Spinner, der Ein-Mann-Demos veranstaltet und die Islamisierung Tirols gefordert hat. Der Islam wäre die einzig wahre Religion und Hofer ein Prophet Allahs gewesen. Vollkommen irre der Typ und von auffällig kleiner Statur. Ein ›Kurzer‹. Wenn ich mich recht erinnere, war der Kerl Kampfsportler, Taekwondo, Kendo und Co.«

»Sollten wir ihn dann nicht überwachen lassen?«, schlug Reimers vor.

»Keine Ahnung, wo sich ›Mullah Hofer‹ herumtreibt. Auffällig ist er in letzter Zeit nicht geworden. Davon wüsste ich.« Steiner strich sich eine widerborstige Strähne hinters Ohr. »Könnte sein, dass er in Wien oder Berlin für die Islamisierung der Welt wirbt. Ich lasse mir mal die Akten kommen. Falls er noch im Land ist – und falls wir einen ›Anfangsverdacht‹ sehen, lassen wir ihn abhören und beschatten.«

»Na ja, vielleicht hat euer Kampfzwerg ja versucht, Ehgartners Patrioten zu unterwandern und zum Islam zu bekehren.« Reimers verstummte – Sarkasmus half ihnen auch nicht weiter. Sie tappten im Dunkeln und es stellte sich die Frage, was ein halbirrer Spinner mit einem

V-Mann auf Abwegen und einem nationalistisch gesinnten Bockbierprediger zu tun hatte.

»Was ist jetzt mit dem Kaffee«, maulte Steiner. Fehlte nur noch, dass sie ihn den Wagen holen ließ. Er würde Pföderl Beine machen – ihn mit Teamwire-Nachrichten bombardieren. Sein Assistent sollte Indizien, am besten Beweise, liefern, die seine Hypothese untermauerten: zwei Attentate – zwei Täter. Dann wäre er aus dem Schneider und Tschüss Tirol.

GRAS ZEHN

Bartholomäus Pföderl befand sich im Einsatz an der Heimatfront, gefangen in einer temporären Anomalie. Die Tafern- und Gastwirtschaft »Blauer Bock« hatte den modernen Zeiten getrotzt. In der Schrankvitrine am Gang verblichen mit Bordüren bestickte Fahnen und Paniere, verstaubten die goldbetressten Paradeuniformen, die fein ziselierten Zierdegen, die Schärpen aus Samt und Seide. Prunkstück der Memorabilien-Sammlung war ein königsblauer Rock mit einem dekorativen Einschussloch in Brusthöhe. Die Uniform hatte der Ururgroßvater des Bock-Wirts im 70er-Krieg gegen Frankreich getragen. Johann Kurzenberger, gebürtig aus Großhartpenning, hatte als Soldat in der sechsten Kompanie des ersten bayerischen Infanterieregiments gedient und war am 1. September 1870 bei der Schlacht um Sedan schwer verwundet worden. Im »Blauen Bock« hielt man die bayerischen Fahnen noch in Ehren. Das Mobiliar der Gaststube stammte aus der guten alten Zeit, als Bayern noch Königreich und die Welt noch kein globaler Spielball gewesen war. Die Gaststätte war der In-Treff bayerischer Traditionalisten und Patrioten, die von der Unabhängigkeit Bayerns und einem Ende der unseligen »demokratischen« Fremdherrschaft träumten. Jeden zweiten Donnerstag fanden hier die Sitzungen der Nationalen Patrioten sowie des Schützenvereins »Concordia Bavaria« statt. Die vollbärtige Schar trug ihre Heimatverbundenheit in der traditionellen Montur der Gebirgler zur Schau: krachlederne Kniebundhose, gamsbraune Uniformjoppe, moosgrüner Jägerhut mit schwarzem Federbusch, Haferlschuh und Trachtenstrümpfe mit Zopfmuster. Pföderl saß am hinteren Ende der Bar und ließ sein Zielobjekt nicht aus den Augen. Alfons Bichler war herausgeputzt wie ein Pfingstochse und hielt sein blau-weißes Fähnchen in den Wind. »Dich kriege ich schon noch am Schlafittel, du platterter Klezenbene«, grummelte Pföderl. Er hatte sich dem geltenden Dresscode gemäß in Schale geworfen, sich in Lederhose und Lodenjoppe gezwängt. Es wäre einem Sakrileg gleichgekommen, in einem Triumphator-Tempel wie dem »Bock« eine Maracuja- oder Rhabarber-Schorle zu ordern. Ein Dunkles war hier Pflicht. Dienst hin, Dienst her. Schweren Herzens hatte Pföderl auf weiblichen Beistand verzichtet, aber Haberl oder gar Rose-Marie Duroc hätten in der Männerwirtschaft nur unnötiges Aufsehen erregt.

Ein grauhaariger Kämpe schwenkte ein verbeultes Messingglöckchen – und augenblicklich kehrte Stille am Stammtisch ein. Der Veteran zahlloser Festzelt- und Starkbierschlachten erhob sich, um mit einer markigen Ansprache die Moral der Trachten-Truppe zu stärken. Nach der vierten Bockbier-Maß bedurfte es einiger Anstrengungen, um die rechte, soldatische Haltung anzunehmen. Der wackere Schütz, um einen festen Stand bemüht, stützte sich an der Tischkante ab. Er kratzte sich Kropf und Kehlkopf, wandte sich dann mit glasigem Silberblick an die Kampfgenossen. »Männer, Kameraden. Wir sind hier, weil wir Patrioten, weil wir Bayern sind! Und – in Treue fest zu unserem angestammten Herrscherhaus stehen.« Kriminaloberkommissar Barthl Pföderl belächelte die Ausführungen des angegrauten Kini-Jüngers. Sein Fokus galt Bichler. Sein Hauptverdächtiger saß kerzengerade auf seinem Platz und spitzte die Ohren. Nach dem Tod Ehgartners hoffte er wohl, dessen Platz bei den Patrioten einnehmen zu können. »Wir halten die Fahnen hoch und die Reihen geschlossen. Unsere Farben sind Weiß und Blau, die Farben des Himmels und der Heimat. Bayern samma mia, Deutsche waren mir nie!« Für seine kämpferische Ansprache erntete der Graubart frenetischen Applaus. »Recht hast, Franzl!«, »Scheiß auf Berlin!«, »Da gehört gekehrt – mit eisernem Besen!« Von den Solidaritätsbekundungen gerührt, schlug Franzl einen pathetischen Ton an. »Wir schützen dich, o Heimatland! Wir halten Wacht in finstrer Nacht, bis dereinst der neue Tag erwacht.« Der entrückte Blick des Streiters für Freiheit und Unabhängigkeit hielt an der holzvertäfelten Decke der Stube Ausschau nach günstigen Vorzeichen. Die Stammtischrunde geriet in patriotische Verzückung. Pföderl hörte, wie Bichler »Heil dir, du Land der Bayern« trompetete, um sich als glühender Vorkämpfer des Vaterlands hervorzutun. Sein Nebenmann beschied sich mit profaner Prosa. »So schaut's aus, Franzl! Prost, Kameraden!« Die Krüge krachten mit Urgewalt aneinander. Die Runde ließ den Veteranen-Franzl hochleben und Bichler blieb nur die undankbare Statisten-Rolle. Pföderl beobachtete, wie der »A'dabei« mit angesäuerter Miene den halben Krug auf ex leerte. »Geschieht dir ganz recht, du Goaßengfriss!« Pföderl grinste boshaft.

»Obi damit!« Pföderl nahm sich ein Beispiel an der Stammtisch-Belegschaft – und schon war das irdene Steinkrügerl geleert. Die Standfestigkeit der Patrioten-

Truppe nötigte Pföderl durchaus Respekt ab. Aufrechte Bayern, deren Leber hart im Nehmen war. In vieler Hinsicht hatten die Patrioten durchaus recht. Ihr Heimatland wurde von Fremden überschwemmt. Im Münchner LKA gab es mehr Hamburger, Rheinländer, Thüringer und Türken als Bayern. Sein Chef war zwar ganz in Ordnung – und doch war er Preuße. Was auf der persönlichen Ebene hin und wieder zu Verständigungsschwierigkeiten führte. Von Politik ließ Pföderl jedoch lieber die Finger. Das brachte einem nur Ärger und Unannehmlichkeiten ein. Zumal als Polizeibeamter im gehobenen Dienst. Er verrichtete seine Arbeit – und dachte sich seinen Teil. Als verdeckter Ermittler war er auf vertrauensbildende Maßnahmen angewiesen, um sich der Kooperationsbereitschaft seiner freien Mitarbeiter zu versichern. Dies wiederum verlangte den Einsatz pekuniärer Mittel, durfte man sich bei der Akquisearbeit doch nicht lumpen lassen. Pföderl besaß einige positive Charaktereigenschaften, Großzügigkeit und Freigiebigkeit gehörten allerdings nicht dazu. Um an brisante Insider-Informationen heranzukommen, hieß es jedoch investieren. Pföderl hoffte inständig, dass ihm seine im Undercover-Einsatz entstandenen Kosten erstattet würden. Und seine »Spesen« würden sich im dreistelligen Bereich bewegen. Barthl Pföderl beugte sich zum Schankkellner hinüber. »Kurti, machst mir noch zwei Helle – und zwei Obstler, geht auf meinen Deckel!«

Sein IM fläzte an einem Ecktisch, alle viere von sich gestreckt wie ein Bauer im Beichtstuhl. Pföderl knallte den Steinkrug auf den Tisch.

»Nobel von dir. Hast den Gutmenschen in dir entdeckt?«

Pföderl verzog das Gesicht, als ob er in eine faulige Zwetschge gebissen hätte. Er schwor beim Grab seines Großvaters, dass der breitgfotzerte Saukopf sein selbstgefälliges, herablassendes Getue noch bereuen würde. Mit einem hinterhältigen Lächeln prostete er seinem Schul-Spezl Silvester Gietl zu. »Ah geh, Fesl, wir sind doch Freunde, oder? Da darfst nicht knickert sein.«

»Ich hocke das ganze Wochenende vor Bichlers Villa und du scheißt mich nachher zusammen, weil der Wichskopf kein Geständnis vor laufender Spy-Cam ablegt. Das sind Freunde, mein lieber Schieber!« In Gietls Stimme schwang leiser Spott. Er und Gietl stammten aus demselben Hinterwäldler-Dorf. Pföderl war der Spross einer angesehenen Dreschflegel-Dynastie. In seinem Stammbaum fand sich eine ganze Reihe ehrbarer Wild- und Heckenschützen. Gietls Vorfahren entstammten hingegen samt und sonders dem bäuerlichen Lumpenproletariat, dem Grauderer-Milieu. Gietl und er kannten sich vom Sandkasten respektive der Jauchegrube her. Den vorlauten Auer-Bauerssohn hatten sie ins Odelfassl getunkt, den angeberischen Hasreiter-Buam im Schwitzkasten zappeln lassen. In Röhrenjeans und Wildwest-Westen waren sie auf Hasen-Hatz gegangen. Gemeinsam durchlittene Gefahren knüpften ein starkes Band der Verbundenheit. Obendrein waren sie beide bei der Polizei gelandet, wenn auch ihr Gehalts-Level deutlich divergierte. Kohle hin, Kohle her, ihr Verhältnis war von gegenseitigem Respekt geprägt. Im Notfall würde er sich auf »IM Gietl« hundertprozentig verlassen können. Gietl legte seine behaarte Pranke um Barthls Schulter. »Jetzt schau nicht wie ein Schweiberl, wenn's blitzt. Wir Buam vom Oberdorf müssen zusammenhalten.«

»Sowieso, wär' ja noch schöner. Weißt noch, wie wir den fetten Ferdl in den Schneehaufen gesteckt haben, mit dem Belli voraus, bis er blau angelaufen ist? Kolossale Idee«, kicherte Pföderl – und fügte im Ton aufrichtiger Bewunderung hinzu: »Warst schon ein Hund, Fesl. Du hast dir nie in die Hosen geschissen. Beim Schnablerrennen am Gerstland-Hang, beim Eishockey am Stocker-Weiher. Immer mit dem Kopf voraus durch d'Steilwand.«

Gietl machte eine wegwerfende Handbewegung, fühlte sich aber sichtlich geschmeichelt. »Ned locker und nix anbrennen lassen!« Ob dieser tiefschürfenden Einblicke in das Wesen der Welt klirrten die Krüge.

»Schwoam ma's obi!« Pföderl krallte sich am Krügerl fest. Die Linse leicht getrübt, die Zunge schwer, suchte er sich auf den eigentlichen Anlass ihres Zusammenseins zu besinnen. »Was hat die Abhöraktion ergeben? Hat seine mannstolle Alte mit ihrem Lover oder er mit dem Steuerberater telefoniert?« Zwei Halbe und zwei Obstler hatten genügt, um ihre Freundschaft zu besiegeln. Gietl kam langsam auf Touren.

»Scheiße, du glaubst es nicht! Die Schönhuberin war zum Kaffee bei ihr, mit einem Marmorkuchen, selbst gebacken. Ein Geschnatter wie bei den Enten am Stocker-Teich. Was der Erwin für ein großartiger Mensch gewesen sei, fürsorglich, lustig und warmherzig. Die beiden Schreckschrauben haben herumgesülzt, als ob sie die alte Wildsau vom Vatikan heiligsprechen lassen wollen.«

»Gschrollte Hennen in den Wechseljahren«, ätzte Pföderl.

Gietl genehmigte sich noch einen Schluck. »Im Vertrauen, Barthl. Die Bichlerin ist eine wilde Hex'. Die lässt nix aus, die hat sämtliche Stellungen des Kamasutras ausprobiert. Die reißt dir das letzte Hemd vom Leib.«

Pföderl merkte auf. »Woher willst du das wissen? Hast nähere Bekanntschaft mit der Büchselmadame geschlossen?«

Verstohlen linste Gietl zu Bichler hinüber, der am Stammtisch unverständliche Parolen grölte. »Beim Faschingsball in der Post vor ein paar Jahren. Schnell ins Klohäusel rein und wieder raus. Ich wollte mir keinen Ärger mit dem Zornbinkel einhandeln.« Gietl blickte zu Bichler hinüber und grinste dreckig. »Der Pornochs ist im Schützenverein vom Sonnleitner Sepp. Da führt er sein großes Maul spazieren. Ich muss ihm ja nicht auf die Nase binden, dass ich mit seinem gamsigen Weib eine Nummer auf der Frauentoilette geschoben hab.«

Pföderl pfiff anerkennend durch die Zähne. »Oider Dreckbatzer! Wir haben Madame offiziell vorgeladen – sie hat ausgesagt, dass ihr Mann das intime Verhältnis zwischen ihr und Ehgartner toleriert habe.« Pföderl hob das Blasrohr an den Mund, schon schwirrte der Giftpfeil durch die Luft. »Merkwürdig nur, dass ihr Tschamsterer mit Bleivergiftung im Grab liegt. Da stell ich mir als Kriminalkommissar die Frage, ob sie oder ihr Ehemann nicht nachgeholfen hat!«

Gietl zeigte sich von der Überlegung wenig beeindruckt. »Dem Gierschlund haben seine halbseidenen Gschäfterl das Genick gebrochen. Der hat doch jeden betrogen, seine eigene Firma, seine Partei, jeden, der mit ihm Geschäfte gemacht hat. Es hat mehrfach Anzeigen gegen den Gangster gegeben, das wirst besser wissen als ich.«

Pföderl wusste sehr wohl, dass wegen diverser Betrugsdelikte gegen den Leiter der Bräuberger-Brauerei ermittelt worden war. Nur hatte man Erwin Ehgartner nichts nachweisen können – die Verfahren waren samt und sonders eingestellt worden.

Gietl wischte sich über die wulstige Unterlippe. Einige Schaumspritzer zierten jedoch seinen struppigen Seeräuberbart. »Offen gesagt, dem Haderlump weint doch niemand eine Träne nach. Der hatte doch mehr ›Freunde‹ als ein Straßenköter Flöhe.«

»Beim Bichler könnte das Fass übergelaufen sein, Hass und Neid auf seinen Rivalen. Ein Mord aus Leidenschaft?«

Gietl gluckste wie ein lüsterner Satyr aus der griechischen Sagenwelt. »Leidenschaft – der Flachbrunzer?« Fesl rammte ihm die Ellenbogen mit der Wucht eines Rammbocks in die Rippen. »Schau dir den Hosenbiesler an, markiert den starken Mann. Aber in Wahrheit ein nixiger Schisser. Wenn er zu viel intus hat, flennt er wie ein Weibert's oder dreht durch. Nach dem Gauschießen voriges Jahr, wo er nicht einmal die Scheibe getroffen hat, ist er zur Tür hinausgewankt, hat in die Büsche brunzt und durchgeladen. Geistesgestört, bei dem sind sämtliche Sicherungen durchgebrannt.« Pföderl wusste längst, dass der Hubertusjünger nicht sauber war. Er hatte ein Motiv und hatte die Mittel, nur hatte er leider auch ein Alibi – das allerdings nicht wasserdicht war. Auf die Aussagen Dürrs und seiner Sekretärin gab Pföderl keinen Pfifferling. Was er eben vernommen hatte, bestätigte seine Ansicht, dass dem testosterongesteuerten Deppen eine Gewalttat – wenn nicht aus Eifersucht, dann aus verletztem Stolz oder Eitelkeit – jederzeit zuzutrauen war.

Gietl bleckte sein lückenhaftes Gebiss, das schon bessere Tage und länger keine Dentalkosmetikerin mehr gesehen hatte. »An dem Nachmittag, als die Schönhuber beim Kaffeetratsch war, ist mir ein anthrazitfarbener SUV aufgefallen, der zwei Häuser weiter geparkt hat. Ein Leihwagen. Danach fahndet ihr doch, oder?« Mit seinem schmalen Spitzbubengesicht erinnerte er ihn an einen Windhund, der auf ein Leckerli spitzte.

»Chrommetallic, Fesl, ein X3 oder Q3. Die SUV-Modelle sind ja nicht sonderlich selten.«

»Ich mein ja nur, dass nicht nur der Bichler-Biesler ein Motiv hat. Die Schönhuber war mit dem Erwin doch zeitweise liiert – rote Rosen, Kleid in Weiß und der ganze Scheiß. Und dann wälzt sich ihr Ex mit dieser Foitlmare auf dem Bärenfell herum. Wer weiß, was in verletzten Frauenseelen vor sich geht.«

»Fesl, nicht übel, die Idee. So viel kriminologische Emphase hätte ich dir gar nicht zugetraut.« Pföderl war aufrichtig beeindruckt. »Sie könnte mit Bichler gemeinsame Sache gemacht und ihren Exfreund ausspioniert haben. Die Schönhuber muss doch gewusst haben, wo Ehgartner seine toxischen Papiere aufbewahrt, hat die Überweisungsbelege, die gefälschten Abrechnungen kopiert und in ein Aktenköfferchen gepackt.«

»Und was dann? Weshalb ist sie damit nicht zum Staatsanwalt marschiert?« Ehe er etwas antworten konnte, puffte ihm sein Spezl in die Seite. »Weil du falschliegst. Lady Gaga und Lady Macbeth haben einvernehmlich beschlossen, ihren früheren Galan heimlich ums Eck zu bringen. Abartig, wie die Weiber in den Wechseljahren werden!« Pföderl schielte zum Stammtisch hinüber – wo Bichler mit hochrotem Kopf eine Rede zur Lage der Nation hielt. Gietl griff nach dem Krug, doch Pföderl fiel ihm in den Arm. »Hast du Beweise?«

»Nein, aber das sagt mir meine Menschenkenntnis. Ohne die wirst als Streifenpolyp nämlich nicht allzu alt«, raunte er.

»Was ist mit dem Motiv?«

»Rache, Hass und Habgier, die Klassiker.«

Pföderl kratzte sich am Kinn. War das möglich? Hatte er sich zu sehr auf Bichler und Dürr konzentriert – und die Damen der Schöpfung außer Acht gelassen? Ebenso wie die Abfrage der Verbindungsdaten von Mobilfunkgeräten in den betreffenden Funkzellen gehörte die automatisierte Kontenabfrage der Stammdaten, also Konten- und Depotnummern, zum Standardrepertoire der ermittelnden Behörden. Egal ob es um Steuerhinterziehung, Geldwäsche oder Mord ging. Um ein Telefon abzuhören oder sämtliche Bankdaten eines dringend Tatverdächtigen abzugreifen, bedurfte es allerdings eines richterlichen Beschlusses – doch der lag, soweit er wusste, noch nicht vor. »Wieso lässt sich die Bichlerin auf eine Affäre mit dem alten Drecksack ein – weil er ein feuriger Latin Lover ist?«

Gietl lachte humorlos auf. »Geld hat s' braucht, die Schicks. Der Ehgartner und ihr Mann sind doch im selben Boot gehockt – jeder hat von den krummen Geschäften des anderen gewusst.«

»Deswegen haben sie sich vorn rum die Augen ausgekratzt und sich hintenrum den Rücken freigehalten«, folgerte Barthl. »Mit dem Unterschied, dass Ehgartner was vom Geschäft verstanden hat – und er, der schießwütige Trottel, nicht. Deswegen kam ihm das Techtelmechtel seiner Thusnelda ganz recht.«

»Und wie passt die Schönhuber in die Ménage-à-trois?« Pföderls Miene war finster wie die Miene Napoleons nach der Schlacht von Waterloo.

»Da reden wir besser mit jemandem, der tiefer in der Materie drinsteckt als ich.« Gietl stimmte ein wieherndes, von heiserem Gekrächze untermaltes Gelächter an. Pföderl tastete nach seinem Smartphone. Wenn ihm der falsche Fuchzger keinen Bären aufband, war er einer Verschwörung von shakespearischer Perfidie auf der Spur.

EICHEL ZEHN

Es war eine sternklare, magische Nacht. Hinter der von Weiden gesäumten Uferböschung gurgelte der vor 150 Jahren künstlich angelegte Floßkanal an den früheren Fabrikhallen vorbei. Die Zeit schien still zu stehen oder sich zumindest nur wie in Zeitlupe zu bewegen. Der Mond stand hoch droben am Firmament. Vor dem samtschwarzen Hintergrund der Himmelskuppel schimmerte die Sichel hell und leuchtend. »Wie weit weg das alles ist, all die Sterne, die fernen Galaxien, unfassbar weit entfernt«, erschauderte Leni Haberl, überwältigt von der Unendlichkeit des Universums.

Die Mondsichel erinnerte Pföderl, der eher etwas prosaisch veranlagt war, an ein Vanillekipferl. »Da fühlt man sich so klein und furchtsam wie ein Kätzchen im Hundezwinger«, versuchte er sich im Fach Poesie. Ihre Schritte hallten von den Mauern der steinernen Gassen wider. Es ging gegen zehn Uhr abends zu, doch die Nacht war jung. Über ihnen erhob sich die pechschwarze Silhouette des Kirchturms über den steilen Ziegeldächern der Altstadt. Das dunkle Gemäuer gemahnte an die finsteren Abgründe der menschlichen Seele.

»Marie-Rose ist den Bericht Orterers zigmal durchgegangen. Spuren ja, aber die Ergebnisse der KTU lassen sich nicht mit Sicherheit bestimmten Personen zuordnen, weder Bichler oder gar seiner Frau noch Lydia

Schönhuber. Das sind alles nur Mutmaßungen, meine Herren!«

Gietl, der zwei Schritte vor ihnen hertrabte, packte die Keule aus. »Forensisches Labor, KTU, wenn ich das schon höre. DNA-Analyse, ballistische Tests – und raus kommt nix dabei. Kombinationsgabe, Spürsinn – das ist gefragt!«

Pföderl verzog sein Gesicht, als ob er zwischen pausbäckigen Bio-Paradeisern eine matschige Treibhaustomate erspäht hätte. »Du hast leicht reden, Fesl. Aber ich muss diesem Prinzipienreiter Knittelbeck Beweise vorlegen, damit der beim Richter einen Durchsuchungsbeschluss oder einen Haftbefehl wegen Vertuschungs- oder Verdunkelungsgefahr gegen einen unserer Verdächtigen erwirkt. Das wird verdammt schwierig.«

»Bei dem Typ ist was faul, da verwette ich mein Sparschwein drauf. Im ›Café Annerl‹ hat er sich mit Schnaps zugeschüttet und rumgeheult – aber verwertbare Informationen – niente! Am Ende hat er sich auf sein Zeugnisverweigerungsrecht berufen – da er niemanden belasten wolle, Arschloch!«

Gietl wandte sich zu ihnen um. »Hast ihn nicht nach seiner ›Liebesbeziehung‹ zu Ehgartner gefragt?«

Haberl bedachte den dreisten Leder-Loder mit einem bösen Blick. »Was denkst du denn? Bichler hat ihn als hinterhältige Drecksau und durchtriebenen Intriganten ›gepriesen‹, der ihn um sein Geld betrogen und nach Strich und Faden beschissen hätte.«

»Da hatte er ja eventuell gar nicht so unrecht«, schloss Pföderl mit grüblerischer Miene.

Die Stadtpfarrkirche war auch um diese Zeit festlich beleuchtet – helle Halogenstrahler ließen den Barockbau in ockerfarbenen Tönen erstrahlen. Die Kirche war das Wahrzeichen der Stadt, hatte einen festen Platz in den Reise- und Kunstführern. Selbst Reisegruppen aus Fernost und Wildwest strömten hierher. Vor allem die Marienkapelle galt als kunsthistorische Sehenswürdigkeit ersten Rangs. In früheren, gläubigeren Zeiten war es Usus gewesen, die heilige Jungfrau von Maxing in der Stunde höchster Not um Beistand anzuflehen. Hatte Maria geholfen, wurde bei einem Runkelrüben-Rubens oder Kohlrabi-Gogh ein Votivbild in Auftrag gegeben. Pföderl mochte diesen Ort, mochte diese ungekünstelte Art der Frömmigkeit. Er war Ministrant und förmlich süchtig nach dem harzig duftenden Weihrauchschwaden gewesen. Ein nicht den irdischen, sondern den himmlischen Mächten geweihter Ort verströmte eine ungeheure spirituelle Kraft. Pföderl stand oft minutenlang vor einem von Firnis verkrusteten Votivbild, auf dem es lichterloh brannte. Nur ein einziger Hof ragte wie ein Fels aus dem Feuermeer. Im Angesicht dieses Wunders fiel der Bauer auf die Knie, der Gottesmutter dankend. Derjenige aber, der den Brand mutwillig gelegt hatte, ging inmitten des flammenden Infernos jämmerlich zugrunde. Die christliche Heilsbotschaft ähnelte einem Hollywood-Melodram: Auf den Gerechten wartete das Himmelreich, auf den Galgenstrick der Teufel. Pföderl seufzte. Wenn es nur im wahren Leben so einfach wäre.

Keine 50 Meter von dem Prachtbau entfernt schluckten die Schlagschatten finsterer Gemäuer das Licht. In den kopfsteingepflasterten Hinterhöfen war es so finster wie im Anus des Antichristen. Gottlob wies ihnen das gedämpfte Licht zweier Vintage-Wirtshauslampen den Weg. Das »Bräuberger Bräustüberl« war eine feste Größe in der lokalen Gastroszene. Eine Institution mit über hundertjähriger Tradition und einer Speise- und Getränkekarte, die den Veganer und Abstinenzler das Grauen lehrte. Eine breite Steintreppe führte in die Unterwelt hinab. In dem riesigen Kellergewölbe hatten die Braumeister noch in den 50er-Jahren ihre Bierfassl zwischengelagert. Heute wurde im »Bräustüberl« getafelt und getrunken. Und die Brennberger Tanzlmusi spielte dazu – mit einer Ziach und vier Bläsern, die die Backen aufbliesen, um ins Flügelhorn zu stoßen. Die Bräuberger Brauerei hatte allen Grund zum Feiern – das brauereieigene Stüberl war frisch renoviert und verschönert worden, sodass es nun im neuen Glanz erstrahlte. Die grünen Schmuckgirlanden an den Decken und über der Theke hatte man in »dankbarer Erinnerung« an den langjährigen Geschäftsführer Erwin Ehgartner mit Trauerflor umwickelt. Ansonsten galt der Leitsatz: The Show must go on! Die an den Umbauarbeiten beteiligten Lichtdesigner, Innendekorateure und Wandmaler hatten sich einiges einfallen lassen, um der verstaubten Bierschwemme einen zeitgemäßen Anstrich zu verpassen. Die Wände der »Bavaria-Bar« waren mit hellem Holz getäfelt, darüber hingen abwechselnd Hirschgeweihe, Wildererstutzen und ovale, schildförmige Airbrush-Gemälde. Ihr Sujet: Ludwigs Märchenschlösser in schrillen, grellbunten Farben. Leni Haberl schüttelte belustigt den Kopf. »Das hat was, oder? Neuschwanstein im Dalí-Design. Dem Kini würd's gefallen!«

Gietl hatte eine mit weiß-blau rautierten Kisschen ausstaffierte Sitznische erspäht. »Schau dir das an, wild!« Die Mauernische hatten die Wall-Art-Leonardos im neoantiken Jodler-Stil bepinselt. Feiste, nackige Putten hauten auf die Pauke und ließen die Posaunen von Jericho erschallen.

Ein Sensenmann in Trachtenhut und Strickjanker spielte mit der Fidel zum Tanz auf. Heidi mit Hippie-Kränzchen auf dem blondgelockten Haupt hockte neben dem Geißen-Peter, der in Hells-Angels-Montur auf einer Stratocaster herumklampfte.

»Fehlt nur noch der Alp-Öhi«, lästerte Haberl.

»Grausig«, brach es aus Pföderl heraus.

»Ah geh, du Spießer, das ist moderne Kunst. Was anderes als dein röhrender Hirsch im Wiesengrund«, gab Gietl Kontra.

»Was wird des jetzt hier«, blaffte Pföderl. »Ermitteln, was sonst.« Im Hopfen-Hades war Gietl in seinem Element.

Das avantgardistische Dekor war Geschmackssache. Das Büfett dafür eins a: Fleischpflanzerl mit Kartoffelsalat, Schinkenröllchen mit feinen Gürkchen, kalter Braten mit Meerrettich. Das Glück des bekennenden Weißwurst-Gourmets war vollkommen. Haberl strafte ihn mit Verachtung. »Rotes Fleisch, das ist total ungesund, Barthl. Denk an deinen Cholesterinspiegel und probier die Frutti di Mare, köstlich.« Leni biss verzückt in eine mit Ei und Frischkäse garnierte Lachsschnitte. »Es muss nicht immer Schnitzel sein, auch anderes schmeckt fein. Shrimps in Knoblauchsauce, Ziegenkäsecroûtons mit Mandelmus, Rucola mit Mango.« Schnittchen um Schnittchen verschwand in den Hamsterbäckchen.

»Deftig macht kräftig, hat meine Oma schon gesagt – und die ist 88 geworden.« Barthl quetschte ein Schinkenröllchen zwischen zwei Happen Roastbeef.

Ostentativ pflückte Haberl ein paar schrumpelige Weinbeerl vom Büfett. »Eifersucht, Rache und Habgier – die tödliche Dreifaltigkeit. Gietl könnte mit seiner Hypothese richtig liegen. Du hast die kaprizierten Schnepfen doch live erlebt. Die verflossene Kameliendame und das ausrangierte Betthaserl verbünden sich, um ihren Schnurrliburli abzukrageln und den Safe zu plündern.« Haberl strahlte – auf ihrem Gesicht lag ein spitzbübischer Ausdruck.

Pföderl kratzte hingebungsvoll seine üppig sprießenden Bartstoppeln. »Hmm, der Fesl kennt da einen, der angeblich mehr über Ehgartners Eskapaden weiß. Gerüchteweise ist unsere Loden-Lolita zweigleisig gefahren. Sie hat nicht nur unseren Ober-Patrioten Ehgartner, sondern auch dem Herrn Landrat ihre Gunst geschenkt.«

»Diese aufgedonnerte Henne? Ohne zwei Kilo Schminke in der Visage schaut die doch zum Fürchten aus«, entfuhr es ihr ungläubig. »Euch Mannsbildern graust es doch vor gar nichts. Hauptsache ein paar Silikon-Brüsterl und zwei Arschbacken in der Hand.« Auf den Schreck hinauf wollte Haberl gerade ein Lachsschnittchen verspeisen, als Gietl aus dem Gewühl auftauchte – ein Fläschchen Sekt schwenkend.

»Titten und Ärsche, darauf stoßen wir an!«

Pföderl warf einen abschätzenden Blick aufs Etikett des Rülpswassers. »Brut Réserve, Maison Taittinger. 80 Euro das Flascherl. Hab ich der Thekenschlampe abgeluchst.« Haberl machte große Augen. »Taittinger! Wow, hast echt Organisationstalent, das muss man dir lassen.« Der Korken knallte und der Nobel-Schampus perlte in die Gläser.

»Was aus dem Weg muss, muss weg!«, giggelte Haberl sichtlich aufgekratzt.

In Pföderls Gaumen prickelte das edle Gesöff aus der Champagne. »Nicht schlecht, da könnte man sich daran gewöhnen. Wo ist jetzt unser Gewährsmann?«

»Hinten im Separee.« Silvester Gietl grinste, wie nur ein halbseidener Halodri aus dem Mistvieher-Milieu grinsen konnte.

Der Vierertisch befand sich in einem »stillen Eck« des Stüberls. Die Geräuschkulisse war enorm. Um sich verständlich zu machen, formten sich Haberls Hände zu einem Schalltrichter. »Wär' das nix für dich, Barthl?« Sie deutete zum Nachbartisch, an dem ein abgehalfterter Beau in Gabardine-Garderobe mit einer kurzgeschürzten, platinblondierten Maid im Glitzerkleid parlierte.

Pföderl verdrehte die Augen und stöhnte. »Fantasien habt's schon, ihr Weiber. Verrate mir lieber, wie wir verhörtechnisch vorgehen. Sollen wir ein paar Hunderter lockermachen? Zeugenhonorar.« Misstrauisch beschnüffelte ihr noch zaudernder »Zeuge« die ölige Flüssigkeit in seinem Weinglas. »Was soll das sein? Ein Qualitätswein vielleicht, Fesl? Schaut mir eher nach Stalingrader Spätlese aus.«

Gietl gab den erfahrenen Sommelier. »Was denkst du von mir, Xarre, im Fass aus aquitanischer Eiche ausgebauter Barrique-Cuvée. Ehrenwort!«

Pföderl glaubte dem »Chianti-Connaisseur« kein Wort, ein Schluck hatte genügt, um den Verdacht zu erhärten, dass der Fusel von einer »experimentierfreudigen« Winzereigenossenschaft stammte.

Der Cuba Libre war allerdings anscheinend nach Haberls Geschmack. Sie schnalzte genießerisch mit der Zunge. »Weshalb trinkt ihr Trotteln auch den Hauswein? Die Drinks macht der Sascha selber – und der ist gelernter Barmixer!«

Ihr »Zeuge« hatte genug vom Small Talk. Franz Xaver »Xarre« Bernpointner war Disponent bei der Bräuberger-

Brauerei – und einer von Gietls Zechkumpanen, mit denen er auf Spelunken-Exkursion Freundschaft geschlossen hatte. »Hic sunt leones – wisst's ihr, was das bedeutet?«

»In der Grundschule haben wir kein Latein gehabt«, bekannte Gietl freimütig.

»Hier sind die Löwen, Leones, habt's mich? War der Lieblingsspruch Erwins.«

»Ja, super. Und weiter?«

Bernpointner zauste seinen Captain-Sparrow-Gedächtnisbart. »Das ist symbolisch gemeint, versteht's? Der Löwe ist das Wappentier Bayerns. Ein Symbol der Stärke – das hat dem Ehgartner gefallen. Nur, dass er selber eher ein hinterfotziger Sauhund war. Diese Patrioten-Show hat er doch nur wegen der Schönhuberin abgezogen, damit ihn dieses gschnappige Flintenweib deckt! Ihn hat die Politik an sich nicht interessiert, nur die damit verbundenen Möglichkeiten, sich die Taschen vollzustopfen.«

Barthl behielt Bernpointner im Auge. Konnte man dem Kerl, der bis vor einigen Jahren zu den führenden Köpfen des Kameradschaftsrings Oberland gezählt hatte, trauen? Oder versuchte er, Ehgartner und Schönhuber anzuschwärzen? »Hat der Bichler von diesen, sagen wir mal, anrüchigen Transaktionen keinen Wind bekommen?«

»Der Depp von der Stern-Brauerei? Nia ned!«

»Er und Ehgartner waren sich doch spinnefeind«, warf Haberl ein.

»Ah geh, wer behauptet das? Zwei Krähen hacken sich doch kein Auge aus.«

»Hat ihn der Ehgartner nicht erpresst?«

Bernpointner schaute zum wiederholten Mal irritiert drein. »Davon weiß ich nix.«

Pföderl setzte das Kreuzverhör fort. »Und liefert's euer Bier auch nach Österreich?«

Xarre winkte widerwillig ab. »Da geht kaum was. Die Goaßenficker haben sich an ihr eigenes Gebräu gewöhnt. Die sind resistent gegen Ottakringer, Wieselburger & Co.!«

»Was hat dein Boss dann von dem Tiroler, diesem ›Fichtner‹, gewollt?«, trat Haberl nach.

»Den kenn ich nur dem Namen nach. Was weiß ich? Arsch pobeln!« Der Kerl war ein echter Sonnenschein.

»Wer hat deinen Chef abserviert, irgendeinen Verdacht? Dein versoffener Ex-Kollege, der Dürr Siggi, vielleicht?«

Bernpointner grinste verschlagen. »Was ist eigentlich für mich drin, wenn ich hier Interna ausplaudere?«

»Wir können dich vorladen lassen, Bernpointner, und ganz offiziell zu den Finanz-Tricksereien bei eurem Patrioten-Verein befragen. Wär' immerhin möglich, dass du auch ins Honigfassl gelangt hast.« Haberl lächelte wie ein leibhaftiger Racheengel. Bernpointner schien verunsichert zu sein.

Pföderl nutzte den Moment, um zwei Hunderter auf den Tisch zu legen. »Für deine Unkosten.«

Bernpointner glotzte ungläubig auf die Scheine, schob sie dann aber hastig ein. »Also gut. Das System ist im Prinzip einfach. Die Bierlaster transportieren Schmuggelware und hektoliterweise unversteuertes Bier ins Ausland, nach Frankreich und Italien vor allem. Die werden so gut wie nie kontrolliert – bayerisches Bier hat halt einen guten Ruf.« Bernpointner bleckte die Zähne. »Die Zigarettenstangen, die Kokspackerl et cetera werden von Zwischenhändlern am Schwarzmarkt verscherbelt. Das Bier in den Stahltanks zum britischen Ale umdeklariert und in England drüben mit enormen Preisaufschlägen verhökert. Die Biersteuer ist bei den Inselaffen ja immens. Der Gewinn wird geteilt. Da bleibt ein hübsches Sümmchen über. Das Schwarzgeld wird an die diversen Ortsverbände überwiesen – als Parteispende getarnt. Wie genau das funktioniert und welche Banken da involviert sind, habe ich nie spitzgekriegt. Der Siggi wollte auch ein Stückerl vom Kuchen, aber er hat sich verzockt, der Trottel.«

Wie paralysiert saß Pföderl da. Das war ja ungeheuerlich.

Gietls Gemecker riss ihn aus seinen im Kreis rotierenden Gedanken. »Wenn man vom Teufel spricht.« Pföderl, Haberl und Bernpointner rissen die Augen weit auf. Der neue Gast blickte sich suchend um. Siggi Dürr hatte sich in »Schale« geschmissen: Netzhemd, hautenge Latex-Leggins, am Gürtel baumelten Handschellen. Die Polizeimütze mit dem Emblem des L.A. Police Departments hatte er neckisch nach hinten geschoben. Gietls heiseres Gebell ließ Pföderl zusammenzucken. »Mich leckst, da Leatherman! Ist denn heut' schon Black Friday?«

SCHELLEN SAU

Der Heiland war eben zum dritten Mal gefallen. Sonnleitner war außer Puste. Der Schweiß rann in Strömen. Heftig keuchend stapfte er bergan. Endlich kam die nächste Kreuzwegstation in Sicht. »Maria und Joseph, da büßt du deine Sünden.« Sonnleitner stützte sich auf die wacklige Kniebank. Das verwitterte Holztaferl unterm Kreuz besagte in kaum dechiffrierbarer gotischer Schrift: »Jesus wird seiner Kleider beraubt.« Beim Evangelisten Matthäus hieß es hierzu: »So kamen sie an den Ort, der Golgota genannt wird, das heißt Schädelhöhe. Und sie gaben ihm Wein zu trinken, der mit Galle vermischt war.« Als Ex-Ministrant war Sepp noch heute bibelfest. Seiner Freytag-&-Berndt-Wanderkarte nach endete die Via Dolorosa ein paar Hundert Meter weiter an der Moostaler-Kapelle. Er musste hingegen von hier aus zur Strobl-Alm hinauf. Sepp suchte den nur von einzeln stehenden Lärchen bewachsenen Hang über ihm ab. Da erspähte er zwei kleine Punkte, der Lahner-Bauer stapfte voran, Rabensteiner folgte. Was war nur in seinen Spezl gefahren? Der Geist seiner Ahnen etwa? Es war ihm unbegreiflich, wie der alte Suffdimpfel solch alpinistische Höchstleistungen vollbringen konnte. Oder war hier irgendeine Form illegalen Dopings im Spiel? Beim Frühstück im Zirbenstüberl hatte Rabensteiner keineswegs wie ein Gipfelstürmer ausgesehen: seine Tränensäcke violett verfärbt, die Bäckchen dick geschwollen, als ob er sich mit Mumps angesteckt hätte. Übellaunig hatte sich Vitus darüber ereifert, dass es keine Weißwürste mit Brezen gab. Stattdessen hatte er eine Riesenportion Rührei mit Speck verdrückt. Und zum Kaffee zwei Weißbier geköpft. Dem Etikett nach stammte die »Sportler-Weiße« von einer bayerischen Brauerei. Rabensteiner hatte mit der Zunge geschnalzt und einen scheelen Blick auf die Karaffe geworfen, die neben seiner Müslischale stand. »Multivitaminsaft, Müsli? Bist du krank oder fehlt dir was? Desinfektionsmittel sind das A und O!« Rabensteiner hatte sein »Feldfläschchen« aufgeschraubt und ein paar »Tröpfchen« in den Kaffee gegossen. In den eingeschworenen Zirrhose-Zirkeln diesseits und jenseits des Karwendels mochte der morgendliche Genuss hochprozentiger Alkoholika Brauch sein, Sonnleitner drehte es beim bloßen Anblick den Magen um.

»Pfui Deifel, Brr. Wie kann man nur in aller Früh dieses grätzige Zeug in sich hineinschütten! Man muss verzichten können, die mentale Stärke ist die halbe Miete.«

»Da redet ja der Richtige«, hatte Rabensteiner abfällig gegrunzt und sich zum »Meditieren« aufs Häusl verdrückt. Sepp hatte versuchsweise die Hände vor dem Bauch gefaltet, um eine Om-Session einzulegen.

Dumm nur, dass plötzlich die rotgeschürzte Wirtin vor ihm gestanden und wie der Erzengel Gabriel mit dem Kochlöffel auf den noch halbvollen Teller gedeutet hatte. »War es etwa nicht recht? Langen S' ruhig zu – es ist genug Speck und Käse da.« Es hätte dem Gebot der Gastfreundschaft diametral widersprochen, wenn er dieses verlockende Angebot ausgeschlagen hätte. Deshalb hatte er »anstandshalber« kräftig zugelangt. Fern der Heimat drohten ja keine Strafsanktionen. Sepp liebte seine Frau auch nach 25 Ehejahren heiß und innig, doch in puncto Ernährung lagen ihre Vorstellungen weit auseinander. Rohkost, Leinsamen, Haferkleie und Magerquark waren seine Speisen nicht. Bergauf war er allerdings schnell zur Einsicht gelangt, dass er es mit der Kohlenhydrat-Zufuhr übertrieben hatte. Jedes Scheibchen Speck, jeder Zipfel Wurst, jede dick mit Rohmilchkäse belegte Vollkornsemmel rächte sich bitterlich. Sein Unterhemd, sein Outdoor-Trikot, jede einzelne textile Funktionsfaser klebte an seiner Haut. Er war am ganzen Körper schweißnass – jeder Schritt bergan fühlte sich an, als ob er nicht in Trekking-Schuhen, sondern in den Betongaloschen der italienischen Edelmarke Al Capone unterwegs war.

Irgendwo dort oben strebte das Trekking-Tandem zielstrebig dem Himmel über Tirol entgegen. Sepp starrte ihnen ungläubig hinterher und sah, wie sie hinter einer Anhöhe verschwanden. Versonnen kraulte er sich am Ohrläppchen. »Fix aber auch, die legen ein Tempo wie Schweizer Steinböcke vor! Die können mich mal kreuzweise.« Was Sepp am Hochgebirge störte, war dessen bewegte Topografie. Ein etwas weniger profiliertes Gelände, etwas weniger steil und gach, hätte ihm eher zugesagt. Erschwerend kam hinzu, dass er sich einfach zu viel Gepäck auf die Schultern geladen hatte. Sein leuchtend roter Rucksack war bis oben hin bepackt. Mit dem mitgeführten Equipment hätte er auf Messners Spuren die Eiswüsten der Antarktis durchqueren können. Sollte er unnötigen Ballast abwerfen, ein Proviantdepot für den Rückmarsch anlegen? Den halben Kasten Bier, einen Teil der Notfallrationen, die Softshell-Jacke, die Fleece-Weste, die Thermo-Hose, den Polar-Parka? Sepp stöhnte gequält. »Beim Kochbuch meiner Oma schwöre ich, dass ich diesmal ernst mache. Die Diät zieh ich durch!« Dann riss er sich am Rucksackriemen und machte sich zähneknirschend an den Aufstieg. Schritt für Schritt fühlte er, wie seine Entschlossenheit wuchs. Er würde diesen Weg zu Ende gehen, selbst wenn er ihn immer weiter hinauf ins Reich des Tiroler Adlers führte.

Doch dieser Weg war kein leichter. Die Fährnisse und Beschwernisse nahmen kein Ende. Der aufgeweichte Almboden war glitschig und rutschig. Mit schlotternden Knien stelzte er über eine heftig schaukelnde Hängebrücke. Unter ihm gischtete ein Wildbach, der sich über die Jahrtausende tief ins rotbraune Gestein gefräst hatte. Kaum am anderen Ufer angelangt, ging es zur Abwechslung wieder mal bergan, über eine Geröllhalde und in Serpentinen den Steilhang hinauf. Seine Schultern, seine Füße, sein Allerwertester, alles schmerzte. Er wurde auf eine harte Probe gestellt – doch er biss die Zähne zusammen, dass die Kieferknochen knirschten. Mit der Wut der Verzweiflung erhöhte er noch mal die Schlagzahl. Pulsschlag und Blutdruck oszillierten garantiert im roten Bereich. Gottlob war niemand hier, um ein Belastungs-EKG zu machen. Tritt um Tritt schraubte er sich höher, querte Lawinenstriche, stieg durch lichter werdendes Nadelgehölz. Knapp an der Baumgrenze ging es über eine Almweide, auf der noch Schnee lag. In ein, zwei Wochen würde hier alles in voller Blüte stehen. Bienen, Hummeln und anderes geflügeltes Getier herumschwirren. Noch boten die Hochweiden allerdings einen reichlich trostlosen Anblick. Der Fußmarsch zur Strobl-Alm schien kein Ende nehmen zu wollen – doch nur die Harten kamen in den Garten: Falls der alte Rabensteiner dort oben etwas vergraben hatte, falls Hofers Schatzschatulle kein bloßes

Fantasieprodukt war, dann würden sie den Schatz heben. Und all die Mühen und Plagen würden belohnt werden.

Die letzten Meter verlangten Sonnleitner das Letzte ab. Die Sonne brannte unbarmherzig vom Himmel und ließ den Schnee zu seinen Füßen schmelzen. Die Almwiesen hatten sich in Schlamm und Morast verwandelt. Sepp blickte auf und o Wunder, das Ziel war nah. Der Bauer lehnte an einem von Wind und Wetter angegrauten Feldkreuz und winkte ihm zu. Vitus winkte nicht, er biss in eine Kabanossi und brüllte mit vollem Mund: »Wo bleibst denn so lang? Bist unterwegs eingekehrt? Auf geht's!« Sein boshaftes Gelächter schallte über Berg und Tal. Grell loderten die Flammen des Jähzorns – Sonnleitner zischelte: »Wart nur, Bürscherl, dich krieg ich schon noch.«

Andrä Hinteregger, der Lahner-Bauer, klopfte ihm anerkennend auf die Schulter. »Das ist der Altar Gottes. Ein Ausblick wie bei den Engeln im Himmel.« Das Panorama der wild gezackten Grate, der schneebekränzten Gipfel raubte einem fast den Atem. Ein Anblick von wilder Würde und erhabener Schönheit. Er löste die Riemen des Rucksacks und kippte, den Gesetzen der Schwerkraft gehorchend, arschlings in eine Schneekuhle. Den nassen, feuchten Schnee unter seinen vier Buchstaben bemerkte er kaum, spürte er doch, dass dies hier ein besonderer, von den Göttern gesegneter Ort war. Ein Ort, der einem Garten Eden auf Erden schon ziemlich nahe kam.

Die Strobl-Alm lag inmitten eines natürlichen, exakt nach Süden hin ausgerichteten Amphitheaters. Sepp musste an die massiven Blockhütten aus der Fernsehserie »Bonanza« denken. Die Bohlen leuchteten in einem tiefen, mahagoniartigen Braun, das Schindeldach war mit wuchtigen Feldsteinen beschwert. Es hätte ihn nicht gewundert, wenn Big Hoss mit seinem unnachahmlichen Grinsen aus der Tür getreten wäre. Der ebenso gut genährte wie gutmütige Cartwright-Spross war für ihn als Teenie einer gewesen, der Halt und Orientierung verkörperte. Ein Held, der zudem ein saftiges T-Bone-Steak zu schätzen wusste.

Hinteregger holte ihn jäh aus seinem amerikanischen Western-Traum. »Die Strobl-Alm war schon immer ein Teil vom Hof. Die eine Hälfte gehört uns, die andere Hälfte dem Martl von Mieders, einem Cousin meiner Frau. Die Mutterkühe kommen frühestens übernächste Woche mit den Kälbern auf die Weide. Es ist also kein Feuer im Ofen und nix hergerichtet.« Der Bauer übernahm den Part des Fremdenführers. »Nach der verlorenen Schlacht am Bergisel hat sich Oswald Rabensteiner den Winter über hier oben versteckt. Dein Urahn, Veitl, war einer von Hofers engsten Vertrauten und auf dem Steckbrieferl ganz oben. Er hat sich mit dem Erbhofbauern verständigt und ihm den Hof um 50 Gulden abgekauft.« Der Lahner-Bauer hob einen Erdklumpen auf: »Der Mensch vergeht, Grund und Boden besteht.«

»Dem Hofer ist es weniger gut ergangen«, wandte Sepp ein.

»Wohl, wohl! Der Sandwirt hat sich auf der Pfandler-Alm verkrochen, der Raffl Franz aber hat ihn um 1.500 Gulden an die Franzosen verkauft. Man möchte meinen, dass es dem ›Judas‹ schlecht ergangen wäre. Raffl hat aber bis zu seinem Tod unbehelligt als Hallknecht in Bayern gelebt. Der Hofer hingegen wurde in Ketten gelegt und im Februar 1810 in der Festung zu Mantua füsiliert.«

Seit ihrer Unterhaltung am Totenbichl lag es für Sonnleitner auf der Hand, dass es in den Tiroler Reihen mehr als einen Judas gegeben hatte. Der Geist Rabensteiners hatte durchblicken lassen, dass einige der Rebellen die Pläne ihres Oberkommandanten hintertrieben hatten. Die »Falken« hatten sich nicht in die unvermeidliche Niederlage fügen, keine Verhandlungen mit dem Feind führen wollen. Deswegen waren sie zu Hochverrätern geworden. So weit, so gut. Blieb die Frage, wer die Toten und ihre Geheimnisse unbedingt ruhen lassen wollte. Und zwar um jeden Preis.

Die rostigen Angeln quietschten wie in einem Gruselfilm aus der Klamottenkiste. Schwerfällig schwang die mit Eisenbändern beschlagene Tür auf – durch den Spalt fiel etwas Licht in den düsteren Innenraum. Das Kirchlein lag unter einem Felsüberhang, keine 150 Meter von der Alm entfernt. Von außen betrachtet machte es mit seinem stämmigen, schindelgedeckten Glockenturm nicht viel her. Eben jener Oswald Rabensteiner hatte die Gedenkkapelle vor 200 Jahren aufmörteln lassen. Der Lahner-Bauer trat vor den Altar, beugte sein Knie und hielt Zwiesprache mit der Statue der Madonna. Rabensteiner drückte sich mit unschlüssiger Miene ins Eck. Sepp schlug kurzerhand ein Kreuz. Es konnte nicht schaden, sich mit den Himmelsmächten gut zu stellen. Wenn er sich auch sonst nur bei Hochzeiten oder Beerdigungen in der Kirche blicken ließ. Den übersinnlichen Kräften, den jenseitigen Wesen begegnete er jedenfalls mit gebührendem Respekt. In dem kleinen Raum roch es nach vertrockneten Blumensträußchen und ganz zart nach Lavendel. Der Verfall war überall. Die Putzschicht blätterte ab, das Mauerwerk war von einem Geflecht feiner Haarrisse durchzogen. Aus den düsteren Ecken des kahlen Raums kroch die Kälte. Hinter ihm scharrte Rabensteiner mit den Hufen. »Ziemlich zapfig da herinnen.«

»Es ist saukalt! Aber schaut mal hierher.« Hinteregger hatte sich vor der geheimnisvoll in sich hineinlächelnden Madonna verneigt und war vor ein in Stein gehauenes Reliefbild getreten, das links vom Altar in die Wand eingelassen war. »Roter Adneter Marmor, feine Steinmetzarbeit. Das hat einige Gulden gekostet.« Sepp war das schlichte, ungefähr 1 Meter mal 70 Zentimeter messende Steinrelief schon aufgefallen. Die Inschrift war in der verschnörkelten Schönschrift der Altvorderen gehalten und dementsprechend kaum zu entziffern. »Sein Grabmal befindet sich unten im Dorf, an der Südwand der Kirche. Vor seinem Tod hat der alte Rabensteiner eine Jahrtagsstiftung samt Seelenmesse errichtet und darin verfügt, dass jedes Jahr am 2. November ein Requiem für ihn gehalten werden soll. Die Urkunde müsste sich im Kirchenarchiv finden lassen.«

»Früher war es bei uns Brauch, den Verstorbenen erst am Allerseelentag zu gedenken, ned schon an Allerheiligen«, schulmeisterte Rabensteiner, dem die Allgegenwart des Todes Unbehagen zu bereiten schien.

Der Lahner-Bauer zeichnete mit dem Zeigefinger die Umrisse eines Kelchs, eines Kreuzes und eines Totenkopfs nach. »Mit Allerseelen hat das nicht das Geringste zu tun! Der Ahn hat daran erinnern wollen, dass er den Nachstellungen des Feindes glücklich entronnen ist. Der alte Fuchs hat es angeblich geschafft, sich einen Teil der bei den Plünderungen gemachten Beute unter den Nagel zu reißen – einen Sack voller Goldgulden.«

»Wie hätte er auch sonst den Hof kaufen, die Kapelle erbauen und sich eine marmorne Grabplatte leisten können.« Sepp beugte sich vor, um die Majuskel-Schrift unter die Lupe zu nehmen. An allen vier Ecken des Reliefs waren bildhafte Symbole wie Rosetten, Wolken und eine Art Weinfass auszumachen.

Der Lahner-Bauer seufzte. »Der Reichtum hat nicht lang vorgehalten. Seine sieben Kinder haben sich über das Erbe heillos zerstritten. Die Nachkommen haben alles verscherbelt, was nicht niet- und nagelfest war. Einer hat dem anderen nichts vergönnt, bis für keinen mehr genug zum Leben übrig war. Von Zank und Zwist verschont geblieben sind nur die beiden Höfe, der am Lahner und der andere im Stubai. So geht's, wenn man untereinander uneins ist.« Der Bauer lachte rau und freudlos.

»Und was steht hier? Ich kann diese Spinnenbeinchen-Schrift nicht entziffern.«

Hinteregger buchstabierte stockend. »Hier harrt der arme Sünder Oswald Rabensteiner, Lahner-Bauer zu Navis und gewester Adjutant des Tiroler Feldhauptmanns Andrä Hofer der Wiederkunft Jesu – auf dass Gott seinem Knecht gnädig sein möge. Ubi aquilae volant, ibi est libertas.« Anno Domini MDCCCXL. Die römischen Ziffern traten plastisch hervor und waren daher leicht zu lesen. Der Geist, der erst vor einigen Tagen so angeregt mit ihnen geplaudert hatte, spukte also bereits ein paar Jährchen im Äther herum. Über 175 Jahre, um genau zu sein. Sonnleitner überlegte so angestrengt, dass seine Schläfenadern hervortraten. Was hatte ihm »Fichtner« ins Ohr geflüstert? Was hatte er wie ein Mantra wiederholt, ehe er sich ins Reich der Schatten abgesetzt hatte? Sapradi, er konnte sich auf den exakten Wortlaut nicht mehr entsinnen. Irgendetwas mit einem Adler, das ja, irgendein lateinisches Diktum, auch das, aber was hatte er ihm damit sagen wollen? War dieser Gedenkstein mehr als nur ein Sühnezeichen? Lag dahinter der Hund, die Wahrheit begraben?

HERZ SAU

Sonnleitner war fort und prompt brach das Chaos aus. Ihr Vize war auf Lehrgang, der Ossi-Ochs hütete mit 39 Grad Fieber das Bett. Die Personaldecke der Polizeiinspektion Brannenburg war so dünn wie fein ausgerollter Strudelteig. Dienststellenleiter PHK Mühlbauer hatte sich zehnmal bei ihm entschuldigt und ihn dann zum dritten Mal diese Woche zur Nachtschicht eingeteilt. Silvester »Fesl« Gietl trug es mit der ihm eigenen stoischen Gelassenheit. Was half es, wenn man sich über Dinge aufregte, die man eh nicht ändern konnte? Gietl bedauerte dennoch, dass Sonnleitner nicht im Land weilte. Sepp war die graue Eminenz ihrer Dienststelle. Er bestimmte, wo es lang, wer mit wem auf Streife ging. Der Duckmäuser Mühlbauer und dessen farbloser Stellvertreter Winhart leiteten die Dienststelle nur pro forma, dem Organigramm nach. Sepp Sonnleitner war mit seinen über 30 Dienstjahren unangefochten das Alphatier im Revier. Und Polizeiobermeister Gietl stand loyal zu ihm. Er selbst hielt sich im Windschatten und fuhr gut damit. Die Lorbeeren konnten gern andere ernten. Heute war er allerdings – laut Dienstplan – Chef vom Dienst. Brannenburg war in der Regel ein ruhiges Pflaster. Hier gab es keine Banlieues, keine Hartzi-Quartiere. Für Stress sorgte lediglich die Notunterkunft im Gewerbegebiet Am Moosrain, in der an die 50 Asylbewerber in Wohncontainern hausten.

Zum Großteil junge, testosterongesteuerte Männer aus dem Nahen Osten und Schwarzafrika. Vorigen Herbst hatte eine Gruppe angehender Jung-Krimineller aufgemuckt und auf den Straßen randaliert. Die von Sonnleitner eilig zusammengetrommelte Bürgerwehr hatte den Burschen jedoch bei einer nächtlichen Kommandoaktion nachdrücklich gezeigt, dass nicht nur die Schlägertrupps von Busch-Potentaten mit Knüppeln und Baseballschlägern virtuos umzugehen wussten. Gietl gedachte also, den Nachtdienst ganz geruhsam zu verbringen: ein paar Chips im Online-Casino rollen lassen und sich ein, zwei Pornofilmchen reinziehen. »Die schwarze Masseuse Teil sieben«, etwas in der Art. Silvester Gietl hatte die Rechnung jedoch ohne die neue Kollegin, Polizeianwärterin Melanie Niefanger, gemacht. Mitte 20, schulterlange hellbraune Locken, niedliches Grübchen am Kinn. Breite Hüften, beeindruckende Oberweite, fleischige Oberarme, Typ niederbayerische Walküre. Ihre üppige Figur war durchaus nach Gietls Geschmack – ihr Tatendrang weniger. Die aus Straubing stammende Jungbullin verbreitete eine hektische Betriebsamkeit und nervte mit ständig neuen Verbesserungsvorschlägen zu mehr Arbeitseffizienz. Was tun? Gietl war ein fauler Hund, aber nicht blöd. Es galt, den Ehrgeiz der übereifrigen Kollegin zu bündeln und in die richtige, ihm genehme Richtung zu lenken. Bei einer Latenight-Leberkässtulle und einem Flascherl Bier tastete er sich behutsam vor. »Melanie, was ich dir jetzt sag, bleibt unter uns. Dienstgeheimnis!« Die braungelockte Muskel-Maid hatte ihn erwartungsvoll angeblickt. »Es könnt' sein, dass wir verdeckt ermitteln müssen. Im Fall Ehgartner. Davon darf niemand wissen – nicht einmal der Mühlbauer. Geheime Kommandosache, verstehst?«

Niefanger fing Feuer. »Liegt ein konkreter Verdacht vor? Steht eine Festnahme an?«

Mit der Wurstsemmel in der Rechten musterte er seine tatendurstige Kollegin eindringlich. »So ein Undercover-Einsatz verlangt spezielle, operativ-taktische Maßnahmen. Wenn ich da allein rumschnüffele, fällt das sofort auf. Dich dagegen kennt niemand. Du gehst da also in Zivil rein – ich ganz offiziell in Uniform! Divide et impera – klar?«

Die Polizeianwärterin nickte eifrig. »Logo, getrennt marschieren, vereint schlagen. Um wen geht's, einen Promi?«

Gietl legte den Zeigefinger an die Unterlippe. »Unsere Zielperson verkehrt vornehmlich im Gregori-Garten oder im Stüberl in Schwarzlack droben.«

Niefangers Bäckchen glühten vor Vorfreude auf die Undercover-Nummer. »Wann geht's los?« Sein nagelneues Dienst-iPhone lugte aus der Brusttasche. Fürs Stüberl war die Kurzwahl-Taste drei reserviert.

Der Notruf des Stüberl-Wirts Beni kam keine zehn Minuten später über Funk herein. »Einsatz«, kommandierte Gietl entschlossen. »Wie es der Teufel will, sind agratt im Sonnenstüberl zwei Gäste aneinandergeraten und handgreiflich geworden. Los geht's!«

»Sollen wir die Radl huckepack nehmen? Mit unserem 3er Touring kommen wir da oben nicht weit. Wenn wir auf den schmalen Forstwegen die Verfolgung eines Flüchtigen aufnehmen müssen, wären wir mit den geländegängigen Bikes klar im Vorteil.«

Niefangers Vorschlag klang vernünftig – doch bei ihm schrillten sämtliche Alarmsirenen. Strampeln – bergauf, bergab? Bei Nacht und Nebel? Nur über seine Leiche. Obendrein war der Himmel wolkenverhangen und über den Bergen braute sich ein Unwetter zusammen. Er konnte dankend auf eine Rolle beim Remake von »Auf dem Highway ist die Hölle los« verzichten. Gietl grunzte griesgrämig. »Wieso haben wir keine Pedelecs angeschafft? Nein, Billig-Bikes aus China müssen es sein! Jeder Beinamputierte fährt uns mit seinem E-Radl auf und davon. Diese Schrottteile bringen im Ernstfall gar nix!« Wegen diesem hyperaktiven Weiberts würde er sich gewiss nicht auf nächtliche Verfolgungsjagd begeben, um bei strömendem Regen hügelauf, hügelab in die Pedale zu treten.

»Wir haben doch die Funkgeräte dabei und könnten von unterwegs Verstärkung anfordern, falls uns der Verdächtige zu entwischen droht«, beharrte Niefanger hartnäckig auf ihrem Vorschlag.

Der renitenten Rubens-Schönen galt es, Einhalt zu gebieten. »Wenn du für die Tour de France trainieren willst, dann nach Dienstschluss. Auf jetzt!« Damit war die Diskussion vorerst beendet – und er übernahm das Steuer. So weit kam es noch, dass er sich als erfahrener Polizeibeamter von einem Grünspecht Belehrungen anhören durfte.

Rechts und links des »Highways« schälten sich schemenhafte Schatten aus dem Halbdunkel der Halbmondnacht. Das weiße Hinterteil eines Rehbocks leuchtete kurz im Lichtkegel des Scheinwerfers auf. »Sind wir nicht ein wenig zu schnell unterwegs? Hier gilt Tempo 60. Es wäre doch megapeinlich, wenn wir in eine Radarfalle geraten.« Polizeianwärterin Niefanger hockte stocksteif auf dem Beifahrersitz und schielte zu ihm hinüber.

»Da fehlt sich nix, Melanie, hier blitzt schon keiner! Die zwei Halbe steck ich locker weg und die Straße kenn ich in- und auswendig.« Niefanger starrte mit ängstlich geweiteten Augen zur Windschutzscheibe hinaus, aber hielt den Mund. Schwarzlack war ein mitten im Wald gelegener Einödhof samt Gnadenkapelle und Gaststüberl. Ihr Operationsgebiet war durchaus nach Gietls Gusto. Das Sonnenstüberl suchte Fesl auch privat nach Feierabend gern auf. Siegfried »Siggi« Dürr war daher kein Unbekannter für ihn. Nach Möglichkeit ging er dem gfotzerten Radaubruder allerdings aus dem Weg – Gleiches galt für Dürr, wusste der doch seit einem Vorfall im letzten Frühling genau, dass er Polizist war. Die Achillesferse des Hardcore-Süfflings war seine prahlerische, überhebliche Art. Diesen Schwachpunkt gedachte Gietl zu nutzen, um ihm auf den morschen Zahn zu fühlen. Gietl hatte die Operation minutiös vorbereitet – und den Notruf fingiert. Niefanger saß draußen im Streifenwagen und fieberte ihrem Einsatz entgegen. Mit Hilfe eines Minifunksenders in seiner Jackentasche konnte er seine Junior-Partnerin jederzeit anfunken. Um ihr Inkognito zu wahren, war Niefanger in eine abgeschabte Fransenjacke im Maffay-Look geschlüpft und hatte sich in eine enge neongelbe Trikothose gezwängt. Sonnleitners Hose war ihr mindestens drei Nummern zu groß. In dem Schlabber-Teil sah sie aus wie ein Clown in der Manege. Perfekt!

Gietl fläzte auf einem der Barhocker und behielt den Eingang der Spelunke im Auge. Wirt Beni hatte ihm versichert, dass Dürr garantiert noch aufkreuzen würde, da er eine »Wette« laufen hätte. Das Stüberl war einer dieser stillen Orte, die man zu einem einzigen Zweck aufsuchte: um sich die Kante zu geben, bis die Leber SOS funkte.

Dementsprechend »ansprechend« war das Innendesign der Schluckspecht-Schenke. Die Wände waren mit Spanplatten beplankt und mit nordischem Fichtenfurnier vertäfelt. Das Mobiliar entstammte diversen Haushaltsauflösungen und zeugte von einem »erlesenen« Geschmack, individuell konfiguriert. Die in Baumarkt-Bilderrahmen gepressten Konzert-Plakate aus den 70er-Jahren waren bräunlich verfärbt wie die Fingerkuppen eines Roth-Händle-Rauchers im Endstadium. Über der Bar funzelten ein paar Leuchtstrahler, die die Gaststube abwechselnd in violette und rötliche Halogentöne tunkten. Aus Boxen, die Benis Metal-Band »Hammerfest« aussortiert hatte, dudelte das indigene Retro-Repertoire: Stones, Led Zeppelin, Deep Purple. Um den Bierabfluss zu beschleunigen, bediente sich Beni zwischendurch unverwüstlicher Härtefall-Hymnen à la »Far far away« oder »Give it All«. Heute hatte sich Beni allerdings im Tonträger vergriffen. Fesl spitzte die Ohren. Auf dem Plattenteller rotierte tatsächlich DJ Ötzi, die Wuchtbrumme aus dem ewigen Eis. »Ich bin so stark, ich bin so toll, ich bin der Anton aus Tirol.« Der Refrain des Ohrwurm-Ötzis schepperte durch die Kaschemme. Auf dem Plasmabildschirm über der Bar lieferten sich derweil zwei pausbäckige Guinness-Fressen ein »packendes« Duell an der Dartscheibe. Wirt Beni war, wie es aussah, ausnehmend guter Laune und ließ die gut gepolsterten Hüften im Stil eines Go-go-Ötzis kreisen. »Meine gigageilen Wadeln sind der Wahnsinn für die Madeln!« Fesl wusste, was nun unweigerlich kommen musste – und prompt bestätigten es die beiden Tequila-Tenöre an der Bar. »Meine Figur, ein Wunder der Natur!« Das Gejohle der Bar-Belegschaft steigerte sich zu einem archaischen Schlachtruf. »Anton, Anton!« Um das Kampfgeheul der Hopfen-»Highlander« zu übertönen, brüllte er Beni ins Ohr: »Oamoi seng ma uns wieder, wie wär's?«

»Willst unseren Volksrocker winseln hören?«, knurrte der Wirt. »Dann begehen hier drin alle kollektiv Selbstmord. Und Ruhe is!« Beni schlenzte ein Bierfilz über den Tresen, darauf kam ein Hefeweißes zum Stehen. »Aber erst nachdem alle ihre Deckel abbezahlt haben. Apropos Deckel. Dschihad-Django spaziert grad zur Tür herein.« Mit zwei gespreizten Fingern bedeutete Fesl dem Wirt, dass er verstanden hatte. Nach zwei kräftigen Schlucken schwang er auf dem Hocker herum und sah sich unauffällig um.

Dürr lehnte lässig am blinkenden Flipperautomaten. So als ob er für das Mahnmal des unterbeschäftigten Arbeiters posieren wollte. Seine Rechte krampfte sich um eine Schnapsbuddel, die in der Seitentasche eines verdreckten Army-Parkas steckte. Zwischen den Fingern der Linken klemmte ein Glimmstängel, halb Zigarillo, halb Zigarre. Dem verwahrlosten, ja verlausten Zustand seiner Garderobe nach zu urteilen, hatte Gietls »Zielobjekt« schon länger keinen Kontakt mehr mit sanitären Einrichtungen gehabt. Die strähnigen Zotteln fielen ihm über die Schultern. Die fahlgelbe Haut war mit eitrigen Pusteln und kleinen roten Wimmerln übersät. Siggi Dürr war der hagere Typ, ausgemergelt mit hohlwangigem Gesicht und tiefliegenden, unstet flackernden Augen. Die Idealbesetzung für den Part des Boandlkramers im »Brandner Kaspar«. Gietl brachte dem »Boandlkramer« gehörigen Respekt entgegen. Dürr war leicht entflammbar und ob seiner Brutalität gefürchtet. Dass Dürr kräftig austeilen konnte, hatte Fesl selbst erlebt. Beim Tanz in den Mai war es letztes Jahr in einem Festzelt am Samerberg zu einer Schlägerei gekommen. Vor Ort hatten er und sein Kollege PHM Brandstätter versucht, den Streit zu schlichten. Vergeblich – Dürr und zwei andere Rowdys waren auf sie losgegangen und hatten Brandstätter auf die Bretter geschickt. Bei dem Einsatz hatten sie den Fehler begangen, die klapprige Gestalt im Vogelscheuchen-Look zu unterschätzen. Dies hatte Brandstätter eine mittelschwere Gehirnerschütterung und zwei gebrochene Rippen beschert. Erst ein Warnschuss hatte die Brüder zur Räson gebracht. Vorsicht war geboten. Dürr war kräftig, zäh, dazu hinterlistig und verschlagen. Ein harter Hund, der mit fernöstlichen Kampftaktiken vertraut war, Griffe und Schläge aus dem Jiu-Jitsu-Repertoire beherrschte. Obendrein war er nachtragend wie ein Elefantenbulle. Fesl würde auf der Hut sein. Dürr steuerte im leichten Zickzackkurs auf die Bar zu. Streitlustig stützte er sich dort mit beiden Händen ab. »Gibt's in deinem verranzten Sauladen genießbaren Rebstoff?«

»Rot oder Weiß?«, erwiderte der Wirt, ohne sich von Dürr provozieren zu lassen.

»Dein Fusel schmeckt doch eh nur nach Scheiße und Schimmel.«

In Benis Gesichtsmuskulatur zuckte es gefährlich, noch hielt er seinen Zorn im Zaum. »Rosso Toscano drei Euro 50, spanischer Rioja vier Euro 50, Lagrein Riserva Kellerei Bozen sechs Euro.«

Dürr knurrte wie ein zu kurz gehaltener Kettenhund. »Sechs Euro, du ausgeschamter Hammel! Ist dein ›Riserva‹ wenigstens vom Barrique-Fassl?«

Die schroffe und abweisende Miene des Wirts sprach Bände – doch er versetzte nur trocken: »Charaktervoll,

Aromen von Waldbeeren, frischen Kirschen und blauen Veilchen. Traditionelles Terroir.«

»Den Terror mach ich, falls der Rachenputzer nicht nach Ferrero-Kirsch, sondern nach Aldi-Südhang schmeckt!« Damit war der Etikette Genüge getan: Mit der Unerschütterlichkeit eines lappländischen Eisfischers entkorkte Beni die Flasche und beschnüffelte den Korken, ob der Wein nicht etwa moussierte. Dürr beobachtete jede Verrichtung des Wirts mit Argusaugen. »Hast etwa einen Sommelier-Kurs belegt, du Rossbollenklauber?« Als die rötliche Flüssigkeit in ein dünnwandiges, langstieliges Gefäß gluckerte, verzog sich Dürrs Mund zu einem gehässigen Grinsen, sodass eine Reihe überraschend gesund und gepflegt aussehender Zähne zum Vorschein kam.

Die hiesigen Gerstensaft-Genossen waren ein wilder Haufen, doch ein jeder nahm sich vor Dürr in Acht. Man traute ihm nicht über den Weg, traute ihm eher alles zu. Dürr war ein Chamäleon, ein schillernder, schwer zu durchschauender Charakter. Ein geschickter Intrigant, der am Fließband Lügengeschichten auftischte und mit heimtückischer Schlauheit Zwist und Zwietracht säte. Ein Promille-Prophet, der mit larmoyanter Penetranz die Verderbtheit der Welt, die Niederträchtigkeit der Menschen geißelte. Ein unbeherrschter Choleriker, der seine Anfälle von Jähzorn und Wut nicht zu kontrollieren wusste. Dass Dürr jemandem den Schädel einschlug oder die Gurgel aufschlitzte, war für Gietl absehbar, an sich nur eine Frage der Zeit. Die Hardliner unter seinen Kollegen hatten nicht unrecht, wenn sie sich über die zu laxen Strafgesetze ereiferten, die es nicht zuließen, tickende Zeitbomben wie Dürr rechtzeitig zu entschärfen. Ein Totschläger, ja – aber ein Mörder? Einer, der gezielt einen Anschlag plante – und seine Flucht organisierte. Dagegen sprach die Tatsache, dass Dürr weder einen Waffen- noch einen Führerschein besaß. Es erschien ihm mehr als unwahrscheinlich, dass sich Dürr die Mühe gemacht hätte, illegal eine Waffe zu beschaffen. Er hätte einen anderen Weg gewählt, um Ehgartner umzubringen. Ein Kampfmesser, eine Stahlschlinge hätten ihm vollauf genügt.

Gietl hatte seine Hausaufgaben gemacht. Er hatte die Gerichtsakte mit dem Registerzeichen Ds 228/14Ro angefordert. Dürr war wegen Beteiligung an einer Schlägerei sowie gefährlicher Körperverletzung vorm Amtsgericht Rosenheim angeklagt – aber lediglich zu einer Bewährungsstrafe verurteilt worden. Er und Brandstätter hatten als Zeugen ausgesagt – zwei Spezl der Angeklagten waren allerdings zusammen mit einem Winkeladvokaten vor Gericht erschienen, um den Einsatz der Polizei als unverhältnismäßig zu geißeln – und ihnen Stasi-Methoden vorzuwerfen. Wer in diesem Land für Recht und Ordnung eintrat, stand auf verlorenem Posten! Dürrs Akte war jedenfalls ein Musterbeispiel, wie man Gewohnheitsverbrechern das Leben erleichterte. Die asoziale Ader lag ihm quasi im Blut. Der Dürr-Clan war irgendwann im 13. Jahrhundert ins Land geholt worden, um ein abgelegenes Waldgebiet an der oberen Ache urbar zu machen. Das Leben in der Wildnis bot durchaus Vorteile, kein Pfaffe, kein Steuerpächter, noch nicht einmal die Räuber trauten sich hierher. Andrerseits ließ sich auch sonst niemand blicken, um mit den Hinterwäldlern Handel zu treiben oder deren Gen-Pool aufzufrischen. In der düsteren Gegend gab es nichts zu holen. Schmalhans war Küchenchef – der Hunger Stammgast. In Dürrs Ahnengalerie fand sich eine Reihe verschrobener Gesellen, die in der Abgeschiedenheit der Wälder absonderliche Charakterzüge entwickelt und ihre charakterlichen Anomalitäten von Generation zu Generation weitervererbt hatten. Über die Jahrhunderte hatte die Sippschaft einen evolutionären Sonderweg eingeschlagen. Alles »Auswärtige« war ihnen zutiefst suspekt und zuwider. Die Folge dieser mit Inzucht und Ignoranz einhergehenden Isolation war, dass die verwilderten »Wald-Menschen« belächelt und beargwöhnt wurden. Die Leute im Tal hegten nicht zu Unrecht Vorurteile gegenüber diesem eigenartigen Menschenschlag. Ihr hochfahrendes Wesen, ihr übersteigertes Ehrgefühl, das sich mit dem Imponiergehabe bayerischer Berggorillas paarte, all dies prädestinierte die »Dürrs« für die Rolle ewiger Außenseiter. Siggi Dürr war nur ein weiteres Beispiel dafür, dass Darwin recht hatte.

Dürr lümmelte in legerer Haltung an der Wand und prostete Gietl und zwei anderen Thekentrollen zu. Der Lagrein Riserva schien ihm zu behagen. »Dass unser Sancho Pancha so etwas Feines auf Lager hat! Prost, Beni, zum Wohlsein, alter Halsabschneider!« Die Lippen des Wirts waren dünn wie zwei Bleistiftstriche. Wenn Dürr so weitermachte, würde er doch noch eine aufs Maul bekommen, und er durfte einschreiten, um die Streithähne zu trennen. Gietl überlegte fieberhaft, wie er Dürr austricksen konnte. Von sich aus würde dieser Drecksack gewiss keine fallrelevanten Informationen ausplaudern. Und wenn Niefanger auf Tuchfühlung ginge? Es war allerdings mehr als fraglich, ob die vollbusige Schönheit bei einem Lederjüngling vom anderen Ufer landen würde. Dürr kam langsam in Wallung. »Keinen Finger hat er gerührt, als sie mich bei der Brauerei rausgeschmissen haben. 15 Jahre habe ich mich dort abgeschuftet! Aber es gibt noch eine Gerechtigkeit!

Hin ist er, der falsche Hund.« Auf Alkohol reagierte jeder Mensch anders – der eine wurde rührselig, der andere übermütig, Dürr fletschte die Zähne – und brachte sich neben ihm in Stellung. Gietl konnte seinen fauligen Atem riechen. »Ich weiß genau, weshalb du Fuchsgesicht hier bist. Aushorchen willst mich.« Er grinste boshaft. »Verzieh dich, Bullenarsch! Von mir erfährst du nix! Nur eines: Die Lügenpriester trifft der gerechte Zorn Gottes!«

»Ein feiger, hinterhältiger Mord ist also gerecht?« Gietl packte ihn am Kragen.

Dürr suchte sich aus seinem Griff zu befreien. »Hände weg, sonst zeig ich dich an, du Faschoschwein! Ehgartner hat mich verpfiffen, kapiert? Dabei war er die größte Drecksau. Aber er war ja ein Ehrenmann, ein Patriot gar.« Dürr blickte ihn aus blutunterlaufenen Augen an und Gietl hielt dem mordlüsternen Blick stand. Dann erst entließ er ihn aus seinem Griff – und trat mit aller gebotenen Vorsicht den Rückzug an.

»Dem hast es gezeigt, Siggi! Eine Runde für alle, ha?«, krakeelte ein ziegenbärtiger Radaubruder. »Komm, gib einen aus!«, sekundierte ein batzelaugerter Jägermeister-Jünger.

»Am Arschgeweih könnt's mich kraulen, ihr Ruamzuzler.« Dürr keckerte wie eine zahnlose Wetterhex und sog gierig an seinem Glimmstängel. Nein, die sanfte Tour würde zu nichts führen. Gietl zog sein iPhone heraus und wählte eine der Nummern im Kurzwahlspeicher. Bartholomäus Pföderl meldete sich beim zweiten Klingelton. »Fesl, was liegt an?« Dürr würde reden – so oder so, wenn es sein musste à la Guantanamo.

GRAS SAU

Es hatte sich ausgepafft. Dürr hing kopfüber in der Kloschüssel. Nach quälend langen Sekunden ließ Pföderl locker und befreite ihn aus seiner misslichen Lage. »So, der Ehgartner war also das Hinterletzte, aha! Und weiter?« Der Delinquent schnappte prustend nach Luft. »Dieses hinterfotzige Sackgesicht hat mich ins offene Messer laufen lassen.«

»Wie das?«, warf Gietl ein – und sah dabei so arglos drein wie Balu der Bär. Gietl schaltete das Mini-Diktiergerät ein, um Dürrs »Geständnis« auf Band zu verewigen.

»Zu Anfang hat er einen auf Kumpel gemacht. Damals war ich Ausfahrer. Der Erwin hat sich um den Versand und den Direktvertrieb gekümmert. Und die Touren eingeteilt.« Dürrs Stimme klang zittrig, doch es schwang ein gehässiger Unterton mit. »Ein gewiefter Hund war er, er hat die Lieferlisten und Abrechnungen so geschickt manipuliert, dass den Rechnungsprüfern nix aufgefallen ist – und wenn doch einmal einer Verdacht geschöpft hat, war er um Ausreden nie verlegen: ein Fehler im FiBu-System, ein Unfall mit dem Gabelstapler, ein depperter Kunde.«

»Das gibt's doch ned. Die Revision muss doch gespannt haben, dass da Ware spurlos verschwindet«, wandte Pföderl ein.

Dürr schüttelte energisch den Kopf. »Glaubt's mir. Die Genossenschaftler waren so blöd, ihn zum Vertriebschef zu befördern. Ich war ja nur ein kleines Licht. Aber Ehgartner hat im großen Stil Bier abgezapft und am Fiskus vorbei verscherbelt.« Pföderl nickte, das bestätigte die Aussagen des Disponenten, dieses Bernpointners. »Ein Großteil davon ist über Umwege nach England rüber. Mit satten Margen. Die Biersteuer ist dort zehnmal so hoch wie bei uns und für die Retouren, das Rückbier, wie wir sagen, wird die Steuer rückerstattet.«

Pföderl grinste zufrieden – auch dieser Teil der Geschichte deckte sich mit dem, was er bereits in Erfahrung gebracht hatte. »Irgendwann warst dann du aber dran.« Gietl packte den widerspenstigen Zeugen am Nacken und presste ihn nach unten.

»Nein, nicht, ich sag euch ja alles, was ihr wissen wollt.« Dürr schniefte. »Als der Erwin gemerkt hat, dass es eng wird und ihm die Zollfahnder auf die Pelle rücken, hat er es so gedreht, dass er fein raus war. Drei Lkw-Fahrer, den Disponenten und den Lagerleiter haben s' eingebuchtet.«

»Und dich gleich mit«, setzte Pföderl nach. Er war sich sicher, dass Dürr sehr wohl eingeweiht war – und mehr als nur Brosamen abbekommen hatte. »Wie viel haben sie dir aufgebrummt?«

Dürr ruderte wie wild mit den Armen. »Das ganze Verfahren war ein Witz. Die Staatsanwaltschaft hat mich der Urkundenfälschung sowie der Beihilfe zur gewerbsmäßigen und bandenmäßigen Steuerhinterziehung bezichtigt. Dabei haben sie nichts in der Hand gehabt.«

Gietl schnaubte. »Ach was, wieso haben sie dich dann zu eineinhalb Jahren ohne Bewährung verknackt?«

Ihr Zeuge hustete. »Ehgartner hat vor Gericht gegen mich ausgesagt – ich hätte von den gefälschten Abrechnungen gewusst und mich aktiv an den illegalen Geschäften beteiligt, die Sau!« Geifer rann aus seinem Mundwinkel. »Mein Job war weg – mein Leben war ruiniert, und alles wegen diesem miesen Dreckschwein, abstechen hätte ich ihn sollen!«, brüllte Dürr, dass es von den Klowänden widerhallte.

»Was macht's ihr denn da. Da will ich fei nix damit zu tun haben!« Die Polizeianwärterin steckte ihren Lockenkopf herein. Niefanger stand auf Befehl Gietls draußen Schmiere und sorgte dafür, dass das Verhör-Team auf der Damentoilette ungestört blieb. Ihre Miene verriet echte Besorgnis. »Das ist aber nicht ganz legal, oder, was ihr da treibt?«

Gietl wiegelte ab. »Passt schon, die Verantwortung übernehm ich.«

»Ihre Kollegin wär' jetzt übrigens da, Herr Oberkommissar. Sie wartet beim Auto draußen.«

»Wir haben's gleich. Nur eine Minute noch.« Pföderl demonstrierte mit einem gewinnenden Sonnyboy-Lächeln Gelassenheit und Niefanger war halbwegs beruhigt.

Was die Glaubwürdigkeit des »Zeugen« betraf, hegte Pföderl seine Zweifel. Um seinen Kopf aus der Schlinge zu ziehen, würde er jeden des Mordes beschuldigen, seine eigene Großmutter inklusive. »Wer hat deiner Meinung nach den Job erledigt und die Sau geschlachtet?«

Dürr grinste maliziös. »Aber, aber, ihr seid doch vom Fach.«

Gietl packte ihn mit einem schmerzhaften Griff im Genick, sodass das Opfer »polizeilicher Willkür« kurz aufheulte. »Siggi, wir wissen deine Expertise zu schätzen. Hast keinen Tipp für uns – unter Freunden?« Er lockerte den Griff und Dürr sah ihn mit hasserfüllten Augen an.

»Wenn ihr mich so freundlich fragt, würd' ich mal vermuten, dass Ehgartner ein linkes Ding gedreht hat, euren Mister X erpresst und wie eine Weihnachtsgans ausgenommen hat. Ehgartner hat nichts ausgelassen: Unterschlagung, Untreue, Steuerhinterziehung, Hauptsache Cash.« Der Miesling lächelte hinterhältig. »Den Bichler Fonsä habt's ihr ja sicher schon auf eurer Liste. Ich würd' mich fragen, weshalb er massive finanzielle Probleme hat und die feine Madame quasi anschaffen geht. Wer hat wohl hintenrum gegen Ehgartner geschossen und dem Staatsanwalt auf anonymem Weg Beweismaterial zugespielt?« Dürrs Zähne blitzten wie die eines Marders unter der Motorhaube. »Die beiden Wadelbeißer können weder miteinander noch ohneeinander, capito?«

Welches falsche Spiel trieb Dürr da mit ihnen? Pföderl zog ihm am speckigen Kragen seines Parkas hoch. »Wenn du uns verarschst, war das hier ein Wellness-Bad! Wenn dir noch etwas einfällt, dann meldest du dich!«

»Ist ja gut.« In Dürrs verfilzten Haaren hing ein Fetzen Klopapier. Der »Lederboy« hatte schon mal besser ausgesehen.

Pföderl wischte sich den Schweiß von der Stirn – Rose-Marie Duroc fuhr wie ein Henker in Frankreich. »Geht's nicht ein bisschen langsamer? Da vorn ist schon Grainbach.« Keine zwei Minuten später brachte Duroc den 3er Touring mit einem gewagten Bremsmanöver neben dem Trafo-Häuschen zum Stehen. Die rußgeschwärzten Mauern gemahnten an das Attentat vor knapp zwei Wochen. Duroc deutete auf ein nahegelegenes Wäldchen, das im Mondlicht weißlich schimmerte. »Barthl, la foret, il est la?«

Wie ein hüftsteifer Tangojüngling schwang er sich aus dem Schalensitz. »Dahinten, das Schwarzhölzl.«

Mit federnden Schritten lief Duroc die Straße hinab. Pföderl hastete hinterher.

»Dürr hat ausgesagt, dass er hinter der Hecke am Waldrand auf der Lauer gelegen ist. So stalkermäßig. Angeblich wollte er Ehgartner an dem Tag zur Rede stellen!«

»Vraiment, das hat er zugegeben«, kam eine Stimme aus dem Dunkel vor ihm.

»Pfeilgrad, wir haben seine Aussage auf Band! Aus seinem Versteck will er beobachtet haben, wie ein SUV bei der Kirche oben angehalten hat. Der Fahrer wär' dann mit einem Rucksack am Buckel zum Friedhof hinauf.«

»C'est tout? Hat er die Person beschrieben?«

Pföderl seufzte. »Seinen Angaben nach ist er schon länger im Gebüsch drin gehockt – und war sternhagelvoll.«

»Fantastique, auf solche Aussagen freut sich der Richter!«

»Dürr konnte nur erkennen, dass die Person ungefähr 1 Meter 80 groß und von mittlerer Statur war, einen Hut auf dem Kopf und einen weiten Umhang trug.«

Duroc spöttelte. »Eh bien, welch originelle Täterbeschreibung, trifft ungefähr auf jeden Dritten zu!«

Endlich konnte er zu seiner Kollegin aufschließen, die in Siebenmeilenschritten voranstürmte. »Ein Detail ist aber interessant. Angeblich hat der Typ keine Waffe bei sich gehabt – da sei er sich sicher. Das Gewehr war am Friedhof versteckt. Die Tat also von langer Hand geplant.« Zwischen ihnen und dem Waldstück lag eine Weide, auf der sich ein paar glückliche Kühe über Weidelgras, Wiesenrispe und die ersten Löwenzahnblümchen hermachten.

Die Kommissarin echauffierte sich. »Alors, da sollen wir rüber? Durch die glitschige Matsch? Woher wissen wir, dass uns dieser Dürr nicht nur etwas vorflunkert?« Der Einwand war so unberechtigt nicht. Ihr »Zeuge« war alles andere als vertrauenswürdig. Pföderl schnäuzte sich geräuschvoll. Hoffentlich hatte er sich auf dem versifften Klo keinen Bazillus eingefangen.

Rose-Marie Duroc sah ihn aus ihren großen, mit Kajal umrandeten Augen an. »Et maintenant. Was suchen wir hier? Es ist feucht, es ist kalt, c'est une idiotie.« Pföderl nieste herzhaft. »Hatschi. Du wirst jetzt nicht krank, oder? Untersteh dich!«

Er winkte ab. Duroc musste nicht erfahren, dass er schon seit seiner Bräustüberl-Tour nicht ganz auf dem Damm war. »Wenn wir etwas finden, beweist uns das, dass uns Dürr nicht angelogen hat. Wenn er gegen Bichler aussagt, nehmen wir ihn in U-Haft!«

Durocs Taschenlampe funzelte durchs Unterholz. »D'accord, wieso warten wir dann nicht bis morgen und lassen Orterers Trüffelschweine von der Leine? Da soll die Kriminaltechnik ran.« Duroc blieb mit den Hemdsärmeln an einer Brombeerranke hängen und fluchte wie ein bretonischer Rohrspatz. »Connard, et voilà la merde! Du kriechst allein weiter durchs Gebüsch und ich geh zurück zum Wagen, eh bien?« Duroc machte auf dem Stiefelettenabsatz kehrt.

»Halt, jetzt wart mal, Rose!« Pföderl keuchte ihr im Schweinsgalopp hinterher. Lichtstrahlen geisterten durch den finsteren Tann. »Ich hab an alles gedacht, wir …«

Duroc wirbelte so abrupt herum, dass er beinahe in sie hineingestolpert wäre. »An was denkst du, Barthl? An die Gummistiefel?«

Der Metalldetektor piepte, ein nervtötender, hochfrequenter Ton, der ihm jedoch wie Engelsgesang im Gehörgang klang. »Da, an dem Baum da drüben, Rose, da piept es, laut und deutlich.« Barthl Pföderl stotterte wie der letzte Torf-Trottel. Er konnte sein Glück kaum fassen. Die Suche nach der berühmten Stecknadel im Laubhaufen schien erfolgreich zu verlaufen. Die dicke Buche reckte ihre Äste gen Himmel – und behauptete seit 250 Jahren ihren Logenplatz am Waldesrain. Anno 1809 hatte sie die bayerische Armee auf ihrem Weg nach Tirol vorbeiziehen sehen. Sie hatte Föhnstürmen, Hagelschauern und im Frühjahr 45 dem Einschlag einer 250-Kilo-Bombe getrotzt. Eine Gewehrkugel kratzte sie wenig. Heikel war nur der Fundort. Das metallische Objekt befand sich nicht etwa in Bodennähe, sondern in einer Höhe von circa zwei Meter 50.

Duroc spornte ihn an. »Allez y, auf was warten wir, die Feuerwehr? Haben wir, wie sagt man, une échelle, dabei?«

»Ein Kasten Bier ist noch im Kofferraum. Da können wir uns draufstellen.«

Duroc bedachte ihn mit einem strafenden Seitenblick. »Du hievst mich da jetzt rauf. Ne me résiste pas.« Pföderl gehorchte. Was blieb ihm anderes übrig: Räuberleiter. Ächzend stemmte er an die 60 Kilo Lebendgewicht in die Höhe. Über ihm pulte Duroc mit einem Mini-Messerchen in der Borke herum.

»Jetzt mach hin, hol die Kugel raus, das kann so schwierig nicht sein«, beschwerte er sich.

»Ah, par pour les mauviettes. Du Schwächling.«

Pföderl blickte nach oben. Über ihm hing ein immerhin ganz ansehnlich geformtes Hinterteil wie ein Damoklesschwert. »Schick dich fix, bin ich etwa Atlas und stemm den Globus?«

Duroc ignorierte sein Geraunze. »Voilà, Operation geglückt, Patient tot. In die Tüte mit dir.«

Solche Aktionen führten garantiert zu Bandscheiben-Problemen im Alter. Hektisch klopfte er seine Jackentaschen ab. Nirgends ein Beweisbeutel mit Gleitverschluss, dafür kam ein Stück braunes Packpapier mit dem Logo der Metzgerei F.X. Rauch zum Vorschein.

Duroc plumpste neben ihm zu Boden und starrte ungläubig auf den zerknüllten Papierfetzen. »Tu plaisantes, non? Ein Stück von der Leberkäse auf der Kugel, ha?«

Pföderl schluckte und schwieg. Manchmal war die Welt wirklich ungerecht. Sie würden die ballistischen Untersuchungen abwarten müssen, doch Pföderl war sich sicher, dass nun endlich Bewegung in die festgefahrenen Ermittlungen kommen würde. Dieses Projektil war identisch mit der Kugel, die Ehgartner getroffen hatte. Das stand für ihn fest. Morgen früh würde er Dr. Knittelbeck seine Ermittlungsergebnisse vorlegen, um umgehend einen Haftbefehl gegen Bichler zu beantragen. Die Festnahme würde auf sein und nicht auf Reimers Konto gehen.

Sie saßen wieder im Wagen – Duroc hatte ihr Notebook aufgeklappt. »Damit gehen wir zum Staatsanwalt«, rief er freudig erregt.

»Schau dir das Teil erst mal näher an.« Die Kommissarin hatte einige Fotodateien aufgerufen, die Aufnahmen der sichergestellten Projektile zeigten. Sie wickelte das reichlich deformierte Metallteil aus dem Packpapier und hielt es zum Vergleich ins Licht. »Et voilà. Vollmantelspitzgeschoss, 98er Patrone, Kaliber 7,92 mal 57 Millimeter, auch unter dem Namen 8 mal 57 IS bekannt. Das ist sie!« Für Kenner der Munitions-Materie war unschwer festzustellen, dass es aus einem Jagdgewehr abgefeuert worden war. In Durocs Augen lag ein sonderbarer Ausdruck. »Der Bericht der KTU, du erinnerst dich? Die Patronenhülsen, die Kugel im Hinterreifen des Punto? NATO-Muni vom Kaliber 7,62 mal 51 Millimeter. Kleiner, aber feiner Unterschied.« Barthl saß wie vom Donner gerührt da. Das durfte, das konnte nicht wahr sein. Hatten die Kriminaltechniker etwas übersehen? Jagte er einem Phantom hinterher? Irgendwie fühlte er sich wie der Hase, der von den Igeln zu Tode gehetzt wurde.

EICHEL SAU

Ein Schuss ins Herz, eine kopflose Flucht, ein Zombie-Zeuge, zu viele Ungereimtheiten. Von Anfang an hatte er bei ihren Ermittlungen ein ungutes Gefühl gehabt. Jede neue Erkenntnis warf neue Fragen auf. Er wurde einfach nicht schlau aus diesem Fall. Da war kein Licht in Sicht. Hauptkommissar Armin Reimers war mittendrin im Geschehen und fühlte sich doch so unnütz, ohnmächtig und machtlos wie selten zuvor. Im Funkgerät knisterte und knackte es in einer Tour. Der Einsatz lief, die Meldungen von der »Front« überschlugen sich. Er hörte kaum mehr hin, saß nur da und hing seinen Gedanken nach. Er war vor Ort – und doch fehl am Platz. Er bedauerte es einmal mehr, mit dem Rauchen aufgehört zu haben. Sonst könnte er den Kommissar mit Kippe spielen und mit der Gitanes in der Hand geschäftig tun. In Wahrheit war er nicht mehr als das fünfte Rad am Einsatzwagen. Die Sache war definitiv zwei Nummern zu groß für einen »Rosenheim-Cop«. Er war hier nur Gast, war als »Consultant« zugegen. Die Geschichte war brisant genug, hatte nun allerdings eine neue Dimension bekommen. Es war ein Punkt erreicht, an dem in Deutschland der Bundesstaatsanwalt das Ruder übernehmen würde. Das BKA würde mit den Ermittlungen betraut werden. Man würde Beamte der zuständigen Landeskriminal- und Verfassungsschutzämter ins Boot holen, eine Ermittlungsgruppe bilden und mit Sonderbefugnissen ausstatten, um die Vorbereitung einer schweren staatsgefährdenden Gewalttat zu unterbinden, wie es im Fachjargon so schön hieß. In Österreich war dies wohl nicht anders. Hier waren andere am Zug, ein Kommissar lediglich Komparse. Tiefe Falten durchzogen seine Stirn. Was hatte er hier noch verloren? Weshalb hatte ihn der Staatsanwalt noch nicht von dem »Fichtner«-Fall abgezogen? Es war Sache Knittelbecks zu klären, ob die Soko auch weiterhin in der Mordsache Erwin Ehgartner ermitteln sollte. Man würde sehen.

Die Verschlüsse des Aktenkoffers schnappten auf und er zog eine dicke Schwarte hervor: »Kriminologie – eine Grundlegung«. Der Verfasser, ein emeritierter Professor für Strafrecht und Kriminologie an der Uni Bern, galt als Koryphäe auf dem Gebiet. Reimers schlug den Wälzer an einer mit rotem Lesebändchen markierten Seite auf. »Die grundlegende Frage ist doch: Was lässt den Menschen zum Mörder werden? Wie kommt es zum Gewaltakt? Hinter dem Handeln, dem Agens, steht in aller Regel ein den Tätern immanenter Konflikt, der aus der Dualität von ›Haben und Sein‹, aus dem Kampf um Einfluss, Prestige und Macht resultiert.« Reimers kratzte sich am Hinterkopf. Nun ja, das mochte wohl stimmen. »In der Praxis sieht sich der Kriminalist mit dem Problem konfrontiert, dass er die Beziehungsstrukturen zwischen Opfer und Täter rekonstruieren muss. Zwischen A, B, C – und anderen mittelbar oder unmittelbar in die Gewalttat involvierten Personen – besteht ein vielfach miteinander verflochtenes, verwirrendes Netzwerk von Beziehungen zwischen Täter, Opfer und Umfeld.« Treffend analysiert, zwischen kriminologischem Diskurs und kriminalistischer Praxis bestand jedoch ein feiner Unterschied. Reimers knirschte mit den Zähnen. Um das Muster eines Gewebes, eines Wandteppichs zum Beispiel, zu erkennen, musste man ihn aus der richtigen Perspektive betrachten. »Liegt das Motiv im Dunkeln, folge der Logik des Unsichtbaren«, hätte ihm Haberl, ihre den okkulten Lehren zugetane Teamassistentin, jetzt wohl eröffnet – mit unergründlichem Gesichtsausdruck, versteht sich. War das Motiv bekannt, ließ sich der Täterkreis eingrenzen. Erst dann erschlossen sich die Zusammenhänge. Andererseits hinterließ der Täter eine Signatur, eine Spur, die es aufzuspüren galt. Doch grau war alle Theorie, bunt allein die Praxis. Reimers verstaute die Schwarte im Köfferchen.

Die Kirche schien auf ewig verwurzelt zu sein mit Berg, Hain und Flur. Nach Süden und Westen fiel der Felshügel steil ab. Hinten herum schirmte ein Kranz von Kiefern die heiligen Mauern. Der kleine Friedhof schaute nach Osten, dem neuen Morgen zugewandt. Der Zugang zur Kirche lag im Norden. Ein schmucker, von gotischem Dekor, von Fialen, Kreuzblumen und Krabben umspielter Giebel krönte das spitzbogige Portal. Oberhalb der wilden Talschlucht des Navis-Bachs hatte im Mittelalter ein Tiroler Grafengeschlecht eine Burg errichtet – passenderweise Auffenstein genannt. Ein idealer Platz für die alten Rittersleut, verlief doch gleich unterhalb des Hügels die Römerstraße, die weiter zum Brennerpass führte. Sprich man konnte von den hier vorbeiziehenden Händlern, Pilgern und fahrenden Gesellen Wegezoll verlangen. Heute nannte man das Maut. Die Ösis hatten immer gewusst, wie man die lieben Nachbarn schröpfte. Reimers musste schmunzeln. Heutzutage verirrte sich kaum mehr ein Besucher hierher. Ein paar Kultur-Touris, die zwischen zwei Speckhäppchen einen Blick auf die Altargemälde,

Deckenfresken und das Chorgestühl warfen. Die Hutzelweibchen aus dem Dorf, die sich um die Gräber ihrer Angehörigen kümmerten – wohl wissend, dass sie selbst bald an der Reihe wären. Das Gotteshaus war wie aus der Zeit gefallen, war ein ideales Versteck. Wenn auch ein reichlich unorthodoxes.

Die Kirche, der Friedhof, die schmale Zufahrtsstraße waren abgeriegelt und zum Sperrgebiet erklärt worden. Es ging zu wie am Schauplatz eines Terroranschlags. Polizei- und Sondereinsatzkräfte überall. Jemand hatte die Dreistigkeit besessen, die in den Fels gehauenen Burggewölbe wie dereinst als Waffen- und Munitionslager zu nutzen. Nur dass dort statt Arkebusen, Hellebarden und Fässern voller Schwarzpulver nun Schnellfeuergewehre, Granatwerfer, ja sogar infrarotgelenkte Flugabwehrraketen lagerten. Die in den Kellerkavernen gestapelten, mit Holzwolle ausgekleideten Kisten waren mit kyrillischen, chinesischen oder hebräischen Hieroglyphen beschriftet. Der Handel mit Militärgütern war ein globales Geschäft. Die Kriminaltechniker würden noch Stunden damit beschäftigt sein, ein vollständiges Inventar des hier lagernden militärischen Equipments zu erstellen. Mit dem Material konnte man eine ganze Hundertschaft ausrüsten. Mit modernen Waffen, von denen Hofer und seine Mannen nur geträumt hatten, als sie mit Dreschflegeln, Sensen und rostigen Musketen in den Kampf gezogen waren. 200 Jahre später sollte sich die Geschichte – wenn auch unter veränderten Vorzeichen – wiederholen. Das war wohl der Plan der Männer gewesen, die die Waffen für den Tag X eingelagert hatten.

Reimers verfolgte die Arbeit der Forensiker und Kriminaltechniker aus der Distanz. Wie weit waren die

»Umsturzpläne« gediehen? Er wusste es nicht. Bei der Vernehmung der Verdächtigen war er nicht zugegen gewesen. Vor dem Einsatz hatte ihn Oberleutnant Steiner kurz gebrieft. Die Verfassungsschützer hatten seit Längerem ein Mitglied der Rechtsextremen-Szene, diesen Estrich Edi, auf dem Radar. Der Zugriff durch ein Spezialkommando war in einem Gewerbegebiet, nur zwei Kilometer von hier, erfolgt. »Unsere Leute haben einen 7,5-Tonner von Wien bis hierher verfolgt. Der Laster ist in Matrei von der Autobahn runter. Die Typen haben an die 50 Kisten abgeladen, den Ladepapieren nach Ersatzteile für eine Landtechnik-Werkstätte. Da haben die Handschellen geklickt.«

»Aha, Landtechnik«, hatte er gespöttelt. Man musste kein Hellseher sein, um zu erahnen, dass es sich bei den Ersatzteilen um keine Kurbelwellen und Pleuelstangen handelte.

»Wir haben die Männer, den Glatzenschädel und einen in Wien wohnhaften serbischen Staatsbürger in Einzelzellen gesteckt und kräftig in die Mangel genommen. Der Vorwurf lautet …«, Steiner hatte ihn kurz angelächelt, »… auf Unterstützung einer terroristischen Vereinigung sowie Vorbereitung einer schweren staatsgefährdenden Straftat.«

»Die beiden Jungs haben beim Grab ihres Goldhamsters geschworen, dass sie von irgendwelchen Waffen an Bord nichts gewusst haben.«

»Exakt, du kannst dich prima in die Psyche zu Unrecht beschuldigter, grundanständiger Berufsverbrecher hineinversetzen«, hatte Steiner gefrotzelt. »Die Fascho-Glatze hat getobt und uns beschuldigt, dass wir Polizeistaatsmethoden anwenden würden, und nach einem Anwalt verlangt. Ein Vollidiot.«

Nun war es an Reimers, belustigt zu lächeln. »Der Serbe hat geschwiegen und nach einem Übersetzer verlangt.«

»Bingo – du bist im Bild.« Steiner hatte ihm ein Protokoll des Verhörs in die Hand gedrückt. »Nachdem wir unserem serbischen Freund aus Wien zu verstehen gegeben haben, dass er die nächsten zwei, drei Jahre den Steffl nicht mehr zu Gesicht bekommt, ging es auch ohne Übersetzer. Er hat abgestritten, dass er Kontakt zu terroristischen Gruppierungen unterhält. Er betreibe eine Hinterhof-Spedition mit drei Lieferwägen und die Glatze hätte ihn für die Fahrt angeheuert.«

»Ihr habt Gospodin Slibowitz davon überzeugt, dass es für ihn klüger ist, wenn er auspackt.«

Steiner hatte anerkennend genickt. »Als wir Branko in Aussicht gestellt haben, dass er mit einer Bewährungsstrafe davonkommt, hat er gezwitschert wie eine Nachtigall auf Brautschau. Er hat uns brav erzählt, dass die Waffen für ein geheimes Lager irgendwo in der Nähe bestimmt seien und die Glatze von einem im Untergrund operierenden nationalistischen Geheimbund gefaselt habe. Das heilige Tirol oder so.«

»Verfolgen garantiert hehre Ziele«, hatte Reimers geunkt.

»Klar, das fremde Gschwerl und vor allem euch Piefkes zum Teufel jagen. Ich glaub, da mach ich mit.«

Reimers hatte in dem Verhörprotokoll geblättert. »Und hat sich euer Estrich-Experte doch noch einsichtig gezeigt?«

Steiner hatte rasch auf die Uhr am Armaturenbrett ihres Dienstwagens geblickt und fünf Finger gehoben. Was womöglich bedeuten sollte, dass die großangelegte Razzia in fünf Minuten beginnen würde. »Wir haben Edi ein paar Fotos von Luis alias ›Fichtner‹ gezeigt und ihm zu verstehen gegeben, dass unser Komapatient wohl nicht mehr aufwacht.«

»Darauf hat er vehement bestritten, den Typen gekannt – und etwas mit seinem tragischen ›Unfall‹ zu tun zu haben«, hatte Reimers geschlussfolgert.

»Klar, das sowieso, aber wir haben Edi zudem drastisch vor Augen geführt, dass er ein ›Sicherheitsrisiko‹ für die nationale Sache sei und ihm daher ein ähnliches Schicksal wie ›Fichtner‹ blühe.«

»Darauf hat er ein wenig herumgebrüllt, dass er kein Verräter sei, blabla, und hat sich dann verstohlen erkundigt, was für ihn herausspringe, wenn er als Kronzeuge auftritt.«

»Wir haben Edi eine Aufnahme in unser Zeugenschutz- und Aussteigerprogramm in Aussicht gestellt, inklusive Startkapital für den Aufbau einer neuen beruflichen Existenz. Das hat ihn überzeugt, sich kooperativ zu verhalten.«

Er war auf Seite 27 des Verhörprotokolls an einem Absatz mit der kryptischen Überschrift »Plan SM – Bericht EE« hängen geblieben. »Was ist ›Plan SM‹, was hat die Sadomaso-Szene mit eurem Bodenleger zu schaffen?«, hatte er nachgeforscht.

Steiner hatte süffisant gegrinst. »Knapp daneben, Reimers. Die Operation ›Schwarze Mahnder‹. Ebenso einfach wie teuflisch genial. Mehrere dezentral aufgestellte Kommandoeinheiten überfallen und besetzen in den frühen Morgenstunden strategische Punkte in Tirol – Leitstellen der Kraftwerke, die Netzknoten der Fernverkehrsstraßen, Sendeanlagen und Rechenzentralen, um die Stromnetze, die Datennetze, die gesamte Infrastruktur des Landes in ihre Gewalt zu bekommen und lahmzulegen. Kein Strom, kein Internet, kein Autoverkehr, nichts geht mehr.«

Reimers hatte das Protokoll zugeklappt. »Bitte, eine Aktion dieser Größenordnung. Wie soll das funktionieren, wie die Kampfgruppen koordinieren? So ein Plan lässt sich doch von einer nationalistischen Terror-Truppe mit einem harten Kern von sagen wir maximal 250 Leuten nicht umsetzen. Das sind doch bloße Lügenmärchen, um sich selbst wichtig zu machen!«

»Das habe ich mir zunächst auch gedacht«, gab ihm Steiner Recht. »Doch wenn man Edis Aussagen glauben darf, besetzen Sympathisanten dieses Geheimbunds Schlüsselstellen im Land, in der Industrie, der Finanzbranche, beim Heer, in der Polizei, in der Justiz, ja selbst in der Regierung. Der Kopf der Bande ist angeblich ein hohes Tier hier in Tirol.«

Reimers hatte widerwillig den Kopf geschüttelt. »Angeblich, wenn ich das schon höre. Hat euer Kronzeuge wenigstens Namen genannt?«

Nun war es wiederum Steiner, die dies kopfschüttelnd verneinte. »Edi hat uns glaubhaft versichert, dass der Geheimbund streng hierarchisch organisiert ist und er daher nur die Mitglieder seiner eigenen Kampfgruppe kenne. Übers ganze Land verteilt gäbe es mehrere solcher Gruppen, mit eigenen Waffen- und Kampfstoffdepots.«

Dann hatte Steiner losgemusst. Und ihre Leute hatten ganze Arbeit geleistet. Im Zuge der Razzia hatte man den Messner von Sankt Kathrein in U-Haft genommen und dem Gemeindepfarrer einige höchst unangenehme Fragen gestellt. Sicher würde es weitere Festnahmen geben. Ob dieser Geheimbund damit zerschlagen war? Er bezweifelte es. Für Kommissar Armin Reimers stand lediglich fest, dass die Führer der Bruderschaft einem ihrer Mitstreiter – so einem verblendeten Idioten wie diesem Estrich-Edi – den Befehl erteilt hatten, den Schnüffler zu liquidieren. Der Fall »Fichtner« konnte somit, soweit es die Kripo Rosenheim und ihn betraf, zu den Akten. Menschen mit extremistischen Ansichten, Fanatiker aller Art würde er nie verstehen. Ihre Beweggründe entbehrten jeder Vernunft, jeder Logik. Von Anfang, von den Höhlen der Steinzeit an, hatte stets ein Grundsatz gegolten: Ober sticht Unter, Besitz und Geld regiert die Welt. Alles andere – Religion, Nation, Demokratie – waren nichts als abstrakte, ideologisch verbrämte Begriffe, unterm Strich betrachtet hohle Phrasen. Reimers überlegte, ob er einen der herumstehenden Uniformierten um eine »Tschick« anschnorren sollte. Nein, keinen Tabak mehr. In einer Anthologie der schönsten Fabeln hatte er abends im Hotelzimmer eine Parabel gelesen, die ihm nicht aus dem Kopf ging. »Zieht sich ein Schakal auch ein Löwenfell über, so heult er doch immer wie ein Schakal.«

SCHELLEN UNTER

Liebe ging durch den Magen – Glück durch den Kragen. In dem Punkt waren sich Sonnleitner und Wirtin Paula einig. »Noch ein Rührei mit Speck?«

Sepp lächelte glückselig. »Ja gern! Bei Ihnen schmeckt's mir fast zu gut.«

»Papperlapapp, Essen und Trinken hält Leib und Seele zusammen. Gestern haben die Nandl und ich einen Nussstriezel gebacken. Ein Hefeteigzopf mit einer Füllung aus Haselnüssen, Sahnecreme, Rum und Aprikosenmarmelade, den müssen Sie nachher probieren!«

Ein Nussstriezel? Beim bloßen Gedanken an die cremige, von zartem Blätterteig ummantelte Masse troff ihm der Sabber aus dem Schleckermäulchen. Die pummelige, pausbäckige Paula war eine Seelenverwandte, die wie er lieber durch dick als durch dünn ging. Sepp Sonnleitner rekelte sich auf der Eckbank des Jausen-Stüberls. Hier ließ es sich aushalten. Drinnen war das Schlaraffenland und draußen wurde es Frühling. Was machte es da schon, dass ihre Schatzsuche auf der Strobl-Alm im Sand respektive im Heu verlaufen war? Hofers Schatz würde sich schon noch finden. Dummerweise hatte ihn das Jagdfieber nicht so richtig gepackt. Nicht so wie Companero Rabensteiner. Gestern Abend hatte er eine Viertelstunde – international roaming hin, international roaming her – mit Gietl telefoniert. Der Hirnbeiß hatte ihm brühwarm vom Beerboarding-Verhör Dürrs berichtet. Rabensteiner war daraufhin wie ein Derwisch in die Gaststube rotiert. »Ich bin ein Depp, Sepp. Da hätt' ich schon viel früher darauf kommen müssen. In der Stuben beim Schmiedwirt, weißt noch?« Sonnleitner hatte am Bierglas genuckelt und stumm genickt. Wenn Veitl eine seiner »famosen« Eingebungen hatte, verfolgte er diese mit an Starrsinn grenzender Hartnäckigkeit. »Beim Tachertinger Trachtenfest ist der Sauteufel schon auf den Erwin los. Mit dem Hirschfänger.«

»Und? Hat er ihn abgestochen? Also! Lass den Saukopf Saukopf sein. Hier liegt der Schatz begraben. Dieser ›Fichtner‹ ist der Schlüssel zu allem und deswegen sind wir hier auf der richtigen Spur.«

Vitus Rabensteiner war wie gesagt ein Dickschädel – uneinsichtig und völlig beratungsresistent. »Du hättest ihn erleben sollen, wie der Zoll seine Ware gefilzt hat. Ausgetickt ist er, das Gruftigfriss, wie wir ihn in die Arrestzelle gezerrt haben. Ein tobsüchtiger Veitstänzer ist ein Dreck dagegen. Der ist zu allem fähig, sag ich dir.« Für Rabensteiner war klar, dass Dürr der »Spiritus Rector« des Attentats war. Seine Wangen hatten vor Jagdeifer geglüht. »Er hat ein Motiv – abgrundtiefen Hass gegen den Menschen, der seine Existenz vernichtet hat. Dazu das kranke Hirn, um einen hinterhältigen Mordplan auszuhecken. Seine Absicht war von vorneherein, den Verdacht auf Bichler zu lenken.« Er hatte darauf verzichtet, Zweifel an Rabensteiners These anzumelden. »Dabei war er so schlau, falsche Fährten zu legen, um Verwirrung zu stiften. Erst fetzt er mit seinem Karabiner wahllos in den Wald rein. Nachher schnappt er sich ein Präzisionsgewehr, nietet Ehgartner um und feuert wild in der Gegend herum.

Die Kripo sollte denken, dass das Nervenkostüm wie ein Wetterfahnderl flattert. Bichler hockt, wie abgemacht, im Fluchtfahrzeug.«

»Ah geh, jetzt hör aber auf.« Sonnleitner hatte den Mund verdrießlich verzogen, Vitus aber war nicht zu stoppen gewesen.

»Bichler wartet also – doch Dürr lässt ihn sitzen. Daraufhin schnappt sich der sein eigenes Gewehr, um nach dem Rechten zu sehen. Da taucht der Tiroler auf und zieht seine Wild-West-Show ab. Bichler versteht gar nix mehr, lässt die Colts rauchen und gibt Fersengeld. Dürr hat sich derweil längst aus dem Staub gemacht. Und was machen wir? Wir stapfen wie die Idioten zwischen den Dungfladen herum!«

Rabensteiner lag falsch. Die Rekonstruktion des Tathergangs war in sich nicht stimmig. Dessen war sich Schorsch gewiss. Punkt eins: die Tatwaffe. Ein Repetiergewehr, gut, aber eine moderne Präzisionswaffe, ein HK PSG1 oder ein SG-550 Sniper, niemals. Wie hätte Dürr an ein solches Hightech-Werkzeug rankommen sollen? »Fichtner« dagegen hatte ein halbautomatisches Sturmgewehr – Schweizer Fabrikat – zur Hand gehabt. Sie selbst hatten es am Teufelsfelsen versteckt. Punkt zwei: die am Tatort gefundenen Patronenhülsen. Dem Stempel am Hülsenboden nach stammte die Munition aus Armee- oder Polizeibeständen. Was wiederum auf den Ösi-Agenten auf Abwegen als Täter respektive Auftraggeber des Attentats deutete. Das von Kommissar Pföderl in der Nähe des Tatorts entdeckte Spitzgeschoss widersprach seiner Hypothese keineswegs. Die 8er Patrone war unter Waidmännern weitverbreitet, da kam man problemlos ran. Er selbst hatte einen Vorrat davon im Keller. Man wusste ja nie, ob die Bayern nicht noch einmal Revolution machten. Diese Patronen waren zwar relativ schwer und unhandlich, hatten aber ihre Vorzüge. Für die Eisbären-Jagd eigneten sie sich zwar nur bedingt, in der heimischen Fauna war man damit jedoch auf der sicheren Seite. Damit wuchtete man alles um, kapitale Hirsche, fette Eber oder ein Mannsbild vom Format Ehgartners. Wie er Alfons Bichler kannte, war er mit den schweren Geschossen auf Pirsch gegangen. Der »Sonntagsschütze« besaß jedenfalls mindestens zwei Jagdwaffen dieses Kalibers. Die Kripo müsste die Knarren jetzt nur noch einer ballistischen Untersuchung durch die Spezialisten des LKA unterziehen – und Bichler wäre fällig. Aber was wollte man von Haubentauchern wie Bartholomäus Pföderl erwarten?

»Mei schaut das gut aus.« Wirtin Paula lächelte wie ein Honigkuchenfohlen und Sepp stürzte sich auf das unter einer Kräuterpanade brutzelnde Rührei mit Speck. Dazu brummte er eine Waise aus dem Liederbuch seines Großvaters, eines begnadeten Wildschützen. »I bin a jungs Bürscherl, bin heiter und frei, i schieß Gamserl und Hirscherl, bin glei wo dabei.« Gattin Vroni wusste Sepps gesangliche Fähigkeiten leider nicht gebührend zu würdigen und verbannte ihren Fichten- und Tannen-Tenor rigoros in den schalldicht isolierten Hobbykeller. Doch hier konnte er ungestört seiner Sangeslust frönen. Niemand war da, der sich an seinen gewagten Kadenzen rieb. Rabensteiner weilte – wie es schien – nach dem gestrigen »Umtrunk« noch im Reich der lebenden Toten. »Der Speck ist gut, gell?«

»Mmmmh«, erwiderte er in onomatopoetischer Schwelgerei. »Mein Schwager hält sich privat ein paar Säue – nur für uns. Die bekommen nur feines Futter, keinen Saufraß«, stellte die Chefin des Hauses klar. Sonnleitner langte beim Bio-Speck kräftig zu. »Vorzüglich, der zergeht auf der Zunge, so fein wie Rahmflöckchen«, flötete er.

Vom Flur her vernahm er lautstarkes Gepolter, es hörte sich an, als ob ein Rüsselrudel in vollem Karacho die Treppe hinabpurzelte. Die Tür schwang auf und Vitus Rabensteiner wankte im Seemannsschritt herein. Die Gesichtshaut von der Farbe eines gesottenen Hummers, die Augenlider dick verschwollen. Der gestrige Abend hatte Spuren hinterlassen. Man musste keinen Kriminaltechniker hinzuziehen, um diese einem bestimmten Tatmuster zuzuordnen. Mit rauchiger Reibeisenstimme orderte Veitl ein Kännchen Fencheltee und deckte sich am Büfett mit frischem Obst und Cerealien ein. Wortlos sackte er neben ihm auf die Eckbank und knabberte an einer goldgelben Tafelbirne. »Bist du über Nacht zum Nektarinen-Nager konvertiert?«

Rabensteiners rotgeädertes Riechorgan beschnupperte die süßen Früchtchen auf dem Teller. »Mei, Morgenstund hat Golden Delicious im Mund!« Mit atemberaubender Geschwindigkeit schaufelte er die tickenden Vitaminbomben in sich hinein. Sonnleitner fand keine rechte Erklärung für das absonderliche Verhalten seines Tischgenossen. Und Rabensteiner schwieg. Es bedurfte zweier Kännchen Tee, einer Birne, zweier Mandarinen, einer Banane und zweier Müsli-Schüsseln, ehe er auf Betriebstemperatur war. »Frau Pfitscher, bringen Sie mir bitte einen Espresso und dazu einen Grappa!« Sepp atmete auf. Seine Befürchtung, dass Vitus an einer Art Bewusstseinsstörung litt, schien unbegründet. »Grappa, sagt der Papa, Prost!« Im Rekordtempo waren Tasserl und Stamperl geleert. Rabensteiner rülpste wie Gott in Frankreich. »Diese lateinische Inschrift, weißt schon. Das mit dem Adler.« Er kaute auf seiner Unterlippe herum. »Ich mein, ich kann ja kein Latein, aber da müssen wir doch was übersehen haben.« Er drehte das Schnapsglaserl so, dass das Morgenlicht darauf fiel, sich darin spiegelte und verfing. Wie Hamlet mit dem Totenschädel schien Rabensteiner Zwiesprache mit dem Schnapsglaserl zu halten. »Schau dir das an, Sepp, ein Adler mit blutrotem Gefieder. Flattert herum wie ein Brathendl, fliegt aber ned.« Veitl ließ von der Betrachtung des Glasgefäßes mit dem aufgedruckten Wappenvogel Tirols ab. »Ich mein, was soll der Scheiß. Der Krampus rasselt mit den Ketten und er tischt dir die Geschichte vom Fatschenkindl und dem Ochs im Stall ...« Wie von der Sandviper gebissen rumpelte Sonnleitner hoch, knallte mit voller Wucht gegen die Tischunterkante, sodass der Tisch in bedenkliche Schieflage geriet. »Obacht, du Lattirl!« Geistesgegenwärtig suchte Rabensteiner das Unheil abzuwenden, Geschirr und Gläser vor dem drohenden Absturz zu bewahren.

»Mensch, Veitl – der Stall!«

»Was, der Hosenstall?« Rabensteiners Miene spiegelte blankes Unverständnis.

»Im Stall, der Schatz!«

Veitl machte keinerlei Anstalten, sich in die Vertikale zu begeben. »Was hupfst denn wie ein Gockel am Misthaufen rum?«

Sepp verfiel in einen beschwörenden Tonfall. »Aquilae – volant! Der Spruch geht noch weiter. Iovis Libertatis – der Ochs!«

Rabensteiner hockte reglos vor dem Stillleben aus Schüsseln, Schalen, Tellern und Tiegeln. »Dich haben s' als Ministrant zu oft mit Weihrauch benebelt.«

»Lateinische Sprichwörter – warum komm ich da nicht früher drauf? Schieb dein Wischkastl rüber.«

»Aber du zahlst, wenn das mit der Allnet-Flat nicht hinhaut.« Wie ein Wilder wischte Sepp auf dem Display herum, surfte hierhin, surfte dahin. »Gleich hab ich's!«

Vitus ahmte mit der flachen Hand die Bewegung der Wischerblätter nach. »Lady Gaga, ha?«

»Na, eine Sentenz von Terenz!« Er versuchte sich krampfhaft an den genauen Wortlaut dessen zu erinnern, was ihm »Fichtner« ins Ohr gehaucht hatte. »Quod licet iovi, non licet bovi – das war's!« Sonnleitner stieß einen Freudenschrei aus.

Rabensteiner kannte kein Latein, aber im Heavy-Metal-Pantheon war er daheim. »Iovi, Bovi, Bon Jovi?« Sepp hielt ihm den entsprechenden Wikipedia-Eintrag unter die Nase. Veitl buchstabierte. »Was sich für Jupiter ziemt, ziemt sich für den Ochsen noch lange nicht!« In Rabensteiners Mimik formte sich die Befürchtung, dass sein Sparringspartner reif für Eglfing war. »Sorry, ich kapier's ned!«

Sepp lächelte unergründlich. »Jupiter steht sinnbildlich für Hofer. Der alte Rabensteiner ist der Bauer, der Ochs, verstehst? Dieser Spruch weist uns den Weg zum Schatz. Mein ich zumindest.« Die Orakelsprüche von Delphi waren schließlich auch stets dunkel und doppeldeutig gewesen.

In vino vanitas. Die bittere Wahrheit war, dass er am Ende mit seinem Latein war. Hofers Schatz war ein Luftschloss, auf Wattewölkchen gebaut. Unter den skeptischen Blicken der zwölf Kühe im Stall war er auf allen vieren am Boden herumgekrochen, hatte in sämtliche Mauerritzen gespäht, sich vom Lahner-Bauern die Stelle zeigen lassen, wo früher die Ochsen angekettet waren. Das Ergebnis war gleich null gewesen. Da war kein X für ein U eingeritzt, nirgends ein Bovis oder Iovis, kein bärtiger Baphomet in die Balken geschnitzt. Hinteregger hantierte am Zapfhahn eines Eichenfasses. Ein dünner Strahl Wein floss in den Krug. »Wo ist jetzt der Schatz, Sepp? Einen Esel, der Golddukaten scheißt, könnt' ich gut gebrauchen, dann stünde der Hof anders da.« In das resignierte Lachen mischte sich ein Tropfen Wermut. Der Krug kam auf einem grob gehobelten Nussbaumbrett zu stehen, das auf zwei Holzböcken auflag. Neben dem Krug war ein mit einem karierten Leintuch ausgeschlagenes Bastkörbchen, prallvoll mit Schüttelbrot, Speck- und Käscheiberln. Vevi hatte vorgesorgt. Sepp wusste dies zu schätzen und langte beherzt zu.

»Ein Weißburgunder findet im Überetsch, im Unterland die idealen klimatischen und mineralogischen Bedingungen. Trocken ausgebaut mit frischer Säure und feiner Frucht ist er die Wucht. Der Urban schwört auf seinen Weißen.« Der Vierte im Bunde der Kellergeister, Professor für klassische Philologie an der Uni Innsbruck, lobte das Gewächs über den Schellenkönig. »Weniger Säure als beim Chardonnay, sehr gehaltvoll, von der Farbe her eher goldgelb und weniger grünlich. Duftet nach Brombeere, Holunder und Wildkirsche, reife Aromen mit einer Note von Muskat und Minze. Ein feines Bouquet.« Der Mann mit dem perfekt gestutzten Kinnbart und der Goldrandbrille wohnte nebenan in einer standesgemäßen Landhaus-Villa und teilte mit seinem Nachbarn die Leidenschaft für feine, handgemachte heimische Weine.

Hinteregger goutierte das fachmännische Urteil des Pinot-Philologen. »Ganz deiner Meinung, Martin! Eine leichte Fruchtnote von Pfirsich und Birne. Das Terroir, die schiefrigen Böden um Bozen rum passen perfekt.«

Der Alt-Philologe war um die 50, ein ebenso blasierter wie bornierter Klugscheißer, der mit schlauen Sprüchen und sarkastischen Kommentaren nervte. Solch angeberischen Schlaumeiern brummte Sepp bevorzugt Strafzettel in Höhe von 100 Euro und mehr auf. Wo ein Wille war, war auch ein Vergehen gegen die StVO.

Rabensteiner steckte seinen rotgeäderten Rüssel tief in den Becher, so als ob ihm die Wohlgerüche des ihm kredenzten Weins bislang völlig entgangen wären. »Süffig, tät ich sagen, da gibt's nix.« Er hätte Rabensteiner am liebsten umarmt. Der Apostel der feinen Aromen strafte den Bacchusbanausen mit Missachtung, enthielt sich aber jeglichen geringschätzigen Kommentars.

Quod licet iovi – dieses saudumme Sprichwort würde ihm noch länger im Kopf herumspuken. Rabensteiner puffte ihm aufmunternd in die Seite. »Sepp, scheiß dir nix. Entweder hat uns der Spitzbube an der Nase herumgeführt, oder es hat noch jemand anders von dem Schatz gewusst. Troja haben s' ja auch nicht an einem Tag ausgegraben.«

Der Lahner-Bauer lüpfte sein Glas. »Trinken wir drauf, auf den Hofer, auf uns!«

Der Philologie-Professor hatte sein Glas gleichfalls erhoben, kam aber nicht umhin, seine Gescheitheit unter Beweis zu stellen. »Bei Heidegger heißt es sinngemäß: Das Geheimnis der Sprache besteht darin, den Schleier des Seins zu lüften. Im Grunde genommen bezieht sich der Satz auf die Legitimation von Macht. Er bedeutet nichts anderes, als dass an menschliches Handeln unterschiedliche Maßstäbe angelegt werden. Ein Herrscher kann ungestraft Menschen beseitigen lassen, wir hingegen wandern für denselben Tatbestand ins Kittchen – unter Umständen lebenslänglich.« Der Professor ließ den Wein im Becher kreiseln. »Der getreue Hofer hätte gut daran getan, Wirt und Weinhändler zu bleiben, anstatt sich mit Napoleon Bonaparte anzulegen. Zu Hofers Zeiten war es übrigens Brauch, die Fässer mit Zitaten oder Aphorismen zu versehen.« Der Bonvivant deklamierte in der Pose des armen Poeten einen Vers Georg Christoph Lichtenbergs. »Das alte Fass ist ausgetrunken, der Himmel steckt ein neues an. Wie mancher ist vom Stuhl gesunken, der nun nicht mit uns trinken kann.«

Der Lahner-Bauer zerkaute den Wein im Mund, um bestimmte Nuancen herauszuschmecken. »Ja, die alten Spruchweisheiten. Sankt Lorenz mit heißem Hauch, füllt dem Bauern Fass und Bauch. Nur zum Beispiel. Ist was Wahres dran. Unser Opa hat nebenher mit dem Wein der Welschen gehandelt und die Carabinieri nach Strich und Faden betrogen.«

»Ist das Fass leer, der Wein dahin, liegt voll Wonn' Diogenes darin.« Elender Besserwisser! Rabensteiner grunzte wie ein Eber auf Eichelentzug, das Fass war dabei überzulaufen. Sonnleitner zog und zupfte an seinen Ohrläppchen, die grauen Zellen im Oberstüberl fuhren eine Sonderschicht. Was hatte »Fichtner« noch gesagt, ehe er das Handtuch schmiss? Wo im Wein Wahrheit, ist im Fass Gold. Das war's! Diogenes sei Dank.

Sonnleitner voran, der Bauer hinterdrein. Wie in Indiana Jones Teil vier kämpften sie sich durch von Spinnweben umsponnenes Gerümpel: Obststeigen, Heurechen, Dielenbretter, Dachbalken, Waschzuber, Pflanzkübel, Sensen, Sicheln, und andere bäuerliche Gerätschaften, die allesamt reif fürs Bauernhofmuseum waren. Im hintersten Eck des Schupfens lagerten die halb verfaulten Überreste zweier 50-Liter-Fässer. Hinter den tonnenförmigen Teilen starrte die unverputzte Ziegelmauer vor Schmutz. Sepp wähnte sich dem Ziel nah. »Schau, Sepp, die sind noch vom Großvater. Seit 60 oder 70 Jahren setzen die im Eck hinten Staub an.« Der Bauer drückte ihm ein Stemmeisen in die Hand – und die beiden gingen ohne Umschweife ans Werk. Es knirschte und knackte, dann brach das morsche Holz der Dauben entzwei. »Da, nimm die Taschenlampe.« Der Lahner-Bauer war ein praktisch denkender Mensch. Im trüben Lichtstrahl tanzten die Staubkörnchen einen Floh-Walzer. Dann fiel das Licht auf ein metallisch glänzendes Kästchen, das ihn vom Aussehen her an die Keksschachteln in Omas Speiskammer erinnerte. Sah man genauer hin, ähnelte das Behältnis eher einem Hostienschrein. Und mit Kelchen, Patenen und Oblatendöschen kannte sich Ex-Ministrant Sepp Sonnleitner bestens aus. Das silbrig schimmernde Kasterl war ein schmuckes Stück. Das ornamentale Reliefdekor des Deckels war den strengen Formen der Antike nachempfunden. Die beiden Schatzsucher hielten den Atem an. »Das Schloss ist total verrostet! Soll ich mit der Flex ran?«, bot der Bauer an.

Sepp wusste Rat. »Veitl, schaust du mal.«

Rabensteiner war gelernter Schlosser und ein versierter Tresorknacker, vor dem kein Sicherheitsschloss sicher war. »Her mit dem Schuhkarton, das haben wir gleich.« Es war Sepp zwar nicht ganz klar, weswegen Rabensteiner ein Lockpicking-Toolkit mit sich herumschleppte, aber der Zweck heiligte bekanntlich die Mittel. Veitl machte seinem Ruf als Profi-Picker alle Ehre. Ein leises Klicken und der Deckel sprang wie von selbst auf. »Sesam öffne dich!« Der Lahner-Bauer schnaufte vor Anspannung, Vitus pfiff durch die Zähne. »Mich leckst!« Auf dem verblichenen Brokatstoff funkelten die Goldmünzen, ein kostbar aussehender feuervergoldeter Siegelring und eine mit Diamanten besetzte sternförmige Brosche komplettierten das Ensemble. Sepp hatte keine Ahnung, ob es sich um echte Edelsteine oder billige Imitate handelte. Er war schließlich kein Juwelier. Seine ganze Aufmerksamkeit galt einem in Schweinsleder gebundenen Büchlein sowie einem zusammengerollten Schriftstück, an dem ein rosanes Bändchen hing. Sonnleitner brachte kein Wort heraus. Der Bauer stammelte ergriffen. »Jesus, Maria, der Großvater muss davon gewusst haben! Kein Sterbenswörtchen hat er darüber verlauten lassen.«

Rabensteiner war weniger zart besaitet. »Was die Goldmünzen, die Brosche und der Ring wohl auf eBay bringen?«

»Und erst ein Brieferl vom Hofer«, ergänzte Sepp.

Aus dem Hintergrund krakeelte der Professor. »Ein historischer Fund aus der Zeit des Empire. Wir müssen umgehend das Denkmalamt einschalten. Es müssen konservatorische Maßnahmen ergriffen …!«

Rabensteiner klemmte sich das Kästchen unter den Arm und baute sich vor dem Kinnbärtigen auf. »Du Arschgesicht hältst dein dummes Maul, sonst stopf ich dich kopfüber in den Bardolino-Bottich und mach den Deckel drauf. Das Kasterl befindet sich in Familienbesitz – das steht uns rechtmäßig zu, mir und der Vevi.«

Das Gscheidhaferl machte prompt einen Rückzieher und setzte ein serviles Lächeln auf. »Nun, unbestritten, aber lassen wir die Eigentumsfrage mal dahingestellt.«

Sepp schüttelte sich wie ein Promenadenmischling, der sich ein paar lästiger Flöhe entledigen wollte.

»Goldfrancs mit dem Konterfei Napoleons, Dukaten mit dem Doppeladler«, staunte der Professor. Vor ihnen stapelten sich 28 Goldmünzen, allesamt aus der napoleonischen Zeit, wenn man der Expertise des neunmalklugen »Numismatikers« trauen durfte.

»Was die wohl wert sind?« Gebannt betrachteten sie die Schmuckstücke aus des Kaisers Truhen.

»Hm, ganz unterschiedlich, die 40-Francs-Stücke«, bramarbasierte der Experte volllippig, »so zwischen 1.000 und 1.500 Euro das Stück, mindestens.«

Sepp strich über den ledernen Einband des Büchleins, schlug es auf und blätterte darin. Dem handschriftlichen Vermerk im Frontispiz war zu entnehmen, dass er das »Kriegs-Tagebuch des ehrbaren Jünglings Oswald Rabensteiner von Mühlbachl, angefertigt angelegentlich der Aufstellung des hiesigen Landsturms Anno Domini 1809« in Händen hielt. Bereits bei den ersten Seiten zog Sepp ein Gesicht, als ob ein sadistisch veranlagter Kieferchirurg den Schlagbohrer ansetzte. »Diese Sauklaue kann kein normaler Mensch enträtseln. Da braucht's einen Grafologen oder wie die heißen. Schauen Sie sich mal das Brieferl an.« Der in alten Sprachen und Schriften bewanderte Philologe suchte aus den schludrig hingeschmierten Zeilen schlau zu werden. »Und was steht drin?« Sepps anfängliche Begeisterung war verflogen. Warf dieser Fund am Ende mehr Fragen auf, als er beantwortete?

»Ich beschäftige mich mit Latein und Altgriechisch und den literarischen Zeugnissen der Antike und nicht mit dem verschnörkelten, höfischen Kanzleistil des Spätrokoko mit seinen gruselig gespreizten, mit Adjektiven überladenen

Formulierungen.« Kaum reichte man dem Schleimscheißer den kleinen Finger, schon wurde er wieder patzig. »Es handelt sich wohl um eine Art Begleitschreiben. Der Verfasser – ein Jakob Philipp von Wolkenstein – dankt dem Adjutanten des gewesten Feldhauptmanns André Hofer für die ihm und dem Land Tirol geleisteten getreulichen Dienste und kündigt die Auszahlung eines Restitutionsbetrags an, was immer das bedeuten mag.« Der Professor zwirbelte die sorgsam gestutzten Bartspitzen.

»Was hat das bittschön mit unserer Geschichte zu tun?«, trötete Rabensteiners Bassbariton.

Der Lahner-Bauer schlug einen grüblerischen Ton an. »Das erklärt zumindest, woher der plötzliche Reichtum des alten Rabensteiners stammt. Die 50 Gulden für den Hof, die reiche Bauerstochter von Pfons. Und wie man sieht, hat der Sauteufel auch noch etwas für schlechte Zeiten zurückgelegt.«

Rabensteiner rief erregt: »Das ist ja alles schön und gut, aber hilft es uns weiter? Nein!« Vitus war mal wieder etwas vorschnell mit seinem Urteil. Aus der Tatsache, dass Oswald Rabensteiner einen erklecklichen Batzen Gold von einem Tiroler Adligen, wenn nicht gar von offiziellen Stellen, erhalten hatte, bestätigte seinen Verdacht. Rabensteiner war in die »Affäre Hofer« verwickelt gewesen. Für seine »Dienste« – was auch immer man darunter verstehen wollte – hatte man ihn fürstlich entlohnt.

Beim Lahner-Bauern war gleichfalls der Groschen gefallen. »Die haben den Hofer hintergangen und die Kriegskasse geplündert, wenn ihr mich fragt.« Er war ganz bleich im Gesicht, so als ob die Gespenster der Vergangenheit Einkehr bei ihm hielten. Der Bauer griff nach dem einzig erreichbaren Rettungsseil, dem Krug voller Wein.

Geschichte wiederholte sich nicht. An diesem Axiom war schwerlich zu rütteln. Die Zeiten änderten sich vielmehr, alles war im Fluss. Und die Welt schien sich immer schneller zu drehen. Das machte den Menschen Angst. Sonnleitner kannte dieses Gefühl der Ohnmacht, beiseitegeschoben und an den Rand gedrängt zu werden. Da kam der Traum von der guten alten Zeit gerade recht. In Glanz und Gloria aufzuerstehen, die Flügel zu spreizen und sich zu neuer Größe aufzuschwingen. Adler und Löwe endlich vereint, in einem freien Land der Berge.

HERZ UNTER

Die Heimat war heilig. Das Erbe, das Blut, das galt es zu erhalten. Der Feind war irgendwo da draußen, brachte Krieg, Leid und Not. Brandner saß auf dem Gipfel eines namenlosen Felsbuckels, hoch über dem Inntal. Aus dem Tal war noch nie etwas Gutes gekommen, das hatte ihm schon seine Großmutter, das »Ahndl«, eingetrichtert. Wenn Fremde in der Hofschenke einkehrten, hatte er ihnen manchmal aus purem Übermut ins Bier gebrunzt. Das war seine kleine Rache für das überhebliche, präpotente Gehabe der Holländer, Amis oder Italiener gewesen. Die Turnschuh-Trekker und Pisten-Piefkes waren lästig, aber brachten Geld ins Land. Sie waren nicht das Problem. Brandner verachtete vielmehr die neuen Nomaden, die aus fremden Ländern hierherzogen, ihre Kultur, ihre Religion hierher verpflanzten, wie die Heuschrecken waren. Eine Plage wahrhaft biblischen Ausmaßes. Diese neue Völkerwanderung galt es aufzuhalten, mit allen Mitteln. Seine Heimat verließ man nicht – komme was wolle. Jener Brandner hatte das Gefühl, dass die Welt einen toten Punkt erreicht hatte. Das Pendel schwang wieder in die entgegengesetzte Richtung, das Rad war dabei, sich rückwärts zu drehen. Doch den Lauf der Geschichte würde er nicht beeinflussen können. Brandner war in erster Linie Geschäftsmann. Die Bauernschläue, den Sinn fürs Praktische und den Instinkt fürs Machbare hatte er von seinen Vorvätern geerbt. Heimatliebe war kein Selbstzweck. Sie musste Ertrag und Nutzen bringen. Und je höher die Risiken, desto höher musste die Rendite ausfallen. Dies war ein ehernes Gesetz des Kapitals. Brandner war nie einer gewesen, der Hirngespinsten hinterherjagte, von einem »Groß-Tirol« schwadronierte, wie diese verknöcherten Idioten der Bruderschaft. Er war Praktiker und Pragmatiker, der das Für und Wider nüchtern abwog. Es mochte die Zeit kommen, in der sich die Großwetterlage veränderte, sich neue Spielräume boten, um Grenzen zu verschieben und neue, staatliche Gebilde oder autonome Gebiete entstehen zu lassen. Bei einem politischen Umbruch würden die Karten neu gemischt, lukrative Posten und Pfründe unter den »Männern der ersten Stunde« verteilt. Brandner stand seit einiger Zeit in Diensten des Geheimbunds. Er hatte einige delikate Aufträge für die Hofer-Jünger übernommen, den Unfalltod eines übereifrigen Scharfmachers arrangiert, der Anschläge gegen weiche Ziele wie ein von Ausländern, vorwiegend Albanern, frequentiertes Café in Bozen plante und so zum Unsicherheitsfaktor zu werden drohte. Er hatte den Unfalltod des Fanatikers orchestriert, die Sabotage des Jeeps jedoch an einen albanischen Mafioso-Clan delegiert, der verständlicherweise Interesse daran hatte, den Kerl aus dem Verkehr zu ziehen. Ein von Ehrgeiz zerfressener Intrigant wie Luis alias »Fichtner« hatte allerdings zu viele Eisen im Feuer, zu viele linke Dinger am Laufen gehabt – folgerichtig dämmerte er nun in ewiger Finsternis dem jüngsten Tag entgegen. Schädlinge wie Borkenkäfer oder Holzwespe befielen nicht nur einzelne morsche Stämme, sondern zerstörten ganze Wälder. Auch dies hatte ihn die Natur gelehrt. Dass die Sache solche Ausmaße annehmen würde, hatte ihn jedoch überrascht. Er hatte »Fichtner« nicht erschießen wollen, es hätte vielmehr ein »Streifschuss« werden sollen. Doch das verunglückte Attentat hatte eine Kettenreaktion ausgelöst. Der Druck von außen stieg und der Kessel war am Dampfen. Die Razzia auf den Bauernhof in Axams und die großangelegte Kommandoaktion gegen das Waffenlager bei Matrei gingen im Endeffekt auf »Fichtners« Konto. Er hatte die Glatzen-Gruppe, hatte Estrich-Edi, Gössl und die anderen observiert und ausspioniert. Die von ihm gesammelten Information aber nicht an die vorgesetzte Dienststelle weitergeleitet. Auch er hatte sich zweimal mit ihm getroffen, zwar heimlich und unter falschem Namen, aber es würde vermutlich nicht lange dauern, bis er im Spinnennetz hing. In Zeiten der elektronischen Beweismittel, der Video- und Computerüberwachung hinterließ man immer irgendwelche Fährten. Das war unvermeidlich. Die große Kunst des Täuschens und Tarnens bestand darin, für alle sichtbar zu sein und doch unerkannt zu bleiben. Dies besagte eines der 36 Strategeme der althergebrachten Kriegskunst aus dem Land der Mitte. List und Taktik waren für die Chinesen das A und O. Er würde den Bluthunden einen saftigen Knochen hinwerfen, um sie von seiner Spur abzulenken.

Löwe, Adler, Panther? Brandner hätte sich den Fuchs zum Wappentier erwählt. Jener listige Räuber, der erst im Schutz der Dämmerung den sicheren Bau verließ, um auf Jagd zu gehen. Der Fuchs vermied alle unnötigen Risiken und war ihm darin seelenverwandt. »Fichtner« hatte dagegen den Leitwolf markiert. In seiner hochnäsigen Selbstgefälligkeit hatte er gemeint, alle an der Nase herumführen zu können. Doch er hatte sein Doppelspiel durchschaut. In irgendeinem Archiv hatte »Fichtner« diese

Hofer-Papiere ausgegraben und versucht, diese zu Geld zu machen. Er hatte seinen alten Bekannten aus der SM-Szene, diesen Dürr, aufgesucht und Ränkepläne mit ihm geschmiedet. Dann hatte er Kontakt mit Ehgartner aufgenommen. Wieder war er zweigleisig gefahren. Ehgartners Leuten hatte er weisgemacht, eine Allianz mit den »bayerischen Brüdern« schließen zu wollen, seinen Vorgesetzten in Innsbruck hatte er berichtet, dass von der Patrioten-Truppe akute Gefahr drohe. »Fichtner« hatte bei seinen 007-Spielchen allerdings übersehen, dass es schlaue Füchse gab, die den Wolf im Schafspelz rochen. Und die es gleichfalls verstanden, mit gezinkten Karten zu spielen. Er hatte dem Geheimbund anonym Beweise zugespielt, die die Vermutung nahelegten, dass Luis ein Informant war, der für das BV-T in Wien arbeitete. Das Ende vom Lied war, dass der Wolf in die CT-Röhre guckte.

Ob sein Täuschungsmanöver auch diesmal glückte, würde sich zeigen. Es sprach immerhin für ihn, dass bisher niemand seine wahre Identität entschlüsselt hatte. Seine Fingerabdrücke, seine genetische Signatur waren in keiner Kartei registriert. Ohne die DNA-Probe aufs Exempel machen zu können, konnten sie ihm nichts nachweisen. Mehr Kopfzerbrechen bereitete ihm da, dass die Ermittler die Teile des Puzzles Stück für Stück zusammensetzen würden. Mit Hilfe IT-gestützter Research-Techniken, statistischer und kombinatorischer Verfahren sollte das wohl möglich sein. Sobald ein Steinchen fiel, fielen alle anderen, dies besagte der Domino-Effekt. Die schwächsten Glieder der Kette waren diejenigen, die draußen an der »Front« die Drecksarbeit erledigten, Waffen beschafften, im Untergrund wühlten, den täglichen Kleinkrieg im Netz und auf der Straße führten. Kleine

Räder im Getriebe und doch unverzichtbar. Die Mitglieder der einzelnen operativen Zellen kannten zwar keine Details, waren jedoch in groben Zügen in die Putsch-Pläne eingeweiht. Um ein geheimes Waffenlager – wie das bei Matrei – aufzustöbern und auszuheben, genügte es daher, akribisch zu ermitteln. Dazu brauchte es keinen Judas, der alles verraten hatte. Die Aktion von Bundespolizei und Verfassungsschutz war ein herber Schlag für die Organisation gewesen, zumal dadurch ein hoher Geistlicher, der die nationale Sache seit Jahren finanziell und organisatorisch unterstützte, in den Fokus der Ermittler geraten war. Abt Anselm war in einer heiklen Lage. Er war eine wichtige Galionsfigur, ein weithin angesehener Kirchenmann, der nach außen hin ganz auf der Linie des neuen Papstes lag, für Barmherzigkeit, Toleranz und Solidarität mit den Armen und Verfolgten eintrat, insgeheim aber ein Patriot reinsten Wassers, ein Anhänger rechtsextremer Ideen war, der mit den Zielen einer nationalen Restauration vollauf konform ging. Nun war der Befehl von ganz oben gekommen, Abt Anselm zu eliminieren – und es so aussehen zu lassen, als ob der Kirchenfürst Opfer eines hinterlistigen Anschlags islamischer Fundamentalisten geworden wäre. Das in Aussicht gestellte Honorar war stattlich. Gössl hatte bereits mit den Vorbereitungen begonnen, insgeheim hatte er jedoch andere Pläne. Brandner machte sich an den Abstieg.

GRAS UNTER

Im Bayernland gab es viele schöne alte Gebräuche. Die Kirta, die Perchtenläufe, die Lehardi-Ritte. Das Haberfeldtreiben aber war ein besonderer Brauch. Eine Art bayerischer Volksgerichtshof, dessen Urteilssprüche unanfechtbar waren. Bei den Haberern gab es keine Revision. Die Zeiger der Turmuhr bewegten sich auf Mitternacht zu. Die Sitzung des Haberer-Gerichts war für Punkt 0 Uhr angesetzt. Ort der Verhandlung: die Gerichtseiche auf dem alten Galgenhügel, gleich oberhalb des Daxenberger-Hofs in Roßholzen. Gegenstand des Verfahrens: der Mord an Erwin Ehgartner. Ein Vergehen, das gemäß dem alttestamentarischen Grundsatz »Auge um Auge« gesühnt werden musste. Das Gesetz der Feme ließ bei der Höhe des Strafmaßes wenig Ermessensspielraum. Im Falle eines Schuldspruchs hatte der überführte Mörder keine Gnade zu erwarten. Die Silhouette der stämmigen Eiche schälte sich aus dem Dämmerlicht der Vollmondnacht. Der alte Baum hatte viel erlebt. Er hatte gesehen, wie man Dieben die Hand abgehackt, Eidbrüchigen die Zunge herausgeschnitten, Mordbrenner und Kirchenschänder aufs Rad geflochten hatte. Für die Menschen des Mittelalters waren Hexen und Geister so real gewesen wie für die TV-Junkies heute eine Reality-Soap auf RTL Zwei. Sepp Sonnleitner stapfte den von dicken Buchen gesäumten Hohlweg vom Hof zum Hügel hinauf. Von seinem Charakter her neigte er weder zu romantischen noch zu melancholischen Anwandlungen. Sonnleitner war keiner, der sich vor Trollen, Kobolden oder Schreckgespenstern fürchtete, doch zu dieser Stunde, an diesem Ort konnte einem schon ein wenig unheimlich zumute werden. Es hätte ihn nicht weiter verwundert, wenn hier eine Zombie-Kompanie unter den Klängen des Tölzer Schützenmarsches aufmarschiert wäre. Unter normalen Umständen glaubte Sepp nur an das, was er mit eigenen Augen sah. Nach der fünften Maß Bockbier auch an das nicht mehr. So leicht brachte Sepp jedoch nichts aus dem seelischen Gleichgewicht. Auch kein Gerichtstermin zur Geisterstunde.

Der Hohlweg mündete in eine bucklige Wiesenwelle. Der Galgenhügel war von jeher ein Ort der Untoten und bösen Geister gewesen. Im Dreißigjährigen Krieg hatte man dort nicht nur Ketzer und Killer, sondern auch Hunderte von Pesttoten verscharrt. Mitte des 19. Jahrhunderts war der aufgelassene Pestacker »wiederentdeckt« worden, um dort die sterblichen Überreste von Vaganten, Hungerleidern und Armenhäuslern ohne Brimborium zu entsorgen. Im Tod waren alle Menschen gleich – von wegen. Der Kies knirschte unter seinen genagelten Haferlschuhen. Bei blauem Himmel und Sonnenschein mochte die Anhöhe ein lauschiges Plätzchen sein. Im mitternächtlichen Mondenschein wirkte die Gegend abweisend und wüst. Über den Bergen wirbelte ein Föhnsturm und trieb eine Herde von Schäfchenwolken vor sich her. Eine Nacht wie gemacht für den Tag des Gerichts. Sie würden über Bichler und Dürr zu Gericht sitzen. Wäre er unter den Geschworenen, hätte er beide Male auf »schuldig« plädiert. Sowohl Bichler als auch Dürr waren an der Planung und der Vorbereitung des Mordanschlags beteiligt gewesen, die Indizien waren erdrückend. Falls man die Galgenstricke verurteilte, würden sie ihrer Verfehlungen wegen geächtet und aus sämtlichen Vereinen, Organisationen und gesellschaftlichen Gruppierungen ausgestoßen werden. Sie wären Parias, würden an keinem Stammtisch mehr sitzen, keinen Stich mehr machen. Danach erst würde sie Pföderl vorläufig festnehmen und dem Haftrichter vorführen lassen.

Die Turmuhr von Roßholzen schlug zwölfmal. Den Glücklichen schlug keine Stunde, den Verdammten sehr wohl. Sepp erinnerte sich an eine wundersame Geschichte, die sich Ende des 19. Jahrhunderts in der Miesbacher Gegend zugetragen hatte. Einer der Vorfahren Pföderls war an einem nebligen Herbsttag zeitig zu einem Pirschgang zum Rabenstein aufgebrochen – und spurlos verschwunden. Erst 50 Jahre später hatte man bei Holzfällarbeiten ein skelettiertes, von wilden Tieren angenagtes Gerippe in einer Höhle entdeckt. Die Obduktion hatte ergeben, dass sich der Jagdgehilfe bei einem Sturz auf abschüssigem Gelände Fuß, Schulter und zwei Rippen gebrochen hatte. Mit letzter Kraft war er in besagte Höhle gekrochen, um dort elendiglich zu Grunde zu gehen. Die makabere Pointe der Geschichte: Der Jagdgehilfe hatte kurz zuvor um den schnöden Mammon halber einen Meineid vor Gericht geschworen. Durch Pföderls falsches Zeugnis hatte Revierjäger Mayr erreicht, was er wollte: Das Amtsgericht zu Miesbach hatte einen Unschuldigen zu 20 Jahren Zuchthaus verurteilt. Das einzige Verbrechen des ehrbaren Fuhrknechts hatte darin bestanden, dass er Mayr die Braut abspenstig und ihn zum Gespött der Leute gemacht hatte. Die Strafe Gottes war auf dem Fuß gefolgt. Denn ein Eid war heilig.

Sonnleitner saß auf einer roh gezimmerten Sitzbank, vor ihm ein Tisch, neben ihm seine zwei Beisitzer: Vitus Rabensteiner und der Ururenkel eben jenes unglücksseligen Jagdgehilfen, Bartholomäus Pföderl. Die sieben Geschworenen waren per Los bestellt worden – an sie waren seine Worte gerichtet. »Männer, es ist an euch, ein gerechtes Urteil zu finden. Schuldig oder nicht schuldig, das ist die Frage, die es zu beantworten gilt! Bedenkt, bei Mord gibt es kein Wenn und Aber.« Die Geschworenen trugen weite schwarze Mäntel, ihre Gesichter waren unter Kapuzen verborgen. Die »Richtbrüder« sollten unerkannt bleiben. Sie würden die Verhandlung stumm und reglos verfolgen, um am Ende einen weißen oder schwarzen Zettel in den »Richthut« zu werfen. Als Vertreter des Habermeisters fiel Sonnleitner die unangenehme Aufgabe zu, den Vorsitz bei der Verhandlung zu führen. »Lasst uns also beten!« Mit gefalteten Händen bat Sepp den obersten Richter um göttlichen Beistand bei der Urteilsfindung. Die Beisitzer, die die Funktion von Anklägern bei dem Volkstribunal wahrnahmen, waren mit Bedacht gewählt: Pföderl hatte als Oberkommissar die Ermittlungen im Fall Ehgartner geführt und Rabensteiner war mit der Geschichte bestens vertraut. Die beiden Angeklagten waren nicht ganz freiwillig vor Gericht erschienen. Drei vermummte Gestalten hatten den beiden hinterm Sonnenstüberl aufgelauert und sie zwangsweise hierher überstellt. Die Art und Weise der Vorladung mochte unorthodox sein und den Tatbestand der Freiheitsberaubung erfüllen, aber sie erfüllte auch ihren Zweck. Nun hockten die beiden Beschuldigten auf der Arme-Sünder-Bank. Zwei Gebirgsschützen standen Gewehr bei Fuß, um jedweden Fluchtversuch von vornherein zu unterbinden. Alfons Bichler war dem Nervenzusammenbruch nahe, sein Gesicht war kalkweiß, seine Augen irrten panisch umher, als ob er verzweifelt nach einem Ausweg suchte. Dürr verfolgte das Geschehen mit vor der Brust verschränkten Armen und verschlossener Miene, so als ob ihm niemand etwas anhaben könnte. Ostentativ spuckte er vor der »Richterbank« aus.

In Sonnleitners Augen spiegelten sich die züngelnden Flammen zweier Fackeln, die man neben der Anklagebank in den Boden gerammt hatte. Er hatte einen Kloß im Hals, versuchte aber souverän zu klingen. »Brüder, die Anschuldigung wiegt schwer. Sie lautet auf Mord, mit Vorsatz, heimtückisch und aus niederen Beweggründen. Eine Tat im Affekt kann man ausschließen. In den Protokollen früherer Feldgerichte findet sich hierfür kein Präzedenzfall. Überlegt daher gut, ehe ihr euren Spruch tut.«

Pföderl räusperte sich, er war als Kripo-Mann in einer diffizilen Lage. »Wie ihr wisst, bin ich Polizist und dürfte gar nicht hier sein. Aber dem alten Brauch soll Genüge getan werden. Was letztendlich bei der Hauptverhandlung vor dem Landgericht herauskommt, wird man sehen.« Pföderl, der sich wohl eine Erkältung eingefangen hatte, schnäuzte sich. »Wir können keine belastbaren Beweise vorbringen, die die Schuld der Angeklagten belegen. Starke Indizien sprechen allerdings für die Annahme, dass sie von dem geplanten Attentat wussten und sich aktiv daran beteiligten.« Sonnleitner runzelte die Stirn – ob ein solch lahmer Vortrag die Geschworenen beeindruckte? Die Anklage konnte keine Tatzeugen benennen und die Verdächtigen würden eine Beteiligung an der Tat rundweg leugnen. Pföderl war jedoch noch nicht fertig. »Der Angeklagte Dürr hat zugegeben, dass er sich zum Zeitpunkt der Tat in unmittelbarer Nähe des Tatorts befand. Des Weiteren will er beobachtet haben, wie Bichler den Greinbacher Friedhof betrat. Nur wenige Minuten vor dem Anschlag, mit einem Rucksack am Rücken.«

Bichler brütete dumpf vor sich hin, Dürr aber empörte sich. »Diese Aussage wurde durch Folter erzwungen. Hiermit widerrufe ich mein sogenanntes Geständnis.«

»Der Strauchdieb war am Tatort und hat das Attentat vorbereitet, da wette ich drauf.« Wie ein römischer Cäsar schob Rabensteiner sein Doppelkinn vor. »Ein Agent der Ösi-Stasi hat aus Habgier zusammen mit Dürr das Attentat vorbereitet und Bichler als Komplizen angeworben. Der Urheber liegt im Koma, diese beiden Hurensöhne …« Er sah anklagend auf Bichler und Dürr, »… gehören bestraft, mit aller Härte!« Aus der zweiten Reihe erhob sich Gemurmel. »Weshalb habt's ihr euch vorhin im Sonnenstüberl getroffen, ha? Um euch abzusprechen und ein Alibi zu schustern, ihr falschen Fuchzger!«

Sonnleitner schielte zur Anklagebank hinüber. Bichlers Nerven lagen blank. Das schlechte Gewissen war ihm auf die Stirn tätowiert. Er schluchzte herzergreifend und beteuerte in weinerlichem Ton: »Ich hab das alles nicht gewollt. Das müsst ihr mir glauben. Ich wollt mit dem Erwin nur reden. Schuld allein ist er da!« Sein Zeigefinger schnellte vor – und deutete auf seinen Mitangeklagten.

Dürr grinste nur überheblich. »Schaut's euch diesen hintertriebenen Pharisäer an! Erst erschießt er den Ehgartner, weil es der falsche Hund mit der Angst bekommt, dann streitet er alles ab. Vorhin hat er mir noch 3.000 Euro geboten, damit ich mein Maul halte.« Dürrs Augen funkelten streitlustig. Ihm würde kein Wort der Rechtfertigung oder des Bedauerns über die Lippen kommen. Er würde sich gewiss nicht zu der Tat bekennen, außer sie halfen mit drastischen Methoden nach. Prompt sah sich Sonnleitner bestätigt. »Was wollt ihr eigentlich von mir? Dieses Kasperletheater soll eine Gerichtsverhandlung sein?« Er lachte höhnisch auf. »Wenn ihr mich nicht auf der Stelle freilasst, zeig ich euch Witzfiguren wegen Kidnapping, Stalking und übler Nachrede an. Dann sehen wir uns vor einem echten Gericht wieder.« Dürr wollte aufspringen, doch sein Bewacher packte ihn im Nacken, bis Dürr vor Schmerz aufheulte. »Wann kapiert ihr Watschengesichter endlich, dass ich nix mit dem Mord zu tun habe! Das habe ich diesem Hanswurst hier ...«, Dürrs knochiger Zeigefinger nahm Gietl ins Visier, »... lang und breit auseinanderdividiert. Ich habe weder ein Gewehr noch ein Auto noch einen Pfennig Geld auf der Bank. Wenn jemand ein Motiv, die Mittel und die Möglichkeit hatte, um Ehgartner das Stalllaterndl auszublasen, dann der verlogene Foamzuzler da!« Eine Ladung Rotz landete auf Bichlers teuren Budapestern.

Bichler stammelte in hilfloser Wut: »Dieser Openmind kerl hat mich da hineingezogen, er hat mir eingeredet, dass mich der Ehgartner verpfeifen wollt! Und dass für mich etwas herausspringt, wenn ich diesem Tiroler bei seinen Recherchen helfe.« Bichler schniefte. Sonnleitner hätte den Zipfelklatscher mit Freuden an die Stalltür genagelt. Statt Ehgartners Herz hätte er ihn oder Rabensteiner treffen können – oder den Tiroler. Sepp stutzte. Wäre »Fichtner« ein solch unkalkulierbares Risiko eingegangen?

Pföderl machte Gietl ein Zeichen – und sein alter Spezl trat vor. »Dürr hat mir gegenüber angedeutet, dass Bichler und Ehgartner sich nur nach außen hin angefeindet, unter der Hand aber gemeinsame Sache gemacht hätten.«

»Wobei denn bittschön? Das sind doch lauter Lügenmärchen. Meine Frau, die liederliche Britsch'n, hat mich mit der alten Wildsau betrogen. Wir waren bis aufs Blut verfeindet«, winselte Bichler.

Gietl fuhr ungerührt fort. »Beim grenzüberschreitenden Handel mit unversteuertem Bier sowie bei anderen lukrativen ›Deals‹. Alles hinter dem Rücken eurer Arbeitgeber, des Bräuberger- und des Stern-Bräus.«

Bichler brüllte nun aus vollem Leib: »Lügenmärchen! Das wär' doch aufgeflogen. Ich war's doch, der Ehgartner wegen seinen Mauscheleien bei der Steuerfahndung hingehängt hat – anonym. Aber nix ist passiert! Ich hab sogar den Zeugen für diese Scheißhausfliegen da gemacht. Die Strafanzeige habt's in euren Akten!« Wie ein Lama spuckte er um sich, verfehlte Dürr jedoch knapp.

»Der Ehgartner hätt' das Bockfotzengesicht wie eine Laus zerquetschen sollen«, brüllte Dürr voller Jähzorn. »Deine Alte hat über die Schönhuberin von deinen betrügerischen Machenschaften erfahren. So schaut's aus! Du bist mit deinen Hubertusjüngern auf ›Hasenjagd‹ und daheim hast der Madame vorgeheult, dass nix am Konto wär'. Sie hat dir Weichei gedroht, sich mit der Schönhuber zusammenzutun. Der Ehgartner – sterbenskrank, wie er war – wollt' eine Selbstanzeige machen und dich mit in den Abgrund ziehen.« Langsam kam Bewegung in die Sache.

Rabensteiner ging wie ein Inquisitor frontal auf Dürr los. »Auf diese Gelegenheit zur Rache hast du nur gewartet, oder? Aber weshalb hat dir der Tiroler bei deinen finsteren Plänen assistiert? Vielleicht verrät es uns ja der Fonsä?«

Wie von Furien gehetzt stürzte sich Bichler auf Dürr und riss ihn mit sich zu Boden. »Du dreckiger Sauteufel, verrecken sollst!« Gietl und die beiden Wächter zogen und zerrten an den Streithähnen, die sich wie zwei Kampfhunde ineinander verbissen hatten.

Gegen körperliche Züchtigungen als Mittel der Wahrheitsfindung war nichts einzuwenden. Sonnleitner konnte jedoch schlecht zulassen, dass sich Dürr und Bichler gegenseitig abkragelten. »Auseinander, sag ich, sofort! Sonst lass ich euch in Handschellen legen und ihr verbringt eine Nacht im Saukoben, habt's mich?«

Dürr krächzte, sich am Boden krümmend. »Fragt den Dreckrammel doch, wo er die Waffe versteckt hat, mit der er Ehgartner erschossen hat. Dann habt's den Mörder!«

Pföderl nieste, als ob er eine XL-Prise Schmalzler durch die Nasenlöcher gezogen hätte. »Die Tatwaffe war bislang nicht auffindbar. Die uns bekannten Fakten zeichnen ein höchst verwirrendes, widersprüchliches Bild. Ehgartner wurde von einer Kugel des Kalibers 7,62 getötet. Die schweren Verletzungen ›Fichtners‹ rührten von einer Waffe gleichen Kalibers her. Anhand des Stempels am Patronenboden konnten wir die Herkunft der Charge nachverfolgen. Die Patronen wurden bei RUAG Ammotec gefertigt, die Lieferung ging an die österreichische Bundespolizei. Was wiederum auf ›Fichtner‹ als ›Quelle‹ hindeutet.« Pföderl musterte die vor ihm sitzenden Angeklagten eindringlich – doch keiner tat einen Mucks. »Die ballistische Untersuchung hat jedoch zu unserer größten Überraschung ergeben, dass die Kugeln nicht aus ein- und derselben Waffe abgefeuert wurden.« Pföderl machte eine Kunstpause. »Überdies haben wir in Greinbach sowohl ein 8er Vollmantel-Spitzprojektil als auch Jagdschrotpatronen eingetütet. Dem Stempel in der Bodenkappe nach Kalibergröße 12/76, Hersteller Sellier & Bellot. 15 Euro das Packerl im Online-Shop.«

Rabensteiner deutete mit dem Kinn auf Bichler. »Habt's sein Waffenschrankerl schon auseinandergenommen? Könnt' gut sein, dass ein paar Patronen im Packerl fehlen.«

Bichler duckte sich, als ob er Rabensteiner an die Gurgel hüpfen wollte. »Gut, ich geb ja zu, dass ich an dem Abend oben am Friedhof war, um mich mit Ehgartner zu einem klärenden Gespräch zu treffen. Auf einmal spritzen mir die Schrotkugeln um die Ohren. In heller Panik bin ich zum Auto zurück, hab mein altes Gewehr geschnappt und mich meiner Haut erwehrt.«

Dürr kam schwankend auf die Beine. »Der lügt wie gedruckt. Er hat mich dafür bezahlt, dass ich Ehgartner beschatte. Deswegen bin ich hinter der geschissenen Hecke im Schwarzhölzel gehockt. Ich hab mir extra ein Prepaid-Handy besorgt, um ihn regelmäßig per Whatsapp auf dem Laufenden zu halten.«

Bichler knurrte wie ein Pitbull auf Pervitin. »Ihr habt's doch sicher meine Handydaten angefordert, daraus lässt sich entnehmen, welche Nachrichten ich bekommen habe.« Wie eine Speikobra spritzte Dürr Gift. »Wieso warst du an dem Tag nicht mit deinem Auto unterwegs, sondern einem Offroader, den ›Fichtner‹ eigens bei einem Gebrauchtwagenhändler in Tirol besorgt hat? Hast den Wagen nachts noch zurückgebracht! Den Schlüssel in den Briefkasten, ha? Aber vielleicht haben s' bei dem SUV-Tandler ja Überwachungskameras oder es finden sich Spuren von deinen Drecksgriffeln in der Karre.«

Bichlers Stimme überschlug sich fast. »Ehgartner hat

nur gekriegt, was er verdient. Aber ich war's nicht, ich schwöre es!«

»Einen Meineid«, keifte Dürr – Sabber lief aus seinen Mundwinkeln.

Sonnleitner hatte genug gehört – daher erklärte er die Zeugeneinvernahme für beendet. »Aussage steht gegen Aussage! Keiner will diesen Mord begangen haben. Erwin Ehgartner aber ist tot. Er hat ein gewaltsames Ende gefunden, vor meinen Augen. Ist dem Gesagten noch etwas hinzuzufügen?« Niemand rührte sich. »Richtleute«, wandte sich Sepp an die Geschworenen. »Es ist jetzt an euch, einen gerechten Urteilsspruch zu fällen! Habt ihr Fragen, dann kommt her und stellt sie mir.«

Ein Gezische und Geraune erhob sich in den hinteren Reihen. »Aufgeknüpft gehören s' – beide!«, »Mit diesen Halunken gehört kurzer Prozess gemacht!« Volkes Stimme! Sonnleitner verdrehte die Augen. Die Verhandlung drohte aus dem Ruder zu laufen. Er würde hart durchgreifen und den »Saal« räumen lassen müssen.

Doch Pföderl kam ihm zuvor. Sein nach Schmirgelpapier klingendes Organ brachte seine Gehörknöchelchen zum Schwingen. »Wir sind alle erregt und innerlich aufgewühlt. Ich verstehe das! Wir wollen die Wahrheit erfahren und wir wollen Gerechtigkeit.« Um seinen Worten mehr Nachdruck zu verleihen, spreizte er die Hände zur Merkel-Raute. »Wir dürfen uns aber nicht zu unüberlegten Handlungen hinreißen lassen. Den Gerichten gebührt das letzte Wort.«

Sonnleitners erster Impuls war es, Pföderl den Saft abzudrehen – und ihn zum Schweigen zu bringen. Gleichzeitig ließ ihn das Gefühl nicht los, zu wenig getan zu haben, um die Hintergründe dieses Verbrechens aufzuhellen. Die Attentäter waren methodisch, nach einem ausgeklügelten Plan vorgegangen. Wieso erinnerte die dilettantische Ausführung dann an eine Mafioso-Komödie? Wieso hatte ihnen »Fichtner« Bares geboten, um ihn »logistisch« zu unterstützen und seine Spuren auf der Alm zu beseitigen? Was hatte er wirklich von ihnen gewollt?

Das Szenario war klar. »Fichtner« hatte die Fäden gezogen, Bichler und Dürr waren die Bauern im Spiel der Könige gewesen. Wer aber saß auf der anderen Seite des Schachbretts, wer war »Fichtners« Gegenspieler? Sonnleitner hatte keine Ahnung. Eine entscheidende Frage, die bislang unbeantwortet geblieben war, war die nach der Tatwaffe. Infrage kam nur ein halbautomatisches Gewehr mit Zielfernrohr oder Reflex- respektive Rotpunktvisier. Eine solche Waffe würden sie weder bei Dürr noch bei Bichler finden. Da war er sicher. Sepp kratzte sich das stopplige Kinn. Je länger er darüber nachdachte, desto undurchsichtiger erschien ihm die Rolle »Fichtners«. Was hatte er von Ehgartner gewollt? Suchte er nach einem Hehler, um die historischen Dokumente aus Hofers Besitz zu versilbern? Wollte er mit Ehgartner ins Geschäft kommen? Oder hatten sie geheime Verhandlungen über ein Schutz- und Trutzbündnis geführt? Bayern und Tiroler Hand in Hand – für ein geeintes Vaterland. So etwas in der Art. Oder hatte »Fichtner« den Geheimauftrag erhalten, Ehgartner den Ton abzudrehen? Weshalb hatte er es dann nicht nach einem tragischen Jagdunfall aussehen lassen? Patriot hin, Patriot her, das Motiv für die Mordtat war ein persönliches und kein politisches. Daran gab es für Sonnleitner keinen Zweifel. Mit halbem Ohr hörte er, wie Pföderl Süßholz raspelte. »Deeskalation« hieß das Zauberwort. »Können wir ausschließen, dass wir etwas übersehen haben? ›Fichtner‹ saß mit am Tisch, als die tödlichen Schüsse fielen. Er hatte ein bombensicheres Alibi, der Attentäter freie Schussbahn!«

Rabensteiner grunzte wie ein Eber, der das scharf geschliffene Messer des Sauschneiders aufblitzen sah. »Da oben war aber kein Scharfschütze von den KSK, sondern der da.« Rabensteiner machte Anstalten, sich Dürr vorzuknöpfen.

Sonnleitner zischte: »Mach keinen Blödsinn, Veitl, hock dich wieder hin!«

Wutschnaubend setzte Rabensteiner sein Plädoyer fort. »Dürr hat den Erwin gehasst! Er hat ihm Morddrohungen ins Büro geschickt, hat ihn angepöbelt und ist handgreiflich geworden. Ich hab selbst miterlebt, wie er ihm einen Maßkrug über den Kopf hauen wollte. Das ist für mich Beweis genug.«

Pföderl fuhr ärgerlich hoch. »Von Beweisen kann keine Rede sein. Die Indizien deuten eher auf Bichler als Täter. Er hat zugegeben, dass er am Tatort war. Und er hat eine Karre mit falschen Kennzeichen beschafft, die als Fluchtfahrzeug dienen sollte. Wenn das nicht reicht?«

Wieder wurden Stimmen laut, die zur Selbstjustiz rieten. »Drückt's ihnen einen Stutzen in die Hand!«, »Ein fairer Kampf, Mann gegen Mann.« Die Geschworenen tuschelten aufgeregt untereinander. Zwei Schuss und Schluss? Einen solchen Bruch mit den Gebräuchen und Riten der Haberer würde er nicht zulassen.

Ein Duell mit Dürr – das war für einen miesen Schützen wie Bichler der »worst case«. Er heulte Rotz und Wasser. »Dieser Tiroler hat mir einen Wisch gezeigt, dass er in geheimer Mission unterwegs sei. Ein Geheimauftrag, Operation ›Morgenröte‹ oder so. Ich hab im Voraus Cash bekommen und ›Fichtner‹ hat mir eine stattliche Erfolgsprämie in Aussicht gestellt. Ich war nur der Handlanger und sollte das Fluchtfahrzeug steuern. Das Ganze wär' im nationalen Interesse.«

Gietl höhnte. »Den Mordanschlag meinst. Du hast die Tatwaffe in der Aussegnungshalle versteckt und ›Fichtner‹ hat sie anschließend verschwinden lassen. Um uns zu täuschen, hast noch ein bisserl mit dem Karabiner herumgeballert. Einen Waffenschein hast ja und der Mauser k 98 ist in der WBK auf dich eingetragen. Dann bist nach Tirol rüber, um den Wagen loszuwerden. Mach ein End und gesteh.«

Pföderl und Gietl machten Anstalten, Bichler festzunehmen. Rabensteiner ergriff Pföderls Arm. »Moment noch, Barthl! Die Patrone, die deine charmante Kollegin aus dem Baum geschabt hat, stammt aus Bichlers Karabiner, keine Frage! Die Tatwaffe aber ist ein Schweizer Sturmgewehr. Etwas modifiziert und mit anderer Kalibergröße. Und ich denke, ich weiß, wo wir es finden und wie wir den Täter überführen können.« Pföderl, Gietl und die Geschworenen starrten ihn perplex an – doch Sonnleitner hatte blitzartig begriffen, was Vitus Rabensteiner meinte. »Fichtner« hatte einen Geniestreich ausgeheckt. Nur, dass die Ausführung die Note »mangelhaft« verdiente. Er wusste, wo die Tatwaffe war. Der Tiroler hatte sie nach allen Regeln der Kunst aufs Kreuz gelegt – und sie hatten ihm, wenn auch unwissentlich, dabei geholfen, eine schwere Straftat zu vertuschen. Wenn es blöd lief, wäre er nach Paragraf 258a StGB wegen Strafvereitelung im Amt dran. Das musste er unter allen Umständen verhindern.

EICHEL UNTER

Der angeklebte Prophetenbart juckte fürchterlich. Die verdreckten Turnschuhe drückten und die Second-Hand-Hose war eine Nummer zu klein und zwickte im Schritt. Kurzum, die Tarnung war perfekt. Brandner schlurfte gemächlich zur Bushaltestelle. Er verhielt sich wie jemand, der alle Zeit der Welt hatte. Es war eine leichte Übung gewesen, sich Zutritt zu der Asi-Unterkunft zu verschaffen. Der Notausgang an der Rückseite des Gebäudes stand sperrangelweit offen. Keine Videoüberwachung, nix! Jeder Dschihadi konnte hier ungesehen rein- und rausspazieren. Für alle Fälle hatte sich Brandner die Jacke des Wachdiensts übergestreift, eine verspiegelte Fliegerbrille auf die Nase geschoben und sich die Kappe mit dem Logo der ÖWS Security & Services in die Stirn gedrückt. Er hatte sich auf der Toilette rasch umgezogen, die Wachmann-Accessoires in einem knallroten Tourenrucksack Modell Gröden 35 verstaut. Auf der rechten Seitentasche prangte ein Aufkleber – Kinderüberraschung. Schwarzer Humor war eine Art Markenzeichen von ihm. Brandner hatte sich in Sichtweite der am Vordereingang hin und her schwenkenden Kameras eine Kippe angesteckt und einen raschen Blick in den Rucksack geworfen, so als ob er überprüfen wollte, ob er an alles gedacht hatte – an die Bombe zum Beispiel. Daraufhin war er ohne Eile davongetrabt. Ohne sich auch nur einmal umzudrehen. Die Ermittler sollten schließlich davon ausgehen, dass sich der »Rucksackbomber« seiner Sache sicher gewesen war.

Der Inhalt des Rucksacks war in keinster Weise explosiv: Neben der zerknüllten Uniform und der Kappe befanden sich ein zerlesenes Exemplar des Korans sowie ein mit Rechtschreibfehlern gespicktes Bekennerschreiben darin. Unterwegs würde Brandner einen Zwischenstopp am Innsbrucker Hauptbahnhof einlegen. Bei der Gepäckaufbewahrung am Bahnhof würde ihn Gössl erwarten – auch er mit falschem Bart und im morgenländischen Schlabber-Look. Gössl würde den Rucksack übernehmen und in dem Schließfach, Größe Large, die Uniformjacke samt Mützchen sowie eine in seine Einzelteile zerlegte Repetierbüchse, Modell Heym SR 21 Allround, die sich beim »Anschlag« auf »Fichtner« nur als bedingt treffsicher erwiesen hatte, deponieren. In etlichen Stunden würde der Kampfmittelräumdienst das Schließfach sprengen – und nicht schlecht staunen.

Gössl hatte das Bekennerschreiben heute Morgen in einem versifften PC-Shop verfasst, an den ORF, an die großen Zeitungen und an einige sozialkritische Blogger verschickt. Er hatte Glacéhandschuhe benutzt und die Gebühren bar bezahlt. Man wusste ja nie. In dem Schreiben bekannte sich die »Neue Armee Gottes« zur Tat. Die Attentäter behaupteten darin, von Gott gesandt zu sein. Wie die beiden bärtigen Propheten Hofer und Mohammed. Wie diese würden sie für einen Gottesstaat auf Erden streiten. Patrioten und Propheten-Jünger sollten sich unter dem Banner des einen Gottes scharen, um die Gottlosen und Götzenanbeter mit vereinten Kräften aus dem Heiligen Land zu vertreiben. Gössl hatte auf die Schnelle noch einen

Fake-Account unter dem Nutzernamen »Mullah Hofer« erstellt. Er hatte ein paar nette Bildchen von vermummten Taliban-Kämpfern und der dritten Bergisel-Schlacht anno 1809 hochgeladen. Und in einem Post dazu aufgerufen, den gemeinsamen Feind, die Jünger Zions, ins Meer zu treiben. Aus den kruden Zeilen des »Mullahs« würde selbst ein Antiterror-Analytiker nicht schlau werden. Gössl würde auf seinem »Fluchtweg« einige Haken schlagen, mehrfach zwischen Straßenbahn und Bus hin- und herwechseln und ziellos durch die Altstadtgassen schlendern. Es ging einzig und allein darum, dass der grellrote Rucksack alle paar Minuten an einer anderen Stelle der Stadt auf den Überwachungskameras auftauchte. Dann würde der mutmaßliche »Attentäter« aus dem Blickfeld der Kameras verschwinden. Der Rucksack würde sich Stunden später auf einer Parkbank am Inn oder bei den Pennern im Park finden.

Brandner betrat die weitläufige Anlage des Westfriedhofs und hastete durch die langen, mit Engeln und Heiligen ausgemalten Arkaden. In einem der Urnenfächer war ein Karton versteckt. Windjacke, Integralhelm, Sturmhaube und Zündschlüssel lagen parat. Er zog sich rasch um und begrub die Second-Hand-Klamotten unter Kränzen, Gebinden und Gestecken. Vor dem schmiedeeisernen Tor wartete ein Gilera-Roller GP 800. Brandner schwang sich in den Sattel und gab Gas. Das getunte Gerät hatte 80 PS unter der Haube, war wendig und beschleunigte wie der Blitz. Brandner schlängelte sich durch die Blechkarawane. Es war später Nachmittag – und die Straßen waren verstopft wie die Abflussrohre einer Mietskaserne in Messina. Blaulicht und Martinshorn würden den Einsatzfahrzeugen wenig nützen. Es würde einige Zeit dauern, ehe sie am Tatort eintrafen – ehe die Fahndung anlief, säße er schon vor seiner Almhütte. Er brauchte nur wenige Minuten, dann war er am Ziel. Die Sonne strahlte über den in Bronze gegossenen Helden. Am Vorplatz hatte sich bereits eine Schar »Wallfahrer« unter den lustig im Wind flatternden Tiroler Fahnen versammelt. Nach einer kurzen Ansprache des Schirmherrn der Gedenkfeier, Hans-Christoph von Wolkenstein, Chef der Hypo-Alpin, würde man zur Fahnenweihe unter freiem Himmel schreiten. Eine ideale Gelegenheit, um Abt Anselm spornstreichs zu seinem obersten Dienstherrn zu befördern – und radikale Islamisten für den feigen Anschlag verantwortlich zu machen. Brandner bockte den Roller neben einem verwaisten Schießstand auf und wartete darauf, dass der Abt zum Punkt kam. Die rituelle Show, das prunkvolle Zeremoniell bedeutete ihm wenig. Eine gewisse Scheu vor den Wesen des Übernatürlichen hatte er jedoch nie abgelegt. Mit einem katzengleichen Satz sprang er von dem Mäuerchen, umkreiste wie ein Schlachtenbummler auf Tirol-Tour das Denkmal des großen Freiheitskämpfers. Im Gehen griff er unter die Windjacke. Jeder Wachmann dieser Welt würde annehmen, dass er einen Fotoapparat aus der Innentasche angelte. Ein folgenschwerer Irrtum. Er würde weder eine Canon- noch eine Nikon-Kamera, sondern eine Glock 17 ziehen. 650 Gramm leicht, 19 Patronen vom Kaliber 9 mal 19 Millimeter im Stangenmagazin. Seelenruhig schraubte er den Schalldämpfer auf den Lauf. Der Abt murmelte irgendwelche liturgischen Formeln. Die Abordnungen der Traditions-, Trachten- und Schützenvereine hielten Haupt und Fahnen gesenkt.

Brandner scannte ein letztes Mal die Umgebung. Ihm fiel ein junger Bursche auf, der sich am Rand des das Hofer-

Denkmal umgebenden Parks herumdrückte und an einem Glimmstängel saugte. Brandner vermeinte Schweißperlen auf seiner Stirn glänzen zu sehen. Hatte dieser Strolch etwa vor, den Roller, sein Fluchtfahrzeug, zu stehlen? Das würde er bereuen. Brandner schlenderte, scheinbar auf der Suche nach einem Fotomotiv, umher. Dabei näherte er sich wie zufällig dem Dieb, der am oberen Absatz einer kleinen Steintreppe herumlungerte. Obwohl es angenehm warm war und die Sonne vom blauen Föhnhimmel lächelte, trug der Kerl eine dicke Schaffelljacke. Der olivfarbene Teint, der krause Haarschopf, die scharf geschnittene Adlernase – der Typ kam irgendwo aus der Levante, Libanon oder Syrien, tippte er. Er beobachtete, wie die Adlernase seine Kippe wegschnippte und ein entschlossener Ausdruck in sein angespannt wirkendes Gesicht trat. Schnurstracks steuerte er auf die Menge zu, die einem Bläserquintett lauschte, die die Hofer-Hymne »Zu Mantua in Banden …« intonierte. Den Roller beachtete er nicht. Wollte der Scheißkerl einen Anschlag verüben? Sein Befehl lautete, den Abt abzuknallen, kein Blutbad anzurichten. Brandner sprintete los, um das Schlimmste zu verhindern. »Auf den Boden, sofort! Sonst baller ich dir die Eier weg – und mit den Huris ist es Essig!« Der Typ erstarrte mitten in der Bewegung, sein Kopf ruckte herum. In seinem Blick lag Panik. Mit einem bewaffneten Wachmann hatte er nicht gerechnet. Brandner hob die Pistole und zielte auf den Unterleib des Mannes. Der sprang über die Eisenkette und lief auf eine Baumgruppe zu. Brandner schoss dreimal. »Plop-plop-plop«. Der Schalldämpfer schluckte jedes Geräusch. Doch er war zu weit entfernt. Die Projektile verfehlten ihr Ziel. Brandner fluchte. Der Attentäter wirbelte herum, zog eine Maschinenpistole unter der Jacke hervor und eröffnete das Feuer. Wie es der Zufall, das Schicksal oder Allah wollte, riss er die Uzi nach oben und nahm ungewollt den breitkrempigen Hut Hofers unter Beschuss. Die Betenden zu Füßen Hofers schrien auf, die zum Defilee angetretenen Schützen waren drauf und dran, sich mit aufgepflanztem Bajonett auf den Feind zu stürzen. Brandner war allerdings schneller. Wie er es im Gefechtstraining x-mal eingeübt hatte, hechtete er hinter eine dicke Platane. »So, Brüderl, jetzt gehörst der Katz! Mir ins Handwerk zu pfuschen.« Er beschleunigte seine Schritte, lief immer schneller und schneller. Sein Herz pochte, seine Schläfenadern schwollen an. Er hörte die Menschen wild durcheinanderschreien, wütende, ängstliche, erzürnte Schreie. Aus den Augenwinkeln heraus sah er eine Trachtenträgerin, die voller Ingrimm ihren Gehstock gegen einen imaginären Angreifer schwang. Sein beherztes Eingreifen schien ein Blutbad abgewendet zu haben. Nach dem verunglückten Feuerstoß war der Attentäter in Panik geflohen. Die Schützen waren ihm auf den Fersen, wenn er Pech hatte, würden ihn die Hofer-Getreuen lynchen. Brandner musste sehen, dass er von hier verschwand. In Kürze wären die Bullen hier – und würden Fragen stellen. Er lief zum Roller und zog sich im Laufen die schwarze Sturmhaube über den Kopf. Ehe er sein Fluchtgefährt erreichte, sah er sich noch einmal um. Der Abt stand in aufrechter Haltung vor dem Denkmal und schlug ein Kreuz über einem am Boden liegenden Körper. Der Feuerstoß hatte doch ein Opfer gefordert. Die Spitze der Fahne war abgebrochen und hatte sich in Wolkensteins Stirn gebohrt, just als der nach oben geblickt hatte. Der »Führer« musste auf der Stelle tot gewesen sein. »Da verreckst«, stieß Brandner ungläubig hervor. Es war vollbracht. Vater Hofer gerächt. Brandner gab Gas. Sein Ziel war die Pfandler-Alm, der letzte Zufluchtsort Hofers anno 1809, hoch oben im heimatlichen Passeiertal. Dort wartete eine Brettljause auf ihn. Ein Tiroler Roter und ein Flascherl Birnbrand. Wie ein Steilwandfahrer legte er sich in die Haarnadelkurven der Brennerstraße. Froh vergnügt pfiff er die Melodie eines alten Gassenhauers: »Ein Wagen fuhr durch Gossensass durch eine rechte Soßengass.« Dem Schutzpatron Tirols, dem heiligen Georg, würde er eine Opferkerze stiften, mindestens drei Kilo schwer. Das schwor er bei Gott.

SCHELLEN OBER

»Siggi, Dürr, wo steckst denn? Komm raus, das bringt doch nix«, raunzte Gietl ins Megafon. »Wir erwischen dich sowieso. Die Ringfahndung läuft, dein Steckbrief hängt noch heut' in allen Polizeidienststellen.« Pföderl hatte die Schnauze gestrichen voll. Es wurde bereits hell und die Vogelschar zwitscherte froh vergnügt im Geäst. Barthl war »bester« Laune. Falls er Dürr zu Gesicht bekam, würde er abdrücken. Ohne zu zögern. Ein Schuss, der sich unversehens löste, ein bedauerliches Malheur – Shit happens. Diese Dreckmatz hatte ihn lange genug an der Nase herumgeführt. »Dürr, wenn du dich stellst, bekommst ein Logenplätzchen in der Einzelzelle. Fernet-Branca-Flatrate, all inclusive. Mit guter Führung bist nach 25 Jahren wieder draußen. Mit 75 hast dein halbes Leben ja noch vor dir.« Gietl war wahrlich ein Meister der psychologischen »Kriegsführung«. Seine Dienstpistole, eine Heckler & Koch P7, hatte Barthl bereits entsichert. Siegfried Dürr würde keine 25 Jahre in Stadelheim hocken. Dafür würde er sorgen. Dürr hatte Bichlers »großen Auftritt« und das daraus resultierende Durcheinander zur Flucht genutzt. »Der Sauhund türmt! Ihm nach«, hatte Rabensteiner noch gebrüllt, doch da hatte Dürr bereits gut 50 Meter Vorsprung und den Rand des Jugerts erreicht, eine Anpflanzung junger Fichten, die dicht an dicht standen. Einer der als Wache eingeteilten Gebirgsschützen hatte ihm gotteslästerlich fluchend eine Kugel hinterhergejagt, den Flüchtenden aber verfehlt. Kurz darauf hatte ihn der dunkle Tann verschluckt. Als ranghöchster Vertreter der Staatsmacht hatte Barthl die Befehlsgewalt über das Haberer-Konsilium übernommen. Vier Suchmannschaften à drei Mann abkommandiert, die die Gegend in einem Radius von 180 Grad durchkämmen sollten.

Vor ihnen lag eine weite Lichtung, in deren Mitte eine hölzerne Futterraufe für Reh und Rothirsch stand. Gietl und der ihnen zugeteilte Gebirgsschütze schauten sich ratlos um. Alles sah gleich aus. Fichten hier, Buchen dort. »Wo könnt' er nur hin sein? Links zu geht's weiter den Berg hinauf, gradaus kommen wir zur Roßbach-Schlucht, rechtsrum auf einen Forstweg, der zurück nach Roßholzen führt.«

Sonnleitner, der Alpen-Sherlock, hatte ihm vorhin zugeraunt: »Barthl, ich hab da so eine Ahnung, wo er hinwill. Und wo die Tatwaffe sein könnt'.« Pföderl klopfte Laub und Nadeln von seiner reichlich ramponierten Uniformhose. Was sollte Dürr auf der Jocher-Alm wollen? Beweismittel vernichten? Zum großen Showdown mit Feuergefecht blasen? Bichler, der durch die Flucht Dürrs Oberwasser bekommen hatte, hatte noch lauthals beteuert, dass ihn Ehgartner in den Sumpf gezogen, zu riskanten, hochspekulativen Derivat-Geschäften verleitet hätte. »Dürrs Angebot, ein paar Euro dazuzuverdienen, kam mir Trottel wie ein Sechser im Lotto vor.« Dürr hatte Bichler nur deswegen angeheuert, um ihn nachher zum Sündenbock stempeln zu können. Das war Pföderl durchaus klar. Trotzdem würde die Anklage auf Beihilfe zum Mord lauten. Bichler würde für drei bis vier Jahre in den Knast wandern – und das völlig zu Recht.

Pföderl strich sich durch sein volles schwarzes, an den Schläfen schon leicht angegrautes Haar. Wie das Attentat im Detail abgelaufen war, würde sich wohl nie mehr zur Gänze klären lassen. »Fichtner« lag im Koma und Dürr – nun ja, war der geborene Lügenbaron. Pföderl vermutete, dass Dürr die Tatwaffe an einem vorher vereinbarten Ort versteckt hatte. »Fichtner«, der ja angeblich den Täter verfolgte, hatte die Waffe an sich genommen. Dann war er durchs Unterholz zurück zum Wagen geschlichen – und hatte sich davongestohlen, ehe sie die Umgebung des Tatorts absperren hatten können. Wenn Sonnleitners Verdacht zutraf, hatte sich »Fichtner« auf der Jocher-Alm versteckt, um seine Flucht vorzubereiten.

»Wenn ich den zu fassen kriege, bringe ich ihn eigenhändig um.« In Gietl brodelte es. Wie er war er übernächtigt und gereizt, wie er war er am Limit.

»Meinen Segen hast! Lieber tot als lebendig. Tät mir eine Menge Scherereien ersparen.« Als ob der Herrgott seinen frommen Wunsch erhört hatte, tönte ein gellender Schrei durchs Gehölz.

Der Gebirgsschütze zuckte zusammen. »Was war das?«

»Die Frage ist eher, wer?«, erwiderte Gietl.

»Dürr hat's erwischt!«, beschied Barthl knapp. »Dann schauen wir mal nach dem Rechten!«

»Der Schrei kam aber von links«, widersprach ihr Begleiter.

»Also nach links, den Hügel hinauf«, befahl Pföderl. »Und lasst euch Zeit, keine unnötige Hektik, ja?« Am Ende durfte er sich noch um den Abtransport des Verwundeten kümmern. Bei einer Leiche war hingegen keine Eile geboten. Die Befürchtung, einen Notarzt organisieren zu müssen, erwies sich indes als unbegründet. »Da braucht's keinen Sani mehr, würde ich meinen«, stellte Pföderl mit Kennerblick fest.

Gietl pflichtete ihm bei. »Der hat seinen letzten Schoaß getan.« Die drei spähten vorsichtig über den Rand der Fallgrube, die unter allerlei Gestrüpp nahezu unsichtbar war.

»So ein Pech aber auch, die hätte längst zugeschüttet gehört«, meldete sich der Rauschebart-Ranger zu Wort. Die Grube hatte jemand vor Jahren, wahrscheinlich Jahrzehnten, zur Sauhatz ausgehoben. Unten auf dem schlammigen Boden lag jemand. Den Kopf unnatürlich verdreht. Die Diagnose war eindeutig. Siegfried Dürr hatte sich beim Sturz den Hals gebrochen.

»Da kommt jede Hilfe zu spät, Gott sei Dank«, bemerkte Gietl leichthin.

»In nomini patri et filii et spiriti …«, kramte Pföderl einige lateinische Brocken hervor. Er vermutete allerdings, dass der Satansbraten demnächst in der Hölle schmoren würde.

»Diese Scheißfunklöcher. Habt's ihr Empfang?«, grantelte Gietl.

Pföderl winkte ab. »Geh ma, ich setz ein Protokoll auf und ihr unterschreibt. Um alles andere soll sich der Chef kümmern.« Die Kriminaltechniker würden sich freuen. Stand ihnen doch ein »kleiner« Fußmarsch bevor.

HERZ OBER

»Wochenend und Sonnenschein …« Tomatenrädchen kauend trällerte Leni Haberl vergnügt vor sich hin. »La, la, la, la, la.« Rose-Marie Duroc sah verwundert von ihren Muscheln im Weißweinsud auf. Pföderl wickelte in stoischer Schweigsamkeit die Pappardelle mit Kaninchenragout um seine Gabel. Xerxes hatte sich schon in aller Frühe über sein Gourmetmenü hergemacht: kleingehackte Kalbsleber mit Petersiliensträußchen. Der Kater von altem Angora-Adel hatte kurz um seine Beine geschnurrt, um ihm dann die kalte Schulter, besser sein dick gepolstertes Hinterteil zu zeigen. »… weiter brauch ich nichts zum Glücklichsein, la, la, la, la!« Was war nur in ihre Team-Assistentin gefahren? Der Geist aus Aladins Wunderlampe? Ihre erschreckend gute Laune kam Reimers verdächtig vor. War sie auf einem Workshop für traditionell chinesischen Meditationsgesang gewesen? War das »La, la, la« eine Art Mantra? Hatte sich Haberl in das Rad der Wandlungen, in die 64 Hexagramme des I Ging vertieft? Oder schlicht und einfach in ihren Yoga-Lehrer verguckt? Reimers ließ Messer und Gabel sinken und summte die eingängige Melodie. »Wochenend und Sonnenschein.« Die Nummer der Comedian Harmonists aus dem Jahr 1930 war ein Evergreen. In Anbetracht der in Hindenburgs Reich heraufziehenden Gewitterwolken war der fröhliche Singsang fast schon der Gipfel der Ironie. Doch hier und heute schwang in dem Gassenhauer ein Hauch von Prophetie. Der Ball lag bei der Staatsanwaltschaft und das Wochenende stand tatsächlich vor der Tür.

Hauptkommissar Armin Reimers war ein erklärter Verfechter des kriminalistischen Profilings, der operativen Fallanalyse. Eine erfolgreiche Fahndungs- und Ermittlungsarbeit basierte sowohl auf akribischen kriminaltechnischen Verfahren als auch auf einer empathisch-analytischen Vorgehensweise. Es passte zu diesem undurchsichtigen, seltsamen Fall, dass er sich auf wunderbare Weise wie von selbst gelöst hatte. Sämtliche Indizien deuteten darauf hin, dass Dürr das Attentat ausgeführt hatte, und zwar im Auftrag dieses dubiosen Doppelagenten »Fichtner« alias Luis Ebner. Der Wagen »Fichtners«, ein aufgemotzter Japsen-Jeep, war auf der Jocher-Alm in einem Schuppen versteckt gewesen. Die Alm hatte ein Komplize, dieser Alfons Bichler, vor zwei Jahren gepachtet. Im Kofferraum des Jeeps hatten Orterers Leute die zweite Waffe, eine doppelläufige Flinte, entdeckt. Dazu zwei schmutzige Waffentücher, 35 mal 35 Zentimeter, die zur Pflege und Politur des Laufs und der Metallteile verwendet worden waren. Reimers war innerlich aufgewühlt. Würden die kriminaltechnischen Untersuchungen etwas ergeben? Falls sie einen Fingerabdruck, eine DNA-Spur Dürrs fanden, hätte sich der Kreis geschlossen. Dann hätte er den Beweis, den er brauchte. Dürr war ohne Fremdeinwirkung in einer Fallgrube zu Tode gekommen, der zweite Attentäter, offenbar ein fundamentalistischer Fanatiker, auf der Flucht von einer Spezialeinheit der EKO-Cobra erschossen worden. Was ihm nur recht sein konnte. Der Tod eines Beschuldigten war dem Gesetz nach als erhebliches Verfahrenshindernis zu werten, das jede weitere Strafverfolgung ausschloss, da die Parteifähigkeit mit dem Tod des Beklagten erlosch. Da er kein Verfahren eröffnen konnte, würde Dr. Knittelbeck die Ermittlungsakten schließen. Dies ersparte ihm und seinem Team jede Menge lästigen Schreibkram. Ein Glücksfall. Was das Mord-Motiv anbelangte, war er sich nicht sicher. Reimers vermutete, dass es in der Hauptsache um Geld gegangen war. Dass »Fichtner« allein auf eigene Faust und ohne das Wissen seiner Vorgesetzten in Innsbruck respektive in Wien gehandelt hatte, erschien ihm unglaubhaft. »Fichtner« würde er dazu nicht mehr vernehmen können. Ob er auf Befehl von oben gehandelt hatte? Er würde es nie erfahren.

Die Abteilung K 1 hatte die »Schlussbesprechung« ins »L' Incontro«, einer zünftigen Loden-Locanda, verlegt. Reimers hatte einen Tisch für vier Personen reserviert, draußen auf der Terrasse. Die rot-weiß-rot karierte Tischdecke wurde Zeuge des Grimmschen »Tischlein deck dich«-Spiels. War eine Karaffe Rotwein leer, stand wie durch Zauberhand die nächste auf dem Tisch. Kriminalkommissar Rose-Marie Duroc war überzeugte Bretonin. Duroc hielt auf die feine Etikette, jedem Glas Wein folgte ein Glas Wasser. Der Rest der K 1 bestand hingegen aus Bayern und Preußen, mithin aus Barbaren. Haberl tat sich an einem mit Mozzarella-Würfeln verfeinerten Tomaten-Gurkensalat gütlich – und strahlte über beide Backen.

»Liegt doch tatsächlich vorgestern in der Früh dieses Päckchen am Pförtnerhäusel. Bei seinem Morgenrundgang hat der dicke Karli die ›Paketbombe‹ entdeckt. Als ich ihn zwei Stunden später in der Cafeteria getroffen hab, war er immer noch sterbensbleich im Gesicht.« Auf Durocs Teller häuften sich die leeren Muschelschalen. »Auf der Überwachungskamera ist da nur ein korpulenter Kerl im schwarzen XL-Kapuzenshirt. Er trägt Handschuhe und hat eine Kapuze überm Kopf. Schwer zu identifizieren, vraiment!«

Um Pföderls Gabel schlängelten sich breite, goldgelbe Bandnudeln. Die Identität des »Paketboten« schien ihn nicht weiter zu interessieren. »Und was ist in dem Geschenkpackerl drin, Rose? Die lang gesuchte Tatwaffe, voilà. Das besagen zumindest die Testergebnisse der Ballistik.«

»Ein für Scharfschützen modifiziertes StgW 57 mit Zielfernrohr, vierfache Vergrößerung.« Reimers lächelte väterlich in die Runde. »Wann bekommen wir schon mal solch nette Präsente frei Haus?«

Haberl knabberte mit verzückter Miene auf einer Auberginenschnitte. »Die Aufzeichnung ist für den Arsch. Der Kurier verschwindet aus dem Blickfeld der Kameras und weg ist er.«

»Die Überprüfung der Überwachungskameras hat nichts ergeben. Keine Spur der Kapuze, malheureusement!« Achselzuckend widmete sich Duroc wieder ihren Muscheln.

Reimers spießte eine Bratkartoffel auf, die sich zu seiner Piccata Lombarda, einem Kalbsschnitzel in fein sämiger Zitronensauce, gesellt hatte. »Habt ihr das Bekennerschreiben aus Innsbruck gesehen, diese Rechtschreibfehler, unglaublich! Eigentlich zum Brüllen, wenn es nicht so traurig wär'.«

Um Pföderls Gabel ringelte sich ein Pasta-Knäuel. »Kommt euch das nicht merkwürdig vor? Weshalb stanzt dieser Vollidiot mit seiner Uzi Löcher in die Luft und rasiert die Speerspitze von Hofers Kriegsfahne ab? Die trifft dann ausgerechnet den Ehrengast der Gedenkfeier, einen bedeutenden Bankier aus altem Adel. An der Sache ist was faul. Für mich stinkt die zum Himmel.«

Haberl spießte eine Olive aus den Artischockenherzen. »Fuchtelt mit seiner MP herum und fängt sich eine Kugel. So blöd kann eigentlich keiner sein.«

Reimers Kalbsschnitzel war hauchdünn. Das Fleisch so zart, dass es auf der Zunge zerging. Die mediterrane Kochkunst war wahrlich ein Geschenk der Götter. Er war heilfroh gewesen, als ihn Knittelbeck zurückbeordert hatte. Der Staatsanwalt hatte sich dazu durchgerungen, den Mord an Erwin Ehgartner als separaten Fall zu behandeln. Der Feuerüberfall auf die Teilnehmer an einer festlichen Fahnenweihe zu Füßen des großen Tiroler Freiheitshelden fiel – dem Himmel sei Dank – nicht in den Zuständigkeitsbereich der »Rosenheim-Cops«.

Auf Durocs Teller türmten sich die ausgelutschten Muschelschalen. »Ah, ich werde noch ein Dessert nehmen. Pannacotta mit Himbeersauce.«

»Für mich nur einen Espresso!« Haberl beugte sich übers Display des Dienst-Smarties. »Diese Chinesen, irre, filmen wie die Wilden drauf los.« Kommissar Reimers wunderte sich über nichts mehr. Die Welt war ein Tollhaus, bevölkert von in ihr Selfie-Spiegelbild vernarrten Wiedergängern. Narziss fand überall Follower, weltweit. Eine auf Europa-Tournee befindliche Reisegruppe aus der Provinz Shaanxi hatte Ausschau nach geeigneten Motiven mit Lokalkolorit gehalten und zufällig die zur Fahnenweihe angetretenen Einheimischen erspäht. So war die Touri-Truppe vom Gelben Fluss live dabei gewesen, als die Schießerei begann. Haberls Äuglein leuchteten. »Beeindruckend, diese Bildqualität.«

Duroc rümpfte ihr Näschen. »Ah, ich kenne das ›Best-of‹, hat mir dieser charmante Inspecteur aus Hall geschickt.«

Reimers war gleichfalls auf dem Laufenden. Roswitha Steiner war so aufmerksam gewesen, ihm das Videomaterial, samt den Abschriften wichtiger Zeugenaussagen, »mit herzlichen Grüßen« zukommen zu lassen. Er musste Haberl recht geben, die Bildqualität war bestechend. Die Action-Filmer aus dem Land der Mitte hatten zunächst den kühn ausschreitenden Bronze-Hofer ins Visier genommen, ehe sie auf die fahnenschwenkenden Männer und trachttragenden Frauen gezoomt hatten, die sich zu einer ihnen unbekannten Zen-Zeremonie zu Füßen des bärtigen Meisters versammelt hatten. Reimers hatte sich den Zusammenschnitt, das besagte »Best-of«, mehrmals angesehen, einzelne Bildausschnitte vergrößert. Der Attentäter kam jedoch nur einmal kurz ins Bild. In der wenige Sekunden langen Sequenz war deutlich zu erkennen, dass es ihm die Uzi beim Feuerstoß verriss und die Salve viel zu hoch lag. Panikartig wandte er sich zur Flucht. »Dumm gelaufen«, hatte Pföderls lakonischer Kommentar gelautet. Dass ein Terrorist einfach so floh, kam ihm sonderbar vor.

Die Identität des Attentäters war rasch geklärt worden. Abdelmajid Berrak, 27 Jahre alt, französischer Staatsbürger mit marokkanischen Wurzeln. Neumitglied im »Club 27«. Berrak trug drei verschiedene Pässe bei sich und war erst tags zuvor über Deutschland nach Österreich eingereist. Völlig ungeklärt war die Rolle eines möglichen Terror-Helfers, der nach bisherigen Erkenntnissen in einem Asylantenwohnheim in den Randbezirken Innsbrucks gelebt hatte. Von diesem hatte Berrak möglicherweise die

Tatwaffe, eine Uzi-Maschinenpistole, erhalten. Der zweite Mann hatte einen roten Rucksack bei sich getragen und ein Schließfach am Bahnhof gemietet. Den Rucksack hatte ein Parkwächter in einer Grünanlage aus dem Gebüsch gezogen. In dem Schließfach waren Steiners Leute auf eine blaue Uniformjacke sowie eine mit dem Logo der Vienna Knights bedruckte Fitnesstasche gestoßen. In der Tasche hatte sich ein in seine Einzelteile zerlegtes Jagdgewehr befunden. Ein mysteriöser Fund, handelte es sich bei der Repetier-Büchse doch höchstwahrscheinlich um die beim Anschlag auf »Fichtner« verwendete Waffe. Ein Modell des Thüringer Jagdwaffenherstellers Heym, die man in einer abgespeckten Version relativ preisgünstig via Internet ordern konnte. Eine merkwürdige Wahl für einen »Auftragskiller«.

Durocs melodiöse Stimme holte ihn in die Realität, holte ihn zu den betörenden, von den Bratkartöffelchen mit Knoblauch und Rosmarin aufsteigenden Düften zurück. »Gibt es denn eine Verbindung zwischen ›Fichtner‹ und radikalen Islamisten? Wie sonst kommt diese Tasche in das Schließfach?«

Reimers brach zwei Brechbohnen das Genick. »Oberleutnant Steiner hat mir versichert, dass ›Fichtner‹ ausschließlich als V-Mann in der rechten Szene eingesetzt war. Ich sehe da absolut keinen Zusammenhang.«

»Nun, vielleicht pflegen die Tiroler Faschos verdeckte Kontakte zu den Muslim-Brüdern und haben einen aus deren Reihen für den Anschlag bezahlt«, spekulierte Pföderl ins Blaue.

Haberl legte ihr Smartphone weg. »Leute, lassen wir's gut sein. Einer für alle, alle für einen!« Die vier von der K 1 ließen die Rotweingläser klirren. Haberl hatte recht, es war Zeit, die X-Akten zu schließen. Reimers winkte der leicht geschürzten Kellnerin, die mit rot geschminktem Schmollmund an ihrer Fluppe zog. Eine Femme-Fatale-Figur, die geradewegs den Tagträumen Commissario Montalbanos entstiegen zu sein schien. »Scusate, Signora, vier Aperol Sprizz! Sind Sie zufällig aus Vigàta?«

»Ist was? Ich komm aus Kolbermoor, wenn's recht ist.« Der Tagtraum Montalbanos löste sich in Rauch auf. Lag es am Wein, lag es an dem kribbelnden Gefühl der Leichtigkeit? Reimers lachte, wie er schon lange nicht mehr gelacht hatte. Haberl, Duroc und Pföderl blickten sich erstaunt an, dann stimmten sie in die Lachsalven ein. Man musste die Fälle feiern, wie sie fielen.

GRAS OBER

Herz sticht ohne Laufende, dafür mit einer Fehlfarbe. Sollte er ein wackliges Solo riskieren? Die Nusche, eine Eichel Neun, steckte versteckt hinter dem Schellen Ober, seinem zweithöchsten Trumpf. Sepp wurde eins mit seinem Blatt, schätzte seine Gewinnchancen ab. Die lagen höchstens bei Fifty-Fifty. Herz und Schellen Ober, drei Unter, Eichel, Gras und Schellen. Dazu die Herz Sau, Herz König plus besagten Spatzen, den Eichel Biesler. Wenn das Spiel blöd lief, würde er mit Ach und Krach schneiderfrei werden. Immerhin hockte er in Hinterhand. An sich ideal. Irina kam heraus, Veitl und Vroni folgten. War dieses Spiel überhaupt zu gewinnen? Zu verlieren hatte er nichts. Er hatte eine Glückssträhne sondergleichen gehabt, war gut und gern 25 Euro im Plus – in Naturalien umgerechnet war das eine Kalbshaxe mit Knödeln und Kraut, dazu drei Maß Bräuberger Hell in der Schmieden. Fortuna war mit den Wagemutigen. Sepp ließ sich in die weichen Polster des Korbstuhls sinken. »Schellen sticht! Holt's schon mal die Geldbeutel raus.« Schach sollte das Spiel der Könige sein? Oder gar Dame oder Mühle? Nie im Leben. Für einen echten Bayern gab es nur ein Spiel, das den Blutdruck auf die Höhen des Wettersteins trieb: Schafkopf! Gegen ein auftrumpfendes »Noch ein Trumpf – und zahlen!« klang ein »Schach Matt« saftlos und kraftlos. Die Recken im weiß-blauen Weißwurst-

Walhall hockten nicht stumm und steif vor ihren Brettern und schoben Türme und Läufer hin und her. Sie droschen ihre Sauen, Ober und Unter wie die Berserker auf den Tisch. »Mit der Bumms!«, »Auf die Alte!«, »Herz sticht!« Im bayerischen Himmel war die Hölle los. Dort wurde gezecht, gezankt, gerauft und eben Schafkopf gespielt. Erwin Ehgartner, einer dieser bayerischen Kantköpfe, war vor Kurzem auf Wolke Sieben abberufen worden. Seine Schafkopf-Spezl Sepp Sonnleitner und Vitus Rabensteiner weilten indes noch auf Erden. Genauer gesagt in einer Vier-Sterne-Residenz am Kalterer See. Die beiden durchtriebenen Dorf-Detektive wurden noch gebraucht, um auch in Zukunft »dahoam« für Recht und Ordnung zu sorgen. »Brauchst eine Extraeinladung, oder was, du bist vorn, Irina!« Vitus Rabensteiner rutschte ungeduldig auf seinen Hinterbacken herum. »Die richtige Farbe und die Sudsau ist fett wie ein glasiertes Spanferkel!« Rabensteiner scannte das Blatt seiner Gemahlin mit Röntgenaugen, sein Ton wurde ruppiger. »Schlaf nicht ein. Diesmal ist der Sausack fällig!« Rabensteiner war auf Hundertachtzig, hatte er doch drei Solos und einen Wenz in den Sand gesetzt und massig Miese angehäuft.

»Glei, Schatzi, bestellst du uns vorher einen Campari Orange?« Rabensteiners Gattin Irina schmollte. »Ich mag mal was anders! Dein Bräuberger Export kriegst doch daheim auch!«

Sepp kehrte den Mann von Welt heraus. »Sei kein Frosch, Veitl. Als Gentleman hält man sich an die landestypischen Gebräuche und Getränke.« Mit großer Geste winkte er den weißbefrackten, goldbetressten Ober heran. »Einen Liter Kalterer See Auslese, zwei Campari Orange für die Damen und ein Birra Export für das besoffene Wagscheitel!«

»Uno litro vino rosso e due bicchiere di Campari prego«, flötete Gemahlin Veronika mit treuherzigem Augenaufschlag. »Einen Roten, ein Forst und zwei Campari, kommt sofort!« Der Kellner, ein Sohn der Südtiroler Berge, lächelte verschmitzt und trollte sich: Touristen – bayerische Bauernfünfer obendrein! Aber was half es! In seiner Branche konnte man sich die Gäste nicht aussuchen.

Das Quartett aus dem hintersten Bergbayern hockte im Schatten einer von wildem Wein umrankten Pergola. Die Damen erfreuten sich an dem Ambiente der Nobelherberge, die Herren an der bestens bestückten Lounge-Bar. Sepp hatte – zur Verwunderung seiner Gattin – kurz entschlossen ein verlängertes Wellness-Weekend in der Hotelanlage »Hofer Hof«, in den Weinbergen oberhalb des Kalterer Sees, gebucht. Und was noch weit verwunderlicher war, die »Rabensteiners« hatten es ihnen gleichgetan. Jetzt saßen sie inmitten der nach Oleander und Co. duftenden Blütenpracht, alle viere von sich gestreckt. Sepp Sonnleitner, ein trickreicher Kartenhai, hatte nicht ganz uneigennützig vorgeschlagen, am Abend etwas zu zocken, um – so sein Hintergedanke – die Reisekasse aufzubessern. Die Damen hatten zunächst gemurrt, in Ermangelung alternativer Vorschläge aber eingewilligt. Sonnleitner kannte Rabensteiners hitziges Gemüt. Zornesröte stieg ihm in die Wangen, dann hob er wie ein HB-Männchen ab. »Irina, na, was machst denn da? Überleg doch mal, du kannst doch nicht den Eichel Zehner bringen – auf der Farbe ist er doch garantiert frei. Ein Zehner, das sind zehn Augen, verstehst, Mausel?«

»Jetzt reg dich wieder ab, was liegt pickt. Die Irina weiß schon, wie es geht«, stichelte Sonnleitner. Sepp kannte seinen Spezl zur Genüge. Rabensteiner war ein jähzorniger Gimpel, der leicht in Rage geriet und sich wegen jeder Kleinigkeit, einer zu dünn geratenen Scheibe Leberkäs oder einem winzigen Kratzer im Lack seines Allrad-Hobels, echauffierte. Doch die letzten paar Tage war er zahm wie ein Lämmchen gewesen und sichtlich bemüht, im Rahmen seiner Möglichkeiten um die Gunst von Gattin Irina zu buhlen. Zumal der Haussegen seit einem halben Jahr gehörig schief hing und er im Gartenhäuschen nächtigte. Der Kellner servierte die Getränke mit burschikosem Hansi-Hinterseer-Grinsen.

Sepp nutzte die Gelegenheit, um sich eine Kleinigkeit »für zwischendurch« zu bestellen. »Bringen Sie mir bitte einen Teller Spaghetti Bolognese und zum Nachtisch den Apfelstrudel mit Vanillesoße!« Schon um einen Leistungseinbruch infolge akuten Kohlenhydratmangels vorzubeugen.

»Eine Seniorenportion Aglio e Olio, und die Vanillesoße lassen S' weg«, ließ Vroni den Kellner wissen. Sepp tat so, als ob er sich aufs Spielgeschehen konzentrierte. Ihn plagte wieder einmal das schlechte Gewissen. Hoch und heilig hatte er Veronika versprochen, rigoros abzuspecken. Seine Low-Carb-Diät sah vor, sich vier Wochen ausschließlich von Birnen, Apfelsinen, Kiwis und ähnlichen Grusel-Gewächsen zu nähren. Sepp linste zu seiner Frau hinüber. Mit zusammengebissenen Lippen fixierte sie ihr Blatt. Irina Rabensteiner hatte, um ja nichts falsch zu machen, statt der Eichel Zehn den Gras König gezückt. Veronika stand somit vor einer heiklen Entscheidung. Welche Karte zugeben? Ein hohes Gras oder eine Gras Nusche. So oder so musste sie Farbe bekennen.

Irina studierte derweil die in feines bordeauxrotes Leder gebundene Getränkekarte der Residenz »Hofer-

Hof«. »Daiquiri und Caipi, Cocktails ohne Ende, dazu frisch gepresste Säfte, ja sogar Erdinger Weißbier haben s' – gar nicht mal so teuer, zivile Preise! Ich mein, bei dem Ambiente.« Irina war von dem Angebot alkoholischer und antialkoholischer Kraftstoffe sichtlich angetan, kein abfälliger Unterton lag in ihrem piepsigen Stimmchen.

»Wie bist du eigentlich ausgerechnet auf diesen Nobelschuppen gekommen, Sepp?«, erkundigte sich Vroni mit spitzen Lippen. Sepps Gesichtszüge waren zum Pokerface gefroren. Innerlich jedoch jubilierte er. Er war Gras frei und da er hinten hockte, würde er den ersten Stich einheimsen. Er ließ seine Stimme ruhig und emotionslos klingen. »Mei, ich hab ein wenig rumgegoogelt. Da ist mir der Name ›Hofer-Hof‹ ins Auge gesprungen. Aktionswochen in Sankt Josef am See. Ein Traum, oder?« Die Ladys lächelten selig, Rabensteiner grummelte grimmig.

Gras Zehner, Achter und König lagen auf dem Tisch. Sepp zog die Herz Sau und stach ein. 25 Augen, für den ersten Stich nicht übel. 61 reichten zum Sieg. Nun, er war am Zug. Rabensteiner kaute nervös auf seiner fleischigen Unterlippe herum. Die Zornesröte war ihm ins Gesicht gestiegen. Wenn er dieses Spiel verlor, würde er wie eine Pershing-Rakete in die Luft gehen. Es fiel Veitl sichtlich schwer, sein cholerisches Temperament im Zaum zu halten. Seine Kiefer knirschten wie dünnes Eis unter scharf geschliffenen Schlittschuhkufen. »So ein Massel! Ist der Sauteufel auf Gras frei?«

Sepp grinste, wie nur ein gewiefter Kartenhai grinsen konnte. Er strich sich über sein Doppelkinn, so als ob er jeden einzelnen Stoppel seines Seeräuberbarts zählen wollte. Er überlegte, dann traf er eine Entscheidung. »Mit einem Unter, gehst ned unter!« Der Gras Unter war jetzt genau die richtige Karte, nicht zu hoch und nicht zu niedrig. Perfekt, um Verwirrung in den gegnerischen Reihen zu stiften. Um seine Mitspieler abzulenken, brüstete er sich mit ihrem jüngsten Fahndungserfolg. »Dass mir der ›Hofer-Hof‹ gleich zugesagt hat, hat ja einen triftigen Grund. Der alte Rauschebart ist mir in den letzten Wochen irgendwie ans Herz gewachsen. Es hat sich zwar herausgestellt, dass die Geschichte nur indirekt mit der Ermordung Ehgartners zu tun hat. In Wahrheit ist er Opfer seiner eigenen Hybris und Habgier geworden. ›Fichtner‹ sollt' für ihn Waffen organisieren und ein Treffen mit diesem betuchten Bankier von Wolkenstein arrangieren. ›Fichtner‹ wollte Ehgartners schwarze Kassen plündern. Eine Anzeige wegen Betrug hätte er kaum zu befürchten gehabt.«

Als ob sie sich vorher abgesprochen hätten, übernahm Rabensteiner den Stab: »Ehgartner hat sich ohne Wissen ›Fichtners‹ direkt an diesen Bankier gewandt. Was dabei herausgekommen ist, wissen wir nicht. Dadurch ist das doppelte Spiel des Tirolers, der ja auch für den Ösi-KGB tätig war, aufgeflogen. Was am Schluss beide den Kopf gekostet hat.«

Sonnleitner ging ins Detail. »Dürr und ›Fichtner‹ waren halbwarme Brüder und in der SM-Szene unterwegs. Dürr hat auf diese Chance, sich an Ehgartner zu rächen, bloß gewartet. Der Bichler sollte als Sündenbock herhalten.«

Rabensteiner schwoll vor Stolz der Kamm. »Nebenbei haben wir herausgefunden, dass sich der Hofer anno dazumal mit uns Bayern verständigen wollte. Das hat den Kriegshetzern unter den Aufständischen, den Kapuziner-Patres und Adeligen wie diesem Wolkenstein nicht ins Kalkül gepasst. Deswegen haben sie seinen Adjutanten, den alten Rabensteiner, mit einem Sack Gulden geködert! Er hat abkassiert, aber diesem Raffl die Drecksarbeit überlassen. Ein schlauer Hund!«

»Sodom und Gomorrha«, empörte sich Irina. »Hat Hollywood schon angerufen? Spielberg wartet garantiert nur auf euer Drehbuch.«

Ihre »Heldentaten« beeindruckten Vroni wenig, sie legte lieber den Finger in die offene Wunde. »Gras Unter! Trumpfmäßig ein wenig schwach auf der Brust, ha?« Sein Kinnladen klappte herab. Mit der Frau war nicht zu scherzen.

Rabensteiner rieb sich den rotgeäderten Clochard-Rüssel. Irina saugte die im abendlichen Licht orangerot schillernde »Kaltschale« leer. »Einen Unter hat er, der Herr Sonnleitner! Ob das langt?« In den Augen des verflixten Weibs blitzte es boshaft – das Spiel war noch nicht in trockenen Tüchern. Vroni zog zielsicher eine Karte, die exakt in der Mitte des Blatts steckte. Das verhieß nichts Gutes. Sortierte Vroni ihre Karten doch stets so, dass die hohen Trümpfe mittig lagen. Die Nummer zwei in der Trumpf-Hierarchie, der Gras Ober, kam über seinem Unter zu liegen. »Der Unter geht unter.« Sepp schluckte. Hatte Vroni die Ober-Flöte in der Hand, war er fällig.

Rabensteiner schlenzte den Schellen Zehner mit gehässigem Grinsen über den Tisch. »Sapperlot, mit dem Fahrstuhl zum Schafott.«

»Und ein Trumpf«, feixte Irina schadenfroh. Ihr Herz Zehner gesellte sich zu den drei anderen Karten. Summa summarum strich Vroni 25 Augen ein. Pari – Gleichstand! In Vronis Augen lag ein tückisches Glitzern. Elstern waren nicht umsonst Vronis Lieblingsvögel. Sonnleitners buschige Brauen zogen sich wie dunkle Gewitterwolken zusammen. Hatte er sich verspekuliert? Es sah ganz danach aus. Wenn Vroni Herz nachspielte, konnte er sein Solo in die Tonne treten. Das konnte teuer werden. Aber war nicht das ganze Leben ein Spiel? Manchmal verlor man und manchmal gewannen die anderen.

EICHEL OBER: HOFERS ENDE

Die Exekution von »General Barbone« – wie die Italiener Andreas Hofer nicht ohne eine gewisse Hochachtung nannten – war für den 20. Februar 1810 auf 10 Uhr 45 Uhr angesetzt. Ort der Hinrichtung: ein kleiner Innenhof unterhalb eines Festungswalls der oberitalienischen Garnisonsstadt Mantua. Militärische Hinrichtungen folgten zu dieser Zeit einem festen Schema: Die Truppen bildeten ein dreiseitiges Karree – nach einer Seite hin war das Karree offen. In Begleitung eines Priesters wurde der Delinquent unter Trommelwirbel vorgeführt. In der Mitte des Karrees wurde das Todesurteil verlesen. Unter dem Schlag der Trommeln wurden dem Verurteilten die Augen mit einer schwarzen Binde verbunden. Dann musste er niederknien. Zwölf Mann unter dem Kommando eines Offiziers eröffneten aus einem Abstand von zehn Schritten das Feuer. Ein Reservepeloton à vier Mann stand bereit, um dem Verwundeten notfalls aus nächster Nähe den Gnadenschuss zu geben.

Bei der Hinrichtung Andreas Hofers wich man von diesem Prozedere jedoch erheblich ab. Der Innsbrucker Rechtsanwalt Granichstädten-Czerva schildert in seinen Prozesserläuterungen die Szene: »An der Hinrichtungsstätte wird Hofer von General Peter Franz Bisson, der Mitglied des Kriegsgerichts war, sowie seinem Anwalt

Basevi erwartet. Zwölf Grenadiere des 2. Bataillons des 13. französischen Grenadierregiments bilden das Exekutionskommando, sie unterstehen dem Befehl des aus Luxemburg stammenden Feldwebels Michel Eiffes. Hofer lehnt die dargebotene Augenbinde ab und verweigert den Kniefall. Nach einem letzten Gruß an die Heimat erteilt der Sandwirt selbst den Feuerbefehl. In seinen von einem Neffen aufgezeichneten Kriegserlebnissen entwirft Eiffes ein plastisches Bild der Vorgänge am Morgen des 20. Februar. »Erste Salve: Hofer fällt in die Knie, von sechs Kugeln getroffen. Zweite Salve: Hofer ist über den Augenbrauen, zwischen den Lippen und dem Kinn getroffen und bricht zusammen.« Tot ist der stämmige »5 Schuh und 8 Zoll« große Mann aber noch immer nicht. Eiffes tritt heran, hält ihm seine Pistole an die linke Schläfe und drückt ab. Hofer, gewester Landeskommandant Tirols, fällt leblos zur Seite.

Nach der vernichtenden Niederlage in der letzten Schlacht am Bergisel im November 1809 hatte sich Hofer mit einigen wenigen Getreuen über den Brenner nach Süden abgesetzt. Dort versuchten sie den Widerstand neu zu organisieren, im Passeiertal und in der Gegend um Meran kam es daraufhin zu etlichen Scharmützeln. Doch der Krieg der Tiroler war verloren, die Hoffnung dahin. Der Sandwirt entschließt sich zur Flucht. Zusammen mit seiner Familie und Schreiber Kajetan Sweth sucht er Anfang Jänner Zuflucht auf der Pfandler-Alm, oberhalb von Sankt Martin in Passeier. »Doch Verrath folgte ihm auf den Fersen«. Franz Raffl aus Schenna, einstiger Weggefährte Hofers, verrät ihn für 1.500 Gulden an die Franzosen. In den frühen Morgenstunden des 28. Jänner sind die Häscher, ein rund 50 Mann starkes Detachement, zur

Stelle. »Hofer wurden die Hände im Rücken gefesselt, ein Seil um den Hals gelegt, ein anders um die Hüften. Es hagelte Schläge, die Soldaten rissen dem Sandwirt Haar- und Bartsträhnen aus, um die Trophäen ihren Kameraden zu zeigen.« Hofers Gemahlin Anna und Sohn Hans nahm der Trupp zunächst in Geißelhaft, ließ sie aber gnadenhalber in Bozen frei. Für Hofer und Sweth ging ihre »italienische Reise« über Neumarkt, Trient, Rovereto und Peschiera nach Mantua. Am 5. Februar hatten sie ihr Ziel erreicht. Hofer und sein Schreiber wurden in ein Kellerverlies der Cittadella di Porto gesperrt. Napoleon hatte zunächst vorgehabt, Hofer nach Vincennes in Frankreich zu überstellen. Mit einem Schreiben vom 11. Februar revidierte er seine Pläne. Er befahl seinem Stiefsohn Eugène de Beauharnais, Vizekönig von Italien, eine Militärkommission einzuberufen, um Hofer rasch abzuurteilen. In der »Causa Hofer« war plötzlich Eile geboten. Am 1. April wollte sich Napoleon mit Erzherzogin Marie Louise von Österreich vermählen – und zu diesem festlichen Anlass kein Gnadenersuchen in die Hand gedrückt bekommen.

Die »Spezial-Militärkommission« bestellte einen jungen Mantuaner Anwalt namens Basevi zum Pflichtverteidiger Hofers. Die Verhandlung vor dem Militärgericht wurde auf Französisch geführt und war – da der Schuldspruch von vornherein feststand – eine Farce. Dem Anwalt hatte man einige Berichte des Militärkommandanten vorgelegt, aus denen die Schuld Hofers angeblich klar und unwiderlegbar hervorging. Dem Beschuldigten wurde insbesondere zur Last gelegt, dass er auch nach dem Friedensschluss zu Schönbrunn vom 14. Oktober 1809 den Kampf fortgeführt habe. In einem Erlass des Vizekönigs sei jedem Insurgenten im Falle weiterer widerrechtlicher Kriegshandlungen die Todesstrafe angedroht worden. Des Weiteren habe man Hofer bei seiner Festnahme »mit einem Gewehr in der Hand« angetroffen und einige Pistolen sowie einen Degen in seinem Alm-Versteck entdeckt. Die Verhandlung gegen den gewesten Landverweser von Tirol wurde für den 19. Februar um 15 Uhr im Palazzo d'Arco angesetzt. Es fand weder ein Verhör des Beschuldigten statt, noch wurde dem Anwalt erlaubt, Entlastungszeugen aufzurufen. Basevi bescheinigte seinem Mandanten: »Sein Verhalten zeichnete sich durch große Ruhe, Offenheit und Würde aus.« Der Advocatus schilderte Hofer in seinem Plädoyer als »einfachen, redlichen und fleißigen Mann«, dem »jede Lüge fremd« sei und der allein aus Liebe zur Heimat zu den Waffen gegriffen habe. Als Soldat habe der Sandwirt einzig der Pflicht gehorcht, wofür er nicht bestraft werden könne. »Ich kann ruhigen Gewissens behaupten, dass das vorliegende Beweismaterial zu einem Schuldspruch nicht ausreicht.« Die Ankläger sahen dies naturgemäß anders. Nach zweieinhalb Stunden war der Prozess beendet und Hofer wurde zurück in seine Zelle gebracht. Der Urteilsspruch des Kriegsgerichts fiel einstimmig aus: Tod durch Erschießen. Am folgenden Tag, dem 20. Februar, zu vollstrecken.

»So endete das Leben eines tapferen Führers; das war das traurige Schicksal eines Helden, der wahrlich ein schöneres, seinen Thaten angemessenes Loos verdient hätte. Doch der Krieg verschont keinen, sogar die Besten nicht, und niemand weiß heute, wie es morgen mit ihm stehen wird«, heißt es in den »Erlebnissen« Eiffes. Noch am Tag der Hinrichtung wurde Hofers Leichnam in der Kirche San Michele beigesetzt, dies vermerkt der dortige Priester im Totenbuch. Im Sterbebuch von Sankt Leonhard in Passeier, der Heimatgemeinde Hofers, wird dessen Ableben gleichsam protokolliert. Auffällig sind das – später korrigierte – falsche Todesdatum sowie einige unleserliche Stellen: »Andras Hofer gewester (…) Wirth. an St. Grab auf dem Sandt. Verheurathet. Zu Mantua (…) erschossen, den 9. Merz 1810. 44 Jahr.« 13 Jahre später, im Jahr 1823, wurden Hofers sterbliche Überreste in einer Nacht- und Nebelaktion von einem Regiment der Kaiserjäger exhumiert. Da die wackeren Ausgräber nicht wussten, wo sich das Grab genau befand, weil der Friedhof inzwischen aufgelassen und in den Pfarrgarten umgewandelt worden war, weckte man den Pfarrer, der den Männern die Stelle zeigte. Die anhand der Einschusslöcher leicht zu identifizierenden Gebeine Hofers wurden nach Innsbruck »überführt« und in der Hofkirche beigesetzt. Dort befindet sich noch heute sein Grabmal.

SCHAFKOPF: BOARISCH POKERN

»Herz hat ein jeder!«, »Der Alte steht!«, »Die Pumpe hilft«, »Den pack ma Dant!« – wer jetzt meint, dass solch launige Aussprüche bei einem Kardiologen-Kongress getätigt werden, der irrt. Diese kryptischen Zwischenrufe sind an Bayerns Stammtischen zu hören. Wenn vier Männer statt auf Ziegen angestrengt in ihr Blatt starren, dann wird Schafkopf gespielt. Ein Kartenspiel, das wie Weißwurst, Bockbier und Brezen untrennbar zum Freistaat gehört und als fester Bestandteil der nationalen Identität längstens auf die Liste des immateriellen UNESCO-Weltkulturerbes gehört.

32 Blätter in vier Farben à acht Karten. Ganz oben in der Hierarchie stehen – Nomen est Omen – die vier Ober. In der Abfolge Eichel, Gras, Herz sowie Schellen. Die nächsthöchsten Trümpfe sind die vier Unter, wiederum von Eichel bis Schellen. Neben den Trümpfen zählen die acht »Augenkarten«, die die nötigen Punkte liefern, um ein Spiel für sich zu entscheiden. Die Sauen bringen elf, die Zehner jeweils zehn Punkte aufs Konto. Der König spielt im Schafkopf nur eine Nebenrolle. Immerhin ist er noch vier Punkte wert. Vier Könige entsprechen also von der Wertigkeit her einer Sau. Ein Schelm, wer Böses dabei denkt. Die restlichen zwölf Karten bezeichnet man ein wenig herabwürdigend als »Nuschen« oder »Spatzen«.

Die Neuner, Achter und Siebener zählen nicht etwa neun oder sieben, sondern null Punkte. Mit den »Nuschen« ist also wenig anzufangen. Diese zwölf Karten bilden die Schwachstelle, die Achillesferse eines Blatts, da der Gegner sie meist problemlos stechen kann. Da ein Neuner den Achter sticht, können sie von Fall zu Fall nicht gänzlich unnütz sein.

Nachdem der Geber, der immer »hinten« sitzt, alle Karten verteilt hat, wird ein Spiel »angesagt«. In der Regel mit den Worten »I tat«. Dabei gibt es drei Spielarten zur Auswahl. Das einfache Sauspiel, der Wenz und das Solo. Bei Solo und Wenz ändert sich die Rangfolge der Karten. Der fundamentale Unterschied: Bei einem »Sauspiel« spielen jeweils zwei Partner zusammen. Und die Farbe Herz ist immer Trumpf. Bei Solo und Wenz heißt es hingegen: Einer gegen alle, alle gegen einen. Nehmen wir zum Beispiel ein Solo in der Farbe Schellen, ein »Schellen sticht!« Bei diesem Solo sind allein Ober, Unter und Schellen Trumpf. Bei einem Wenz sind, ähnlich wie beim Skat, nur die Unter Trumpf. Eine Trumpffarbe wie bei Solo oder Sauspiel existiert nicht. Was bedeutet, dass man neben den Trümpfen möglichst viele »hochwertige« Karten – Sau und Zehner – benötigt, um zu gewinnen. Noch ein Wort zum »Klassiker«, dem Sauspiel. »Auf die Blausau!« bedeutet beispielsweise, dass der Spieler den anderen dreien am Tisch kundtut, dass er mit dem Besitzer der Gras Sau, der sogenannten »Rufsau«, zusammenspielt – somit ein gemeinsames Team mit ihm bildet. Zum Spielgewinn reichen dem Spieler 61 von insgesamt 120 Punkten, die Nichtspieler sind bereits mit 60 Punkten »zu« – wie es im Schafkopfjargon heißt.

Beim Schafkopf-Spiel sind Erfahrung, Fingerspitzengefühl und taktische Raffinesse gefragt. Ein eingefleischter »Kartler« weiß, »wo die Sau hockt«, weiß die jeweilige Spielsituation genau einzuschätzen, um mit tödlicher Präzision die richtige Karte »anzuspielen«. Um ein echter Crack zu werden, bedarf es einer gehörigen Portion Intuition, einer empathischen Ader, um den Gegner zu täuschen. Es macht zum Beispiel nur dann Sinn, »Trumpf zu ziehen«, wenn man genügend davon hat. Andererseits wäre es ein Kardinalfehler, »Trumpf zu schinden«. Die Ober und Unter gilt es stets dann einzusetzen, wenn ein Stich genügend Punkte einbringt. Eine andere Regel lautet, die »lange Farbe« anzuspielen, um den Gegner zum Einstechen zu zwingen. Von Fall zu Fall ist es nämlich geschickter, den Gegner das Spiel machen zu lassen und »in Hinterhand« zu hocken. Beim Schafkopf hat es jeder selbst »in der Hand«. Wahre Schafkopf-Koryphäen zählen jeden einzelnen Punkt mit, wissen genau, welche Farbe »gelaufen« und welcher Trumpf »schon weg« ist. Also ob zum Beispiel der Herz Ober »steht« – sprich der höchste im Spiel verbliebene Trumpf ist. Klar, dass der gewiefte Provinz-Profiler Sepp Sonnleitner, der seine Fälle mit unorthodoxen, bisweilen hinterfotzigen Methoden löst, ein ausgekochtes Schlitzohr ist. Er versteht es, das Beste aus seinem Blatt herauszuholen, die »fetten Stiche« an Land zu ziehen und sein Spiel so »sicher nach Hause« zu schaukeln.

Schafkopf spielt man in Bayern bereits seit dem 15. Jahrhundert. Der Name leitet sich nicht von den flauschigen »Mäh-Maschinen«, sondern von den hölzernen Fassdeckeln, den »Schaffen«, ab, auf denen »gekopft« wurde. Das älteste Regelwerk des Bayerischen Schafkopfs datiert aus dem Jahr 1896. 1989 wurden die Spielregeln im Hofbräuhaus zu München verbindlich fixiert. Als denn: Hockt's eich hehra – samma mehra! Zum Schafkopf schmeckt ein Dunkles oder ein Weißbier am besten. Weil der Kopf beim Denken »Futter« braucht, kommt zwischendurch eine deftige Brotzeit auf den Tisch. Eine vegane Schlachtplatte zwischen Radi, Gewürzgurkerl und Radieserl zum Beispiel. Oiso: vui Spaß!

SCHLEMMEN MIT SEPP

Ein Rezept aus Veronika Sonnleitners altbayerischem Kochbuch. Für echte Gebirgs-Gourmets. Die Mengenangaben verstehen sich für jeweils vier Personen, können nach Leibesumfang und Nationalität der zu bewirtenden Personen aber stark variieren.

Entree:
Biersuppe à la Vroni

Zutaten:
Metzgerzwiebel, zwei Knoblauchzehen, eine Halbe Bräuberger Hell, 200 Gramm Bauchspeck vom Metzger Rauch, 750 Milliliter Geflügelfond, drei mittelgroße Erdäpfel, Salz, Pfeffer, Muskatnuss. Für die Röstzwiebel: eine Gemüsezwiebel, circa 150 Gramm Mehl, Salz und Pfeffer. Zur Garnitur: 50 Gramm Tiroler Bergkäse, 50 Gramm gewürfelter Speck, zwei kleine geschälte Erdäpfel, zwei Stangen Lauchzwiebel

Zubereitung:
Die Zwiebel in Ringe schneiden, in Mehl wälzen und in der Pfanne knusprig braten. Auf Küchenpapier gut abtropfen lassen und mit etwas Salz würzen. Für die Suppe Zwiebel, Knoblauch und Kartoffeln schälen und würfeln – den

Speck in dünne Scheiben schneiden. Alles in einen Tiegel kippen und so lange anbraten, bis die Zwiebel schwitzen und einen Stich ins Bräunliche bekommen. Mit Bier ablöschen. Sind die Kartoffeln weichgekocht, die Masse fein pürieren. Das Ganze mit Salz, Pfeffer und Muskatnuss abschmecken. In einer Pfanne die Speck- und Kartoffelwürfel schön knusprig braten, die Lauchzwiebelringe daruntermischen und kräftig würzen. Die Biersuppe mit dem Gröstl, dem geriebenen Käse und den Röstzwiebeln appetitlich herrichten – fertig.

Hauptgericht:
Krautfleckerl Holzhacker-Art

Zutaten:
500 Gramm Fleckerlnudeln, einen ganzen Krautkopf, zwei Zwiebeln, 100 Gramm Speck, Schweineschmalz, eine Prise Zucker, Kümmel, Salz und Pfeffer, und zwar nicht zu knapp bemessen.

Zubereitung:
Das Kraut fachgerecht zerteilen, also die äußeren Deckblätter und den Strunk entfernen. Das Weißkraut faserfein schneiden oder mit dem Krauthobel zerkleinern. In einer großen, breiten Pfanne das Schmalz nicht zu gach erhitzen, den Speck glasig werden lassen und die Zwiebeln schön goldgelb rösten – zum Schluss die Prise Zucker unter das Speck-Zwiebelgemisch rühren. Das Kraut nach und nach in die Pfanne kippen und so lang umrühren, bis es eine bräunliche Farbe bekommt. Deckel drauf und das Kraut auf kleiner Flamme im eigenen Saft

schmurgeln lassen. Wenn nötig ganz vorsichtig a bisserl Wasser zugießen, damit nix anbrennt. Währenddessen die Teigfleckerl in kochendes Salzwasser geben, Temperatur am Herd zurückfahren – und die Fleckerln 8 bis 10 Minuten ziehen lassen. Die Nudeln abgießen und unter das Kraut-Speckgemisch mischen – noch mal kurz anrösten – fertig.

Dessert:
Arme Strauchritter

Zutaten:
8 bis 10 Scheiben altbackenes Weißbrot oder Hefezopf, 250 Milliliter kalte Milch, zwei Eier, zwei Esslöffel Puderzucker, ein Päckchen Vanillezucker, eine Prise Salz, zwei gestrichene Esslöffel Mehl, vier Esslöffel Butterschmalz zum Ausbacken, Zimt und Zucker zum Bestreuen

Zubereitung:
Die Eier in eine Schüssel geben und mit der Gabel verquirlen. Kalte Milch, Salz, Puderzucker, Vanillezucker sowie das Mehl dazugeben. Mit einem Schneebesen oder Handmixer die Klumpen verrühren. Den Teig in eine große Schüssel schütten. Das Schmalz in die Pfanne geben – und erhitzen. Die Brotscheiben eintunken, bis sich das Weißbrot vollsaugt. Mein Tipp: Die Vroni halbiert die Scheiben zweimal diagonal, damit die Brotschnittchen mehr Flüssigkeit aufnehmen und leichter in die Pfanne passen. Die Scheibchen ins heiße Fett legen – und so lang brutzeln lassen, bis die Ritter eine goldbraune Kruste bekommen. Die Stückerl mit Zucker und Zimt

bestäuben – und sofort servieren. Mir schmecken die Ritter mit warmer Vanille- oder Schokosauce am besten. Ein Obstsalat – falls man ein paar Kalorien einsparen mag – geht zur Not auch.

Bon Appetit wünschen
Vroni und Sepp Sonnleitner

Weitere Titel finden Sie auf den folgenden Seiten und im Internet:

WWW.GMEINER-VERLAG.DE